O HOMEM
QUE FOI PARA
MARTE
PORQUE QUERIA FICAR
SOZINHO

DAVID M. BARNETT

O HOMEM QUE FOI PARA MARTE PORQUE QUERIA FICAR SOZINHO

Tradução de
Ronaldo Sergio de Biasi

1ª edição

EDITORA RECORD
RIO DE JANEIRO • SÃO PAULO

2021

EDITORA-EXECUTIVA
Renata Pettengill

SUBGERENTE EDITORIAL
Mariana Ferreira

ASSISTENTE EDITORIAL
Pedro de Lima

AUXILIAR EDITORIAL
Júlia Moreira

COPIDESQUE
Flávia Ramalho

REVISÃO
Marco Aurélio de Sousa

CAPA
Renan Araújo

DIAGRAMAÇÃO
Abreu's System

TÍTULO ORIGINAL
Calling Major Tom

CIP-BRASIL. CATALOGAÇÃO NA PUBLICAÇÃO
SINDICATO NACIONAL DOS EDITORES DE LIVROS, RJ

B241h

Barnett, David M., 1970-
O homem que foi para Marte porque queria ficar sozinho / David M. Barnett; tradução de Ronaldo Sergio de Biasi. – 1ª ed. – Rio de Janeiro: Record, 2021.
23 cm.

Tradução de: Calling Major Tom
ISBN 978-85-01-11944-5

1. Ficção inglesa. I. Biasi, Ronaldo Sergio de. II. Título.

21-72084

CDD: 823
CDU: 82-3(410.1)

Camila Donis Hartmann – Bibliotecária – CRB-7/6472

TÍTULO EM INGLÊS:
Calling Major Tom

Copyright © David M. Barnett 2017
Publicado originalmente por Trapeze, um selo da Orion Publishing Group Ltd., Londres.

Texto revisado segundo o novo Acordo Ortográfico da Língua Portuguesa.

Todos os direitos reservados. Proibida a reprodução, no todo ou em parte, através de quaisquer meios. Os direitos morais do autor foram assegurados.

Direitos exclusivos de publicação em língua portuguesa somente para o Brasil adquiridos pela
EDITORA RECORD LTDA.
Rua Argentina, 171 – Rio de Janeiro, RJ – 20921-380 – Tel.: (21) 2585-2000, que se reserva a propriedade literária desta tradução.

Impresso no Brasil

ISBN 978-85-01-11944-5

Seja um leitor preferencial Record.
Cadastre-se no site www.record.com.br e receba informações sobre nossos lançamentos e nossas promoções.

Atendimento e venda direta ao leitor:
sac@record.com.br

Para Claire, Charlie e Alice.
Quando minha cabeça está no espaço vocês mantêm
meus pés no chão e meu coração pleno.

Em memória de Malcolm Barnett,
1945-2016

"Quando começarmos a compreender que a própria Terra é uma espécie de nave tripulada viajando pela infinitude do espaço, vai se tornar cada vez mais absurdo que não tenhamos organizado melhor a vida da família humana."
Hubert H. Humphrey, Vice-presidente dos Estados Unidos, 1966

"Acabou tudo bem de novo."
George Formby

Parte Um

✳ 1 ✳

11 DE FEVEREIRO DE 1978

Há muito tempo, em um cinema muito, muito distante de onde ele está agora, um menino e o pai adentram a escuridão. O menino segura um saco de chocolate Revels e uma pipoca pequena junto ao peito, enquanto o pai o conduz pelo corredor com a mão firme em seu ombro, o carpete grudando nos pés. O filme ainda não começou, mas o rosto dos espectadores já está voltado para as propagandas, banhado por uma luz clara. Fios de fumaça de cigarro se entrelaçam e se embolam no espaço escuro entre a tela e a plateia. Surge das fileiras lotadas um murmúrio abafado de conversas sussurradas.

Thomas Major nunca se sentiu tão feliz. É seu presente, pelo aniversário de oito anos, ir ao cinema de Glendale assistir a este filme que morria de vontade de ver, como se já fosse, como se sempre tivesse sido, parte de sua vida, marcado no seu DNA. Em casa, cuidadosamente arrumados na escrivaninha do seu quarto, estão os presentes que recebeu no dia do aniversário, no mês anterior: um LEGO Cantina de Star Wars, que inclui bonecos dos alienígenas, Snaggletooth e Hammerhead, que podem ser encaixados em pequenas bases que giram e se inclinam como se os personagens estivessem lutando; e uma gravação da trilha sonora do filme executada pela Orquestra Filarmônica de Londres, colocada cuidadosamente ao lado da velha vitrola Dansette de sua mãe e da pilha de velhos discos de 45 rotações que ela lhe deu para tocar na vitrola.

Agora, Thomas e o pai vão ver o filme. O filme de verdade. No fim de semana de estreia. Eles enfrentaram uma fila que dava volta no quarteirão para entrar no cinema mais antigo de Caversham (e um dos mais antigos de Reading) e, enquanto esperam, Thomas pergunta ao pai se ele gostaria de viajar para o espaço.

— Aposto que quando você for da minha idade haverá cidades na lua — diz o pai. — Mas isso não é pra mim. Não tem atmosfera. — Ele gargalha e dá um tapinha no ombro de Thomas. — Você pode ir morar lá. Como naquela música, "Major Tom". Sua mãe estava esperando você fazia três meses quando a música foi lançada. Acho que foi por isso que ela quis te chamar de Thomas. Agora ela está grávida de três meses de novo. — O pai faz uma pausa e olha para Thomas. — Minha nossa! A música mais tocada no momento ainda é "Figaro"? Não consigo me imaginar gritando esse nome na porta dos fundos na hora do jantar.

— "Space Oddity" — corrige Thomas, distraidamente. — O nome da música não é "Major Tom", é "Space Oddity".

Enquanto esperam na fila, um carro bege passa pelo cinema. Frank Major assovia.

— Olha lá. Um Volkswagen Derby. Acabou de ser lançado ano passado. Adoraria ter um desses. — Ele cutuca Thomas. — A gente ia parecer uma dupla maneira rodando com um carro como aquele, hein?

Thomas dá de ombros. Ele não se interessa muito por carros. O pai continua:

— Talvez a gente compre um esse ano. Mas eu estou com vontade de construir um jardim de inverno. Aumenta o valor da casa. Talvez a gente devesse transformar o sótão em um quarto também. Tem uma casa na rua ao lado da nossa com um jardim de inverno e um sótão convertido em quarto que foi vendida por quase vinte e três mil no ano passado, você acredita?

Ainda é de tarde, mas o céu já adquiriu um tom azul-escuro, a lua cheia surgindo no horizonte, acima das telhas pretas.

— Parece uma moeda de dez centavos — diz o pai.

Thomas fecha um olho e coloca a lua entre o polegar e o indicador.

— Peguei, papai! Peguei a lua!

— Guarde no bolso, filho — diz ele. — Você nunca sabe quando pode precisar dela. Venha, finalmente vamos entrar.

Thomas coloca a invisível e imponderável lua de dez centavos no bolso da camisa marrom de colarinho largo. O estômago de Thomas está agradavelmente forrado com o hambúrguer que ele comeu no almoço, mas ainda há espaço para guloseimas. O pai balança a cabeça e fala sobre ele ser um "saco sem fundo" antes de dar o dinheiro para o funcionário da lanchonete do cinema.

Agora o pai o está guiando para um único assento vazio na ponta de uma fileira, perto de um casal com três meninas pequenas. Thomas sente um frio na barriga, algo que não consegue descrever. Ele olha inquisitivamente para o pai.

— Mas só tem um lugar.

— Espere aqui — diz o pai, indo falar com a moça que vende sorvete.

Ela tem um cabelo que parece ter sido esculpido em granito e o rosto combinando, que ela vira na direção de Thomas, seu olhar irritado encarando-o com dificuldade na penumbra. O pai entrega a ela uma nota de uma libra e recebe dois sorvetes. Ela olha de novo para Thomas e depois para o pai, que faz uma careta e lhe dá outra nota de uma libra. Depois, ele volta até onde Thomas está, com a mulher atrás dele. Thomas está com o saco de pipoca equilibrado nos joelhos e os Revels no bolso. O pai coloca o sorvete nas mãos de Thomas.

— Thomas, meu filho — diz ele. — Papai tem que sair para cuidar de um negócio.

Thomas olha para ele e pisca os olhos.

— Que negócio? E o filme?

— Está tudo bem. É muito importante. É... — Ele olha para a tela, como se ela pudesse lhe dar alguma inspiração. — É uma surpresa para a sua mãe. — Ele toca o lado do nariz. — Seguindo as regras das saídas só dos homens, tá? Isso fica entre a gente.

Thomas também toca o lado do nariz, mas sem muita convicção. Ele sente um abismo se abrindo em sua barriga. O pai diz:

— Essa é a Deirdre. Ela vai tomar conta de você até eu voltar.

A mulher olha para Thomas com desdém, a boca formando uma linha fina e pálida, como se o escultor não tivesse se dado ao trabalho de fazê-la parecer humana.

— Quanto tempo você vai demorar? — pergunta Thomas, com a sensação de que toda a escuridão do cinema pesa em seus ombros, sentindo-se profundamente solitário.

— Estarei de volta antes que você se dê conta — diz o pai, piscando o olho.

Então a música começa e Thomas vira para olhar para a tela, que se enche de estrelas e de palavras que começam a se afastar dele lentamente.

É um período de guerra civil. Partindo de uma base secreta, naves rebeldes atacam e conquistam sua primeira vitória contra o perverso Império Galáctico.

Thomas olha de novo na direção do pai, mas ele já foi embora.

✳ 2 ✳
A CABANA A 35.000 QUILÔMETROS DE ALTITUDE

5 Horizontal: Nossa estrela, um romano, oferecem (7)

Thomas Major fecha os olhos para pensar e chega à conclusão de que a melhor coisa que existe é o silêncio. Nada de carros buzinando, pessoas gritando, motores roncando, telefones tocando, sem bip-bip-bips de caminhões de lixo dando marcha à ré.

Nada.

Nada de campainhas de porta, músicas de mau gosto a todo volume, portas batendo, televisões berrando.

Apenas o silêncio.

Nada de locutores de rádio idiotas, notificações incessantes de mensagens no celular, britadeira no asfalto, músicos de rua assassinando os clássicos.

Nenhuma das coisas classificadas em sua cabeça como *ameaças auditivas*.

Thomas Major sempre quis morar numa cabana de madeira nos fundos do quintal. Encasulado e isolado, longe de todas as pessoas e seus ruídos detestáveis, ele bate com a ponta do lápis na primeira página de *O grande livro do Guardian de palavras cruzadas realmente difíceis* e volta a pensar. O som do lápis batendo no papel é um som agradável, um acompanhamento para um exercício mental honesto. E é um som que é seu, um ruído que é seu.

Assim como o barulho que faz ao sorver um gole de chá, um chá quente e doce demais. Ninguém presente para reclamar da sua falta de educação. Ele pode fazer os barulhos que quiser. Bochecha o chá na boca até que esteja suficientemente frio para gargarejá-lo ruidosamente.

— Toma essa — diz, depois de engolir, para absolutamente ninguém.

Durante a vida toda desejou ter sua própria cabana. Tinha inveja dos homens que podiam desaparecer nos fundos do quintal e se trancar longe de tudo e de todos. E agora, ali, no seu quadragésimo sétimo aniversário, ele está finalmente só, livre para fazer barulho bebendo chá, livre para passar o tempo que quiser fazendo palavras cruzadas. Vinha reservando este livro e seus 365 passatempos diabolicamente difíceis para o momento certo. Ele bate de novo com o lápis no papel. Um romano? Oferecem?

Como Thomas Major pode fazer o que quiser neste lugar, ele decide que gostaria de ouvir um pouco de música para ajudá-lo a pensar. Música de verdade, diga-se de passagem, não o tum-tum-tum em carros de luxo dirigidos por jovens exalando arrogância. Ele gostaria de estar com toda a sua coleção de discos de vinil, mas havia o problema da falta de espaço. Por isso, tratou de digitalizá-los, cada faixa, do lado A e do lado B, cada disco raro, cada disco flexível que viera colado na capa de uma revista. Tudo. Já que é o seu aniversário, ele acha que gostaria de ouvir algo inspirador e jovial, como The Cure. Ele liga o terminal de computador, fazendo careta para os barulhos e zumbidos complexos que a máquina produz, e opta por *Disintegration*. Um retorno magnífico ao estilo melancólico, de 1989. As faixas são organizadas em modo aleatório, algo que não agrada a Thomas (um LP deve ser tocado na ordem escolhida pela banda), mas ainda não descobriu como desligar essa opção. A primeira música a ser tocada é "Homesick": "com saudade de casa". Thomas resmunga, solta o ar pelo nariz e abre um sorriso irônico. Quase. Mas não exatamente.

Nossa estrela... claro que é o Sol. Um romano. Será o nome de um imperador? Oferecem? Thomas morde o lápis, pensativo, até que a faixa seguinte começa a tocar. Talvez olhar pela janela ajude. Mas serve apenas para deixá-lo maravilhado, imaginando se algum dia vai se cansar desta vista, se vai pensar nela como algo corriqueiro e sem graça. Ele espera sinceramente que isso jamais aconteça. Porque aqui está ele, sozinho com o seu chá e suas palavras cruzadas e sua música, e lá fora está todo o resto.

A Terra ocupa toda a janela de dez centímetros de espessura: azul, verde, coberta de nuvens e muito, muito bonita. Tão grande que ele quase pode estender a mão e tocá-la. Thomas está em uma órbita terrestre alta, 35.000 quilômetros acima da superfície do planeta, e muito em breve será arremessado para o vazio, afastando-se da Terra a uma velocidade de 26,5 quilômetros por segundo. Em breve ela vai encolher e se tornar um ponto minúsculo na vastidão do espaço. Ele fecha os olhos e escuta a música, e diz a si mesmo que é claro que fez a coisa certa, que aquilo é exatamente o que ele queria.

O mundo de Thomas é um tubo hexagonal com nove metros de comprimento, dominado em uma das extremidades pela estação de trabalho e na outra por uma grande escotilha que leva a uma câmara de vácuo e daí para o gigantesco e infinito espaço.

Thomas não visita aquela extremidade da cápsula com frequência.

Entre as duas extremidades estão inúmeros equipamentos eletrônicos (Thomas desconhece a utilidade da maioria), uma série de portas que dão para os compartimentos de armazenagem que contêm as mais variadas coisas (em sua maioria desidratadas) necessárias para mantê-lo vivo durante sua jornada, e uma esteira, que ele usa para se exercitar e impedir que seus músculos atrofiem por completo.

Trata-se, para todos os efeitos práticos, de um lar. Possui uma rotina como um lar, até, mas em vez de sair de manhã para o trabalho e voltar para casa e ficar vendo televisão ou ouvindo música enquanto o jantar esquenta, Thomas começa cada dia em um saco de dormir preso na parede. Ele tentou dormir solto na microgravidade, mas seu corpo foi sugado para as saídas de ar. Em seguida, ele prepara o café da manhã, uma comida desidratada e sem gosto ou uma barra de frutas nutritiva, e depois se lava e usa a privada, o que é sempre divertido. Passa a manhã verificando todos os sistemas, depois chega a hora do exercício, e em seguida ele deveria ler todas as tarefas que terá de executar quando chegar a Marte... a principal sendo manter-se vivo, o que parece incluir bastante plantio de batatas.

A música cessa e é substituída por um barulho agudo, insistente e desagradável. Ele dá as costas para a janela, para o mundo, e dá um impulso na parede, nadando na gravidade zero até o monitor aparafusado na parede, seu livro de palavras cruzadas e o lápis pairando acima dele. A tela está mostrando as palavras NOVA CHAMADA.

— Que beleza — murmura ele enquanto a tela se dissolve em uma confusão de pixels, que se rearranjam para mostrar uma imagem falhada de um grupo de pessoas de terno diante de fileiras de técnicos sentados diante de terminais de computador.

— Aqui é o Controle da Missão para o Major Tom! — diz o homem que está no meio do grupo, alto, magro e com o cabelo preto penteado para trás. — Responda, Major Tom!

Thomas se ancora diante do monitor e uma imagem de sua cabeça, do tamanho de um selo postal, aparece no canto inferior da tela. Ele olha para a própria imagem e se pergunta se devia ter feito a barba; ele dispõe apenas de um barbeador elétrico para a tarefa, e o odeia. De repente lhe ocorre que provavelmente nunca mais na vida vai ter a oportunidade de usar uma lâmina de barbear. Seu cabelo castanho, salpicado de branco, está comicamente arrepiado, como algas balançando ao sabor da correnteza.

— Alô, Controle da Missão. Aqui é *Cabananik-1*, ouvindo vocês em alto e bom som.

Há uma comemoração dos técnicos, embora muito discreta, educada, britânica. O homem de terno, o diretor Baumann, olha de cara feia para a câmera.

— Você vai continuar chamando a *Ares-I* por esse nome ridículo, Thomas?

— Você vai continuar dizendo "aqui é o Controle da Missão para o Major Tom" todos os dias durante os próximos sete meses?

O cabelo do diretor Baumann é tão preto que ele deve pintar. Ele também nunca deixa de usar gravata, com o botão de cima da camisa orgulhosamente abotoado. Thomas desconfia de qualquer pessoa que use gravata para trabalhar nos dias de hoje. É totalmente desnecessário. Gravatas são para enterros, com os quais Thomas tem muita experiência, e casamentos, dos quais ele tem um conhecimento mediano. As camisas de Baumann são tão bem passadas que ou ele tem transtorno obsessivo-compulsivo ou uma esposa acorrentada a um ferro de passar no porão. Mas Thomas se dá conta de que o que ele mais detesta no diretor é a sua paixão por pranchetas. Ele nunca é visto sem uma. Consulta a que está segurando no momento.

— De acordo com nossos diagnósticos, todos os seus sistemas estão funcionando perfeitamente. Você já finalizou as verificações a bordo?

Thomas afasta com a mão o livro de palavras cruzadas que está pairando incriminatoriamente diante da câmera e murmura algo evasivo. Baumann diz:

— Como deve saber, o lançamento foi executado impecavelmente. Você está adequadamente alinhado com a Órbita de Transferência de Hohmann e os motores estão funcionando perfeitamente. A viagem começou, Thomas. Seu destino está agora a quinhentos milhões de quilômetros de distância. De acordo com a NASA, existe uma pequena chuva de micrometeoroides nas proximidades, mas não deve causar nenhum problema.

Falando sobre o clima, mesmo no espaço. Muito britânico.

— Sabia que eu devia ter trazido guarda-chuva.

Os técnicos começam a rir. Uma mulher que segura um iPad como se fosse um bebê ajeita o cabelo com a mão livre.

— Estamos gravando esta sessão para liberar para a imprensa. E consta aqui que hoje é seu aniversário...? — A voz da mulher fica mais aguda, em um horroroso tom monótono.

Trata-se de Claudia, chefe de Relações Públicas. Thomas sabe que ela o odeia pelo que ele fez um ano atrás. Ela tem um corpo esbelto e queimado de sol, e Thomas tem para ele que ela passa todo o tempo livre engajada em algum tipo de exercício muito dispendioso, socando sacos de couro, tentando ser objetiva enquanto repara no cabelo desgrenhado e no rosto pálido de Thomas. Todas as vezes em que a viu, ela estava usando uma roupa diferente, anunciando discretamente o nome da grife ou do estilista para quem estivesse por perto, como se fossem senhas secretas para o seu maravilhoso e caro mundo da moda.

— Onze de janeiro. Mesmo dia, todo ano. Não me diga que colocaram um bolo em algum tubo por aqui? Não tem como ser pior do que o tubo de chá. É doce demais. E certamente não é o Earl Grey que eu pedi.

Baumann mexe as sobrancelhas, com um ar de *pelo amor de Deus, pare de ser um cretino rabugento*. Claudia manuseia o iPad.

— Temos alguém *muito especial* aqui para falar com você, Thomas...

Ele abre a boca e torna a fechá-la. É mesmo? Alguém especial? Será... será que é a Janet?

✳ 3 ✳

41 METROS ACIMA DO NÍVEL DO MAR

— O telefone da vovó está tocando — grita James.

Depois:

— Não tenho nenhuma camisa limpa.

E:

— Hoje tem educação física, cadê meu uniforme?

Seguido por:

— E eu odeio sanduíche de presunto. Não posso comer na cantina do colégio?

Gladys está sentada em sua poltrona de frente para a lareira na pequena sala de estar do número 19 da Santus Street, em Wigan, admirando seu longo roupão axadrezado e cor-de-rosa. É como os edredons que costumavam chamar de Continental Quilts na sua época. Ela gostaria de saber por quê. Será que eles vinham do continente? E por que precisariam deles por lá? Não fazia calor o tempo todo no continente? Ou, pelo menos, nos lugares para os quais as pessoas costumavam viajar quando diziam que iam "ao continente"? Lugares como Benidorm e tal?

James está de pé na entrada da cozinha, sem camisa, com os cotovelos brancos e ossudos encostando em cada lado da moldura da porta enquanto abre os braços, como que implorando que alguém faça alguma coisa. Ele vai pegar uma pneumonia, ficando ali parado, praticamente sem roupa, no meio de janeiro. Gladys pensa por um instante que ela pode tentar ajudar. Afinal de contas, é o seu celular que está tocando; James tem razão. Embora o som esteja abafado, como se o celular estivesse dentro de um balde no fundo de um poço. É impressionante o que eles conseguem fazer atualmente; James colocou uma música antiga como toque no lugar do som de campainha. É "Diamonds and Rust", de Joan Baez, uma das preferidas de Gladys, apesar de deixá-la triste, e muitas vezes ela não sabe bem por quê. Talvez seja porque é uma música sobre se lembrar de coisas que aconteceram há muito tempo, e isso é praticamente tudo que Gladys tem feito ultimamente. Ela então se lembra de uma coisa que não tem relação com nada, mas que, na sua opinião, é algo que vale a pena recordar. "Wigan fica 41 metros acima do nível do mar."

James resmunga e encara os cotovelos, os braços cruzados.

— Ellie! — chama Gladys da poltrona. — James está precisando de... umas coisas. Vou passar a camisa dele.

Escuta-se um grito abafado vindo do andar de cima. Gladys faz um muxoxo para o cabelo de James, comprido e ondulado demais para um menino de dez anos, e levanta com esforço o corpo magro. A sala de estar é pequena, apenas uma poltrona, o sofá e a televisão, uma porta que dá para a cozinha, onde fica a escada. Atrás do sofá há um cesto de plástico com uma pilha enorme de roupa lavada. A tábua de passar já está montada ao lado do sofá; está assim há meses. Para sempre. Gladys remexe na pilha, encontra uma camisa branca e liga o ferro na tomada.

— Vou lhe dar um trocado para comer alguma coisa no colégio.

James revira os olhos e vai ele mesmo vasculhar o cesto, de onde pega um short e uma camisa de rúgbi.

— Quer que eu passe essas roupas também? — pergunta Gladys.

James enfia o short e a camisa na mochila.

— Não precisa. Até a hora da merenda eles vão estar sujos de lama e provavelmente de sangue. Eu não sei por que temos de jogar rúgbi em janeiro. A gente devia fazer isso no verão.

— Seu avô sempre foi bom no rúgbi. Ele devia ter jogado por Wigan quando era mais moço.

Gladys examina os botões da camisa que esticou na tábua de passar. A costura está muito malfeita. Isso seria intolerável na sua época. Ela olha a etiqueta. Feito em Taiwan. Está explicado.

— Vovó!

Ellie aparece na porta da cozinha. Ela está usando maquiagem demais nos olhos, como de costume. O cabelo parece ter passado por um rolo compressor. E essa saia. Praticamente um cinto. Não que Gladys tenha moral para falar. Ela adorava uma minissaia. Belas pernas. Era o que todos os rapazes diziam. Foi a primeira coisa que Bill disse a ela, quando estavam em frente à lanchonete, perto do pub Ferris Wheel.

— Você tem belas pernas, broto.

Gladys gostava do Ferris Wheel. Um bom copo de cerveja preta no sábado à noite. Ela se pergunta se o pub ainda existe, mas depois se lembra de que foi demolido para dar lugar a um grande supermercado.

— Vovó!

Ellie entra na sala, se espreme entre o sofá e a parede e pega o ferro, que estava parado em cima da camisa de James.

— Era só o que me faltava.

Há uma grande mancha marrom, com o desenho do ferro, bem em cima do bolso.

Ellie leva as mãos ao rosto.

— Ele só tem três camisas.

— Vou passar outra — diz Gladys. Ela levanta a camisa e a examina criticamente. — As costuras desta aqui não prestavam, de qualquer jeito. Vou cortar para fazer de pano de chão.

— Deixa que eu passo — diz Ellie, gentilmente afastando Gladys da tábua de passar, segurando-a pelos cotovelos. — Vá se sentar. Já tomou o café da manhã?

— Uma torrada e uma xícara de chá seriam ótimos. Você viu meu celular? Eu ouvi ele tocando.

James já está vestindo uma camisa branca amarrotada.

— Essa aqui tá boa — diz ele, em um tom que sugere o contrário. — Não posso perder o ônibus.

— Não esqueça a merenda — diz Ellie, esfregando o lóbulo da orelha. — Alguém viu meu brinco?

— Alguém viu meu celular? — diz Gladys. — Eu liguei no carregador quando você chegou com as compras ontem à noite. Eu estava guardando a comida, agora me lembro.

James está de pé diante da geladeira, contemplando-a como se contivesse todo tipo de coisas maravilhosas. Ele estende a mão e retira seus sanduíches embrulhados em plástico.

— Ele tá aqui, vovó. Seu celular. Você deixou na geladeira. No lugar da manteiga.

James começa a rir e entra na sala com o telefone na mão. Ellie balança a cabeça.

— Vovó!

Gladys coça o queixo.

— Eu poderia jurar que liguei o telefone no carregador ontem à noite. Ali, no aparador.

O aparador, um móvel pequeno e barato, fica embaixo da janela. Sobre ele está uma tigela com duas tangerinas murchas, seguida por fotografias do pai e da mãe de Ellie e James. James aponta e começa a rir de novo.

— Ai, Jesus. Que nojo.

Atrás da tigela de frutas está o fio serpenteante do carregador do telefone de Gladys, com o conector espetado em um pacote de manteiga que começou a derreter e se espalhar no tampo envernizado.

— Pode deixar que eu limpo — diz Ellie, bufando. Ela olha para o celular. — James, tá na sua hora.

— Até mais tarde — diz ele.

Gladys observa James enfiando um biscoito na boca antes de sair. Ela pisca para o neto. *Nosso segredinho.*

Ellie olha de novo para o celular.

— Droga. Vou chegar atrasada na escola.

Ela corre para a cozinha (está sempre correndo, essa garota), e Gladys escuta a chaleira chiando e a torradeira em ação. Cinco minutos depois, Ellie aparece com uma xícara de chá e uma torrada com manteiga em um prato, com outra fatia de torrada pendurada na boca.

— Você é uma boa menina — diz Gladys.

Ellie fica de cócoras na frente de Gladys e tira a torrada da boca.

— Vovó — diz ela. Sempre séria. Sempre séria e apressada. — Vovó, me promete que hoje você não vai sair de casa. Nem ligar nenhum aparelho. Eu deixei um Tupperware na geladeira com o seu almoço. Para esquentar, é só colocar dois minutos no micro-ondas. Escrevi isso num papel e colei na tampa. É só seguir as instruções, certo? Tá conseguindo fazer chá direitinho?

— Claro que sim — responde Gladys, em tom ofendido. — Eu não sou nenhuma criança. Vou fazer setenta e um.

Ellie faz que sim com a cabeça.

— Não abra a porta para ninguém e ignore qualquer ligação, a menos que apareça na tela que seja minha ou do James, tá bem?

Gladys bate continência para Ellie e começa a rir. Ellie continua séria. Ela olha em volta procurando sua mochila, a encontra perto do aparador e a pendura no ombro.

— Vou estar de volta às quatro. James deve chegar em casa às três e meia. Tá? Fique vendo TV. Não se esqueça de almoçar. Acho que podemos comer palitos de peixe no jantar. Depois vou ter que sair para trabalhar.

— Ótimo — concorda Gladys. — Se bem que eu preferia uma torta de carne com batata. Você sabia que não é mais permitido usar esse nome? Ela deve ser chamada de torta de batata com carne porque tem mais batata do que carne. Mas palitos de peixe com um pouco de molho está ótimo. Tenha um bom dia na escola.

Quando Ellie finalmente sai de casa, Gladys suspira. Às vezes ela não consegue ouvir os próprios pensamentos com a correria daquela casa. Ela olha em torno à procura do controle remoto e o encontra no aparador da lareira, aponta para a televisão e mexe nos botões até ela ligar. Notícias, notícias, notícias. Os mesmos idiotas no mesmo sofá. Algumas bobagens dos americanos. Gente partindo para uma viagem no espaço. Tantas opções e nada que valha a pena. Gladys poderia continuar a ler o seu livro se soubesse onde ele está. Ou se lembrasse do nome. Ou do que se trata.

Ela pega seu celular e fica se perguntando quem estava ligando da geladeira mais cedo. Não, não da geladeira. De dentro da geladeira. Enquanto o telefone estava na geladeira. Podia ser seu namorado, embora ele não use o telefone normalmente. Na verdade, ele nunca usa o telefone. Prefere e-mail. Gladys olha para a tela, que indica UMA CHAMADA PERDIDA seguida por um número que ela não reconhece… bem, um número que não tem um nome atrelado a ele, pelo menos. Então ela dá um pulo e quase deixa cair o celular quando ele começar a tocar.

— Alô? — Gladys escuta por um momento o que a jovem com uma voz muito agradável tem a dizer. Ela pensa um pouco e responde: — É verdade, eu acho que tenho um seguro de proteção financeira. Quantos empréstimos? Ah, uns seis ou sete, acho. Oito. Acionar o seguro? Parece interessante…

✳ 4 ✳
COMO SÃO AS COISAS NO ESPAÇO

Thomas olha para a própria imagem no canto do monitor e tenta ajeitar o cabelo, que logo se eriça de novo. Ele se pergunta se poderia interromper a transmissão para se barbear. O que ele não entende é por que sua ex-mulher estaria ali, meses depois de dizer que jamais voltaria a falar com ele.

Então um homem de camisa xadrez e uma criança pequena aparecem na tela. E não, nada de Janet. Claudia chama a menina para perto dela com um gesto.

— Fizemos uma competição na escola de ensino fundamental onde você estudou, em Caversham, para que um aluno tivesse a oportunidade de lhe fazer uma pergunta. — Ela coloca a mão no ombro da menina, que parece ter nove ou dez anos de idade. — Essa é a Stephanie. E esse é o Sr. Beresford, ex-professor dela. Vamos, Stephanie, diga oi, não seja tímida.

Thomas volta sua atenção para o professor. Ele parece suficientemente jovem para ser seu filho. A menina acena um olá envergonhado e Thomas diz:

— Meu professor era o Sr. Dickinson. O que foi feito dele?

O Sr. Beresford responde:

— Ah, você se refere ao Tony Dickinson? Eu acho que ele se aposentou faz um tempo e morreu no ano passado. Eu me lembro de ter lido algo a respeito no jornal da escola.

— Maravilha. Ele era um sádico filho da mãe. Uma vez ele me deu três varadas na bunda só porque tirei meleca do nariz durante a aula. Espero que ele tenha sofrido muito antes de morrer.

— O Major Tom… — diz Baumann, com os dentes cerrados.

— O Major Tom tem um… senso de humor estranho, Stephanie. Ele não está falando sério.

— Eu estou falando muito sério. Acho que o velho Dicky tinha prazer em bater nos meninos. — Ele dirige a atenção para o Sr.

Beresford, que exibe um corte de cabelo moderno e a barba da moda. — Acho que eles não permitem que vocês façam esse tipo de coisa nos dias de hoje. Seriam processados criminalmente ou coisa parecida.

Claudia vai abrindo caminho com os cotovelos para ficar na frente de Baumann, que está quase arrancando o colarinho de sua camisa fora.

— Enfim, Thomas, Stephanie tem uma pergunta para você.

— Se ela vai perguntar como eu faço cocô no espaço, vou logo respondendo que é um processo demorado, cansativo e extremamente constrangedor.

Thomas vê Baumann levar uma das mãos à testa. A menina olha para o professor e depois para Claudia, que sorri amarelo e a cutuca gentilmente para prosseguir. Ela olha para uma folha de papel e recita, com a voz trêmula:

— Qual é a melhor coisa de estar no espaço?

Minha nossa, essa foi a melhor pergunta que eles conseguiram arranjar?

Tarde demais, Thomas percebe que disse isso em voz alta. O rosto da menina se contrai e ela começa a chorar. Thomas fecha os olhos.

— Tá. Você quer saber qual é a melhor coisa de estar no espaço? É não estar na Terra. Eu devia ter a sua idade quando me dei conta de que o mundo é uma merda e todo mundo que está nele também. Eu passei toda a minha vida vendo minhas ambições definharem e morrerem. Então, quando surgiu a oportunidade de deixar tudo para trás, literalmente deixar a porra toda para trás, digo, eu agarrei com unhas e dentes. Eu consegui a única coisa que sempre quis. Ninguém por perto. Eu estou sozinho. Em completa e total...

Sol. Um Romano. Ofertam. Sol. I. Dão.

— SOLIDÃO! — exclama Thomas, abrindo os olhos e olhando em torno, à procura do livro de palavras cruzadas. Então ele percebe que não aparece mais nada na tela do monitor. Os filhos da mãe cortaram o sinal.

O lápis está pairando em algum lugar perto da janela e ele o está quase alcançando quando ouve um zumbido agudo vindo de um tablete de plástico cinzento que não havia notado antes. Ele o pega cautelosamente e percebe que se trata de uma espécie de telefone.

— Alô?

— Thomas, aqui é o diretor Baumann — diz uma voz, no meio de um monte de ruído. — Perdemos a comunicação antes que você voltasse a falar. Não se preocupe, já estamos trabalhando para descobrir a causa do problema. Provavelmente é apenas uma falha do software. Mas se eu fosse você, já estaria queimando as pestanas nos procedimentos de AEV.

Queimando as pestanas? Quem diz isso hoje em dia? Thomas deixa o comentário sobre a AEV de lado para soltar um suspiro resignado.

— É nisso que dá comprar todos os sistemas de computação em uma liquidação do PC World.

O diretor Baumann o ignora.

— Estamos cuidando do assunto. Por enquanto, vamos ter que usar esse sistema para nos comunicarmos.

— Eu não sabia que tinha um telefone aqui.

Thomas tira o tablete de plástico temporariamente do ouvido para examiná-lo. Parece algo da década de setenta. Considerando que o *Cabananik-1* é uma mistura degradada de sobras em promoção do programa espacial soviético, provavelmente é. Mas pelo menos funciona.

— É um telefone Iridium — explica Baumann. — Ele usa os satélites que estão na órbita da Terra para retransmitir o nosso sinal. O problema é que daqui a algum tempo você vai estar fora de alcance. A tecnologia é um pouco antiga e limitada, mas existem cerca de sessenta e seis satélites capazes de cuidar do sinal, então não vamos perder o contato.

— Deviam ser setenta e sete — observa Thomas, distraidamente. — É o número atômico do irídio.

— Tanto faz — retruca Baumann, impaciente. — Nós estimamos que não levará muito tempo para restabelecer a comunicação principal.

— Então vocês não podem me ver? De forma alguma?

— Bem... não, não diretamente. Mas não precisa se preocupar. Os técnicos já estão...

— Cuidando do assunto, eu sei — diz Thomas. *Como pais de primeira viagem.* Ele estende a mão para pegar o livro de palavras cruzadas flutuante. — Bem, se você tem certeza de que não pode me ver... acho que vou fazer, hum, alguns testes. E coisas do tipo.

— Muito bem — diz Baumann. — Como são apenas as comunicações visuais que estão interrompidas, vou lhe mandar por e-mail alguns números que você pode usar em caso de emergência para nos chamar pelo telefone Iridium.

— Números? Números de telefone normais? É assim que essa coisa funciona?

— Isso mesmo. Números de telefone normais. Vamos nos manter em contato. E Thomas... você fez aquela menina chorar, sabe. Existe alguma chance de você deixar de ser um... um...

Aparentemente, o diretor Baumann não consegue encontrar a palavra certa.

— Um imbecil filho da puta? — propõe Thomas.

Ele não pode ver o diretor Baumann, óbvio, mas pode imaginá-lo segurando a prancheta contra o peito, apertando o nariz com o polegar e o indicador, suas sobrancelhas se unindo.

— Sim — diz o diretor Baumann, em tom resignado. — Existe alguma chance de você deixar de ser um imbecil filho da puta, principalmente quando temos convidados que querem falar com você?

— A chance é tão grande quanto a de uma bola de neve sobreviver no inferno.

— Thomas — diz novamente Baumann, usando um tom de quem está se dirigindo a uma criança pequena. — Thomas. Assumimos um grande risco ao escolher você para esta missão. Eu preciso lembrar que você fez certas... promessas? No que diz respeito ao seu compromisso com a missão?

— Eu acredito que você saiba que meu compromisso com a missão é total — diz Thomas, com os dentes cerrados. — Levando em consideração o fato de que estou, no momento, numa viagem só de ida para Marte e de que provavelmente estarei morto antes que qualquer outro ser humano arraste sua bunda para lá. O que, como já é de conhecimento geral, é uma situação que me satisfaz plenamente. E se você puxar pela memória, vai se lembrar de que não foram vocês que me escolheram para essa missão. Eu me escolhi.

Thomas ouve a voz abafada de Claudia ao fundo, dizendo:

— Pois é, eu envelheci cinco anos naquele dia, e nunca vou perdoá-lo por isso.

— É, Thomas, sabemos muito bem disso. De tudo isso. Mas você também precisa reconhecer que todos nós temos certas responsabilidades... é uma grande honra para todos nós estarmos envolvidos na viagem do primeiro ser humano a Marte. Existem certos papéis que devemos desempenhar. Precisamos manter um nível adequado de... presença. Para isso...

— Não, eu me recuso totalmente a tuitar. Deixa isso por conta da Claudia. Inventa alguma bobeira de vez em quando a respeito de como a Terra é linda vista do espaço e como meus foguetes estão funcionando perfeitamente. Tenho certeza de que as pessoas vão delirar. Isso vai deixar os patrocinadores satisfeitos, né? Diga a eles que estou tomando banho de Coca-Cola e usando Big Macs como travesseiros, se isso for ajudar.

Há um silêncio cheio de chiados. Baumann dá um profundo suspiro.

— Certo, Thomas. Vamos nos manter em contato.

Baumann desliga. Thomas olha por um instante para o telefone e diz:

— Feliz aniversário pra mim.

Depois, coloca o telefone no lugar.

Ele tenta fazer palavras cruzadas, mas não consegue se concentrar. Ele achou que tivessem chamado a Janet. Achou que ela queria falar com ele. Como pode ter sido tão burro? Depois de tudo o que aconteceu, depois de receber a carta do advogado dela no aniversário *anterior*... bem. Depois da última vez que a viu, ele supõe que ela seria a última pessoa da Terra que teria vontade de falar com ele. Ainda assim, era o aniversário dele. Thomas deixa o lápis e o livro flutuarem para longe e vai pegar um daqueles tubos autoaquecidos que contém um chá repugnantemente doce que não é Earl Grey. Enquanto o espreme na boca, ele olha para o telefone Iridium e o segura. Ele tem botões, e está ligado ao painel de controle por um fio preto e grosso. Será que...

Thomas digita o número do telefone da Janet, que está gravado permanentemente em sua mente, e escuta os cliques e chiados e o súbito e emocionante som de um telefone tocando.

✻ 5 ✻
O CONSELHO DE GLADYS ORMEROD À NAÇÃO

Gladys vê que a água da chaleira está fervendo e pensa que deveria mudar de roupa. Teve uma conversa agradável com aquela mocinha, embora ela não parecesse tão simpática como no começo depois de descobrir que Gladys provavelmente não tinha nenhum empréstimo coberto por um seguro de proteção financeira. Mesmo assim, foi muito gentil da parte dela se dar ao trabalho de ligar e perguntar.

Gladys volta com o chá para sua poltrona na sala e examina a lista de programas na televisão. Em que canal estava passando *Pebble Mill at One* mesmo? Ela gosta do programa. Mas parece que é só um monte de gente batendo boca sobre quem é o pai da criança que vai nascer, ou julgamentos, ou pessoas viajando pelo interior comprando antiguidades. Enquanto está escolhendo, Gladys ouve o barulho da portinhola de correio e a leve batida de algo caindo no tapete de entrada. A sala de estar dá diretamente para a rua e Gladys vai até a porta, onde encontra um envelope pardo no chão. Envelopes pardos nunca têm coisas interessantes. Ela se abaixa e ouve seu quadril estalar. Há uma janelinha no envelope com o nome do seu filho dentro. Ora, ele não está morando ali. Eles deviam saber disso. Na parte da frente está escrito, com grandes letras pretas, CONTÉM UMA MENSAGEM IMPORTANTE. ISTO NÃO É UM INFORMATIVO.

Gladys encara o envelope por um tempo. Claro que não é um maldito informativo. É oblongo. Diz em voz alta:

— Oblongo.

Isso a faz rir. Nem devem usar mais essa palavra hoje em dia. *Retangular*, diriam, provavelmente. Ela acha que prefere oblongo. Não existe um chá chamado oblongo? Feito na China? Ou em Taiwan, como a camisa do James? Gladys se pergunta quando pararam de usar a palavra oblongo. Talvez seja coisa dos europeus. De acordo com o noticiário, a maioria das mudanças é coisa dos europeus. Eles provavelmente trouxeram para cá a palavra *retangular* na mesma época em que começaram a mandar Continental Quilts. O que a faz se lembrar de que ela deveria mudar de roupa. Depois de olhar mais uma vez para a carta, Gladys sobe para o segundo andar para vestir uma saia e uma blusa e coloca o envelope pardo, ainda fechado, no fundo da gaveta onde guarda as meias e calcinhas, junto com todos os outros envelopes pardos fechados.

— Alô?

Desta vez é um rapaz. O nome dele é Simon. Ela escuta atentamente e responde:

— Sim, na verdade, você acertou. Nós sofremos um acidente. Quando? Bem, meu marido estava dirigindo. Bill. Mas não foi culpa dele. A vaca apareceu de repente. Bem, sim, eu acho que foi culpa de alguém. Da vaca, para começo de conversa. As pessoas acham que as vacas são lentas, mas aquela vaca foi bem rápida. Saiu direto do pasto. A porteira? Sim, estava escancarada. Foi assim que a vaca saiu. Não, você está certo, alguém deve ter deixado a porteira aberta. Bem, eu não acho que a vaca teria aberto sozinha. Vacas não são muito inteligentes, né? Pelo menos aquela não era. Eu não imagino que uma vaca que fosse inteligente o suficiente para abrir uma porteira ia ficar parada na frente de um carro. Quando? Bem, como eu disse, Bill estava dirigindo. Era um carro azul-claro. Um Toledo, se não me engano? Triumph? Sim, é um carro velho. Bem, na época não era. Ele estava bem novo. Não novo, novo, óbvio, mas novo para nós. O estrago foi grande. Para a vaca. O carro ficou bem. Bill? Não, você não pode falar com ele. Ele morreu já faz vinte anos. Alô? Simon...?

O telefonema deixou Gladys triste, porque a fez pensar em Bill. Ela sente muita falta de Bill. Às vezes se esquece de que ele teve o ataque cardíaco, e espera que ele chegue em casa na hora do jantar como sempre fazia. Às vezes consegue se lembrar com mais nitidez do que preparou para o jantar do marido há trinta anos do que o que ela comeu hoje. A pior parte é que tinham brigado no dia em que ele saiu para trabalhar e nunca mais voltou. Se pudesse mudar qualquer coisa na sua vida, ela não teria brigado com o Bill naquela quinta-feira de manhã. Se o Primeiro-Ministro aparecesse e perguntasse que conselho daria para a nação, ela diria para jamais deixar alguém que você ama sair de vista se vocês brigaram e não fizeram as pazes. Você nunca sabe quando vai receber um telefonema dizendo que seu marido passou mal no trabalho e foi levado para o hospital. Você nunca sabe quando vai ter de pegar dois ônibus para chegar ao hospital apenas para descobrir que ele morreu quase instantaneamente de um infarto fulminante. Você nunca sabe quando vai estar parada ao lado do seu marido, que está frio e pálido e não parece a mesma pessoa, e você vai estar dizendo *eu te amo* várias e várias vezes, mas ele não consegue te ouvir e você gostaria de ter dito isso antes de ele sair para trabalhar, porque mesmo que fosse a hora dele e nada pudesse impedir que ele morresse, pelo menos ele não teria morrido com aquelas últimas palavras que você disse, todas cruéis e carregadas de rancor.

Não tinha nem sido uma briga séria. Era sobre papel de parede. Ela queria colocar um papel de parede com textura no quarto, mas Bill detestava papéis de parede com textura.

Vinte anos é um tempo muito longo para ficar sozinha. Ela olha em volta pela sala de estar vazia, olha o sofá, a poltrona e o peitoril da janela, e se pergunta para onde foi todo mundo. Não James e Ellie; ela sabe que eles estão na escola. Ela ainda não está *totalmente* gagá. Mas para onde foram todos os outros? Por que o Bill infartou? O que aconteceu com todas as pessoas que trabalhavam com ela na fábrica de costura? Onde está a Sra. Mir do número 35? Ela não a vê há anos. Uma mulher adorável. Criou todos aqueles filhos, e nenhum deles, pelo que Gladys sabe, se tornou um daqueles terroristas que aparecem na televisão. Nenhum. Isso deve valer alguma coisa, né? Tem de *significar* alguma coisa. As pessoas não dão às mães o valor que elas merecem.

Gladys olha em volta mais uma vez. Esta casa está precisando de uma mãe. Faz quanto tempo que a Julie partiu? Ela não se lembra. Tem dias em que não se lembra de muita coisa. Ela às vezes se pergunta se suas memórias estão desaparecendo, estourando como as bolhas de sabão que as crianças costumavam soprar nos dias ensolarados, ou se estão em algum lugar da sua cabeça e ela simplesmente perdeu a chave para destrancá-las. Ela espera que seja isso, que as memórias ainda estejam lá. Tudo indica que estejam, porque às vezes uma memória simplesmente emerge, como uma truta em um rio, aparece de repente e a faz rir, ou às vezes chorar. Talvez um dia os médicos descubram uma chave que ajude as pessoas como ela a destrancar todas essas memórias ocultas. Eles têm feito maravilhas, ultimamente. Ajudando os cegos a ver e os surdos a ouvir. Ela viu um homem no noticiário com pernas mecânicas que pareciam facas de manteiga flexíveis. Então ela se lembra de que ele talvez tenha matado alguém. Isso só prova como as coisas são. A Sra. Mir pode ter trocentos filhos e nenhum vira um homem-bomba, mas você dá a um homem sem pernas um par de facas de manteiga flexíveis e ele atira em alguém do outro lado de uma porta.

Como não está passando nada que preste na televisão, e Gladys não sabe onde está o seu livro, ela pensa em Bill e chora um pouquinho e depois decide tirar um cochilo antes de colocar o almoço no micro-ondas.

E então o telefone toca de novo. Desta vez não é a mulher do seguro de proteção financeira nem o homem da central de assistência a acidentes. Também não é alguém oferecendo um empréstimo ou querendo consertar seu computador ou fazendo uma pesquisa de opinião.

Parece ser, o que surpreende até mesmo Gladys, um homem do espaço.

✳ 6 ✳
11 DE JANEIRO DE 2016.
DAVID BOWIE ESTÁ MORTO

O dia em que Thomas faz quarenta e seis anos começa com a notícia de que David Bowie morreu no dia anterior. Ora vejam só, pensa Thomas. Uma notícia dessas logo no dia do meu aniversário. Ele passa algum tempo tirando os discos de vinil de Bowie da prateleira Ikea da sua sala de estar, namorando as capas, demorando-se na ilustração arrepiante da capa de *Diamond Dogs*. Na verdade, quando era criança, sentia ao mesmo tempo fascinação e repulsa por Bowie: o horror apocalíptico e psicodélico do clipe de "Ashes to Ashes", a ficção científica maluca de Ziggy Stardust. Fica surpreso ao saber que Bowie tinha sessenta e nove anos quando morreu; achava ao mesmo tempo que ele devia ser mais velho e mais novo. Bowie era atemporal, como uma de suas personas. Bowie não deveria morrer como as pessoas normais, ele era mais ficção do que realidade.

Thomas se dá conta de que ficou muito triste com a notícia. Ele ficaria ainda mais triste e tocaria algumas músicas de Bowie antes de ir para o trabalho, em respeito ao seu falecimento, se não fosse o maldito barulho de britadeiras na rua.

Thomas abre a cortina da janela e fica olhando, perplexo, para o batalhão de operários com coletes laranja destruindo alegremente a rua. Ele coloca a Radio Four a todo volume para abafar o ruído, até que o vizinho de cima começa a bater incessantemente no chão — o teto do apartamento de Thomas —, o que é um contraponto tão incômodo quanto as britadeiras na rua.

Então ele descobre que está sem água. Não pode tomar banho. Fica ali parado naquele boxe pequeno e mofado, olhando com ódio para o chuveiro silencioso. Ele não pode sair para correr antes do trabalho se não puder tomar banho depois. Vai até a cozinha, tão pequena que seus armários não ocupariam muito espaço em um trailer, e coloca a chaleira debaixo da torneira antes de se dar conta, ainda tonto de sono, de que o apartamento está obviamente sem água. Quer dizer que ele não vai poder tomar uma xícara de chá. Ele veste um roupão e desce abruptamente a escada para reclamar com os operários e só então nota uma pilha de cartas dirigidas "ao morador" na casinha do quadro de luz. Elas estão cobertas por uma fina camada de poeira, indicando que estão ali faz algum tempo. Thomas não compreende como não as viu antes. Ele desconfia de que a mulher que mora no apartamento do térreo, que ele vê às vezes remexendo no lixo à procura de latas vazias, que, por alguma razão, lava com a água de uma garrafa de dois litros que carrega com ela em uma mochila saco, recolheu as cartas e depois, por algum motivo que só ela sabe, decidiu colocá-las de volta no lugar.

Thomas rasga o envelope com o número do seu apartamento e encontra uma carta da empresa de água avisando que o fornecimento será desligado por três horas naquele dia para a execução de serviços urgentes. A carta foi enviada há três semanas. Ele pega a carta e bate com força na porta do apartamento do térreo até que a moradora, uma mulher de olhos arregalados e idade indefinida, o cabelo grisalho com frizz, vestida, de uma forma desconcertante, com uma camisa de malha do Motörhead e uma saia florida, olha pela fresta da porta, sem abrir a corrente de segurança.

— Você andou escondendo cartas? — pergunta Thomas, balançando o envelope.

A mulher olha para o envelope como se Thomas estivesse sacudindo um pardal morto.

— É contra a lei mexer na correspondência dos outros.

A cabeça da mulher levanta e abaixa enquanto seus olhos seguem o movimento raivoso do envelope.

— A água foi cortada — declara Thomas.

— Nesse caso, como eu vou lavar as latas?

— Eu não me importo! — grita Thomas, enquanto a mulher pisca a cada palavra. — Como eu vou tomar banho?

A mulher o olha de cima a baixo, criticamente.

— Bonito, esse seu roupão.

Thomas sai pisando duro até o seu apartamento, onde descobre que não só continua sem água, como a garrafa de leite na geladeira também está vazia. Mesmo que tivesse pensado em encher a chaleira antes de cortarem a água, o que não fez, porque não tinha visto a carta, ele não poderia beber uma xícara de Earl Grey, porque detestava chá sem leite. Agora ele não podia nem mesmo beber um copo de leite. Ou comer um cereal. Tem um restinho de suco de laranja; meio copo, no máximo.

As coisas pioram. Quando está saindo para trabalhar, o carteiro aparece e empurra um punhado de cartas pela porta. Nenhuma delas é um cartão de aniversário. Não que esperasse um. Thomas Major não pensa nisso com muita frequência, mas às vezes ele tem a impressão de que faz parte de um clube muito especial no planeta Terra. Sem família, sem amigos e em um emprego no qual evita conscientemente interações humanas o máximo que consegue. Pensando bem, ele acha que deve haver muitos como ele. De vez em quando, vê anúncios ou artigos nos jornais sobre solidão, especialmente perto do Natal. Mas eles fazem parecer que não ter ninguém é uma coisa *ruim*. Entretanto, uma das cartas que o carteiro carrancudo entrega está endereçada a ele, um envelope pardo volumoso com seu nome formalmente impresso. Ele o abre na soleira e passa muito tempo lendo as páginas impressas e o Post--it escrito à mão com a letra da sua esposa Janet. Depois, dobra o envelope e o coloca no bolso.

Quando Thomas passa pelos operários escavando estrondosamente a rua, reclama:

— Vocês poderiam ter avisado sobre isso com antecedência.

— Vai se foder — diz, alegremente, um homem de colete laranja, com um cigarro enrolado à mão pendurado na boca. Thomas memoriza o nome da empresa terceirizada para fazer uma queixa formal da atitude do homem mais tarde.

O trem que vem da estação Paddington está tão cheio que Thomas mal consegue respirar.

Começa a chover na sua caminhada da estação Slough para a BriSpA.

Ele esqueceu o guarda-chuva no trem e chega ao trabalho ensopado.

No momento em que entra no prédio, ele vê que o saguão principal está cheio de pessoas com blocos de notas e gravadores e câmeras e microfones felpudos.

E, finalmente, quando consegue chegar à sua mesa de trabalho, há um e-mail, com o assunto URGENTE esperando por ele, escrito pelo diretor Baumann em pessoa, com quem Thomas não trocou mais que três palavras desde que começou a trabalhar ali, em uma festa de Natal dois anos atrás, à qual compareceu de má vontade, depois de muita insistência dos colegas.

Diretor Baumann:
— Então... Thomas, certo? Está gostando de trabalhar na BriSpA?
Thomas:
— Nada de especial.

Thomas poderia ter sido mais explícito, mas o diretor Baumann mexeu as sobrancelhas e foi trocar amenidades com outro funcionário.

Se o diretor Baumann se recorda do encontro anterior, não deixa transparecer quando Thomas entra na sua sala, que tem o que só pode ser descrito como a melhor vista possível de Slough. Ao contrário do cubículo no qual Thomas passa a maior parte do tempo, a sala de Baumann foi projetada de acordo com o que Thomas acredita ser princípios ergonômicos, o que, na prática, significa que ele dispõe de uma suntuosa mesa em formato de gota e uma máquina de *espresso*. O grande edifício industrial adaptado, que abriga tanto a espaçosa sala ergonômica de Baumann quanto a toca de coelho de Thomas, é a sede da British Space Agency — BriSpA. O acrônimo esquisito, que soa para Thomas como o nome de algum aparelho caro para purificar desnecessariamente a água, era para ser apenas BSA, mas já havia, como Thomas descobriu, várias outras organizações associadas às três iniciais, como, por exemplo, a Broadcastings Standards Authority, a Building Societies Association, um conhecido fabricante de motocicletas (cujo nome, como Thomas descobriu com surpresa ao consultar o Google, é

Birmingham Small Arms Company), a British Sandwich Association e a Belarusian Socialist Assembly.

— O que eu não entendo — diz Thomas, que àquela altura começa a desconfiar de que se trata de alguma forma de piada — é por que eu?

As sobrancelhas do diretor Baumann executam uma pequena dança. Thomas fantasia que elas são conscientes e o controlam como um par de parasitas, enquanto Baumann é mantido prisioneiro dentro do próprio corpo, gritando silenciosamente. Thomas tenta adivinhar quais seriam seus planos. Talvez sejam formas de vida alienígenas que estão controlando o diretor Baumann para poderem voltar ao planeta natal. Enquanto Thomas divagava, o diretor Baumann estava falando. A explicação, pelo que Thomas pôde entender, é que ele tem pinta de cientista.

— Tenho pinta de cientista?

Baumann agita a mão para cima e para baixo.

— É, você sabe. O cabelo. O jaleco. Todos esses lápis no seu bolso. Você tem pinta de cientista. O que não é comum, hoje em dia. Eu me lembro do tempo em que os cientistas pareciam cientistas.

— Como nos programas da Universidade Aberta que costumavam passar de manhã cedo.

Baumann olha para ele curiosamente. Thomas pensa que talvez as sobrancelhas estejam processando a informação, decidindo investigar a Universidade Aberta como uma possível alternativa para deixar o planeta. Então Baumann pega seu celular e começa a digitar.

— O que você está fazendo? — pergunta Thomas.

— Escrevendo um lembrete para falar com o RH — responde Baumann, distraidamente. — Mais jalecos. Mais como os da Universidade Aberta. Boa ideia, Thomas.

Thomas olha pela janela. Está caindo um temporal. Todo dia ele entra no trabalho e murmura:

— Venham, bombas queridas, caiam em Slough.

A recepcionista sempre olha para ele como se ele fosse um pouco estranho, talvez até mesmo um espião.

— Então, o que quer que eu faça?

Baumann se recosta na poltrona de couro.

— Este é um grande dia para a BriSpA, Thomas. Um grande dia. O maior de todos. Até agora mantivemos nosso plano em segredo, mas chegou a hora de revelá-lo ao mundo.

— Ah. A imprensa no saguão de entrada. Eu achei... bem, por alguma razão, eu achei que tivesse algo a ver com o David Bowie.

Assim que terminou de falar, ele se deu conta do quão estúpido soou.

Baumann concorda entusiasticamente, ou ao menos suas sobrancelhas concordam.

— Eu sei, isso me chateou muito.

Baumann sobe um pouquinho no conceito de Thomas. Então ele diz:

— Para ser sincero, hoje de manhã temi que isso fosse arruinar tudo. Sabe como é a imprensa. Celebridade pra cá, celebridade pra lá. O problema é que eu não queria estragar a surpresa. A Claudia passou a manhã toda no telefone falando com repórteres, tentando convencê-los a vir aqui, garantindo que valeria a pena. — Baumann se levanta e anda até a janela, observando a chuva escorrer pelo vidro. — Que dia de merda que ele escolheu pra morrer!

— Ele só tinha sessenta e nove anos.

— Exatamente! — exclama Baumann, voltando-se para Thomas. — Fico satisfeito em saber que pensamos da mesma forma. Só sessenta e nove anos! Ele poderia ter esperado um pouco mais para morrer. Desse jeito, eu não tenho certeza de que vamos conseguir tirá-lo das primeiras páginas. Quero dizer, *deveríamos*, mas, nos dias de hoje, nada é garantido, sabe? Você está divulgando o que considera a notícia mais importante da década, para não dizer do século, e vem alguém como... como o Justin Bieber e solta um pum, ou coisa parecida, e é nisso que as pessoas focam. Mas não se preocupe, para você não vai haver nenhum problema.

— O que, exatamente, eu tenho que fazer? — pergunta Thomas, preocupado com a possibilidade de ter se distraído em algum ponto da conversa e deixado passar alguma informação importante.

— Nada de mais, apenas cuidar dele até a coletiva de imprensa começar e ficar ao lado dele durante a entrevista, como se fosse cientista. Isso é tudo. — Baumann avalia Thomas por um momento. — Vamos arranjar uma prancheta para você.

— Mas quem é ele? — pergunta Thomas.

A grande sala de conferências foi preparada para a coletiva de imprensa. Thomas aguarda em uma sala menor, no mesmo corredor, bebendo chá com um homem que parece meditar, de olhos fechados, em uma cadeira estofada. Thomas, empoleirado em um banco, o observa por um momento.

— Então você vai ser o primeiro homem a pisar em Marte, né?

O homem é um tipo atlético, com a cabeça raspada, com quase quarenta anos. Está usando um macacão laranja acolchoado, cheio de bolsos e insígnias da BriSpA. Um traje espacial. Ele abre os olhos e olha para Thomas.

— Sim, sim, isso mesmo. É uma grande honra para mim.

— Você é militar?

— Fui da Força Aérea Real. Costumava pilotar helicópteros Westlands. Era piloto de teste. — Ele estende a mão. — Ex-tenente-
-coronel Terence Bradley.

Thomas aperta a mão dele, odiando o ex-tenente-coronel Terence Bradley pelo inevitável aperto de mão doloroso.

— Uma viagem de seis ou sete meses — diz Thomas. — Dependendo de como esteja a Órbita de Transferência de Hohmann. A mesma coisa para a volta, mais o tempo que você terá que esperar até o alinhamento seguinte; três ou quatro meses, provavelmente. Vai passar no mínimo um ano e meio longe da Terra, talvez mais.

O olhar de Bradley está perdido no horizonte.

— Eu não vou voltar.

Thomas arregala os olhos.

— O quê?

Bradley aperta os olhos.

— Qual é a sua credencial de segurança?

Thomas acena a prancheta.

— A maior de todas. É por isso que estou aqui.

Bradley faz que sim com a cabeça.

— Sabe todas essas missões de colonização? Elas só vão acontecer daqui a alguns anos, mas, quando chegarem a Marte, vão precisar ter uma infraestrutura inicial. Esse vai ser meu trabalho. Montar painéis solares, alguns módulos habitacionais, implantar um sistema de irrigação provisório.

— Você vai a Marte cavar valas? E não pretende voltar?

— Talvez eu consiga sobreviver até chegarem as primeiras missões comerciais. Talvez. Depende de como eu me sair na montagem das instalações e no cultivo de alimentos nos módulos habitacionais. — Ele sorri. — Sei o que você está pensando. Parece horrível, né? Uma missão suicida. Mas me preparei a vida inteira para isso.

— Horrível? — repete Thomas. — Ir definitivamente para Marte? Longe de tudo no planeta Terra?

Bradley concorda pesarosamente. Thomas balança a cabeça.

— Pois eu acho uma ideia maravilhosa.

Há um breve silêncio e depois Thomas pergunta:

— Você soube da morte do David Bowie?

Bradley olha para ele como se Thomas tivesse dito que o preço do pão aumentou dois centavos. Ele dá de ombros.

— Nunca esteve entre os meus preferidos. Chris Rea é muito melhor, na minha opinião.

A antipatia que Thomas sente por ele aumenta mais um pouquinho.

Uma mulher vestida com um terno sob medida e caro entra na sala e tira o cabelo castanho da frente do rosto.

— Olá. — Ela dirige a Thomas um olhar superficial. — Sou Claudia, chefe de Relações Públicas. A imprensa já está reunida. Vamos dar a eles dez minutos para criar uma atmosfera de suspense. Nesse tipo de situação, é importante escolher o momento certo. Para ser franca, a morte de Bowie nos deixou preocupados, mas parece que estamos com a casa cheia. — Ela consulta o iPad para verificar as horas. — Vou chamar você pelo telefone quando estiver na hora. Você entra e fica parado ali, com jeito de... com jeito de astronauta... por alguns minutos, o tempo suficiente para tirarem boas fotos. Tente manter o olhar distante, como se estivesse no espaço ou coisa parecida. E cuide para que a bandeira da BriSpA apareça nas fotos. É importante que o nome da empresa tenha destaque nos noticiários. Imagino que alguns repórteres vão querer tirar selfies com você. Não se faça de difícil. Isso é uma ótima divulgação. As fotos vão estar no Twitter antes do almoço. — Ela olha para Thomas. — Você. Acompanhe o ex-tenente-coronel Bradley até as mesas e depois se retire. Nada de exibicionismo, certo?

Quando ela sai, Bradley fecha os olhos e começa novamente a meditar.

— Quer uma xícara de chá? — pergunta Thomas. — Pode ser a última.

— Só vou viajar daqui a quase um ano. Tenho muitos preparativos pela frente. Vou treinar na Rússia, na Cidade das Estrelas.

— Então ainda vai poder tomar muito chá. Se conseguir um decente na Rússia.

Bradley faz uma careta e franze o cenho.

Thomas bebe vagarosamente um gole de chá e olha para ele por cima da borda da xícara.

— Tudo bem com você?

Bradley abre os olhos.

— *Glurrk* — diz ele.

— Isso é russo? É chá em russo?

Bradley olha para ele, leva a mão ao peito e escorrega lentamente para o chão. Terence Bradley, ex-tenente-coronel, ex-homem vivo.

— Caralho — diz Thomas.

Parece que Bradley não está respirando. Thomas tenta colocá-lo no que julga ser a posição lateral de segurança, embora ele tenha ficado mais parecido com uma criança dormindo, e corre para a porta. Ele pretendia procurar pela Claudia, mas se depara com um segurança jogando no celular.

— Ele perdeu os sentidos. O astronauta. Bradley. Eu acho que ele está morto.

— Caralho — brada o segurança.

Ele guarda o telefone no bolso e começa a gritar no walkie-talkie.

Dois homens entram na sala com um kit verde de primeiros socorros e empurram Thomas para trás. Olham para Bradley, olham um para o outro e dizem em uníssono:

— Caralho.

Um deles grita no telefone preso na parede enquanto o outro começa a tirar a roupa de astronauta de Bradley.

Então Thomas é empurrado ainda mais para trás na pequena sala quando um homem e uma mulher, em trajes de paramédicos, entram correndo. O homem entrelaça os dedos das mãos e começa a realizar massagem cardíaca no peito de Bradley. A mulher abre um estojo de plástico e tira um desfibrilador. O homem interrompe a massagem, encosta a boca na boca de Bradley e sopra com força três vezes. Ele olha para a mulher e diz:

— Caralho.

— Afasta — pede a mulher enquanto o homem rasga a camiseta branca de Bradley. O desfibrilador é ligado e o corpo de Bradley estremece violentamente quando a mulher aplica os eletrodos, que emitem um zumbido elétrico. Os dois paramédicos levantam as mãos, como quem pede silêncio, e depois olham um para o outro.

— Caralho.

Outros dois paramédicos chegam com uma maca, e depois Bradley, os quatro paramédicos, os dois primeiros socorristas e o segurança saem da sala, deixando Thomas sozinho com o traje espacial murcho, que dá a impressão de que o ex-futuro primeiro homem a pisar em Marte simplesmente evaporou.

Thomas fica olhando para o traje por um momento. Ele acha que devia dizer alguma coisa, mas tudo em que consegue pensar já foi dito, várias vezes, por todo mundo.

Então o telefone da parede começa a tocar. É a Claudia.

— Hum — diz Thomas.

— Estamos prontos. Pode trazê-lo agora.

Thomas sente que deveria contar o que aconteceu, mas, em vez disso, balbucia:

— David Bowie morreu.

— Eu sei — diz Claudia, com impaciência. — Já não tivemos essa conversa antes?

O telefone fica mudo. Thomas olha para o traje espacial no chão. *Horrível? Ir definitivamente para Marte? Longe de tudo no planeta Terra?*

Ele enfia a mão no jaleco e tira o envelope que chegou naquela manhã, sua única correspondência de aniversário. É da Janet, ou melhor, do advogado dela. Papéis de divórcio. Acompanhados por um bilhete de Janet escrito à mão. *Espero que você não crie problemas, Thomas. Eu conheci alguém. Está na hora de seguir em frente. De explorar novos horizontes.*

Ele sabia que isso um dia aconteceria, é lógico. Estavam separados havia cinco anos. Mal se falavam três anos antes disso. Os primeiros dois anos do casamento também foram problemáticos. Na verdade, pensando bem, houve mais ou menos um ano, bem no meio de tudo aquilo, que eles tiveram alguma coisa que vagamente pudesse ser chamada de *felicidade*. Ele sempre soube que ela encontraria um outro alguém. Ela merece ser feliz, pensa, e depois apaga o pensamento. Não, ela não merece. Ninguém *merece* ser feliz. As pessoas merecem ter comida, água, moradia e todos os outros direitos humanos básicos, mas não felicidade. Ela não é vital para a sobrevivência. Ele mesmo ficou muito bem sem felicidade desde que tinha oito anos de idade.

O telefone toca de novo. Thomas o ignora. Ele guarda a carta de volta no bolso do jaleco, tira a roupa e veste o traje espacial. Depois, sai silenciosamente e atravessa o corredor até a sala de conferências. Uma jovem está parada na entrada.

— Que. Porra. É...? — diz a moça, e, antes que consiga terminar, Thomas passa por ela, abre a porta e entra no burburinho de expectativa da sala de conferências.

Flashes começam a pipocar e surge um clamor audível na plateia quando o diretor Baumann anuncia, da primeira fileira de mesas:

— Tenho o grande prazer de apresentar a vocês o primeiro homem a pisar em Marte...

Thomas se aproxima das mesas e acena para os repórteres.

— Thomas Major — declara, em alto e bom som.

Há um silêncio momentâneo. Thomas olha de relance para Claudia, que está pálida. As sobrancelhas de Baumann brigam entre si. Há outras três pessoas de terno, que Thomas reconhece vagamente pelas fotografias na parede do saguão de entrada. Na parede atrás da tela estão a bandeira do Reino Unido e a bandeira da BriSpA.

Claudia se levanta e acena para a plateia.

— Ah, eu gostaria que todos olhassem nessa direção... temos alguns infográficos animados do... hum... do plano de voo e do...

Mas a atenção dos repórteres está toda concentrada em Thomas. Ele flexiona os músculos do braço dentro do traje espacial. A sensação é agradável. Então um dos repórteres da primeira fileira diz:

— Thomas Major? Major... Tom?

E então todas as câmeras iniciam a filmagem e todo mundo começa a fazer perguntas ao mesmo tempo, e Thomas ouve, baixinho, mas com muita nitidez, quando o diretor Baumann diz:

— Quem foi o responsável por essa brincadeira...?

✳ 7 ✳

O RIFLE DA VERDADE

Todas as famílias felizes são parecidas, mas cada família insanamente disfuncional tem uma forma diferente de ser insanamente disfuncional, pensa Ellie, sentada em um banco da praça, tentando se abrigar da chuva esparsa debaixo de algumas árvores secas enquanto procura por famílias felizes. Ela faz de conta que é um franco-atirador, como os de Stalingrado. Ela estudou Stalingrado nas aulas de História. A expectativa de vida de um soldado do Exército Vermelho enviado a Stalingrado era de vinte e quatro horas. Ellie fecha um olho e varre a praça com sua mira invisível. Cada vez que avista uma família feliz (lá está uma, um cara arrumadinho, de pernas compridas, empurrando um carrinho de bebê com tração nas quatro rodas, enquanto a mulher ou namorada carrega um par de sacolas de grife, falando ao celular), o Rifle da Verdade de Ellie os atinge em cheio com suas balas mágicas.

Bang! *Ela* esconde uma garrafa de vodca atrás do alvejante e do spray bactericida debaixo da pia. *Ele* fica acordado até tarde fingindo que está vendo *Question Time*, mas na verdade está apostando em cassinos on-line.

A mira de Ellie-vira e aponta para um casal que balança uma criança pequena repetidamente entre eles, gritando "um... dois... três... fiii!" enquanto caminham, como um animal de três pernas com um passo desengonçado, mas ritmado.

Bang! *Ela* não resiste à tentação de roubar trocados e pequenos objetos da bolsa e do casaco das colegas de trabalho. *Ele* sente uma atração inexplicável pelo carteiro, um galês cabeludo chamado Bobby.

Cada família insanamente disfuncional tem uma forma diferente de ser insanamente disfuncional. *Ana Karenina*, de onde Ellie adaptou seu novo mantra, faz peso na sua mochila. Ela está no centro de Wigan e todo mundo parece estar indo a algum lugar, e com muita pressa. A grande árvore de Natal do município ainda não foi retirada e oferece uma visão triste, decrépita, agora que a época de festas ficou para trás. As pessoas se desviam dela para prosseguir com a normalidade da vida. Todo mundo tem um destino, um compromisso, uma coisa fútil para comprar, uma refeição a preparar, um trabalho para realizar. Todo mundo, menos ela. Esse livro, esse tal de *Ana Karenina*, pode ser até interessante, mas quando ela vai ter tempo para ler? Ela já passou os olhos em um resumo da história na Wikipedia e provavelmente pode achar na biblioteca um dos filmes baseados no livro. Ellie pega a mochila e abre caminho pela multidão até chegar ao dentista. A recepcionista consulta os registros dela no computador e marca uma consulta de rotina para a semana seguinte. O cartão de consulta que ela entrega a Ellie será seu álibi para a falta às aulas da manhã, e ela pretende fazer a mesma coisa na outra semana. Ellie se encaminha para o shopping Galleries, passa por lojas com cartazes nas vitrines que anunciam as liquidações de janeiro e chega à Waterstones. Ela para antes de entrar na livraria e observa o próprio reflexo na vitrine. É uma imagem estranha, enfumaçada, fantasmagórica, como se Ellie fosse apenas metade de uma pessoa. Queixo cheio de espinhas, cabelo preso, uniforme escolar que deveria ter sido substituído no início do semestre, sapatos velhos. Não que ela chame atenção na escola; a maioria dos colegas vem do que as pessoas chamam de "classe pobre" quando querem ser educadas e de *ralé* em voz baixa ou com a mão na frente da boca quando não querem. Ela ficou feliz quando conseguiram matricular James em uma escola de ensino fundamental melhor, mesmo que ele tenha que pegar um ônibus em vez de andar cinco minutos até a pequena escola que ela frequentou. Ele é um menino inteligente, embora um pouco estranho, e merece todas as oportunidades que ela não pôde ter. Ellie encara o próprio reflexo por mais tempo. Mais que tudo, ela parece *cansada*. As adolescentes de quinze anos não deveriam parecer tão cansadas, a menos que tenham virado a noite em uma festa. Nada acontece por acaso. Por que as pessoas dizem isso? Nada acontece por acaso? Toda a sua vida foi uma série de *acasos*, e a maioria deles tornou sua vida pior. Não foi um acaso que a fez perder o pai e a mãe? Não foi por acaso que sua avó começou a ficar gagá assim que o pai foi para a cadeia? Ou foi a química, ou a biologia, ou o que quer que cause a demência senil? Foi por acaso que perceberam que James tinha um bom potencial e ele foi matriculado em uma escola melhor, enquanto Ellie (duas vezes mais inteligente que ele, diz a si mesma em tom zombeteiro, dez vezes mais inteligente) foi para a mesma velha escola que as crianças da sua rua?

Ellie caminha entre as estantes, passando os dedos na lombada dos livros. Ela adora livros, adora o modo como tremem ligeiramente com o peso das palavras que contêm. Apenas gostaria de ter tempo para lê-los. Ela arrasta a mochila enquanto anda e para em frente a uma prateleira cheia de guias *York Notes*. Um deles é sobre *Ana Karenina*. Ellie abre o guia e vê que há um capítulo inteiro a respeito da citação que aparece no início (a *epígrafe*, explica o guia), que é a seguinte: *Minha é a vingança, e a recompensa*. Ellie rola as palavras na boca, experimentando o seu sabor.

— Minha é a vingança, e a recompensa.

Uma senhora de cabelo loiro oxigenado, usando um conjunto de moletom, para e olha para ela.

— Você disse alguma coisa, querida?

— Minha é a vingança — repete Ellie, mesmo sabendo que não é verdade e nunca será.

A mulher olha para a blusa branca e a gravata que ela está usando.

— Você trabalha aqui, querida? Estou procurando *Cem anos de solidão*. É para o nosso clube de leitura.

Ellie dá de ombros.

— Nunca ouvi falar.

— Nem eu. Parece um pouco pesado. — Ela cutuca o braço de Ellie com o cotovelo ossudo. — Quer dizer, *Cem anos de solidão* é igual a todas as noites lá em casa. Às sete horas *ele* já está dormindo na poltrona. Não que eu *prefira* que ele fique acordado, me perguntando o que está acontecendo e quem é quem de cinco em cinco minutos, quando estou tentando ver televisão. Os filmes suecos são os piores. Aqueles em que todo mundo é infeliz e existe um assassino em série em cada esquina. Quer dizer, não é que eu não goste de filmes policiais, mas o problema são as legendas. Ele não consegue acompanhar. Toda hora pergunta *quem é essa moça* e *por que ele fez isso?* Tem certeza de que nunca ouviu falar? Acho que o autor é espanhol. Pelo menos, o nome parece espanhol. Eu preferiria discutir *Cinquenta tons de cinza*. Não tenho *isso* em casa. — Ela ri. — Tudo bem, querida, vou perguntar no balcão.

A mulher se afasta e Ellie olha para ela por um minuto e depois para o livro que tem nas mãos. Poderia pegá-lo emprestado na biblioteca, mas, em vez disso, morde o lábio, abre a mochila e enfia o livro dentro. Depois, se encaminha para a saída, de cabeça erguida, olhando nos olhos de todos os empregados da loja e os desafiando silenciosamente a detê-la, a levá-la para os fundos da livraria, a chamar a polícia, a arruinar sua vida.

Nada acontece por acaso.

✳ 8 ✳

O TELEFONEMA

Quando o telefone toca, Gladys está assistindo ao noticiário. É uma reportagem sobre um homem no espaço que estava conversando com uma menininha na Terra. Parece que ele fez a menina chorar, mas um outro homem de cabelo preto e terno e gravata, que trabalha para o pessoal do espaço, explica que provavelmente a criança ficou nervosa por estar falando com um astronauta de verdade. A TV mostra duas pessoas sentadas em um sofá e o homem que trabalha para o pessoal do espaço em uma tela grande atrás do sofá. Ele tem sobrancelhas muito grossas.

— A questão é que, em um mundo pós-Tim Peake, esperamos que nossos astronautas sejam mais do que realmente são — afirma uma mulher loira vestida com um terninho bege, sentada à esquerda do apresentador. — Esperamos que eles sejam celebridades.

O homem do outro lado do apresentador usa óculos de lentes grossas e seu cabelo está arrepiado. Parece um cientista.

— Mas ele não é uma celebridade. Está realizando um trabalho. Vai passar mais de seis meses voando para Marte com uma rigorosa lista de tarefas diárias. Ele não está lá para nos divertir.

— Experimente dizer isso aos patrocinadores da missão — insiste a mulher. — Experimente dizer isso às crianças em idade escolar cujos sonhos e esperanças ele leva a bordo da *Ares-I*. Estamos falando de um britânico que está prestes a ser o primeiro homem a pisar em Marte. Deveríamos ter um astronauta modelo, e não um... um *velho ranzinza*.

A tela grande mostra o homem do centro espacial mexendo as sobrancelhas.

Gladys está sentada na sua poltrona, perto da lareira, tentando se lembrar de quantos biscoitos Hobnobs já comeu e decidir se vai comer mais um.

— O que é *isso*? — interroga, cerrando os olhos para a tela do celular. É uma sequência de números maior do que está acostumada a receber.

Deve ser uma ligação internacional. Ela adora conversar com pessoas de outros países.

— Alô — diz Gladys ao telefone, procurando falar alto e devagar, caso estejam ligando do exterior.

Há um zumbido, uma pausa, e depois uma voz de homem diz:

— Hum. Esse é o número que eu tinha da... quem está falando é...? Não, não é, mas... não é o telefone da Janet? Ela está...?

— Quem é?

— Quem é *você*? — pergunta a voz.

Gladys não gosta do tom.

— Diga você primeiro. Foi você que me ligou.

— Olha, esse é ou não o telefone da Janet?

Eita. Ele soa como se tivesse, como Bill diria, uma vara enfiada no traseiro.

— Janet. — Gladys procura se lembrar. — Sim, eu conheço a Janet. Quem está falando, por favor?

A voz do homem parece ansiosa, mas ele tenta se acalmar.

— Meu nome é... meu nome é Thomas. Posso falar com ela?

— Eu acabei de ver um homem chamado Thomas na TV. — Gladys decide comer mais um Hobnob. — Ele está no espaço. Conversou com uma menininha.

— Sim! — exclama o homem. — Meu Deus, sou eu! Thomas Major! Eu sou o homem que está indo para Marte! Janet é a minha mulher. Ela está aí?

Gladys franze o cenho.

— Você fez aquela menininha chorar.

— A culpa não foi minha. Ela não poderia ter feito uma pergunta menos *banal*? A comunicação foi interrompida durante a conversa... com quem eu estou falando, afinal? Você pode chamar a Janet?

— Você está realmente ligando do espaço?

Gladys tira um Hobnob do pacote e fica olhando para ele com os olhos semicerrados. Imagina só se a lua fosse um Hobnob gigante. Ela dá uma mordida. Agora virou quarto minguante. A Lua Hobnob. É isso que dizem quando a lua está ficando menor, não é? Quarto minguante.

— Sim, estou realmente ligando do espaço — confirma o homem, Thomas.

— E você é mesmo o marido da Janet? — Ela sente falta de uma xícara de chá para ajudar o biscoito a descer. — Você não está tentando me enganar, né?

Há um breve silêncio.

— Bem, se você quer que eu seja cem por cento honesto, se você é algum tipo de fiscal do "cem por cento correto" ou coisa parecida que a Janet contratou para atender ao telefone, então sim, acho que devo admitir que não sou o marido da Janet. Estaria mais para o ex-marido dela. Bem, o que eu quero dizer é que sim, sou o ex-marido dela.

— Eu *sabia* que você estava tentando me enganar! — exclama Gladys, em tom triunfante. — Janet era casada com outro cara. Não me lembro do nome dele.

— Está se referindo ao Ned? — indaga Thomas, falando através de muitos quilômetros de ar e vácuo. — O homem com quem ela estava morando? Caramba. Eu não sabia que... peraí. Você está dizendo que ela não está mais casada com o Ned? Que ela se casou com ele e depois se divorciou? Afinal, com quem eu estou falando? Sério isso?

— Ela não se divorciou. Ela ficou viúva. Ele morreu. Acho que foi enfisema.

— Enfisema? Caramba! — Há uma longa pausa. — Olha, vou perguntar mais uma vez. Quem está falando? Pensei que você fosse a mãe do Ned, mas obviamente não é. Por que você está com o telefone da Janet? Você trabalha com ela?

— Esse telefone não é da Janet — responde Gladys, friamente. — É meu. Duvido que Janet Crosthwaite saiba usar um telefone como esse, muito menos ter um.

— Janet... Crosthwaite?

Gladys começa de novo a falar alto e devagar. Esta conversa está indo muito pior que as outras ligações internacionais.

— Janet Crosthwaite. Trabalhei com ela na fábrica de costura. Eu achei que para ser astronauta era preciso ser inteligente. Afinal, por que você ligou para mim perguntando por Janet Crosthwaite?

— Ai, pelo amor de Deus. Esse número era da minha mulher. Da minha ex-mulher. Janet Major. Ou Eason, eu acho, se ela voltou a usar o sobrenome de solteira. Quer dizer que você não a conhece?

— Ela foi guarda de travessia na St. Michael's Infants?

— Não. — Ele suspira. — Ela é advogada. Por que ela ajudaria malditas crianças a atravessar a rua?

— Como essas são as duas únicas Janets que eu conheço, acho que a resposta é não. Não conheço a sua Janet.

Uma xícara de chá cairia muito bem agora.

— Ah — diz Thomas. — Ah. Bem. Eu... nesse caso, só me resta pedir desculpas.

— Eu também acho. Você é bem grosseiro, sabia? Você está mesmo falando do espaço? Ou isso também é mentira?

— Não é mentira, eu estou falando do espaço.

— Como ele é?

— O quê?

— O espaço. Como é o espaço?

— Frio. Sem vida. Escuro. Como é de se esperar.

— Parece a cidade de Morecambe — observa Gladys.

— É isso aí — diz Thomas. — Obrigado. Ah, posso lhe pedir para não comentar com ninguém sobre essa conversa? Isso poderia criar problemas para mim. Se bem que, pensando melhor, não há nada que eles possam fazer comigo daqui para a frente.

— Seu segredo está bem guardado — afirma Gladys. — Minha boca é um túmulo. A propósito: o que foi que você fez?

— O que eu fiz? Como assim?

— Para ela não querer mais saber de você. Para você se divorciar. Da outra Janet. Os homens sempre *fazem* alguma coisa. Foram as suas mentiras? Ou as suas grosserias em geral?

Há um silêncio cheio de estática que dura tanto tempo que Gladys pensa que Thomas desligou. Então, ele diz:

— Acho que foi mais por causa das coisas que eu não fiz.

— Bem, agora você fez alguma coisa — argumenta Gladys.

— Você foi pro espaço. — Ela aponta o controle remoto para a televisão. — Enfim, está na hora de começar *Loose Women*. Faça uma boa viagem.

Ela aperta o botão do telefone, corta a ligação e examina o Hobnob.

Bem, essa foi sem dúvida uma experiência diferente.

Ela precisa avisar a Ellie para não comprar o Hobnob de chocolate amargo da próxima vez.

✳ 9 ✳

#CHAMANDOMAJORTOM

Dois dias depois da trágica morte do ex-tenente-coronel Terence Bradley, o nome que está na boca do povo é o de Thomas Major. O diretor Baumann pensa em como as coisas seriam muito mais simples se tivesse acontecido o contrário: se Thomas Major tivesse sofrido um infarto fulminante devido a uma anomalia cardíaca congênita até então desconhecida (e Baumann escreveria uma longa carta indignada ao Diretor de Robustez Funcional, um homem de queixo quadrado com o porte fascista de um professor de educação física, que no momento está sentado a seu lado na mesa oval da sala de reuniões, perguntando por que a anomalia cardíaca congênita não tinha sido detectada antes) e Terence estivesse sendo aclamado como o primeiro homem a ser enviado a Marte.

Enquanto a chuva açoita as janelas, o diretor Baumann permanece sentado à cabeceira da mesa da sala do SOMBRERO. Ela é mais conhecida pelo nome prosaico de Sala de Reuniões A e se parece com qualquer outra sala de reuniões: carpete azul, teto falso branco, manchado pelas infiltrações obrigatórias, janelas panorâmicas dando para estacionamentos, rotatórias e canteiros de grama. Mas esta não é uma sala de reuniões comum, porque faz algum tempo que o diretor Baumann a reservou para ser usada apenas em situações de emergência e a chamou de sala do SOMBRERO, que significa Serviço Obrigatório de Manejo Básico para Reparar Emergências Referentes a Operações. Trata-se, ele admite, de um acrônimo bastante forçado, e depois de enviar e-mails comunicando que haveria uma reunião extraordinária do SOMBRERO, ele teve de atender a telefonemas de todos os convocados e explicar o que era o SOMBRERO. Mas ele acredita que, com o tempo, eles vão se acostumar e, obviamente, o nome acrescenta um toque de seriedade e (sim, ele admite) uma mística de James Bond ao empreendimento. Ele começa a reunião olhando, um por um, para os chefes de departamento da BriSpA, todas as pessoas sob o seu comando que são responsáveis pelas operações da British Space Agency. A reunião de cérebros que, separadamente ou em conjunto, precisa encontrar uma forma de tirar a BriSpA (e o diretor Baumann) da encrenca em que se meteu.

— Vamos fazer uma chamada rápida? É para nos acostumarmos com os novos títulos que criei no mês passado.

Claudia, chefe de Relações Públicas, revira os olhos.

— Gerente de Qualificação dos Funcionários?

A antiga chefe de Recursos Humanos, uma mulher baixa e rechonchuda, com um olhar gélido, faz que sim com a cabeça.

— Chefe da Salvaguarda Multiplataforma?

O antigo chefe da segurança, um homem de ombros largos e cabelo raspado, olha de cara feia para o diretor.

— Facilitador de Recursos Computacionais?

Um homem barbado, que preferia ser chamado apenas de gerente de TI, acena discretamente.

— Chefe da Inserção em Marte?

Todo mundo solta risinhos abafados e uma mulher de cabelo cacheado, que trabalhou duro durante 25 anos para participar da principal missão do programa espacial britânico, amarra a cara para o nome ridículo que o diretor escolheu para ela.

Baumann levanta os olhos.

— E...

Claudia levanta a mão.

— Chefe de RP. Eu não consigo nem me lembrar da série ridícula de palavras escolhidas ao acaso que o senhor associou ao trabalho que eu faço, mas pode esquecer. Sou a chefe de RP e estou aqui.

— Pois bem — diz Baumann, com o máximo de alegria que é capaz de forçar. — Estamos navegando rapidamente contra a corrente no Rio da Merda e os remos ainda não foram inventados. Alguma sugestão?

O gerente do grupo de tecnologia da informação levanta timidamente a mão. Sua equipe trabalha no porão e parece consistir em um bando de homens peludos que colecionam restos de sanduíche e bolo nas barbas e que ninguém, além do diretor Baumann, chama de Facilitadores de Recursos Computacionais.

Baumann olha para ele.

— Pode falar.

— A rigor, se nós não temos um remo, como podemos navegar contra a corrente? Não acha que seríamos levados pela correnteza do rio?

— Está dispensado — comunica Baumann.

O homem olha em torno, sem saber o que fazer. Baumann suspira.

— Tá bem, pode ficar, mas cale a boca. Alguém tem algo construtivo a dizer a respeito do problema de Thomas Major?

O Chefe da Salvaguarda Multiplataforma leva a mão ao cabelo cortado rente e arqueia uma sobrancelha. Ele tem olhos miúdos e já passou por várias organizações policiais e militares. Seu nome é Craig. Baumann não sabe se é o nome ou o sobrenome, mas é assim que todos o chamam. Baumann lhe passa a palavra e Craig olha fixamente para cada um dos presentes.

— Acidentes acontecem.

Baumann faz uma careta.

— Você está sugerindo... o quê? Que devemos *matar* o Thomas Major? — Ele gesticula freneticamente para o rapaz que está tomando notas. — Pelo amor de Deus, não escreva isso.

Os olhos de Craig ficam ainda menores.

— Não foi o que eu disse. Eu falei em um *acidente*.

Baumann aperta o nariz com o polegar e o indicador.

— Claudia. Você deve ter algo sensato a dizer.

— Eu tenho — afirma Claudia, ajeitando o cabelo e deslizando o dedo na tela do iPad.

— Graças a Deus — diz Baumann. — Qual é a solução?

Claudia sorri.

— Liberá-lo.

Baumann franze o cenho.

— Está falando em *demitir* o Thomas Major? Podemos fazer isso? Alegando o quê?

— Não. Não estou falando em demissão. Acho que devemos *liberá-lo*. Para Marte.

Baumann remexe alguns papéis que estão em cima da mesa, não porque precisem ser remexidos, mas porque sente necessidade de ocupar as mãos antes que sejam atraídas pelo pescoço mais próximo e o apertem com muita força.

— Desculpa — diz ele, com o máximo de cortesia que consegue —, mas por um momento pensei que você tivesse dito que Thomas Major, um reles técnico em química que, levado por um impulso do momento, decidiu vestir o traje espacial de um astronauta morto e se apresentar à imprensa mundial como o primeiro homem a viajar para Marte, devia ser realmente o primeiro homem a viajar para Marte.

— Exatamente. — Claudia aponta um dedo perfeitamente esmaltado para a tela em branco atrás da cadeira de Baumann. — O senhor se importa se...?

Ele concorda com um gesto e Claudia estabelece uma conexão sem fio entre seu iPad e a tela e pede que apaguem as luzes. Seus dedos trabalham na tela, as unhas fazendo barulhinhos como se fossem insetos sapateando, e a primeira coisa que aparece é um vídeo da cobertura da entrevista coletiva pela BBC. Baumann geme quando a moça aumenta o volume. Ele ouve a própria voz:

— Tenho o grande prazer de apresentar a vocês o primeiro homem a pisar em Marte...

A câmera aponta para a direita de Baumann, os flashes começam a pipocar e Thomas Major está ali, com um ar de surpresa, depois acena timidamente e diz seu nome.

A câmera corta de volta para Huw Edwards no estúdio, que parece até um pouco impressionado.

— E agora sabemos... o primeiro homem em Marte vai ser um britânico... inglês, é claro... chamado Thomas Major. A imprensa já o chama de Major Tom... revelado no dia da notícia da morte de

David Bowie... — Edwards olha para uma folha de papel como se não acreditasse no que está escrito. — O que é mera coincidência, de acordo com a British Space Agency...

Claudia minimiza o vídeo e mostra na tela as manchetes de vários jornais do dia. A maioria não passa de variações do mesmo tema.

O *Mirror*: CHAMANDO MAJOR TOM

O *Sun*: CONTROLE DA MISSÃO PARA MAJOR TOM

O *Guardian*: EXPEDIÇÃO INGLESA PARA MARTE HOMENAGEIA O LEGENDÁRIO BOWIE

O *Telegraph*: HÁ UM HOMEM DAS ESTRELAS ESPERANDO NO CÉU... E ELE É BRITÂNICO

Mas há, naturalmente, as bobagens de sempre.

O Mail: SERÁ QUE O MAJOR TOM VAI FICAR COM CÂNCER DEPOIS DE VIVER EM MARTE?

O *Express*: LÍDER DO PARTIDO CONSERVADOR INCENTIVA MIGRAÇÃO PARA MARTE

O *Star*: POR QUE O LOCAL ONDE O MAJOR TOM VAI POUSAR SE PARECE COM A PRINCESA DIANA?

— A hashtag #ChamandoMajorTom está bombando no Reino Unido — afirma Claudia, checando seu celular e mostrando a tela aos outros. — Estamos dominando o Facebook. As redes sociais só falam da BriSpA e todos os sites de notícias mostram uma foto da entrevista coletiva na primeira página. Estamos recebendo pedidos de entrevista de todas as agências de notícias internacionais.

— Então vamos deixar que o programa espacial britânico se deixe influenciar por algumas postagens do Facebook e do Twitter? — pergunta Baumann.

Claudia mexe de novo no iPad e a tela passa a mostrar a foto de Thomas Major no cadastro da empresa.

— Não, não é isso que estou dizendo. Mas também não se trata de "algumas" postagens. Estamos falando de um movimento recorde na internet. Thomas Major já assumiu a posição de primeiro homem a pisar em Marte no imaginário da população. A marca Major Tom se valoriza a cada minuto. Começaram a discutir quem vai representá-lo no cinema. Toda essa coisa do Bowie... na verdade, funcionou a nosso favor, muito mais do que poderíamos imaginar.

Baumann aperta de novo o nariz.

— Mas isso é como... como escolher um astronauta no *X Factor* ou coisa parecida. É praticamente como pegar um desconhecido na rua e enviá-lo a Marte.

Mas, no fundo, o diretor sabe que perdeu a discussão.

— Ele é químico — argumenta Claudia. — É uma pessoa saudável — ela olha sugestivamente para o Diretor de Robustez Funcional —, sem nenhuma doença, genética ou adquirida. Ele corre todo dia. Não tem laços familiares: é divorciado, sem filhos, os pais morreram, não tem irmãos... bem, ele tinha um irmão, mas ele morreu ainda jovem. Além disso... — antes de continuar, Claudia morde o lábio —, fiz uma pesquisa de opinião, nada científica, entre as funcionárias do escritório.

— E? — pergunta Baumann.

— E — responde Claudia, baixando a voz para um sussurro conspiratório — ele é *sexy*.

Baumann olha de novo para a foto de Thomas.

— Sexy? Você está querendo me dizer que esse técnico em química mal-humorado, quarentão, de cabelo caótico e com uma coleção de canetas no bolso do jaleco é... o quê? O Casanova da BriSpA?

— Bem, não é que alguém tenha dormido com ele ou coisa parecida. E eu não acho que teriam considerado sair com ele antes do acontecido. Mas a verdade é que o Thomas tem algo indescritível. Uma vulnerabilidade, talvez. Ele é excessivamente carrancudo, concordo, mas as mulheres podem ver nele um pouco dos seus maridos ou namorados... e o fato de que ele está numa viagem só de ida para Marte o torna inalcançável... elas podem sentir atração sem terem que se preocupar em dormir com ele.

Baumann coça o queixo, olha para a foto e olha de novo para Claudia.

— *Você* sente atração por ele?

Pela primeira vez, Claudia parece pouco à vontade. Baumann nunca a viu assim antes; achava que ela era uma espécie de rainha do gelo. Ela se esquiva da pergunta.

— Eu disse que a pesquisa não era muito científica, não disse?

A Gerente de Qualificação dos Funcionários se inclina para a frente e bate com a caneta na mesa.

— A verdade é que o Thomas nos deixou numa situação muito difícil. Ninguém, além da agência, tinha ouvido falar de Terence Bradley antes, ninguém nem sabe que ele existiu. Mas todos adoram o Major Tom. Se recuarmos, se dermos uma declaração dizendo que tudo foi um terrível engano e que ele não vai viajar para Marte, além de termos feito papel de idiota, teremos que encontrar alguém para substituí-lo. Não se esqueçam de que é basicamente uma missão suicida.

— Não é verdade — protesta a Chefe da Inserção em Marte. — O plano é o astronauta instalar módulos habitacionais e preparar o caminho para os primeiros voos de colonização. De acordo com as nossas projeções, se tudo correr bem, ele conseguiria sobreviver em Marte por dez anos. Vinte, se montar a infraestrutura de forma rápida e eficiente.

— Ele vai precisar de treinamento — afirma Baumann, derrotado. — Vamos ter que mandá-lo para a Rússia. E vamos precisar de uma extensa avaliação psicotécnica, para começo de conversa.

— Já começamos — informa Claudia. — Ontem ele passou por uma avaliação preliminar. Quer saber de uma coisa fofa? Ele disse que um dos momentos decisivos da sua vida foi ser levado pelo pai para ver *Star Wars* quando tinha oito anos.

✳ 10 ✳

11 DE FEVEREIRO DE 1978, DE NOVO

Durante a batalha, espiões rebeldes conseguem roubar os planos secretos da arma decisiva do Império, a ESTRELA DA MORTE, uma estação espacial blindada com poder suficiente para destruir um planeta inteiro.

> Perseguida pelos sinistros agentes do Império, a princesa Leia se apressa em voltar para casa a bordo de sua nave estelar protegendo os planos roubados que podem salvar seu povo e restaurar a liberdade na galáxia...

Durante mais de uma hora, Thomas não tira os olhos da tela, colocando mecanicamente pipocas e Revels na boca até o suprimento de guloseimas acabar. É apenas quando a voz fantasmagórica de Obi-Wan é ouvida na cabine de Luke, perseguido de perto por Darth Vader, que Thomas é ejetado da afetuosa fantasia envolvente do filme. Obi-Wan é como um substituto do pai que Luke não chegou a conhecer, e isso faz Thomas pensar no seu pai. Então, no momento em que os caças X-wing se preparam para o ataque final à *Estrela da Morte*, Thomas começa a se perguntar onde está seu pai.

Ele está na metade da rampa de carpete grudento que leva à saída quando é encurralado pela mulher do sorvete.

— Aonde você vai? — cochicha ela, apontando o facho da lanterna para o rosto do menino, como em um interrogatório.

Thomas se lembra de um filme em que soldados aliados foram capturados pelos alemães e forneceram aos captores apenas nome, posto e número de série e pensa em fazer a mesma coisa, mas Deirdre é adulta, uma figura de autoridade, e ele, que tem apenas oito anos, não se sente em condições de desafiá-la. Então, em vez disso, ele mente.

— Preciso ir ao banheiro.

Deirdre faz um muxoxo, evidentemente se perguntando se as duas notas de uma libra (descontando o preço do sorvete) incluem uma ida ao banheiro; em seguida, uma criança puxa sua manga pedindo um picolé Rocket e ela se decide: tem um trabalho a fazer, e esse trabalho não é servir de babá para filhos de pais ausentes. Thomas escapa para o saguão do cinema. O filme deve estar quase acabando, porque já se formou uma fila na bilheteria para a sessão seguinte. Ele gostaria de saber se Luke conseguiu destruir a *Estrela da Morte*. Talvez jamais venha a saber. Ele fica chocado ao constatar que já está escuro do lado de fora e se pergunta quanto tempo foi deixado sozinho. Baixando a cabeça, ele abre caminho entre as pessoas que estão esperando no saguão e sai para o ar frio da noite.

Thomas se pergunta qual poderia ser a surpresa para a mãe que fez o pai perder o filme inteiro. Ele gostaria que a mãe tivesse vindo com eles, mas toda manhã ela passa mal, anda se arrastando pela casa com as mãos na barriga ou nas costas. Todo mundo diz que Thomas deve estar torcendo para ganhar um irmãozinho, um companheiro de brincadeiras. Na verdade, ele pensa que um irmão provavelmente vai querer mastigar seus bonecos de *Star Wars* e arranhar seus discos. Mas talvez, ao contrário de Thomas, o irmão vá se interessar por futebol. Talvez, se Thomas entendesse mais de futebol, o pai não o deixaria sozinho no cinema. Mas ele não consegue. Tentou, mas os nomes dos jogadores e dos clubes entravam por um ouvido e saíam pelo outro.

Ele gosta mesmo é de música. Sem nenhum esforço, guarda os nomes de artistas, músicas, discos, posição nas paradas de sucesso, produtores. Lê cada linha da capa dos discos com o mesmo interesse com o qual o pai lê as tabelas da liga nos jornais de domingo. Música e a Tabela Periódica dos Elementos. Thomas não se lembra da primeira vez que a viu; provavelmente na velha enciclopédia de vários volumes que o avô lhe deu, destinada originalmente ao pai, mas pela qual Frank Major não mostrou nenhum interesse quando criança. Ela sempre o fascinou, as fileiras organizadas de elementos químicos, como peças de Lego para construir todo o universo. Thomas a memorizou por inteiro, do hidrogênio até o nobélio, consultando a enciclopédia para descobrir o que são, para que servem, quando foram descobertos, como reagem com outros elementos. Aprendeu a fazer uma pilha primorosa de disquinhos compactos na velha Dansette, escutando um após outro, músicas da infância e da adolescência da mãe, que ele escuta olhando fixamente para a Tabela Periódica pendurada na parede.

A rigor, Thomas não deveria atravessar a rua sozinho, mas o estacionamento fica do outro lado e, além disso, é uma rua secundária, praticamente sem movimento. Entretanto, está escuro e Thomas começa a ficar assustado com as vitrines vazias das lojas abandonadas. É como se estivessem mortas. Ele se lembra de um filme que viu a respeito do último homem que restou na Terra depois que todos os outros ficaram doentes e morreram ou se transformaram em vampiros de cabelos brancos e olhos opacos. As ruas pareciam assim, desertas e vazias, mas com monstros escondidos atrás das janelas. O mesmo ator trabalhou em *Planeta dos macacos*, que também era sobre o fim do mundo, embora ninguém soubesse disso até o fim do filme, quando o homem encontrou a Estátua da Liberdade enterrada na areia. Dobrando a esquina para chegar ao estacionamento, Thomas pensa em qual seria o pior cenário do fim do mundo. O estacionamento estar cheio de macacos do *Planeta dos macacos* ou de vampiros do filme cujo título, ele acaba de se lembrar, era *A última esperança da Terra*?

Mas ele não precisa se preocupar porque ali, no mesmo lugar de antes, está o carro do pai, vibrando enquanto o cano de descarga solta fumaça no gélido ar noturno, a luz do teto, acima do espelho retrovisor, iluminando o interior do carro com uma luz fraca. Seu pai está de volta. Thomas olha para cima. A lua cheia está alta no céu. Mas não pode ser. A lua está no seu bolso. Thomas se aproxima do carro, passando pelos montes de terra congelada, vê o pai no banco do motorista e, no momento em que apoia as mãos na janela do outro lado, que já está coberta por uma fina camada de gelo, ele percebe que há alguém sentado no banco do carona. É sua mãe. Esta deve ser a surpresa. O pai está inclinado, cobrindo o rosto dela com o seu e encostando uma das mãos no seu peito. Mas então sua mãe dá um grito, empurra seu pai e exclama:

— Meu Deus, Frank, é uma criança!

E Thomas se dá conta de que não é sua mãe.

E ele sabe que seu pai mentiu. Thomas nunca teve uma lua no bolso.

E, nesse momento, ele sabe qual é o pior cenário do fim do mundo que poderia encontrar no estacionamento. Não é encontrar vampiros de cabelos brancos e olhos opacos. Não é encontrar macacos com armas de fogo e cavalos que escravizam seres humanos. É este, ele pensa, enquanto lágrimas quentes brotam dos olhos e o estômago se revolta e expele um jorro de sorvete, chocolate e pipoca na terra congelada.

É este.

✳ 11 ✳

A REVOLTA DO CAMPONÊS

James bate a porta e corre direto para a escada, ignorando os chamados da avó, que está na cozinha e pergunta quem está ali. No meio da escada, ele começa de novo a chorar e se detém para enxugar os olhos com os punhos cerrados. A avó aparece ao pé da escada e olha para cima.

— Ah. É você.

James a ignora, engolindo os soluços e esfregando os olhos até ver estrelas e manchas coloridas. A avó o recrimina:

— Olha o estado do seu paletó. Ellie não vai gostar nada disso.

— Ellie que se dane!

James continua a subir a escada e ouve o barulho da avó subindo atrás dele. Pelo amor de Deus, será que ela não pode deixá-lo em paz? James vai direto para o quarto, fecha a porta e se apoia nela. Seu roupão está pendurado em um gancho atrás da porta, junto ao suéter de lã grosso do pai. Ele enterra o rosto no suéter, absorvendo o perfume, o cheiro de mofo, o resquício de cimento, o ranço de suor. Isso faz com que ele se sinta ainda pior.

— James? — diz a avó, com uma leve e hesitante batida na porta. — O que você quer comer?

— Repolho. Brócolis. Tem couve?

A avó começa a rir.

— Couve. Que nome engraçado! E eu nunca vi uma criança pedir para comer repolho na minha vida.

— Eu quero estimular a produção de metano no meu intestino — balbucia James, com a cabeça enfiada no suéter.

— Ótimo — diz a avó, sem convicção. Ela tenta abrir a porta.
— Acho que sobrou um pouco de bolo do Natal, se isso ajudar.
Posso entrar? Se você me der o paletó, pode ser que eu consiga tirar
a lama antes de a Ellie chegar.

— Não tô nem aí para o que a Ellie vai pensar! — grita James,
afastando-se da porta e jogando-se na cama.

A avó entra e se apoia na moldura da porta. Ele começa a gritar
de novo.

— Ela não é minha mãe! E você também não é minha mãe!

— Claro que não, seu bobo — diz a avó, carinhosamente. —
Julie não está mais aqui, né? Sua mãe?

— Valeu mesmo, tô me sentindo muito melhor agora — rebate
James, com a cabeça enfiada no travesseiro.

A avó arrisca mais um passo para dentro do quarto com suas
pantufas.

— Como foi que você deixou seu paletó tão sujo de lama? Você
jogou rúgbi com ele?

James se desvencilha do paletó sem levantar a cabeça do travesseiro e o joga no chão.

— Isso não é nada. Olha isso.

Nas costas da camisa branca, está escrita com marcador preto
a palavra CAMPONÊS. Mais abaixo, alguém desenhou um rosto
triste por trás de uma série de retas verticais, um desenho tosco,
mas inconfundível, de uma pessoa trancada em uma cela. James
arrisca um olhar para a avó, que está com o cenho franzido. Ela diz:

— Eu não sabia que você era camponês. — Ela abre um largo
sorriso.

— Ai, meu Deus. Você pode ir embora, por favor?

A avó pega o paletó.

— Vou preparar seu repolho. E ver se nós temos... como é
mesmo o nome? Couve? Ela vem em pacotes?

— Vai embora! — grita James, enterrando de novo a cabeça no
travesseiro até ela ir de vez.

* * *

É o bando de sempre. O que atira bolinhas de papel molhado com cuspe usando canetas esferográficas vazias, que dá rasteiras nele nos corredores, que o empurra para o lado na entrada do refeitório. Que esfrega sua cara na lama no rúgbi. Aqueles que pensam que são melhores que ele, que não aceitam o fato de que um menino pobre que chega de ônibus de um bairro pobre é mais inteligente que eles. Eles o cercam no caminho para o ônibus.

— Ih olha lá, é o camponês.

— Veadinho.

— O nerd de ciências.

— Você tá indo pra sua toca, veadinho? No ônibus dos camponeses?

— Seu pai não pode vir te buscar?

— O pai dele tá na cadeia, né. Bandido.

— Provavelmente fazendo gayzice na prisão. É o que eles fazem nos chuveiros. Gayzice, né.

— E a sua mãe, nerd?

Então vem o inevitável coro de "Where's Your Mama Gone?" tirado do álbum *Chirpy Chirpy Cheep Cheep,* e, encorajados pelas súbitas lágrimas furiosas de James, eles arrancam seu paletó, esfregam-no na lama e escrevem nas costas da sua camisa. Fazem também um desenho, que ele agora vê pela primeira vez ao tirar a camisa, representando alguém na prisão.

James ouve a porta da casa fechar e Ellie dizer:

— Meu Deus do céu, que *cheiro* é esse?

Ela está certa; a casa cheira a esgoto e meias velhas. A avó grita:

— É o repolho do jantar do James. Para o metano. Nós temos couve? Ou brócolis?

— *Metano?* — grita Ellie de volta, e então ele ouve o barulho da irmã subindo a escada voando. Ele sabe que não adianta pedir que não entre no seu quarto. Ela fica parada na porta, olhando para ele, de costas nuas, deitado de bruços na cama, e depois vê a camisa.

— Meu. Deus. Do. Céu — diz ela, curvando-se para pegar a camisa. — Meu Deus do céu. Você estragou duas camisas no mesmo dia.

— Na verdade eu não estraguei nenhuma camisa. A vovó queimou uma e essa aqui...

Ele se senta na cama e olha para Ellie, de uniforme também, agachada e encarando as costas da camisa com os olhos semicerrados.

— Alguém fez isso? Na escola? James, você está sofrendo bullying de novo?

James concorda tristemente e sente sua boca curvando para baixo sozinha e as lágrimas surgindo de novo. Ellie se senta a seu lado, e o toma nos braços, o perfume do casaco dela quase tão consolador quanto o do suéter do pai.

— Você pode fazer alguma coisa? — pede ele, em tom choroso.

— Shh, tá tudo bem — murmura ela. — Temos que aguentar firme...

— Mas eu quero que você *faça* alguma coisa! — Ele agora está zangado. — Vá à escola! Conte para eles!

— Não podemos — diz Ellie baixinho. — E você também não pode dizer nada agora... você sabe como a vovó está. Cada vez pior, né? Você sabe o que vai acontecer se chamarmos atenção...

James faz que sim com a cabeça.

— Vão dizer que ela não pode tomar conta da gente. Vão colocar a vovó num asilo e mandar a gente para um orfanato.

— Vão separar a gente — concorda Ellie. — Eu não vou deixar isso acontecer.

— Mas não é ela que está cuidando da gente. É você.

— Mas não *deveria* ser. Eu só tenho quinze anos. A vovó deveria ser o adulto responsável.

Os dois ficam calados por um momento pensando no assunto.

— Eu odeio o papai.

— Não é verdade — protesta Ellie. — Você está zangado com ele, nós todos estamos. Ele foi muito burro. Mas a gente tem que segurar a barra... ele vai sair da prisão daqui a alguns meses.

— Por que a gente não pode visitar o papai?

Ellie suspira.

— Porque papai está em Oxfordshire, não tinha vaga para ele aqui. E se a gente quiser fazer uma visita, a vovó vai ter que ir com a gente, e do jeito que ela está ultimamente... não dá para arriscar, James.

James se afasta da irmã.

— Eu queria que a gente fosse uma família normal.

Então a avó entra no quarto carregando um prato fumegante e malcheiroso.

— Repolho! — anuncia, com orgulho. — Como não encontrei nem brócolis nem couve, resolvi adicionar uma lata de ervilhas verdes.

James leva as mãos à cabeça.

— Ai, meu Deus.

A avó coloca o prato na mesa de cabeceira.

— Ah, tenho uma novidade que vai te animar. Adivinha quem me ligou hoje!

— Papai Noel? — pergunta James.

— Não! Aquele astronauta! Que apareceu no noticiário.

James arregala os olhos.

— O Major Tom? Que está indo pra Marte?

— Ele mesmo! — confirma a avó, alegremente.

— Mas por quê? — pergunta James, enxugando as lágrimas.

— Eu não sei! Ele queria falar com Janet Crosthwaite.

— Jesus! — exclama Ellie, levantando-se e jogando a camisa embolada para James. — Jesus Cristo! Ela não falou com o Major Tom! As pessoas com quem ela fala, fora eu e você, existem apenas na cabeça dela!

Então Ellie sai como um furacão do quarto, e o menino e a avó ouvem a porta do quarto de Ellie bater. Em seguida, alguma coisa se quebra com um barulhão e Ellie começa a gritar de novo. James não consegue entender direito as palavras, mas elas soam como "insanamente" e "disfuncional".

✳ 12 ✳
GLADYS ORMEROD ESTEVE AQUI

Gladys Ormerod não é burra. Ela sabe o que está acontecendo com ela. Sabe que sofre de uma doença séria, algo que está atacando seu cérebro e produzindo muito mais que falhas de memória e lapsos de concentração. Algumas vezes, isso lhe serve de consolo, saber que é uma doença que ela nada poderia ter feito para evitar. Outras vezes, isso lhe dá esperança de que um dia, eventualmente, encontrarão a cura. Mas, pensando bem, ainda nem conseguiram encontrar a cura para a gripe, não é mesmo? Gladys frequentemente usa o laptop em busca de informações na internet a respeito da sua doença e lê artigos sobre proteínas e coisas chamadas placas e emaranhados. Os emaranhados não parecem tão ruins, assim como os emaranhados do cabelo que sua mãe desfazia ferozmente com a escova quando ela era pequena. É uma boa maneira de descrever o que está acontecendo com o seu cérebro: as coisas ficam todas emaranhadas. Para ela, um cérebro normal segue uma trajetória linear do momento em que uma pessoa nasce até o dia da morte, com as memórias mais antigas se perdendo ao longe, como trilhos de trem. Em pessoas como Gladys, as linhas estão todas emaranhadas e entrelaçadas. Um incidente de quarenta anos atrás pode brilhar tanto quanto uma moeda nova, enquanto algo que aconteceu de manhã parece distante e turvo. As placas são como aquelas azuis que colocam na casa de pessoas famosas. *As faculdades mentais de Gladys Ormerod moraram aqui, 1946-2015.*

Foi nesse ano que ela teve certeza de que estava doente. 2015. Apenas dois anos atrás. É provável que a doença existisse na encolha há mais tempo, como um daqueles antigos vilões do cinema, com uma capa preta e um bigode que eles enrolam entre os dedos longos e finos. A doença estava escondida, até que um dia veio à tona e ela não conseguia mais se lembrar do que havia comido no café da manhã, mesmo quando ainda estava lavando os pratos. Ela sabe que só vai piorar. De certa forma, ela anseia por isso, por uma época em que passará a viver exclusivamente de memórias antigas até morrer. Gladys Ormerod nunca acreditou muito nessa baboseira de Deus, mesmo que, quando pequena, sua mãe a arrastasse para a igreja aos domingos. Ela admite que ultimamente vem tentando se garantir... censurando as pessoas de leve por dizerem blasfêmias, por exemplo. É melhor não correr riscos. Às vezes, porém, ela pensa que talvez o céu seja isso, guardar apenas as memórias antigas, as boas memórias, as memórias que valem a pena. É nelas que Bill está, não em um túmulo frio e sujo no Cemitério de Wigan. Ele vive nas suas memórias. Está lá, esperando por ela.

Mas ela sabe que não pode ir até ele, não o tempo todo, ainda não. Não até Darren voltar para casa. Ela prometeu que cuidaria de Ellie e de James até sua volta. Burrice da parte dele, se meter em encrenca desse jeito. E foi uma pena o que aconteceu com Julie. Se bem que alguns diziam que o casamento deles não duraria. O seu Darren era um grande sonhador, enquanto a Julie sempre manteve os pés firmemente plantados no chão. Como é mesmo aquele antigo ditado? Os opostos se atraem. Qual era a resposta daquele programa de perguntas e respostas da televisão, que ela teve de procurar no Google? Yin alguma coisa. The Big Yin. Ou era aquele comediante escocês, aquele barbudo? Gladys se lembra de uma coisa que ele fez na televisão uma vez, usou botas de banana ou coisa parecida. A lembrança a faz sorrir. Então ela olha para os envelopes que estão em cima da cama, morde o lábio inferior e para de sorrir.

ISTO NÃO É UM INFORMATIVO.

Hesitante, Gladys enfia a unha do polegar sob a aba de um dos envelopes pardos e tira a carta que está no interior. Está escrita com tinta vermelha. Ela faz uma careta e fecha os olhos. Tem recebido telefonemas, também. Ela arrancou o fio da parede faz uma semana e tudo indica que as crianças não notaram. Estão muito ocupadas com seus celulares. Gladys abre um olho e a palavra DESPEJO salta do papel como um salmão. Ela vira a carta ao contrário para não ver, mas o estrago está feito. O salmão serpenteia no seu cérebro e fica preso nos emaranhados e placas.

— Ai, Bill — lamenta-se Gladys. — O que eu vou fazer?

Meu caro Príncipe Aluysi:

Como vai você? Espero que seus problemas estejam quase resolvidos. No momento, eu também estou com alguns problemas. Faz muito tempo que você entrou em contato e me contou a respeito das suas dificuldades e, para ser franca, não pensei que levaria tanto tempo para saná-las. Pode ser que ainda não esteja em condições de transferir os 4 milhões de dólares para a minha conta no momento, mas poderia me enviar um pequeno adiantamento? Umas 5.000 libras, digamos? Eu prefiro que a quantia seja enviada em libras esterlinas, se possível. Você tem os dados da minha conta bancária. Lembranças à sua adorável esposa, a princesa.
Cordialmente,
Gladys Ormerod (Sra.)

O problema dos jovens de hoje é que não confiam nos mais velhos. E provavelmente pensam que qualquer um com mais de vinte anos é uma "pessoa mais velha", da mesma forma que Gladys chama pessoas de cinquenta anos de "aquela menina" ou "aquele rapaz". Quando Gladys era pequena, as coisas eram muito diferentes. Havia respeito pelos mais velhos. Principalmente porque eles podiam lhe dar umas boas palmadas sem ninguém chamar a polícia ou Esther Rantzen. Mas não era *só* isso. O pai de Gladys lutou na Birmânia e a mãe trabalhou na fábrica de munições que ficava em Beech Hill. E, mesmo sendo jovem, devia-se respeitar isso. E aprender com isso. As pessoas da geração de Gladys sabiam se virar. Ela fecha os olhos e é o fim de semana do feriado de Primeiro de Maio, em 1972. Darren estava no carrinho de bebê, e Gladys e Winnie, a irmã de Bill, caminharam oito quilômetros até Bickershaw para ver os hippies no festival de rock que estavam organizando. Tinha alguma coisa a ver com aquele homem da televisão que morreu, o que tinha uma barba engraçada e uma das mãos menor que a outra,

70

que pregava peças. Mas isso foi muito depois. Gladys ainda não tinha ouvido falar dele em 1972, mas gostou de algumas bandas. Elas foram no sábado e no domingo. No domingo, The Grateful Dead tocou durante cinco horas sem parar, mas elas não ficaram até o fim, não com o pequeno Darren no carrinho. Elas tiveram muito trabalho, empurrando o carrinho no terreno irregular. E molhado, porque estava chovendo. Parecia um pântano. Quando ela chegou em casa, molhada até os ossos, Bill pensou que ela tinha um parafuso solto. Ele havia trabalhado o fim de semana inteiro na Heinz. Levou para casa um saco cheio de latas de sopa amassadas, da loja dos empregados. Gladys se sentou em frente à lareira, com três grandes pedaços de lenha, embora estivessem em maio, e Bill preparou para ela uma grande tigela de canja de galinha e cogumelo.

— Sua tonta — disse ele, desembaçando os óculos de Gladys com o canto de um pano de prato. — E ainda levou o Darren. Podia ter acontecido alguma coisa.

— Os hippies não comem criancinhas, sabe? — disse Gladys, lambendo a colher de sopa. — Eles foram muito gentis. Um rapaz de jardineira e chapéu ofereceu maconha para mim e para a Winnie também.

Bill não tinha dito nada, apenas ficara encarando o brilho alaranjado do fogo.

— Você se arrepende de não ter se casado com um deles? São mais animados que o quadradão do Bill Ormerod, que trabalha à noite na Heinz.

Gladys fingiu estar pensando antes de responder.

— Eles podem ser animados, mas eu não acho que gostaria de ir ao mercado Swan em uma quinta-feira com um sujeito de jardineira. Além disso, meu quadradão Bill Ormerod, é como os Kinks cantaram ontem: "You Really Got Me". Agora venha cá me dar um beijo enquanto o Darren está dormindo.

A memória brilha como uma estrela no céu noturno, mas Gladys nem sabe mais por que se lembrou daquela noite. Ela estava pensando que os jovens de hoje não sabem do que os mais velhos são capazes. Do que eles *foram* capazes. A vida que levaram. Gladys tinha apenas

25 anos quando foi a pé até Bickershaw com um menino de um ano para assistir a um festival de rock e ver os hippies fumando maconha. Ela era capaz. Ela *é* capaz. Ela olha para a pilha de envelopes pardos. Bill não está ali, Darren não está ali e o maldito Príncipe Aluysi não está ali. Ficou tudo na mão de Gladys. Ellie a proibiu de sair, mas ela vai fazer 71 anos. Gladys é que deveria estar no comando. O que pode dar errado? Ela mora em Wigan desde que nasceu. Ela não é criança. Ela pode resolver a situação. Ela *vai* resolver a situação.

Gladys vai pegar o casaco. Para janeiro, o tempo está ameno e chuvoso. No verão em que ela foi a Bickershaw, o tempo também estava ameno e chuvoso. As pessoas dizem que antigamente os verões eram mais quentes e os invernos, mais frios, mas as pessoas só se lembram das coisas muito boas e das coisas muito ruins. Na maior parte do tempo, as coisas permanecem amenas, chuvosas e banais até que algo extraordinário aconteça.

✳ 13 ✳
1.000 GRAUS CELSIUS

O verão de 1988 é chuvoso e extremamente quente, mas Thomas Major não se importa. As aulas terminaram, as provas de vestibular acabaram. Ele tem 18 anos e em setembro vai para a universidade em Leeds. As longas férias se arrastam em um agradável passo de caracol.

E Thomas está apaixonado.

Mais que isso, para sua constante perplexidade e leve preocupação, sua paixão é correspondida.

O nome dela é Laura e estão inseparáveis desde o Natal quando, cheia de Bacardi com Coca-Cola, ela o arrastou para a pista de dança na festa de formatura, à qual Thomas foi sem a mínima vontade. Eles dançaram ao som de "Stop Me If You've Heard This

One Before", dos Smiths... bem, Laura dançou, indo quase até o chão, o cardigã comprido, as mangas emboladas nos pulsos, enquanto Thomas balançava o corpo fora do ritmo. Quando a música terminou, ela insistiu para que ele lhe pagasse um drinque e depois passou meia hora falando mal da Margaret Thatcher. Ela é intensa, inteligente, engraçada e muito, muito bonita. Mesmo agora, no verão, Thomas está se perguntando quando a cegueira vai passar e ela vai olhar para ele, com a testa franzida, sem conseguir entender como uma noite de bebedeira que terminou com um beijo na porta de uma loja fechada pode ter durado tanto tempo. Mas isso ainda não aconteceu; em vez disso, ambos se inscreveram e foram aceitos na Universidade de Leeds, Thomas para estudar engenharia química e Laura, história e política.

Está chovendo quando Thomas se levanta, como tem chovido durante todo o verão, mas ele não se importa. Na cozinha, a mãe está lavando os pratos e ouvindo o final do programa matutino da Radio One. Thomas se instala na bancada e olha para a mãe na pia, a saia laranja tornando a parte inferior do seu corpo quase invisível diante dos armários de pinheiro que ocupam toda a cozinha. O programa é apresentado por Simon Mayo, de quem a mãe não gosta muito; ela não entende por que eles não continuaram com Mike Smith. Mas Thomas gosta de Mayo, embora ele entenda, por meio de Laura, que escutar a Radio One é estritamente *proibido* até a hora do programa noturno de John Peel. Simon Mayo está tocando "Heat Wave", de Martha Reeves & The Vandellas. Thomas ainda não sabe, mas ele nunca mais conseguirá voltar a ouvir essa música depois daquele dia.

— Bem que poderia fazer uma onda de calor — diz a mãe de Thomas.

Theresa Major tem apenas quarenta e poucos anos, mas parece velha e decrépita para Thomas desde que seu pai morreu, há dois anos. No enterro, ela o chamou de lado e perguntou:

— O que aconteceu entre vocês dois? Vocês eram tão amigos quando você era pequeno...

* * *

Dois anos antes, no verão de 1986, eles estão diante do edifício abobadado do crematório do Cemitério de Henley Road, em Caversham, em um dia ensolarado. Uma multidão considerável está se reunindo; Frank Major ficaria contente. Thomas franze o cenho e olha em torno. Será que *ela* veio? A mulher que estava no carro no dia do cinema? Ele não reconhece a maioria dos presentes. São muitas mulheres, e Thomas se pergunta se Frank Major passou por elas todas como um incêndio na floresta, se ele colecionava amantes durante os anos de casado da mesma forma que acumulou carros novos, jardins de inverno, sótãos convertidos.

— Não sei do que a senhora está falando — diz Thomas.

Ele está usando calça jeans preta, camisa de malha preta e um casaco camuflado.

— Sabe sim — diz Theresa Major. Ela está segurando com força a mão de Peter e o vestiu com um pequeno terno preto, camisa branca e gravata de clipe. Os olhos de Peter estão vermelhos de tanto chorar. Theresa parece cansada e pálida. — Vocês eram muito amigos quando você era pequeno.

Thomas diz:

— Olha, Peter, a tia Margaret está lá com os nossos primos. Por que você não vai falar com eles?

Peter concorda tristemente com a cabeça e se afasta. Theresa olha para Thomas.

— Por que você fez isso?

— Porque ele não precisa ouvir o que eu tenho a dizer. — Por um momento, ele pensa em contar à mãe o que aconteceu naquele dia terrível, o dia de *Star Wars*. Em vez disso, ele diz: — Eu nunca fui o filho que papai queria.

Theresa parece chocada.

— Isso é uma coisa terrível de se dizer. Ele gostava muito de você.

— Isso até o Peter nascer. Peter é mais parecido com ele. Gosta de futebol, de subir em árvores, de carros, de todas essas coisas de *homem*. Papai nunca me entendeu. Nunca deu valor às coisas que me interessavam. Não entendia de ciências, não gostava de música, não lia livros. Ele me achava estranho. Achava que eu era fraco. Ele provavelmente achava que eu era gay.

Theresa olha para o edifício do crematório.

— Ele não teria se importado se você fosse. Ele amava você. — Ela faz uma pausa. — Você é?

Thomas ri, mas sem humor.

— Como vou saber? Tenho só dezesseis anos. Nunca tive uma namorada, mas também nunca tive um namorado. Não precisa se preocupar.

— Não estou preocupada — diz Theresa, baixinho. — Não com isso. Eu estou preocupada com... bem, com você e o Peter. Crescendo sem um pai. — Ela olha para o céu azul. — E estou preocupada comigo, também. Daqui a pouco você vai para a faculdade. Eu sei que estou sendo egoísta, mas tenho medo de ficar sozinha.

— Você sempre vai ter o Peter. Ele só tem oito anos. Não vai sair de casa tão cedo. E quando ele tiver idade para sair... bem, nunca se sabe, eu posso estar casado, com filhos e morando de novo em Caversham.

Theresa sorri. É a primeira vez que ele a vê sorrir em uma semana.

— Você acha mesmo?

Então o vigário aparece na porta do crematório e faz um sinal para Theresa. Ela diz:

— Estamos prontos.

Thomas segura a sua mão e ela aperta com força a do filho. Ela agora parece velha, vazia, murcha. Ele se sente culpado por não estar se sentindo da mesma forma, por não estar sentindo... nada. Nem alívio, nem tristeza, nem luto. Nem mesmo a sensação de tirar um peso das costas. Porque agora ele sabe que Frank Major não levou seus segredos com ele para o túmulo, ele apenas os passou a Thomas, sobrecarregou o filho com suas infidelidades.

— Obrigado, papai — murmura Thomas.

Theresa olha para ele e dá um meio sorriso.

— Eu sabia que você iria mudar de ideia.

Os outros esperam respeitosamente até que Theresa, Thomas e Peter entrem de mãos dadas no crematório e depois os seguem para ouvir um discurso a respeito do amor e da amizade que os amigos e a família tinham por Frank Major antes que seu corpo fosse queimado a 1.000 graus Celsius.

Thomas odeia o pai um pouquinho mais. Ele devia estar aqui agora, em 1988, e não no túmulo. Devia estar aqui pela sua mãe, eles deviam estar envelhecendo juntos. Agora, tudo que ela tem pela frente é esperar que os filhos fiquem mais velhos e a deixem sozinha. Thomas sabe que ela vai sofrer quando ele for para a faculdade no fim do verão. Mas é isso que os filhos fazem: vão embora. É isso que os pais desejam, certamente. Que eles tenham sucesso na vida. Que sejam felizes.

Theresa se vira e sorri para ele, enxugando as mãos no pano de prato. A chuva escorre pela janela, dificultando a visão do jardim do lado de fora.

— Bom dia, dorminhoco. Você vai ter que começar a acordar mais cedo quando for para a faculdade, você sabe.

Thomas faz que sim com a cabeça e começa a investigar o que há para comer na geladeira. Intencionalmente ou não, ela o fez se sentir culpado de deixá-la sozinha com Peter. Ele preferiria que ela não tivesse tocado no assunto.

— O que você vai fazer hoje?

— Vou me encontrar com a Laura — responde Thomas diante da geladeira. — Provavelmente vamos à loja de discos. Dar umas voltas por aí.

— A que horas você vai sair?

Thomas afasta a cabeça da geladeira.

— Não sei. Na hora do almoço. Por quê?

— Preciso levar o Peter ao dentista. Ele está naquele lago com os amigos. Você pode ir buscá-lo daqui a meia hora? Eu disse para ele a hora de voltar, mas ele esqueceu o relógio no aparador.

Thomas coloca dois Pop Tarts na torradeira e enche um copo de suco de laranja. Ele pega o relógio e o coloca no bolso.

— Vou buscá-lo assim que eu acabar de comer.

Quando ele se lembra daquele momento, que ficou gravado para sempre na sua mente, gostaria de poder gritar através do tempo, estender a mão para o passado, sacudir a si mesmo e berrar furiosamente:

— Vá! Vá agora mesmo! Corra! Não pare!

✳ 14 ✳

A CARTA

James chega em casa primeiro, tenta abrir a porta com o ombro e grita "Ai!" quando a porta não cede. A vovó deve ter trancado. Ele bate e espera um pouco, depois levanta a portinhola de correio com o polegar e grita:

— Vovó! Sou eu, James! Abre a porta!

Quando ela não aparece, ele suspira e remexe na mochila até encontrar a chave, abre a porta e entra. Ela deve estar dormindo lá em cima ou sentada no quarto do papai, pensando que está em mil novecentos e bolinha ou coisa parecida. Uma vez ele a pegou girando o botão do rádio e ficando cada vez mais frustrada, até dar um tapa no aparelho e lhe pedir:

— Você pode me ajudar a encontrar o Dick Barton?

Ele não fazia a menor ideia do que ela estava falando.

Como a avó não está na cozinha, é ali que James fica por algum tempo. O piso de linóleo está solto nas beiradas e a geladeira faz muito barulho. As paredes são de um tom horrível de amarelo e a mesa é raquítica e quase tão velha quanto a sua avó. Mesmo assim, ele gosta da cozinha, gosta da janela que dá para o quintal estreito, cheio de objetos: as ferramentas do pai, pedaços de madeira, sacos de cimento. Talvez seja por isso que James gosta da cozinha. Dali ele pode ver o que restou da vida antiga do pai.

Ele teve alguns problemas com o bando que o persegue quando estava conversando com os amigos na hora do recreio, mas depois disso... Ele tira o envelope da mochila e alisa o conteúdo na pequena mesa. Mal pode esperar para contar a Ellie. James abre a geladeira e fica olhando para o interior, como se estivesse hipnotizado. Ele não sabe se vai conseguir esperar até o jantar. Encontra uma lata de feijão-branco cozido com molho de tomate, coberta com um plástico-filme, e um pedaço de queijo. James coloca o queijo em um prato, despeja o feijão por cima, leva ao micro-ondas, senta-se à mesa e fica lendo a carta repetidamente até ouvir o sinal do micro-ondas.

Um dia, pensa James, enquanto mistura com um garfo o feijão e o queijo derretido até formar uma gosma amarelada, ele vai ser um cientista famoso. Ele vai ter muito dinheiro e um apartamento em um lugar como Manchester. Ou talvez Nova York. Papai vai estar em casa, Ellie não terá de trabalhar toda noite e James vai cuidar de todos eles. Ele provavelmente vai escrever um livro tão popular quanto *Uma breve história do tempo* de Stephen Hawking, que James leu três vezes, embora tivesse dificuldade para entender os conceitos. Vão entrevistá-lo na TV e perguntar a ele como se tornou um cientista tão brilhante e ele vai dizer ao entrevistador, Jonathan Ross ou Graham Norton ou seja quem for, que não foi fácil, não foi nada fácil. Ele frequentou uma boa escola, mas todo mundo sabia que ele era pobre e sofreu muito bullying. Mas um dia recebeu uma carta na escola e sua vida mudou...

James lê a carta mais uma vez. É isso. Este é o dia em que tudo vai mudar para ele. Ele ouve a porta bater.

— Olá? — grita Ellie.

— Tô aqui — responde James, com a boca cheia de queijo e feijão.

Ellie enfia a cabeça na cozinha. Parece cansada. Ela aparenta ser mais velha do que sua idade, mas não de uma forma positiva, não como algumas meninas que ele vê no ponto de ônibus, usando saias enroladas e maquiagens pesadas. Elas estão tentando parecer que já têm vinte anos; Ellie apenas parece que sempre passa as noites em claro. O que, ele pensa, deve ser verdade. Ela trabalha na lanchonete, na oficina de soldagem e na loja polonesa. Ele não sabe como ela arranja tempo para fazer o dever de casa, se é que ela faz. Mas não tem importância: ele vai ser um cientista famoso e cuidar de todos eles.

— Cadê a vovó? — Ela olha para a gosma que está no prato do irmão. — É isso que você vai comer de jantar?

— Recebi uma carta da escola — informa James.

Por alguma razão, ele se sente estranhamente nervoso agora.

— Cadê a vovó?

James dá de ombros.

— Deve estar lá em cima, eu acho. Eu recebi uma carta.

Ellie tira o casaco e o joga no sofá antes de entrar na cozinha.

— Espero que não estejam pedindo mais dinheiro. Ela está dormindo?

James entrega a carta à irmã, que começa a ler enquanto coça a cabeça. Ela olha para ele, surpresa.

— O que é isso?

— Comece de novo — diz James. — Leia em voz alta.

Caro responsável/tutor de James Ormerod

Todo ano, as finais do Concurso Nacional para Jovens Cientistas são realizadas no Centro de Convenções Olympia, em Londres. As escolas podem inscrever grupos ou indivíduos no concurso e os finalistas são escolhidos por meio de uma série de competições eliminatórias locais e regionais.

Devido a uma iniciativa do governo para encorajar jovens que, por alguma razão, estão em condições desfavoráveis devido a fatores sociais ou econômicos, temos o prazer de informar que fomos autorizados a inscrever um aluno ou grupo diretamente nos estágios finais da competição. Este concurso proporciona não apenas prestígio e uma grande oportunidade para uma carreira futura, mas recompensas financeiras para a escola e o grupo/aluno.

Graças ao excelente desempenho de James nas aulas de ciências, gostaríamos de recomendá-lo para as finais do Concurso Nacional para Jovens Cientistas, que será realizado no fim deste mês.

Obviamente, o/a senhor/senhora deve ter algumas dúvidas e eu gostaria de convidar você para uma reunião na minha sala, em data e hora de sua conveniência, para discutirmos o assunto e, esperamos, autorizar-nos a iniciar o processo para o comparecimento de James ao evento.

Será uma grande oportunidade para ele e temos certeza de que brilhará na competição. O/A senhor/senhora pode entrar em contato comigo a qualquer momento, por meio da secretaria da escola, para agendar a reunião, mas devo chamar atenção para a necessidade de certa urgência, já que não resta muito tempo para o início do concurso e precisamos formular com James um projeto adequado para as finais. Atenciosamente, Sra. S. Britton, diretora.

— Não é maravilhoso? — pergunta James.

Ellie fica olhando para a carta.

— Hum. Uau. Eu acho. — Ela olha para James por tanto tempo que ele começa a ficar nervoso, depois puxa uma cadeira de baixo da pequena mesa e se senta. — Mas a gente sabe que você é muito inteligente. Você não precisa participar de nenhum concurso para provar isso.

James já pode sentir lágrimas quentes lutando para sair do canto dos olhos.

— Mas eu *quero* ir.

Ela bate na carta com os nós dos dedos.

— ... *jovens que, por alguma razão, estão em condições desfavoráveis devido a fatores sociais ou econômicos...* James, isso está me cheirando a pura demagogia. Eles só estão fazendo isso para parecerem bonzinhos e acham que a gente é uma espécie de escória. A gente não é escória. A gente é melhor que isso. Você é melhor que isso. Você pode vencer na vida sem ter alguém te dando tapinhas nas costas e sentindo pena de você.

James se levanta, fazendo com que a cadeira caia para trás com um estrondo no piso de linóleo.

— Mas eu QUERO ir! Eu QUERO participar do concurso!

Ellie amarra a cara.

— James. Eles pediram para o seu responsável-barra-tutor ir falar com eles. Como vamos fazer isso, hein?

— Manda a vovó — sugere James, com voz embargada. — Ela é nossa tutora, não é?

— E correr o risco de ela estragar tudo? Você quer que a coloquem num asilo? Quer que a gente seja adotado por famílias diferentes ou mandado para um orfanato? — Ellie olha em torno. — Cadê a vovó, afinal?

Ellie sai da cozinha com a carta na mão e James a segue rente como um cachorrinho. Sobem a escada, mas ela não está no quarto. Também não está no banheiro. Não está em lugar nenhum.

— Merda — diz Ellie. — Ela saiu.

Ellie desce correndo, com James nos calcanhares, e pega o celular no bolso do casaco. Ela disca o número da avó e espera um momento, depois desliga, irritada, e tenta de novo. Seus olhos se fixam nos de James. — Deu sinal de ocupado. Onde diabo ela está e com quem diabo ela está falando?

Ellie anda de um lado para o outro da pequena sala de estar, discando mais uma vez e dando um chute raivoso na pilha de roupa atrás do sofá.

— Vovó — fala ao telefone, em tom aflito. — Onde você está? Por que seu telefone está ocupado? Liga para mim assim que ouvir essa mensagem.

— Talvez ela tenha ido fazer compras — sugere James.

Ellie esfrega os olhos.

— Ela não deveria ir a lugar nenhum. James, se ela falar com a pessoa errada…

— Ellie, quanto ao concurso…

— James. Agora não. A gente tem que encontrar a vovó. Talvez a gente deva sair e procurar por ela…

Alguém bate à porta. James e Ellie se entreolham.

— Ai, meu Deus — diz Ellie. — Quem deve ser?

James faz menção de ir abrir a porta, mas Ellie o detém.

— Deixa comigo. E não fale nada, ouviu?

Ela respira fundo, fecha os olhos por um momento e depois abre a porta.

A avó está ali de pé, com o telefone no ouvido.

— Sim, sim, estou bem agora. Cheguei em casa. Muito obrigada.

— Vovó! — exclama Ellie. — Onde você estava? Com quem estava falando?

A avó entra aos tropeções, com a mão no peito.

— Ai, Ellie, eu passei por um perrengue. Eu saí para resolver uma questão, mas acabei ficando um pouco confusa. Eu não conseguia me lembrar onde estava nem como voltar para casa. Acho que esqueci a chave, também. Mas ele me ajudou a chegar em casa.

Ellie olha para o telefone.

— Quem? *Quem* te ajudou a chegar em casa?

— O astronauta!

Ellie se volta para James, seu rosto contorcido de fúria.

— Tá vendo? — diz ela, por entre os dentes. — Tá vendo por que ela não pode ir falar com a diretora? Tá vendo por que você não pode participar desse concurso idiota?

Em seguida, Ellie amassa a carta e a joga na direção da cesta de papéis do outro lado da sala, próxima à poltrona da avó, e sai como um furacão escada acima, enquanto a avó continua a sorrir e repete:

— Foi o astronauta. Foi ele que me ajudou a chegar em casa.

✳ 15 ✳

AQUI É GLADYS!

A Terra está mais distante agora. São oitocentos milhões de quilômetros da Terra a Marte pela Órbita de Transferência de Hohmann. Thomas logo ficou sabendo que viajar até Marte não é uma questão de apontar um foguete para lá e disparar. Se você fizer isso, quando o foguete chegar à órbita de Marte, o planeta não estará mais lá. Em vez disso, você aponta o foguete para a posição em que Marte estará, de acordo com o plano de voo da *Ares-I*, depois de 218 dias. Sendo assim, a nave está, no momento, viajando no vazio em direção ao nada. Thomas não sabe muito bem como se sente em relação a isso. Ele tem uma vaga sensação de vertigem, como se estivesse caindo, mas sem o tipo de medo que teria, por exemplo, se caísse do alto da Torre de Blackpool. A sua queda seria agradável, como se estivesse voando; duro seria quando atingisse o solo. E Thomas só vai atingir o solo dali a sete meses.

Ele flutua até a janela e observa a Terra, que está diminuindo imperceptivelmente de tamanho. Para ser franco, é como se houvesse um enorme vazio em seu interior, quando ele deveria estar aterrorizado, triste, feliz ou empolgado. Ele não sente nenhuma dessas coisas. Bem, às vezes pensa em gramados iluminados pelo sol, no brilho da água do mar, em castanhas na terra úmida embaixo de uma árvore, no tinido de garrafas em um caminhão de leite, no chiado da agulha em um disco de vinil, no cheiro de um livro novo, na pressão suave dos lábios de outra pessoa em sua nuca, e tem uma sensação distante de perda, mas a maior parte do tempo ele não sente... nada. Apenas o vazio que você sente quando está em uma longa fila de banco, com suas contas na mão, esperando com a mente vazia que a fila ande. É como se ele estivesse no processo de *nascimento*. Como se o mundo o tivesse gerado e agora estivesse na hora de empurrá-lo para fora, através deste canal de parto de sete meses sem ar, para o lugar onde vai passar o resto dos seus dias.

Então ele pensa que isso é um monte de velhas baboseiras hippies e vai atender ao telefone Iridium que está tocando insistentemente na mesa de controle. É, naturalmente, o diretor Baumann.

— Ainda não conseguimos restabelecer as comunicações — informa ele, alegremente. — Alguém da AEE vem aqui agora de manhã.

A Agência Espacial Europeia. Obviamente a verba não é suficiente para chamar alguém da NASA ou mesmo os russos que construíram a maldita espaçonave. Thomas pergunta:

— Tem certeza de que vocês pagaram a conta de telefone?

— Rá-rá-rá — faz Baumann. — Tenho certeza de que até o fim do dia tudo vai estar funcionando. Enquanto isso, vamos enviar por e-mail alguns testes que você deve fazer nos módulos habitacionais que estão no compartimento de carga.

— Não vejo a hora. A propósito: por quanto tempo esse telefone vai continuar funcionando?

Ele pensa em comentar o estranho telefonema que deu para uma velhinha, mas muda de ideia. Sabe que não devia ter usado o telefone Iridium para tentar entrar em contato com a ex-mulher e muito menos para conversar com uma estranha que agora é dona da linha que a Janet obviamente cancelou. Será que ela fez isso para que ele não pudesse ligar?

— Você vai estar fora de alcance do telefone Iridium em uma ou duas semanas, no máximo — afirma Baumann. — Mas isso não será problema depois que restabelecermos as comunicações.

O monitor faz um ruído.

— Os testes que você mandou devem ter chegado.

Thomas aperta um botão do teclado para acordar o computador.

— Ah, eu me enganei. É alguém tentando me vender Viagra. Não que eu tenha muito uso para ele no momento.

Pensando bem, também não tinha uso para ele quando estava lá embaixo.

— Como você consegue fazer isso? — pergunta Baumann. — Ser rabugento e brincalhão ao mesmo tempo?

— É um dom. Um dia eu te ensino enquanto tomamos uma cervejinha. Eu te aviso quando conseguir abrir um bar em Marte e aí você pode aparecer para tomar alguns copos. Pensando bem — diz ele, dissimuladamente —, acho que não vai ter uma atmosfera agradável para isso...

Quando Baumann desliga, Thomas passa trinta segundos lendo o suficiente do e-mail para decidir ignorar completamente o restante. Ele acessa a biblioteca de músicas, pensa por um momento e escolhe o álbum *Gold Mother*, da banda James. Digitalizado a partir da gravação original de 1990. Ele ficou muito irritado quando a banda relançou o álbum no ano seguinte para acomodar um remix de "Come Home" e duas faixas adicionais; um álbum deve fazer sucesso ou fracassar com as músicas originais. Isso o incomoda tanto que ele considera nem mesmo ouvi-lo, mas é um álbum excelente, de modo que ele cede e aperta o play. Em seguida, tira o livro de palavras cruzadas de sua nova morada, uma bolsa com fecho de velcro ao lado da mesa de controle: o folheto que ocupava o lugar originalmente está pairando por aí. Era algo sobre sistemas de irrigação com água reciclável. Ele vai dar uma olhada quando estiver na órbita de Marte. Mordendo a ponta do lápis, Thomas examina a pista seguinte.

18 Vertical: Se for protelada, pode causar angina, proverbialmente (9)

Ele pensa por um momento, flutuando horizontalmente por todo o módulo, empurrando distraidamente as paredes com os dedinhos dos pés. Angina? Proverbialmente? Ele suspira quando o telefone toca de novo. O que Baumann pode querer agora?

— O que é? — pergunta ele, de cabeça para baixo, ainda pensando no passatempo.

— Major Tom! — diz uma voz, ofegante e assustada. — Major Tom! Sou eu! A Gladys!

✳ 16 ✳

TUDO VAI DAR CERTO

Mais cedo:

— Quem ganharia uma luta entre o Batman e o Homem de Ferro?

No pátio da Escola de Ensino Fundamental St. Matthew's, abrigados do vento frio e úmido atrás da pista de obstáculos e junto ao muro de escalada, construídos para encorajar os jovens sedentários a se exercitar, James e os amigos Carl e Jaden discutem a questão com as mãos nos bolsos.

— A primeira coisa que vocês têm que aceitar é que uma luta como essa jamais vai acontecer — argumenta James. — Eles pertencem a universos totalmente diferentes.

— Sim, sim — concorda Jaden. — Todos nós sabemos que o Homem de Ferro é da Marvel e o Batman é da DC.

— Então por que a gente não fala do Homem de Ferro contra o Patriota de Ferro? — propõe Carl.

O pai de Carl é engenheiro e ele disse que vai construir para o filho um traje do Homem de Ferro. Jaden, cujo pai é advogado, afirma que isso seria uma violação de direitos autorais e ele seria processado. James, cujo pai é um pedreiro que no momento está sendo hospedado por Sua Majestade, não contribui para a discussão, mas tenta fazer a conversa voltar à proposta original.

— Nesse caso, a luta não teria sentido, porque as duas armaduras foram feitas pelo Tony Stark. O Homem de Ferro contra o Batman é uma luta maneira porque os dois são humanos sem superpoderes e dependem da tecnologia para combater o crime.

Nenhum deles notou que eles tinham companhia até ouvirem uma risadinha e quatro meninos saírem de trás do muro de escalada. James sente um embrulho no estômago. Um dos meninos é Oscar Sherrington.

— Tudo bem, Stig, o homem das cavernas? — pergunta, olhando para James.

— O que é isso? — quer saber um dos meninos.

— Um programa de televisão que minha mãe costumava ver quando criança. Era sobre um menino das cavernas que morava em um pântano. Assim como o James.

— Ele lavou a camisa — diz outro menino.

Oscar Sherrington, que é mais truculento e maldoso que qualquer outro menino de dez anos do St. Matthew's e que já tem marcas de acne no queixo, enfia uma das mãos dentro do paletó.

— Ótimo. Uma tela em branco. O que a gente vai escrever dessa vez?

Em seguida James é literalmente salvo pelo gongo e pelos gritos dos inspetores, avisando que o recreio acabou.

Oscar guarda a caneta.

— Fica pra outra vez.

Carl e Jaden estão de cabeça baixa, tentando se tornar invisíveis. James pergunta:

— Por que você só implica comigo? Por que deixa todos os outros em paz?

Oscar olha para ele com desdém.

— Porque os outros dariam queixa de mim para os professores. Você não vai fazer isso porque meu pai disse que quem cuida de você é sua avó e ela ficou gagá, então, se alguém descobrir, vão colocar você e sua irmã num orfanato. — Ele sorri, mas não é um sorriso bonito. — Talvez eu mesmo conte ao Serviço Social. Não estaria fazendo mais que a minha obrigação.

Quando Oscar e seu bando se afastam, James olha de cara feia para Carl e Jaden.

— Vocês nem me ajudaram.

— Foi mal — murmura Jaden. Ele muda de assunto. — Quer lanchar na minha casa hoje? O Carl também vai. A gente pode continuar falando sobre o Homem de Ferro e o Batman.

Lanche, para James, é uma refeição do meio-dia. Jaden está se referindo à refeição das cinco da tarde, que James chama de jantar.

— Seria ótimo.

Jaden pega seu iPhone 6, que James observa com inveja, e digita alguma coisa. O seu velho Nokia vibra, mas ele não o tira do bolso.

— Te mandei uma mensagem com o meu endereço e o telefone de casa. Pede pra sua vó ligar pra minha mãe e dizer que você pode ir. A gente lancha às seis e meia. — Jaden faz uma pausa. — Ah. O que Oscar falou sobre sua avó é verdade?

— Não esquenta — diz James. — Tá combinado. A gente se vê mais tarde.

Depois de desapontar James no caso do concurso de ciências, Ellie se sente obrigada a concordar com o encontro que ele combinou com os amigos da escola. Ela olha para o endereço da casa do amigo: bairro de gente chique. E fica a um trajeto de ônibus de distância. Ela liga para o número de telefone e pede para falar com a mãe do Jaden.

— Alô — diz a mãe. — Jaden me contou que convidou o James para o lanche. Não tem problema nenhum, lógico... Ele tem alguma alergia?

Apenas a bom senso, Ellie tem vontade de dizer, mas, em vez disso, ela concorda em levá-lo na hora combinada. James não diz nada durante o trajeto e Ellie sabe que ele está chateado por causa do concurso de ciências, mas a última coisa de que eles precisam no momento é chamar atenção. Jaden mora em uma casa grande com entrada de cascalhos e garagem para dois carros. Quando eles chegam, já está escuro. Arbustos iluminados com pisca-piscas enfeitam o grande jardim.

A mãe do Jaden abre a porta. Seu cabelo parece feito de algodão-doce e ela está usando um vestido que, na opinião de Ellie, combinaria mais com uma noitada do que com um jantar para alguns meninos. Ela olha Ellie de cima a baixo.

— Ah. Você é...

— Ellie. A irmã do James,

— Ah. Eu falei com a sua mãe...?

Ellie abre um sorriso amarelo.

— Não, era eu. Nossa mãe...

Um menino pequeno aparece ao lado da mulher e acena para James.

— A mãe deles morreu — diz ele.

— Ah — diz a mãe de Jaden. — Bem, sinto muito por isso. Então é seu pai que está cuidando de vocês...?

— O pai deles está na cadeia — informa Jaden.

A mãe de Jaden não os convida para entrar. A expressão dela é de quem está sentindo um cheiro ruim no ar.

— Ah, entendo. Então quem...?

— A avó deles — explica Jaden. — Mas ela está meio biruta. Vocês não vão entrar? Carl está lá em cima. A gente estava conversando sobre o Batman.

Ellie e a mãe de Jaden olham uma para a outra por um instante. Por fim a mulher diz:

— Biruta? Você não deveria falar essas coisas, Jaden. — Ela coça o queixo. — Bem. É uma pena. — Ela olha de novo para o filho. — Jaden, eu acho que... se você tivesse me avisado antes... poderíamos ter comprado mais comida...

— Não tem importância — diz Ellie, por entre os dentes. — Eu entendo perfeitamente.

A mulher parece aliviada.

— Você entende...?

— Claro que sim. Você é uma vaca metida a besta que acha que um menino pobre com o pai na prisão só pode estar aqui para assaltar sua linda casa ou transformar seu filho em um criminoso.

— Ellie... — diz James.

A mãe de Jaden leva a mão ao peito.

— Olha, tenho certeza que nunca disse...

— Nem precisou. — Ellie segura James pelo braço. — Venha. A gente vai para casa.

— Mas Ellie... — protesta James.

Ela o arrasta pela entrada de cascalhos na direção do ponto de ônibus.

— MUITO OBRIGADO! — grita ele.

— Por que você contou pra eles sobre a mamãe e o papai? E a vovó? — grita ela de volta. — Quantas vezes a gente já conversou sobre isso?

— Eu não contei pra eles! — protesta James, arrancando seu braço da mão de Ellie. — Você estragou tudo. Você estragou absolutamente tudo. Você sabe quantos amigos eu tenho? Dois. E os dois estão naquela casa. E agora eu não tenho mais nenhum. Já foi ruim o suficiente você dizer que eu não posso participar do concurso de ciências. Você está tentando arruinar a minha vida?

Ellie segura o braço dele de novo e o puxa na sua direção. Ele resiste a princípio, mas depois permite que ela o abrace no ponto de ônibus.

— A gente não precisa de concursos de ciências. A gente não precisa de amigos. Temos um ao outro, como sempre. Sabemos nos cuidar. Tudo vai ficar bem.

✳ 17 ✳
A-T-O-R-D-O-A-D-A

O som que o telefone emite é um balbucio ininteligível, talvez de um sotaque do norte da Inglaterra. Thomas pergunta:

— Quem é que está falando? É o Controle da Missão?

Há um soluço abafado e depois alguém respira fundo. Thomas pode ouvir o barulho do trânsito.

— Sou eu. Gladys.

Thomas aperta a ponte do nariz.

— Gladys. Olha, Gladys, você ligou para o número errado. Eu vou ter que desligar.

— Eu sei que liguei para o número errado — diz Gladys, sua voz ficando mais alta. — Eu achei que estava ligando para a Ellie, mas apertei aquela coisa de última chamada e o telefone ligou para você. O astronauta.

— Vou desligar — diz Thomas. E acrescenta, em tom esnobe: — Tenho que manter este canal de comunicação aberto.

— Eu estou atordoada — queixa-se Gladys.

— Vou desligar. Não ligue de novo para esse número.

Ele aperta o botão de desligar e coloca o telefone no gancho.

Se for protelada, pode causar angina, proverbialmente. Nove letras. Thomas olha de novo para o telefone.

Nove letras. Nove letras.

Ela disse que estava atordoada.

Ele escreve A-T-O-R-D-O-A-D-A sem fazer muita força com o lápis. O número de letras está certo, mas não parece fazer sentido. Ele abre um sorriso sem graça.

Ela tinha uma voz de velha, a Gladys. Parecia confusa. Thomas pensa na sua mãe, em como estava no fim da vida. Assustada. Desesperada. Atordoada.

Suspirando alto, ele pega o telefone Iridium de novo e examina os botões. Existe um com setas circulares, como se fossem duas cobras mordendo o rabo uma da outra. Ele aperta o botão e ouve os cliques e zumbidos do sinal trafegando pela rede de satélites e depois o ruído de chamar. Alguém do outro lado da linha atende quase imediatamente.

— Ellie? — grita a mesma voz, exasperada.

— Gladys? — diz Thomas cautelosamente. — Você ligou para mim quase agora?

— Eu não sei onde eu estou — diz ela. — Eu fui à prefeitura para resolver um problema, mas quando cheguei à Rodney Street, a prefeitura tinha sido demolida. Eu não sabia para onde ir. Então eu peguei um ônibus para voltar para casa, mas tinha outra família morando lá. Eu acho que são poloneses. Não me lembro. Eu fui para a nossa casa, onde eu e o Bill morávamos. Eu esqueci que não moramos mais lá. Eu esqueci que o Bill está morto.

Ela desaba em um choro sofrido, de soluçar.

— Certo. Eu preciso que você se acalme. Você sabe com quem está falando?

Ele escuta uma fungada e depois o estrondo alarmante de alguém assoando o nariz. Gladys responde, baixinho:

— Você é o astronauta. Major Tom. Você me ligou ontem querendo falar com a Janet Crosthwaite.

Thomas aperta de novo a ponte do nariz, com força o suficiente para deixar uma marca na pele. Essa mulher é evidentemente insana.

— Isso mesmo — diz ele, devagar. — Aqui é o Major Tom. Então, você pode ligar para alguém? Você falou de uma Ellen. Ela é sua filha?

— Ellie. Ela é a filha do nosso Darren. Mas eu só quero voltar para casa. Eu preciso fazer o jantar deles. James já deve ter chegado em casa.

Thomas percebe que vai ser quase impossível fazê-la ligar para outro número.

— Olha, eu posso ligar para o Controle da Missão. Eles vão conseguir te ajudar se você me der o número do seu celular.

— Não! — protesta Gladys, aterrorizada. — Não! Ninguém pode saber! Ellie deixou isso bem claro. Eu só preciso voltar para casa.

Apoiando o telefone na curvatura do pescoço, Thomas se segura na mesa e abre o Google no computador, tirando da tela, com irritação, o acesso ao Twitter que a Claudia instalou para ele. Ele entra no Google Maps e diz:

— Então. Você sabe onde está?

— Eu estou na Poolstock. Eu preciso ir para a Santus Street. Número dezenove.

— Qual é o nome da cidade?

Gladys diz alguma coisa como *Wussly Mains*.

— Esse é o nome de um bairro? — pergunta Thomas, sem muita certeza.

— É, o nome da cidade é Wigan.

Ela parece mais calma agora.

— Tá bem.

Thomas entra com o nome da rua e "Wigan". O mapa mostra um labirinto de avenidas em um bairro chamado Worsley Mesnes. Ele balança a cabeça. Como se pronuncia isso?

— Acho que encontrei você.

— Uau! Você consegue me ver do espaço? Você tem um telescópio?

— Claro que não! — exclama Thomas, indignado. — Eu estou usando...

Ele para e se dá conta de que não tem tempo nem paciência para tentar explicar a internet a esta mulher que obviamente não bate bem da cabeça. Ele suspira.

— Isso mesmo, um telescópio. Um telescópio muito especial. Agora, você pode me dar de novo o endereço da casa onde você mora *atualment*e, e não da casa onde você viveu há sei lá quantos anos?

Há um breve silêncio e depois Gladys murmura:

— Santus Street.

Thomas entra com o nome e observa a linha pontilhada que liga as duas ruas.

— Você está a mais ou menos dez minutos de casa. Siga em frente nessa rua onde você está até o final e vire à esquerda. Depois atravesse, pegue a segunda à direita e depois a primeira à esquerda. E aí você vai ver a sua casa. Entendeu?

Gladys repete as instruções para ele, ou melhor, desfila uma série de instruções que lembram apenas vagamente as que ele acabou de fornecer. Ela diz:

— Você pode ficar na linha até eu chegar em casa?

— Não posso mesmo. Por eu estar no espaço e tal.

Gladys começa a chorar de novo e Thomas murmura baixinho:

— Meu Deus.

Depois, em voz alta, com toda a paciência que é capaz de ter:

— Tá bem. Comece a andar. Até o final da rua. O mais rápido que puder.

— Eu vou fazer setenta e um, sabe — resmunga Gladys.

— Você já chegou ao final da rua? — pergunta Thomas depois de cinco minutos.

— Eu só estava olhando para o número vinte e nove. Eles reformaram a fachada. Ficou muito feia.

— Meu Deus do Céu! — exclama Thomas, desta vez sem se dar ao trabalho de baixar a voz.

— Veja como fala — adverte Gladys. — Não se deve usar o nome de Deus em vão.

— Perdão! — grita Thomas. — Eu só estou tentando te ajudar a chegar em casa para poder continuar viajando na minha espaçonave! Você já atravessou a rua?

— Me dá um tempo. Vou fazer set...

— É, eu sei, você vai fazer setenta e um anos, mas pode andar um pouquinho mais rápido?

Uma notificação de mensagem de Baumann aparece na tela por cima do mapa, com o assunto SEU TELEFONE ESTÁ OCUPADO?! Um PDF dos protocolos de AEV foi anexado à mensagem. Thomas deleta a mensagem. Gladys pergunta:

— Você disse a primeira ou a segunda rua à direita?

— Segunda. Depois a primeira à esquerda.

Há mais ruídos de tráfego, misturados com uma respiração ofegante, e depois Gladys exclama:

— Sim, sim. Tá tudo bem. Já estou vendo minha casa. Muito obrigada.

— Ótimo. Agora vou desligar. Você pode pedir à Ellen ou coisa parecida para apagar esse número do seu telefone? Não quero que você ligue para mim toda vez que se perder.

Ele paira o dedo no botão do telefone enquanto ouve as vozes de Gladys e de outras pessoas mais jovens.

— Foi o astronauta — ele ouve Gladys anunciar alegremente. — Foi ele que me ajudou a chegar em casa.

Thomas finalmente desliga e fica encarando o telefone por um bom tempo, ignorando a notificação insistente de e-mails que chegam do Controle da Missão.

✳ 18 ✳

ESTAGNAÇÃO

— Quando estão diante de um desafio, os personagens de Tolstói têm três opções — diz a senhorita Barber. Ela está empoleirada no canto da mesa, com um exemplar de *Ana Karenina* e usando o polegar para manter o livro aberto. Ela olha para os alunos.

— Alguém se habilita?

Ellie afunda na cadeira. *Eu, não; eu, não.* Ela olha em torno. Metade dos alunos está clandestinamente vendo alguma coisa ou digitando mensagens nos celulares embaixo das carteiras; a outra metade está fitando o vazio ou conversando em voz baixa.

— Alguém se habilita? — repete a professora.

A senhorita Barber tem quase 30 anos e é muito bonita, está com o cabelo preto amarrado em um rabo de cavalo. Ela usa saia justa e blusa aberta no pescoço. Ellie tem visto os meninos olharem para ela de uma forma estranha, com coisas na cabeça mais obscenas e secretas que Tolstói.

A senhorita Barber sorri.

— Delil.

Ellie olha por cima do ombro para o garoto sentado no fundo da sala. Ele tem um cabelo afro crespo e usa óculos de armação preta que são grandes demais para o seu rosto. Delil Alleyne. Os idiotas às vezes cantam "Delilah?" para ele no corredor. Ela se lembra vagamente de ter ficado chocada, alguns anos antes, quando estavam no sexto ou sétimo ano, e uma moça da cantina, de rosto anguloso, o chamou de servente na frente dele porque estava andando de um lado para o outro dentro da cafeteria na hora do almoço. Subitamente envergonhada, Ellie se lembra de que se limitou a baixar a cabeça e seguir em frente. Na maior parte do tempo, ela nem repara nele, não repara em ninguém.

— Bem, a primeira opção para superar um desafio é enfrentá--lo — afirma Delil.

Alguém joga uma borracha, que fica presa no cabelo do menino, e todos começam a rir.

— Nerd — diz uma voz masculina, em tom zombeteiro.

— Shh! — diz a professora. — Muito bem, Delil. E qual dos personagens exemplifica essa abordagem?

— Konstantin Levin. Com todo aquele trabalho na lavoura e tal... ele não desiste de lutar.

A senhorita Barber sorri novamente.

— E consegue vencer. Ótimo, Delil. Mais alguém? — Seu olhar se fixa em Ellie, que tenta se esgueirar na cadeira.

— Ellie?

— Eu não sei, professora — balbucia Ellie.

— Eu sei — afirma Delil.

A turma começa a vaiar. Ellie nunca havia notado antes como cheiram a suor, todos aqueles meninos e suas testosteronas.

— Outros desistem e morrem. Como a Ana.

— Spoiler! — exclama um menino, e Delil tenta se esquivar de uma chuva de tampas de caneta, gomas de mascar e bolas de papel.

— Silêncio! — grita a professora. — Excelente, Delil. E parabéns pela leitura adiantada. — Ela olha para o livro. — Então. Os personagens de Tolstói enfrentam os desafios ou morrem tentando. Qual outro está faltando? Desta vez, não quero que Delil responda.

Há um silêncio na sala, interrompido apenas pelo toque ocasional de um telefone ou por um arroto abafado.

— Estagnação — diz a senhorita Barber, por fim. — Não fazer nada. Conformar-se. Como Karenin. Como Vronsky. — Ela varre a sala com os olhos e para em Ellie. — Como alguns de vocês.

— Fascinante — diz alguém.

A professora vai até a mesa e se inclina na direção do computador. A maioria dos meninos respira fundo. O dever de casa aparece no quadro branco.

— Por que os personagens de Tolstói têm que aceitar a morte para compreender a vida? — ela lê. — É para daqui a uma semana. E dessa vez, eu quero que vocês trabalhem em duplas.

Os alunos começam a se dividir em pares naturais. Ellie se esgueira ainda mais na cadeira de plástico. Se tiver sorte, a senhorita Barber não irá notar que ela não fez dupla com ninguém e poderá fazer o trabalho sozinha. Mas a professora diz:

— Ah, não, dessa vez eu vou escolher as duplas. — Há uma reclamação geral quando ela começa a recitar os nomes. — Ellie Ormerod e Delil Alleyne.

— Safo — diz Delil.

Ellie olha de cara feia para a senhorita Barber, que arqueia uma sobrancelha.

— Algum problema, Ellie?

— Ele é muito esquisito, professora — responde Ellie, cruzando os braços e olhando pela janela.

Os meninos no canto da sala repetem em coro:

— Esquisito! Esquisito! Esquisito!

E jogam objetos na direção de Delil.

Quando a senhorita Barber consegue fazê-los parar, olha feio para Ellie.

— Quero falar com você depois da aula.

* * *

— Eu esperava mais de você, Ellie — diz.

A sala de aula agora está vazia, depois de todos os alunos terem saído correndo assim que o sinal tocou. As cadeiras e mesas estão espalhadas ao acaso, e a senhorita Barber fizera o seu melhor para encorajar o aprendizado ao pendurar trechos dos seus livros favoritos nas paredes necessitadas de pintura.

— Sinto muito — murmura Ellie. — Não foi por mal.

— Hum. Isso é quase pior. Como você acha que o Delil se sentiu? Já não basta o tanto que ele tem que suportar desses meninos? — diz ela, apontando na direção das cadeiras vazias. — Ele não é esquisito. Ele só é um pouco diferente. Eu pensei que você seria capaz de entender isso.

Ellie arregala os olhos.

— O que a senhora está querendo dizer? Que *eu* também sou esquisita?

— Eu estou querendo dizer que você não é como os outros.

— A senhora não sabe nada sobre mim — diz a menina, contrariada.

— Como está indo a leitura de *Ana Karenina*? — pergunta a senhorita Barber, mudando a abordagem.

Ellie tenta se lembrar do que leu no *York Notes* roubado da livraria Waterstones, embora mal tenha tido tempo de folheá-lo. Ela olha para os seus sapatos, puídos e sujos, e algo lhe vem à mente. Ela diz:

— É um romance de riqueza e profundidade sem paralelo, não é, professora?

A senhorita Barber esboça um breve sorriso.

— É, os comentários dos Clássicos da Wordsworth na quarta capa das suas edições são mesmo curtos, mas instigantes, não é mesmo? De qualquer forma, bem lembrado.

Ellie se vira para a janela, tentando ignorar o olhar inquisitivo da professora. Depois de algum tempo, ela dá de ombros.

— Eu realmente não tive tempo de avançar na leitura.

Quando Ellie se vira para a professora, esta a encara, determinada.

— Eu espero que você não se importe com o que eu vou dizer, Ellie, mas você parece cansada. Eu sei que você tem quinze anos, não é mais uma criança, mas dormir é importante. Você tem ficado acordada até tarde?

Ellie dá de ombros. A senhorita Barber morde o lábio inferior, hesita e depois diz:

— Você está com algum problema? Você sabe que pode confiar em mim e conversar comigo a qualquer momento. Eu já tive a sua idade. Eu sei que existem tentações. A vontade de experimentar. E eu sei que... que em certas comunidades não é difícil conseguir drogas...

Ellie fecha os olhos e suspira. Como se fosse fácil explicar. Às vezes ela se pergunta se não deveria comprar e usar droga, algo como heroína, para se esquecer de tudo, pelo menos por algumas horas. A senhorita Barber parece entender seu silêncio como encorajamento para prosseguir.

— Ellie... no ano passado eu diria sem hesitação que você era uma aluna nota dez em inglês. Na verdade, eu apostaria dinheiro nisso. Muito dinheiro. Agora... — Ela deixa o final da frase no ar, no ambiente silencioso da sala de aula vazia, suspenso entre as duas. — Eu sei como é ser jovem.

Ellie a encara.

— Pare de falar isso. A senhora pode saber como é ser jovem, mas não sabe como é ser *eu*.

A professora se inclina para a frente, seu olhar determinado.

— Então me conte.

Ela se conteve por tempo demais. Não tinha ninguém com quem desabafar. E se pusesse tudo para fora? Deixasse a represa se romper? As palavras saindo de uma só vez: Minha mãe morreu. Meu pai está na prisão. Meu irmão está sofrendo bullying. Minha avó ficou gagá. Além de vir para a escola, eu tenho que trabalhar em três lugares diferentes só para a gente ter o que comer. Eu não tenho amigos. Eu não tenho tempo para me divertir. Eu estou lutando para manter minha família unida, mas às vezes me pergunto se vale a pena. Eu só queria dormir por um dia inteiro. Ou por uma semana. Ou para sempre.

Mas ela não diz nenhuma dessas coisas. Em vez disso, olha de novo para os sapatos puídos e se limita a murmurar:

— Eu estou bem, professora.

A senhorita Barber suspira e coloca as mãos nas pernas em sinal de rendição.

— Tudo bem. Você está liberada.

Ellie arrasta a mochila até a porta e olha para trás quando a professora diz:

— Estarei sempre aqui. Eu gostaria que você cooperasse comigo de algum jeito. De qualquer jeito. Nem que seja me dizendo o que você está pensando.

Ellie olha para ela criticamente por um momento e depois diz:

— Acho que você deveria se preocupar em abotoar mais um botão da blusa se não quer que cada menino dessa sala bata punheta toda noite antes de dormir pensando na senhora.

E então sai da sala e se dirige para outra aula, onde pode dormir acordada até a hora de voltar para casa.

✳ 19 ✳

SETE BILHÕES DE SINS E UM NÃO

O *Cabananik-1*, que é como Thomas vai continuar chamando aquele ferro-velho enquanto durar a viagem, obedece à Hora Média de Greenwich, mas, naturalmente, isso não faz nenhuma diferença para ele, na pequena parte da nave onde ele dorme, come, vai ao banheiro e trabalha. Existem outros pequenos espaços fora da cabine principal, usados para armazenar suprimentos e painéis eletrônicos que zumbem e piscam. Ele já saiu da órbita da Terra e está na Órbita de Transferência de Hohmann, o que significa que não vai viajar em linha reta da Terra até Marte, e sim descrever uma longa curva. Ele vai chegar ao Planeta Vermelho pela rota panorâmica. Naturalmente, Thomas sabe que não deve olhar diretamente para o Sol, cuja luz não é filtrada pela atmosfera da Terra, a não ser por uma janela especial, com um vidro escurecido, mas às vezes ele olha rapidamente para o Sol com o canto do olho, para ter certeza de que ainda está lá, irradiando energia na noite eterna, sem projetar sombras no inverno cinzento da Inglaterra.

O diretor Baumann liga para ele.

— Está com algum problema na linha? Tentamos falar com você algumas vezes e o telefone estava, aparentemente, ocupado.

— Não notei nada de errado. — Ele prefere não falar das conversas que teve com Gladys de Wigan. — Devem ter sido... erupções solares.

— Bem, eu tenho uma boa notícia e... outra notícia — diz Baumann, com um entusiasmo forçado que põe Thomas logo em alerta.

— Comece pela má notícia.

— Eu não disse que era uma *má* notícia. Thomas, temos uma oportunidade magnífica.

Uma oportunidade nunca é magnífica se está sendo oferecida a você por outra pessoa. Uma vida de trabalho ensinou a Thomas essa lição. Ele diz, em tom resignado:

— Prossiga.

— Tenho alguém aqui para falar com você. Gostaria que o vídeo estivesse funcionando, mas... vamos lá.

— É aquela menina de novo? Da escola onde eu estudei? Arranjaram uma pergunta melhor para ela?

— Você vai ver. Estou passando o telefone para ele.

Há uma pausa e depois uma voz familiar diz:

— Thomas. É uma grande, grande honra. — Thomas fica se perguntando de quem ele acha que é a honra, mas o homem prossegue. — Você sabe quem está falando?

Thomas sabe exatamente quem está falando. Ele faz questão de evitar os programas de TV que este homem apresenta, mas ele e a sua influência são como os tentáculos de um polvo nocivo que tem a missão de invadir todos os cantos do mundo com uma celebração fingida da mediocridade.

— Simon Callow. Você é um dos meus atores favoritos

Depois de uma pausa quase imperceptível, o homem começa a rir.

— Rá-rá-rá. Bem que me disseram que você tinha um ótimo senso de humor, Thomas. Também me disseram que você gosta de música...?

— É verdade. Gosto de música boa.

— Isso mesmo. Música boa. É sobre isso que quero falar com você, Thomas. O que você acha... — a essa altura, o homem respira fundo, como se estivesse estendendo um tapete vermelho diante de Thomas. — O que você acha de gravar para nós, do espaço, um cover do grande clássico "Space Oddity"?

Thomas demora um segundo para se lembrar de respirar.

— Você deve estar brincando.

O outro ri.

— Ah, não. Eu não estou brincando, Thomas. Estou falando sério. Você. Na sua lata de sardinha. Cantando "Space Oddity". Eu garanto com toda a certeza que vai chegar ao primeiro lugar na parada de sucessos até o Natal.

— Não.

— Ah, sim — rebate o homem. — E não vai ser apenas um sim, vão ser *sete bilhões* de sins. Toda a população da Terra vai comprar a ideia, Thomas. Com uma probabilidade de *um milhão por cento*. Vai scr um sucesso. Um sucesso absoluto, colossal, primeiro lugar no mundo.

— Não.

— Sim, sim, mil vezes sim. Vamos fazer de você uma celebridade, Thomas Major. Eu estou dando a você, nesse momento, meu Botão Dourado. Se eu tivesse um trilhão de Botões Dourados, e um trilhão de mãos para apertá-los, eu apertaria todos ao mesmo tempo neste exato momento. Você não está apenas em uma viagem só de ida para Marte, você está indo diretamente para o topo em um foguete feito de poeira de estrelas e *sins*.

— Duas coisas — diz Thomas, encaixando o telefone na curva do pescoço e manobrando o corpo para se aproximar do computador. — Primeiro, um milhão por cento não faz sentido e você deve parar de dizer essa bobagem. Segundo, quando eu disse *não*, eu não estava tentando expressar alguma forma de incredulidade de uma maneira encantadora. Eu estava querendo dizer não, *nein*, *nyet*, *non*, negativo, de forma alguma, vai catar coquinho e morra.

Quando encontra a música que estava procurando no computador, "Spend Spend Spend", três minutos e dezoito segundos de um low-fi dissonante e sarcasticamente anticonsumista do álbum de estreia dos The Slits, lançado em 1979, Thomas encosta o fone no alto-falante e toca a música até ter certeza de que aquele homem detestável desligou.

Por um segundo Thomas se pergunta qual seria a segunda notícia do diretor Baumann, quando outra mensagem aparece na tela do computador. O assunto é PREPARAÇÃO PARA AEV. Thomas deleta a mensagem rapidamente e vai procurar o livro de palavras cruzadas.

✳ 20 ✳
AQUI ESTÁ O QUE VOCÊ PODERIA TER

Um vento forte está soprando quando Ellie sai do colégio no fim do dia, embrulhada em um casaco pequeno demais para ela. Ela está arrependida do que disse à senhorita Barber. A professora não merecia isso, estava apenas tentando ajudar. Há, porém, algo nela que deixa Ellie irritada, queimando por dentro. Ela é capaz de apostar que a senhorita Barber nunca teve de enfrentar dificuldades como ela. A senhorita Barber teve tudo servido numa bandeja. Uma boa escola, tempo para estudar, faculdade, uma carreira de professora. Tudo que Ellie jamais poderá ter.

O telefone toca e é uma notificação do Snapchat. Ellie se pergunta por que ainda se dá ao trabalho de participar do grupo, são apenas suas amigas, suas ex-amigas, organizando encontros, viagens de compras e coisas mesquinhas e superficiais para as quais Ellie simplesmente não tem mais tempo, energia e disposição. Elas estão constantemente postando fotos das coisas que compraram, dos lugares onde estiveram. Ellie olha para as fotos com uma fúria violenta. Ela *se força* a olhar para as fotos. *Aqui está o que você poderia ter. Aqui está a vida que você poderia estar levando. Olhe para ela.* A mensagem é da Alex. Ellie e Alex foram boas amigas durante todo o ensino fundamental. Mas quando você para de sair, quando para de aceitar convites, é como se tivesse se tornado um fantasma, sempre do lado de fora, olhando para dentro. É como se as pessoas se esquecessem de você e, a cada dia que passa, você se torna tão insubstancial na vida real quanto nas memórias que elas têm de você.

Vc quer ir a Manchester no fds? Fazer umas comprinhas?

Ellie percebe, com um choque, que a mensagem é para ela. O telefone toca de novo e outra velha amiga entra na conversa.

Po Ellie n vejo vc faz anos.

E, de repente, Ellie se sente um pouquinho menos insubstancial. Talvez ela não tenha sido esquecida completamente. Talvez haja vida lá fora. É bom ser convidada, mas, naturalmente, ela não pode ir. Ela digita uma mensagem rápida com os polegares.

Malz tô ocupada mas semana q vem talvez bjs

Ellie baixa a cabeça para se proteger do vento frio e quase esbarra em Delil Alleyne, que parece estar à espreita em frente ao portão. Ele abre um sorriso largo para ela.

— Olá, parceira de estudo.

Ellie passa por ele, mas não para.

— Você estava me esperando?

— Aham — responde ele. — Você quer ir até a minha casa para a gente planejar o trabalho?

Ellie faz cara de nojo.

— Eca, não, obrigada.

— Então, a gente vai para a sua casa?

— Não vai rolar — responde Ellie, continuando a andar.

Delil caminha a seu lado com passos largos.

— Então que tal a gente se encontrar na biblioteca amanhã depois da aula?

Ela para, com o vento jogando seu cabelo na frente do rosto.

— Olha — diz ela. — Você obviamente gosta dessa merda desse livro russo. Que tal você fazer o trabalho e a gente diz que fez em dupla, hein? Deixa um espaço no alto para o meu nome que eu assino depois.

Ellie continua seguindo em frente sem esperar pela resposta, baixando a cabeça ao sentir os primeiros pingos de chuva. Ela acha que a conversa terminou, até que ele grita:

— Então vamos comer um hambúrguer amanhã depois da aula para discutir o assunto?

— A gente tem dinheiro para isso? — pergunta Julie.

Ela está sentada no sofá com uma taça de pinot, ainda com o terninho que usa para trabalhar na revendedora de automóveis. Darren está de pé à sua frente, as calças do trabalho sujas de tinta e gesso, brandindo os folhetos.

— Eu só acho que as crianças estão na idade certa. Ellie tem onze; logo, logo ela vai estar mais interessada em meninos e maquiagem. O James ainda acredita no Papai Noel.

Julie bebe um gole do vinho.

— Hum. Bem, a Ellie é inteligente, você sabe. Ela tem tudo para ser mais do que uma simples Barbie.

Ele se agacha na frente da mulher.

— Você sabe que não foi isso que eu quis dizer. E, sim, a gente tem dinheiro para isso. Tenho trabalhado dia e noite nos últimos meses. Eu tenho tanto trabalho para fazer que estou com a agenda lotada.

Julie pega o folheto e dá uma olhada.

— Disney de Paris. Acho que pode ser divertido.

— Vai ser divertido — assegura Darren. — Faz muito tempo que a gente não tira férias. — Ele olha em torno. — Aliás, cadê as crianças?

Julie tira a xuxinha do cabelo castanho e sacode a cabeça.

— Lá em cima. James está brincando com seu kit de química. Ellie provavelmente está na internet, olhando o site da Urban Decay.

Darren franze o cenho.

— O que é isso? Um site de drogas? A gente vai precisar ter uma conversa com ela?

Julie joga o folheto nele.

— É uma marca de cosméticos, seu bobo. E, de qualquer forma, eu estava brincando. — Ela toma outro gole. — Você ligou para sua mãe na hora do almoço?

Darren faz que sim com a cabeça.

— Para ser sincero, eu estou preocupado com ela. Acho que ela está ficando gagá. Ficou falando do papai como se tivesse conversado com ele hoje de manhã.

— Ficar sozinha é muito difícil para ela — diz Julie. — Eu sei que essa casa é pequena, mas a gente tem o quarto dos fundos...

Darren franze o nariz.

— Ela é muito independente. Esse é o problema. Ela acha que pode fazer tudo sozinha. Sabe aquele celular que eu comprei para ela? Ela colocou na manteigueira. Dentro da geladeira. Só Deus sabe onde está a manteiga.

— Você acha que ela vai ser capaz de cuidar das crianças nas férias de verão?

— Ela não está totalmente gagá. Não ainda. É só que... Deixa pra lá. Posso chamar as crianças?

Ao ouvir a voz do pai, Ellie e James descem a escada se empurrando. Ellie vai começar o segundo segmento do ensino fundamental em setembro, e Julie pensa no quanto ela cresceu no último ano. Mais um verão e estará desabrochando como uma jovem mulher. Uma jovem bonita e inteligente. Julie se preocupa com ela, se preocupa com os anos da adolescência e, graças a Deus, ela vai poder ajudá-la nessas águas tempestuosas com sua própria experiência. Quanto ao James... bem, o James é o James. Enquanto tiver um tubo de ensaio e uma solução de sulfato de cobre, ele vai estar feliz. Foi o Darren que insistiu para que ele estudasse no St. Matthew's, onde terá uma educação de melhor qualidade. Ele parece estar indo muito bem. As crianças ficam de pé diante deles, Darren escondendo o folheto às costas.

— O que foi que a gente fez de errado? — pergunta Ellie, olhando, preocupada, da mãe para o pai.

Darren esboça uma expressão séria.

— Me diga você.

Ellie e James trocam olhares culpados, e James exclama:

— Foi a Ellie! Ela colocou o copo de água com os tatus-bola no freezer para ver o que acontecia com eles!

— Seu nerdizinho mentiroso! — protesta Ellie, ameaçando-o com o punho cerrado.

— Acho que vocês dois merecem um castigo — diz Darren. — Que tal uma viagem para a Disney de Paris?

As crianças arregalam os olhos e soltam gritos de alegria. James corre na direção de Julie, que afasta a taça para não derramar o vinho. Ellie abraça Darren e tira o folheto da mão do pai.

— Vou fazer as reservas amanhã, numa pausa do trabalho — diz Julie. — Tem aquela grande agência de viagens no shopping em que eu costumo comer.

— Agora podemos jantar? — pergunta Darren. — Preciso terminar a reforma que estou fazendo em um telhado antes que o tempo mude.

— Temos algumas pizzas no freezer.

Eles consideram a pizza, pensam nos tatus-bola congelados e dizem, em uníssono:

— Vamos pedir comida pelo telefone.

— Se você não gosta de hambúrguer, a gente pode ir ao Kentucky Fried Chicken — grita Delil. — Bem, não ao KFC de verdade, mas a um lugar chamado Southern Style Chicken ou coisa parecida. Fica perto do parque. Mas deve ser praticamente a mesma coisa. Uma vez eu ouvi dizer que misturam ratos com a comida, porque tem um gosto parecido com galinha. Mas qualquer coisa tem gosto de galinha. Ouvi dizer que até a carne humana tem gosto de galinha! O lugar que você escolher tá safo pra mim!

Ellie continua andando. Convites para fazer compras? Para ir a uma lanchonete com um colega de turma? O que essas pessoas pensam? Que ela é uma pessoa *normal* ou coisa assim?

✳ 21 ✳
UM AMBIENTE HOSTIL, ALTAMENTE ESTRESSANTE

Um trecho de "Preparativos para o Espaço", Agência Espacial Europeia, Boletim 128, novembro de 2006:

Durante as Atividades Extraveiculares (AEVs), os astronautas deixam a proteção de suas naves em trajes espaciais autônomos para trabalhar, por exemplo, na Estação Espacial Internacional (EEI) ou no Telescópio Espacial Hubble.

As AEVs estão entre as atividades mais difíceis na carreira de um astronauta. São complexas e exaustivas, pois colocam os astronautas em um ambiente hostil, altamente estressante, exigindo um alto nível de competência e coordenação enquanto trabalham em condições extremas. A preparação meticulosa e intensiva do astronauta é essencial para a execução de AEVs seguras e bem-sucedidas. A água é o melhor ambiente para o treinamento de AEVs na Terra, porque usa a flutuação para simular a microgravidade. Por isso, os treinamentos são executados em instalações especiais como o Neutral Buoyance Laboratory (NBL) do Johnson Space Center (JSC, Houston) da NASA, o Laboratório Aquático do Gagarin Cosmonaut Training Centre (GCTC, Moscou) e hoje também na Neutral Buoyance Facility (NBF) do European Astronaut Centre (EAC, Colônia) da AEE.

Durante o Treinamento Básico, todos os astronautas fazem um curso de mergulho autônomo como pré-requisito para o treinamento de AEV. No caso de astronautas da NASA e de astronautas de outros países que vão trabalhar na EEI e estão fazendo o Treinamento de Especialista para Missões do Ônibus Espacial, isto é seguido por um programa geral de AEV no JSC, que também é usado para selecionar os candidatos mais promissores.

Para ser bem-sucedida, uma AEV requer habilidades psicomotoras, cognitivas e comportamentais. As habilidades psicomotoras vão desde a capacidade de se mexer no interior do traje espacial, de se deslocar do lado de fora da Estação usando corrimões e de vencer obstáculos, até participar de cursos, briefings e exercícios aquáticos, planejados para fazer os candidatos pensarem e agirem como se estivessem realizando uma AEV.

— Fala sério — diz Thomas, voltando para a primeira página do folheto. — Isso é de 2006?

Thomas começa a escrever um e-mail desaforado para Baumann, argumentando que se a BriSpA realmente espera que ele saia da nave, não devia ter lhe dado um manual escrito há mais de dez anos. Mas depois acha que não vale a pena e, em vez disso, cuidadosamente rasga o folheto em pedacinhos e os solta acima da cabeça, onde começam a pairar como confete.

E isso o faz pensar em Janet mais uma vez.

Inevitavelmente, o telefone Iridium toca de novo. Deve ser o Baumann, que vai repreendê-lo por ter tratado mal aquele homem nojento. Thomas pega o telefone e grita:

— Eu não me arrependo!

Há um breve silêncio e depois uma voz diz:

— Hum. Alô? Quem está falando é o Major Tom?

É uma criança. Thomas suspira.

— Você é… olha, eu não me lembro mais do seu nome. Sharon? Stephanie? A menina do colégio onde eu estudei? Você quer fazer uma pergunta?

Há outra pausa, e depois:

— Não. Aqui é o James.

— Que tipo de nome é esse para uma menina?

— Eu me chamo James. J-A-M-E-S. E sou menino.

— Ah. Foi mal. É que sua voz é fininha. James de quê? O que mandaram *você* fazer?

— James Ormerod — diz a criança. — Ninguém me mandou fazer nada. Ninguém sabe que eu estou te ligando.

Thomas tira o telefone do ouvido, o encara por um momento antes de colocar no ouvido de novo e dizer:

— Minha nossa, será que alguém divulgou esse número no Facebook ou algo assim? Eu estou recebendo mais chamadas indevidas aqui do que quando estava na Terra.

O menino funga. Ai, meu Deus, por favor, não comece a chorar. Thomas já não aguenta mais crianças chorando.

— Minha avó disse que falou com você, mas a Ellie não acreditou. Ela acha que é por causa da demência. Quando a vovó foi dormir, eu peguei o telefone e liguei para o último número que ela chamou. É você, não é? O Major Tom?

— Sou — suspira Thomas. — Aqui é mesmo o Major Tom. Mas não sou major e meu nome verdadeiro é Thomas. Sua avó? Ela se chama Gladys? É aquela velhinha que se perdeu?

— Ela mesma. Obrigado por ajudar a vovó a chegar em casa. Ela poderia ter colocado a gente numa grande encrenca. Isso se ela já não tiver colocado.

Thomas coça a testa.

— Olha só, James. Você não pode me ligar de novo. Vou te pedir um favor. Apaga esse número do telefone da sua avó, tá bem?

— Eu só queria conversar com você — diz James, timidamente. — Eu li na Wikipedia que você é químico.

— Sou técnico em química. Era, na verdade. Agora eu sou astronauta. E um astronauta muito ocupado. — Ele gostaria de saber onde está o livro de palavras cruzadas. — Agora preciso desligar. Não se esqueça de apagar esse número, tá?

— Eu quero ser cientista. Fui escolhido para participar das finais do Concurso Nacional para Jovens Cientistas, mas a Ellie disse que eu não posso ir.

— Bem, isso é... Muito bem. — Ele faz uma pausa e, sem resistir à curiosidade, pergunta: — Por que você não pode ir? Quem é Ellie?

— Minha irmã. Ela é uma vaca, mas acho que é porque a gente tá com problemas. Acho que minha avó fez alguma coisa ruim, mas eu não sei o que foi.

Thomas balança a cabeça. Não. Não, não, não. Ele não vai se envolver nisso.

— Ah, é? Que pena. Tá. Vou desligar.

— Você não sabe como é. A Wikipedia diz que você não tem irmãos. Você não sabe como é.

Thomas não diz nada, mas não desliga. Ele só fica ali parado, pensando no volume de um relógio digital no bolso da calça jeans, em um verão chuvoso de um passado remoto. Finalmente, James diz:

— Posso te perguntar uma coisa? Depois eu desligo. Prometo que não vou te incomodar de novo. Eu só queria saber se é verdade uma coisa que a vovó disse. É só uma pergunta.

— O que é? — suspira Thomas.

James pigarreia.

— O que aconteceria se você botasse fogo em um peido dentro de uma espaçonave?

Thomas abre a boca e torna a fechá-la. Ele sente o sangue subir à cabeça e fazer cócegas no couro cabeludo. Ele coloca a mão na boca e, sem dizer uma palavra, põe o telefone de volta no lugar, interrompendo a ligação.

✳ 22 ✳

VAMOS FICAR RICOS!

A última coisa que Ellie quer é trabalhar na loja depois do dia que teve, mas eles precisam de dinheiro e ela tem que sair de casa, por mais cansada que esteja. Além disso, o Sr. Woźniak está contando com ela. Depois de uma viagem congelante em um ônibus sem aquecimento, ela abre a porta da Polski Sklep, onde o Sr. Woźniak está ao lado das três caixas registradoras, com o terno elegante de sempre, o cabelo mantido no lugar à custa de muito Brylcreem.

— Boa noite, Eleanor — diz ele.

O Sr. Woźniak é muito formal e sempre se dirige a ela pelo nome inteiro. Ele afirma que é assim que se tem sucesso nos negócios, especialmente quando se trata de um polonês. Quando o Reino Unido resolveu se desligar da União Europeia, o Sr. Woźniak ficou com medo de ser deportado, mas isso não aconteceu. Ainda bem, porque seu império está aumentando: no momento, ele é dono de três Polski Skleps, que vendem uma grande variedade de produtos do Leste Europeu, tanto para imigrantes quanto para a população local. Esta é a chave do sucesso, garante o Sr. Woźniak: atender ao maior número possível de pessoas. Ele pretende se tornar o Morrisons polonês: "Todas as coisas para todas as pessoas." O Sr. Woźniak gosta de dizer.

Ellie sabe exatamente como ele se sente.

— Boa noite, Sr. Woźniak — diz Ellie, tirando o casaco e indo pendurá-lo na sala dos empregados.

A loja é bem grande, o suficiente para empregar umas doze pessoas em cada turno. Ellie consulta a escala dos funcionários e fica contente ao descobrir que está encarregada do estoque e de manter as prateleiras abastecidas; ela não sabe se conseguiria dar conta das registradoras hoje. Ela para no quadro de avisos, em que o Sr. Woźniak costuma deixar os fregueses pendurarem folhetos com objetos à venda e notícias a respeito de gatos perdidos. Alguém está precisando de serviços de babá não muito longe da Santus Street; ela salva o número no telefone. Na situação em que estão, qualquer trocado ajuda.

— O dia está sendo suportável para você, Eleanor? — pergunta o Sr. Woźniak quando Eleanor volta para a frente da loja segurando uma cesta com laticínios para serem colocados nas prateleiras.

Ellie faz o melhor que pode para sorrir.

Quando Ellie volta para casa depois das onze, fica surpresa ao descobrir que James e a avó ainda estão acordados. Ela joga a bolsa ao lado da pilha de roupa suja.

— Oi, mano. Hora de ir para a cama. Está muito tarde para estar acordado; você tem aula amanhã. Além disso, eu quero conversar com a vovó sobre aonde ela foi hoje.

Então ela repara na expressão de James. Ele está ajoelhado em frente à poltrona da avó, e parece que ela estava chorando. Na pequena mesa em frente à lareira há uma pilha de envelopes marrons.

James diz:

— Quero que você me prometa uma coisa, Ellie. Que não vai perder a calma. Prometa.

Ela sente o sangue gelar.

— Não posso prometer, né, James? Você sabe que não. O que está acontecendo? Tem a ver com o que a vovó fez hoje à tarde?

Ele faz que sim com a cabeça.

— Eu fui falar com ela ainda agora e ela estava chorando na cama com todas essas cartas em volta.

— Vocês não precisam falar de mim como se eu não estivesse aqui — protesta Gladys.

— Daqui a cinco minutos você vai desejar que não estivesse — murmura James.

Ellie se senta no sofá, pega os envelopes e os sacode como se estivesse descascando vagem até ficar com uma pilha de cartas no colo. São todas da associação que é dona da casa onde moram. Ela lê todas, uma por uma, sentindo a tensão aumentar por parte de James e da avó. Ellie respira fundo e se esforça para conter a raiva que está crescendo dentro dela e que ameaça explodir como um vulcão pela cabeça.

— Vovó — diz, com a maior calma possível. — Por que o nosso aluguel não foi pago nos últimos seis meses?

Gladys cobre o rosto com as mãos e balança a cabeça.

— Vovó. Seis meses. O aluguel estava em débito automático. O que aconteceu?

— Eu cancelei naquela tal de internet — explica a avó, em tom choroso. — Eu entrei naquele negócio do banco, vi a despesa, não sabia o que era e parecia muito dinheiro para a gente ficar gastando e por isso eu cancelei. Eu só tive que apertar um botão.

Ellie leva as mãos à cabeça e olha para a carta mais recente.

— E você escondeu essas cartas?

A avó concorda com uma expressão desolada.

— Mas eu não entendo como eles não ligaram nem vieram nos procurar.

— Eles ligaram — diz a avó. — Eu desliguei o telefone. Um homem esteve aqui três vezes. A primeira vez eu disse que a gente não morava mais aqui. A segunda eu fingi que era estrangeira e não entendia o que ele estava dizendo. A terceira...

James entrega à irmã a carta que estava segurando.

— Da última vez, enfiaram a carta por baixo da porta.

— Ai, Meu Deus — diz Ellie. — Eles entraram na justiça. Eles vão despejar a gente... — Ela lê de novo a carta. — Deus. Daqui a menos de três semanas. — Ela olha para James, que está com cara de choro, e depois para a avó, que está branca como papel. — Três. Semanas.

Ellie se levanta e começa a andar de um lado para o outro da pequena sala. Ela coloca as cartas na mesa e leva as mãos à cabeça.

— Certo. Pense. Pense. — Ela pega de novo a intimação. — Aqui diz que se pagarmos o que devemos até a data do despejo, podemos ficar. — Ela cerra o punho e bate com ele na cabeça. — A gente vai conseguir. A gente consegue resolver esse problema.

Ela se agacha ao lado de James, que agora está aos prantos.

— Tá tudo bem — diz ela, baixinho. — A gente consegue resolver isso. Vovó, a gente vai ter que entrar na sua conta on-line. Os detalhes do pagamento estão nessa carta. O dinheiro está lá, simplesmente não foi usado, certo? A gente só precisa pagar os seis meses de aluguel atrasado e reativar o débito automático. Acho que é possível fazer isso pelo computador. Se não for, eu ligo para o banco amanhã e finjo que sou você. Você tem os dados bancários e a senha anotados em algum lugar, certo?

Gladys se limita a ficar olhando para ela. Ellie balança a cabeça.

— O que foi? O que foi?

— Você falou em dinheiro...

— Falei — diz Ellie, que tenta manter a calma e ignorar a sensação de que está caminhando em uma corda bamba muito fina e muito alta. — O dinheiro. Todo o dinheiro do seguro de vida da mamãe. O dinheiro que pagaram quando ela morreu. O dinheiro que o papai depositou na sua conta quando foi para a prisão. A mesma conta na qual ele colocou todas as nossas despesas fixas em débito automático. Esse dinheiro. Milhares de libras.

Os olhos de Gladys se iluminam.

— Ah! É mesmo! Eu quase esqueci!

Ellie fecha os olhos e suspira alto.

— Você transferiu o dinheiro para uma poupança ou coisa assim, certo? Consegue transferir de volta?

Gladys começa a rir.

— Vamos ter o dinheiro de volta e mais! Muito mais! Eu fiz um *investimento*!

Ellie se sente de novo em uma corda bamba, fustigada pelo vento.

— Um investimento — repete ela, apática.

Ela pega as cartas e fica olhando para elas, como se pudesse mudar o que está escrito só com o poder da mente.

— Isso mesmo! — exclama Gladys. — Um retorno garantido. Um homem muito simpático me enviou um e-mail. Um príncipe. Da Nigéria. Nos tornamos bons amigos. — Ela dá uma risadinha. — Eu o chamo de meu namorado, mas é só uma brincadeira. Ele é casado. Mas ele tem tido alguns problemas, sabe? Não sei se eu entendo muito bem o que está acontecendo, mas ele quer sair do país com todo o seu dinheiro, só que não deixam. Alguém não deixa. Por isso, ele precisa depositar o dinheiro em uma conta diferente em outro país.

Ellie sente-se fraca. Ela está quase desmaiando.

— Por favor, não me diga que você...

Gladys levanta a mão, como quem pede silêncio.

— Espera! Me deixa explicar. Eu dei a ele o número da minha conta e ele disse que eu precisava transferir para ele algum dinheiro para que ele pudesse resolver todos os problemas lá. É o que eu venho fazendo nas últimas semanas.

— Quanto você transferiu? — pergunta Ellie, quase sem voz.

— Bem, todo o dinheiro. — Gladys faz uma pausa e franze a testa. — Acho que sobrou alguma coisa, mas não tenho certeza. Mas a melhor parte é: adivinha quanto vamos receber de volta!

Ellie não diz nada. Ela só consegue ficar olhando para Gladys. James enterrou o rosto entre as mãos e está chorando copiosamente.

— Quatro milhões de dólares! — exclama Gladys, com ar triunfante. — Quatro milhões! Nós vamos ficar ricos, Ellie, ricos! — Ela começa a cantar. — Quem quer ser um milionário? Eu quero! Quem quer ser um milionário? Nós queremos!

James não para de chorar e Ellie fica apenas parada, de pé, as cartas caindo de suas mãos como folhas no outono. Gladys se levanta e começa a fazer uma dancinha sem parar de cantar. James levanta a cabeça e olha para Ellie com os olhos vermelhos.

— A gente não vai ficar milionário, né?

— Quem quer ser um milionário? Nós queremos! — canta Gladys.

— Não. Ela caiu em um golpe. Um baita de um golpe. Eu nunca imaginei que alguém caísse em algo assim.

— Ellie? — diz James. — Ellie, o que vai acontecer?

Ellie não olha para ele. Em vez disso, ela olha para a fotografia do casamento dos pais que está sobre a lareira. Ela nem mesmo reconhece a própria voz quando começa a falar.

— O que vai acontecer? Em menos de três semanas, alguns homens vão vir aqui, pegar as nossas chaves e colocar todas as nossas coisas na rua. A gente não vai ter onde morar. Mas isso não vai ter a menor importância, porque o Serviço Social vai cair em cima da gente como uma tonelada de tijolos. Quando descobrirem em que estado *ela* está, ela vai ser colocada num asilo. E nós dois vamos para um orfanato ou vamos ser adotados. Se tivermos sorte, podemos continuar juntos, mas não conte com isso. E é assim que vai ser até o papai sair da cadeia.

James começa a chorar de novo. Gladys ainda está dançando e cantando. Ellie continua a olhar para a fotografia dos pais. E se sente estranhamente calma.

— A gente está na merda — diz ela, baixinho. — Absolutamente, totalmente, completamente na merda.

Parte Dois

Parte Dois

✳ 23 ✳
VERÃO DE 1988. O LAGO.

O lago, mais conhecido como O Lago por gerações de crianças, casais de namorados e usuários de drogas, fica a vinte minutos a pé da casa dos Major. É a terceira casa em que Thomas morou, cada uma maior e mais luxuosa, pelos padrões da classe média, que a anterior, resultado do constante avanço da carreira de seu pai na grande empresa de seguros na qual ele trabalhou até morrer. Sempre em Caversham, sempre crescendo. Manter a família em constante ascensão social foi uma forma de Frank Major assegurar que ninguém ficaria parado por tempo suficiente para notar as discrepâncias na colcha de retalhos que era sua vida pessoal. *Onde eu estava na noite de sexta-feira? Não importa, olhe para isto! Uma casa nova! Um carro novo! Um sofá Chesterfield de couro!*

Antes de vê-los, Thomas pode ouvir Peter e os amigos. A chuva cessou, mas nuvens cinzentas pairam ameaçadoramente sobre ele enquanto percorre o curto e estreito caminho que serpenteia em meio ao capim alto e orvalhado em direção ao bosque que contorna O Lago. Não se trata, na verdade, de mais do que um pequeno açude, mas é fundo. Fica na periferia de um conjunto habitacional, com uma cabine de telefone vermelha que indica a entrada do lugar amado por gerações de meninos.

Se Thomas não tivesse Laura, e a promessa de encontrá-la mais tarde, sentiria uma pontada de inveja da facilidade do irmão mais novo, que completa dez anos em agosto, em fazer amigos. Peter pode não ser um gênio na escola, mas ele encanta as pessoas de uma forma natural, o que é um completo mistério para Thomas; ele deixa pessoas desconhecidas imediatamente à vontade e é capaz de conversar com qualquer um. Thomas é estudioso e inteligente, mas as habilidades sociais tidas como bem simples fazem parte de uma lista de coisas que ele considera difíceis ou totalmente impossíveis de realizar, como jogar futebol, fazer pedras quicarem na água e desabotoar um sutiã com uma só mão. Só o fato de ter tentado a última tarefa, mesmo falhando, faz Thomas se sentir uma espécie de herói.

Quando Thomas sai do bosque, ele vê Peter e quatro ou cinco amigos (eles nunca ficam parados por tempo suficiente para que se possa contá-los) só de cueca e totalmente molhados. Uma corda grossa e esfiapada foi amarrada a um galho alto que pende sobre O Lago, cujas águas escuras e profundas têm apenas dez metros de extensão. Eles estavam nadando, apesar de todos os conselhos dos adultos. Dizem que O Lago esconde todos os tipos de perigos e armadilhas em suas profundezas sombrias: carrinhos de supermercado, bicicletas e até mesmo um Lada laranja. No momento, porém, eles estão reunidos em torno de Peter, que está sentado com as costas nuas apoiadas na árvore, os pés no ar e as pernas bem abertas. Thomas para assustado.

— Lá vai! — grita Peter.

E um dos garotos risca um fósforo, de uma caixa de Cook's Matches roubada da cozinha de uma das mães, e o aproxima do cós da cueca Arsenal de Peter. Peter se contrai e solta um peido barulhento. O peido apaga o fósforo e todos parecem desapontados.

— Vambora, Peter — diz Thomas. — Mamãe mandou eu te buscar. Você tem hora marcada no dentista.

Peter faz uma careta.

— Por que meu peido não pegou fogo, Thomas? Me fala. Você é cientista.

Thomas inclina a cabeça e começa a pensar.

— O sulfeto de hidrogênio, que, por falar nisso, também faz os peidos federem, e os seus são realmente fedorentos, é um gás combustível.

O menino que segurava o fósforo, mas que agora está vestindo uma camiseta sobre o peito magro e muito branco, diz:

— Ele tem razão, Peter. Os seus peidos são os piores de todos.

— O metano também é inflamável. O oxigênio, também. O resto do seu peido é feito principalmente de nitrogênio, dióxido de carbono e hidrogênio.

— Mas por que ele não pegou fogo, Thomas? — pergunta Peter. Ele assiste enquanto outro menino se balança na corda, solta-a sobre a água e mergulha.

— Talvez isso tenha acontecido porque sua cueca está muito molhada. O peido soprou a água e ela apagou o fósforo. O que você precisa é de bastante metano: é ele que vai gerar uma bela chama azul. Agora vamos, senão você vai chegar atrasado ao dentista.

— Você acha que um peido pegaria fogo no ônibus espacial?

— Quem sabe? — indaga Thomas. — Vamos. Eu marquei um encontro com a Laura daqui a pouco.

— Mais um mergulho.

Peter sai correndo antes que Thomas possa detê-lo. Ele segura a corda, recua alguns passos e salta, enrolando as pernas finas no nó desgastado da ponta, gritando "Gerônimo!" enquanto faz uma estrela com o corpo, larga a corda e descreve um arco em direção ao centro do Lago, encolhendo os braços no último momento e cortando a superfície da água com os pés sem levantar um respingo.

Thomas sente uma súbita inveja do modo como Peter é despreocupado e destemido, tão diferente dele. Naquela idade, Thomas jamais teria coragem de se balançar em uma corda acima do Lago, nem de mergulhar de forma tão livre. Thomas se pergunta se é por isso que o pai sempre gostou mais de Peter. Talvez seja porque Peter é um menino de fato, afoito, atrevido, destrambelhado, que suja o rosto de terra e se joga em situações de risco. Talvez Frank Major tenha visto algo de si em Peter, algo que nunca tinha visto em Thomas. Uma certa irresponsabilidade. Tinha sido muito fácil para o pai transferir a afeição de Thomas para Peter. Ele sentiu mais afinidade com o filho mais novo, ficou menos com o pé atrás com ele. Peter não pendurava a Tabela Periódica na parede, não era apaixonado por músicas antigas. Ele conversava sobre futebol como gente grande, já era *um dos caras*. E desde a morte de Frank, a relação entre Thomas e Peter tinha mudado, de modo que agora ele sente que a diferença de idade entre eles é ainda maior que oito anos, sente que cada vez mais ele está assumindo o papel de pai adotivo, um cenário que a mãe vive estimulando. Eu só tenho dezoito anos. Eu não estou pronto para ser pai. Ele rapidamente se pergunta se um dia será preciso ter Aquela Conversa com o Peter, contar a ele que bebês não vêm de cegonhas. Ai, meu Deus, ele espera que não.

Thomas sente o volume do relógio digital de Peter e o tira do bolso. Por alguma razão, ele o faz pensar em uma velha música que ouviu no rádio naquela manhã. Ele confere as horas e começa a assoviar, pensando em Laura. Olha de novo para o relógio. Olha para o emaranhado de meninos tentando encontrar os jeans e suéteres em uma pilha que se recusa a entregar seu conteúdo sem uma boa luta.

Peter sobe à superfície e grita:

— Mais uma vez!

Thomas suspira e resolve ligar para Laura para avisar que provavelmente vai chegar atrasado. Ele corre até a cabine telefônica e vasculha o bolso em busca de uma moeda.

A linha está ocupada. Ele fica ouvindo o sinal de ocupado por um momento, com metade do corpo para fora da cabine. É possível ver, por entre as árvores, o irmão saltar mais uma vez. Suspirando, Thomas desliga e quando está voltando por entre a vegetação se dá conta de que perdeu Peter de vista.

Thomas consulta o relógio. Ele tenta se lembrar de quantos segundos se passaram desde que viu Peter pendurado na corda.

Por quanto tempo é possível prender a respiração?

Thomas olha para a superfície do Lago; parece calma como o Mar dos Sargaços. Ele franze o cenho.

Ele tenta se lembrar de quanto tempo conseguia prender a respiração embaixo da água na piscina. O tempo continua correndo. Talvez o Peter tenha saído na outra margem.

De algum lugar muito distante, Thomas ouve um cachorro latir.

O cheiro de carvão queimado passeia sobre a água. Alguma família deve estar fazendo churrasco no quintal, aproveitando que a chuva parou.

Ele bate no ombro do menino mais próximo.

— Cadê o Peter?

O menino olha em torno, dá de ombros e continua a tentar calçar a meia molhada. Thomas sente a tensão crescer em algum lugar dentro do seu corpo.

Peter não voltou à superfície. Thomas tem certeza; ele teria visto. A não ser que Peter esteja brincando de se esconder. A não ser que tenha saído da água furtivamente e esteja escondido atrás de uma árvore, rindo do irmão mais velho.

Thomas consulta de novo o relógio.

Uma libélula sobrevoa as águas calmas do lago, as asas batendo tão depressa que se tornam invisíveis, o corpo azul iridescente refletindo um repentino e inesperado raio de sol que passa por entre os galhos.

— Peter! — grita ele. — Peter!

Ele o viu mergulhar. Tem certeza disso. Entrando na água como uma faca, sem fazer marola.

Ele não o viu voltar à superfície.

— PETER! — grita ele, com a voz falhando.

Atraídos pela sua aflição, os meninos o cercam como cachorros.

— O Pete não voltou!

— O Pete está no Lago!

— Ele se afogou! Ele se afogou!

— Ele tem que entrar no Lago!

— Por que ele não está fazendo nada?!

— Ele tem que ir salvar ele!

Como se estivesse voando acima do seu corpo, mas sem possibilidade de se desprender, Thomas agora se sente retornando a si mesmo como se estivesse conectado por um elástico invisível. Ele se dá conta de que os meninos estão falando a seu respeito.

Ele tem de ir buscá-lo.

Ele não está fazendo nada.

Ele tem de entrar no Lago.

Thomas sabe o que deve fazer, mas não consegue se mexer. Ele fica apenas olhando para a água, escura por causa do reflexo das nuvens, e observa um único inseto voando preguiçosa e erraticamente sobre a calma superfície.

— Vão buscar ajuda — murmura ele para os meninos, o corpo inteiro paralisado a não ser pelos lábios secos e rachados. — Chamem uma ambulância.

Os meninos, como se fossem uma única entidade, desaparecem no meio das árvores, deixando Thomas sozinho com a água, o silêncio e o relógio digital que condena cada segundo de sua passividade com seu visor cinzento. Finalmente ele se move, avançando pela parte rasa do Lago, com a corda balançando acima da sua cabeça, agitando inutilmente a água com as mãos, como se fosse encontrar o Peter embaixo de seus pés. Então o fundo baixa bruscamente e Thomas não dá mais pé, encontrando apenas a suave resistência da água. Ele afunda, fechando os olhos, as bochechas dilatadas de ar, e quando agita os braços abaixo do corpo, suas mãos se fecham em um pedaço de pano. Quando Thomas começa a puxar, mãos fortes o seguram pelos ombros. A água e as plantas atrapalham sua visão, mas mesmo assim ele consegue ver um grupo de adultos entrando na água para ajudar.

— Ele está aqui — balbucia Thomas, arfando, quando se lembra de respirar, as mãos ainda segurando o que logo descobre ser apenas um pano velho, uma coisa, uma camiseta descartada e não o seu irmão Peter.

Quando o tiram da água e os mergulhadores da polícia finalmente trazem o corpo do Peter, branco, inchado e roxo de frio, explicam que não havia nada que ele pudesse fazer. Existia realmente um velho Lada no fundo do Lago, e o pé de Peter tinha ficado preso em uma janela quebrada, a quase cinco metros de profundidade. O Lago não era o poço sem fundo das lendas locais, mas isso não impediu que ele se tornasse um túmulo aquático para o seu irmão. Há um inquérito, naturalmente, e Thomas é chamado a depor, juntamente com os meninos que estavam com o Peter. Thomas é elogiado pelo delegado por mandar os meninos pedirem ajuda e por tentar salvar o irmão. Entretanto, quando fazem uma reconstituição e concluem que dois minutos se passaram entre o desaparecimento de Peter e o momento que Thomas entrou no Lago à sua procura, Thomas sente o peso do olhar da mãe enquanto ele está no banco das testemunhas. Peter poderia ter sobrevivido no máximo por um minuto nas profundezas do Lago. Não havia nada que ninguém pudesse fazer.

Por que você não entrou antes no Lago?

É uma pergunta que ele fez a si mesmo centenas de vezes, milhares de vezes. É uma pergunta que Thomas sente projetada nele pelos olhos avermelhados da mãe, sentada na plateia.

Por que você não entrou antes no Lago? Você teve a chance de salvá--lo. Por que foi falar no telefone?

O Pete não voltou!

O Pete está no Lago!

Ele se afogou! Ele se afogou!

Ele tem que entrar no Lago!

Por que ele não está fazendo nada?!

Ele tem que ir salvar ele!

Thomas foi autorizado a levar consigo uma pequena caixa de plástico com objetos de valor sentimental, que está presa embaixo da cama onde ele se amarra à noite para umas poucas horas de sono. Ele agora paira na gravidade zero em direção à caixa, abre a tampa e enfia a mão rapidamente no interior para evitar que os objetos saiam voando. Seus dedos encontram um objeto e ele o tira da caixa antes de fechá-la de novo. Thomas olha para o objeto por um bom tempo e depois enfia a mão nele, a tira de metal se ajustando confortavelmente em seu pulso. Ele observa o visor do relógio digital, que, inexplicavelmente, ainda exibe a hora correta. O relógio do Peter.

Por que você não entrou antes no Lago? Você teve a chance de salvá-lo. Você esperou tempo demais.

O relógio tem marcado a passagem do tempo desde a morte de Peter, a marcha dos segundos, dos minutos, das horas e dos dias. Das semanas, dos meses e das décadas. Thomas olha fixamente para ele. E se o tempo não estiver apenas se afastando de uma tragédia? E se, em vez disso, estiver se encaminhando para a próxima?

E se, ele pensa, dessa vez ele não esperar tempo demais?

✳ 24 ✳

CINCO MIL LIBRAS

Ellie fez algumas anotações numa folha de papel A4 e convocou a família para uma reunião de emergência. Ela ocupa a poltrona da avó, perto da lareira; Gladys e James estão sentados no pequeno sofá e olham para ela timidamente, como se fossem duas crianças esperando para falar com o diretor da escola.

— Ponto número um. Na verdade, o primeiro e único ponto. A gente consegue sair dessa encrenca? Se sim, como?

— Para começar — diz James, lentamente —, se a gente pagar tudo o que está devendo, vai ficar tudo bem?

— Depois de ler todas as cartas — responde Ellie —, a resposta é sim. Se a gente pagar a dívida antes da data do despejo, vai ficar tudo bem. Claro que, além do aluguel, vamos ter que pagar alguma coisa pelas despesas de advogado e das cartas que eles mandaram. — Ela olha deliberadamente para Gladys. — Alguma sugestão?

— A gente poderia pedir um empréstimo? — pergunta James.

Ellie fica satisfeita em saber que ele também está pensando no assunto, mas responde:

— Não. Quem daria um empréstimo pra gente? A gente teria que provar que pode pagar a dívida.

— E se a gente pegar um daqueles que são anunciados na televisão? Empréstimos para negativados?

— Não. Eles são obra do demônio. As taxas de juros são... Bem, a gente ficaria pior do que está agora. Além disso, eles fazem cheques pré-datados para serem descontados no dia em que entra o salário da pessoa. Ninguém aqui tem esse dia.

— Você tem três empregos — observa James.

Ellie suspira.

— E é com esse dinheiro que a gente compra, você sabe, comida e coisas do tipo. E paga as contas de gás e luz. E, mesmo que desse para pagar todas as despesas da casa e o empréstimo, a gente ainda teria que continuar pagando aluguel. A partir de agora, entramos num regime de contenção de despesas. Nada de doces, nada de revistas em quadrinhos, nada de nada.

James reclama e afunda no sofá. Gladys diz:

— Eu tentei ir à prefeitura para resolver o problema. Você acha que eu deveria tentar de novo?

— Claro que não. É a *última* coisa que você deve fazer. Olha, a gente tem duas opções. Quero saber a opinião de vocês. A gente pode simplesmente desistir, procurar o Serviço Social, deixar que eles nos separem de vez, ou a gente pode se esforçar durante as próximas três semanas, ver se consegue encontrar um jeito de arranjar o dinheiro dos boletos atrasados e continuar pagando o aluguel até o papai sair da cadeia. Então... quem é a favor de desistir?

Ela olha para os dois. James está sentado em cima das mãos. Gladys cruza os braços em sinal de desafio.

— Tudo bem. Então vamos tentar sair do buraco. Alguém tem mais alguma sugestão?

— Ellie — diz James. — Que tal o concurso de ciências?

Ela passa a mão na testa.

— James. Meu amor. Olha, eu acho ótimo eles terem te indicado, mas no momento temos outras coisas pra resolver. É melhor esquecer o assunto.

— Mas...

— James. Não. Eu disse que não.

— Mas...

O telefone de Gladys começa a tocar "Diamonds and Rust". Ellie olha para ela de cara feia.

— Se for alguém pedindo dinheiro, desligue e bloqueie o número.

Gladys diz educadamente ao telefone:

— Alô? Aqui é a Gladys Ormerod. — Ela escuta educadamente e depois passa o telefone para Ellie. — Ele quer falar com você.

— Quem? — pergunta Ellie.

— O astronauta. Major Tom.

— Pelo amor de Deus, vovó — diz Ellie. — A gente não tem tempo para isso.

— É verdade! — protesta James. — Eu falei com ele antes de você chegar. É ele mesmo.

Ellie olha para James e pega o telefone.

— É uma pegadinha idiota. Provavelmente de um daqueles meninos que fazem bullying com você na escola.

Ela observa a sequência de números na tela do celular e o leva ao ouvido.

— Olha, eu não sei quem você é, mas não estou achando nenhuma graça, sabe?

— Você é a Ellie? — diz uma voz de homem.

— Quem está falando?

Ellie olha para os outros e coloca o celular no viva voz.

— Meu nome é Thomas Major. Eu sou aquele que os jornais chamam de Major Tom. Estou a caminho de Marte.

— Nossa, parece que ele está no quarto ao lado — comenta Gladys, admirada.

— Eu não estou convencida de que isso não é um golpe — afirma Ellie. — E já batemos a nossa cota de golpes, isso eu te garanto.

— Não é um golpe — retruca Thomas. — Eu ajudei a sua avó a chegar em casa quando ela estava perdida. Liguei para ela sem querer outro dia. Esse costumava ser o número da minha ex-mulher.

— Então o que você quer? — pergunta Ellie.

— Hum. — Ele dá a impressão de que está procurando palavras que não costuma usar. — Acho que eu quero ajudar.

Ellie olha para James.

— O que você andou falando pra ele? Você não sabe ficar quieto?

— Eu não disse nada de mais! — protesta James. — Eu só disse... só disse que achava que estávamos com problemas. Quando falei com ele, eu nem sabia do negócio do aluguel. Era só uma impressão que eu tinha. Mas o que eu queria dizer sobre o concurso...

— Shh — diz Ellie. — Tá bem, astronauta. O que você quer saber?

— Tudo — responde Thomas.

E Ellie, deixando de lado a cautela, porque finalmente, *finalmente* teria alguém com quem desabafar que não fosse o irmão ou a avó, conta tudo a ele. As palavras surgem hesitantes a princípio, mas logo se transformam em uma torrente; depois que a represa se rompe, ela não consegue mais parar. Fala dos aluguéis atrasados, do golpe do nigeriano, da perda da mãe, da prisão do pai e que estão totalmente na merda.

— Olha a língua — adverte Gladys.

Quando as palavras cessam, as lágrimas chegam. Ellie cobre o rosto com as mãos e começa a chorar aos soluços, baixinho. Depois de se acalmar, diz:

— A situação é essa. Você por acaso tem uma varinha de condão espacial para resolver tudo?

— Por que seu pai foi preso? — pergunta Thomas.

— Isso faz diferença? — retruca Ellie. — Você vai desistir de nos ajudar porque meu pai é um presidiário? Ele está na cadeia porque é burro. Ele trabalhava como empreiteiro, mas os serviços começaram a minguar. Ele estava num pub, uma noite, e uns caras ofereceram um serviço para ele só porque tinha uma van. Eles pretendiam roubar um depósito e meu pai seria o motorista. Eles lotaram a van com uma quantidade enorme de bebida. Ele provavelmente não teria ido para a cadeia, mas os caras foram flagrados por um segurança, um deles ficou nervoso e acertou a cabeça do cara com uma barra de ferro. Foram todos pegos. Burros. Todos eles. Burros.

— Por que você não pode simplesmente pedir ajuda a alguém?

— Porque — diz Ellie, cansada de explicar isso pela enésima vez — quando papai foi preso, ficamos sob os cuidados da vovó. Eu tenho quinze anos e James, dez. O problema é que a vovó não é mais a mesma. Ela está ficando gagá cada vez mais rápido. Demência. Assim que descobrirem isso, vão ligar para o Serviço Social e nos separar. A vovó vai para um asilo e nós, para um orfanato. A gente não quer que isso aconteça, entende? Promete que não vai contar pra ninguém. Você tem que prometer.

— Eu prometo — diz Thomas. — E de quanto vocês precisam para pagar os aluguéis atrasados?

— Umas cinco mil libras — responde Ellie, com um suspiro. Ela faz uma pausa. — Você vai dar pra gente esse dinheiro? Você deve ter recebido uma grana pra viajar até Marte.

— Sim, recebi, mas a maior parte foi para minha ex-mulher. Pelo menos eu mandei um cheque para o advogado dela. Ela nem me agradeceu. O resto eu doei para a Real Sociedade para a Prevenção de Acidentes.

— Por quê? — pergunta Ellie.

— Por que o quê? A Janet ou a RSPA?

— Ele mandou dinheiro para a Janet Crosthwaite? — pergunta Gladys, com ar desconfiado.

— Ellie — diz James. — O concurso de ciências...

— Fica quieta, vovó — pede Ellie. — E, James, não enche. Estou falando do negócio de acidentes, a RSPA.

— Foi por causa do meu irmão — diz Thomas. — É uma longa história. Seja como for, estou sem dinheiro. Achei que não precisaria disso aqui em cima. Eu poderia pedir um empréstimo ao Controle da Missão, mas eles iriam querer saber os detalhes. Eu teria que contar a história toda.

— Nem pensar — diz Ellie. — A gente só precisa encontrar outra forma de conseguir o dinheiro.

— Ellie! — grita James. — Tô tentando te contar faz um tempão! Você precisa me ouvir! O Concurso Nacional para Jovens Cientistas!

— James! — grita Ellie também. — Quer parar de falar desse maldito concurso? Você não vai e pronto!

— Espera! — exclama Thomas. — Espera. James, o que você queria dizer sobre o concurso?

— O PRIMEIRO PRÊMIO É CINCO MIL LIBRAS! — grita ele, e depois se senta no sofá e fecha os olhos. — Era o que eu estava tentando dizer.

Todos ficam em silêncio. Ellie repete:

— Cinco mil libras?

— O que você precisa fazer, James? — pergunta Thomas.

— Um experimento. Um experimento original. Isso é tudo. Alguma coisa que deixe as pessoas de boca aberta. Eu já cheguei à final porque sou um menino pobre com sapatos puídos. Agora tudo o que preciso fazer é arranjar um experimento melhor que todos os outros.

Há um segundo de silêncio e depois Thomas diz:

— Olha, eu tenho algumas tarefas diárias... eles querem que eu passe duas horas toda noite aprendendo a plantar batatas. Para ser sincero, isso para mim é um horror. Talvez eu possa usar esse tempo para conversar com o James sobre ciências. Sobre o experimento. Talvez eu possa... você sabe, talvez eu possa ajudar.

Ellie, que nos últimos dias sentia um nevoeiro se fechando em torno dela, o futuro feito de uma escuridão impenetrável, enxerga a distância um pequeno, mas muito brilhante, ponto luminoso.

— É — diz ela, devagar, pegando o telefone. — É, talvez você realmente possa nos ajudar.

✳ 25 ✳

ATIVIDADE EXTRAVEICULAR

Quando Thomas desliga o telefone, ele se sente... estranho. Ele leva algum tempo para interpretar o arrepio na nuca, a leveza da mente, o modo como os lábios involuntariamente se curvam para cima. Surpreendendo a si próprio, ele dá uma cambalhota na cabine estreita da nave.

Fazia tempo que não se sentia tão bem, percebe, com espanto.

Ele não sabe como o plano vai funcionar, *se* funcionar, mas o importante é que encontrou um novo sentido na vida. Algo que Thomas Major fazia tempo que não experimentava. A sensação de que alguém *precisa* dele, da sua ajuda. O telefone Iridium começa a tocar. Thomas atende, quase sem fôlego, e grita:

— Alô! Aqui é a *Cabananik-1!*

Há uma pausa seguida pela voz do diretor Baumann:

— Ah. Thomas?

— Eu mesmo! — exclama Thomas. — Quem você esperava que fosse? Buck Rogers?

— Você andou cheirando óxido nitroso? — pergunta o diretor Baumann, em tom desconfiado.

— Eu tenho óxido nitroso a bordo?

— Tem. É o oxidante dos foguetes do módulo de pouso. Deixa pra lá. Preciso falar com você. Lembra que eu disse que tinha uma boa notícia e uma *outra* notícia?

— Eu me lembro! Qual é a boa notícia?

— O quê?

— A boa notícia. Imagino que aquela ideia insana de me colocar para cantar "Space Oddity" tenha sido a *outra* notícia. A *má* notícia.

— Aquela foi a *boa* notícia — diz Baumann, em tom exasperado. — Esta é a *outra* notícia. É a respeito da comunicação principal. Os técnicos da ESA estiveram aqui. Eles descobriram o problema. Você lembra que eu disse que tinha uma chuva de micrometeoroides nas proximidades?

— Vagamente — responde Thomas, cuja sensação de bem-estar começa a desvanecer. — Acho que você disse que ela não iria causar nenhum problema.

— É. Bem, causou, infelizmente. Ela danificou a antena principal. Mas achamos que ela apenas saiu de alinhamento e precisa ser recalibrada.

— Então façam isso — pede Thomas.

— Não podemos fazer isso por controle remoto. Só você pode recalibrar a antena.

Thomas suspira.

— Esse procedimento está em algum dos manuais de instruções? Você sabe que metade deles está em russo, não sabe?

— Thomas — avisa Baumann —, você vai ter que executar uma AEV.

Thomas não diz nada. Baumann prossegue:

— Que significa...

— Eu sei o que significa. *Atividade Extraveicular.*

Thomas olha pela janela, pela escuridão opressiva que se estende até o infinito. Uma caminhada espacial. Querem que ele vá *lá fora.* Só de pensar, ele já começa a tremer. Quase consegue sentir o peso do vácuo sobre o seu corpo, transformando-o em nada. Imagina-se flutuando para longe, vendo a espaçonave diminuir de tamanho e se tornar um ponto luminoso antes de desaparecer para sempre. Eles estão loucos se pensam ele que vai sair da nave.

— Vocês estão loucos se pensam que eu vou sair da nave — diz Thomas, antes de bater o telefone na mesa. — Diretor Baumann, pode pegar a sua AEV e enfiar na sua bela e corporativa bunda.

✳ 26 ✳

O CORAÇÃO PALPITANTE DA MULTICULTURAL CIDADE DE WIGAN

O que Ellie mais gosta de fazer na lanchonete é trabalhar com a chapa quente. Ela entra num ritmo que quase a faz se sentir dissociada do próprio corpo, um processo mecânico que deixa sua mente livre para vagar enquanto ela coloca duas fileiras de hambúrgueres na chapa, vira os que já estão nela, raspa a gordura e a carne queimada da parte livre, espalha sal e cebola, vira os recém-colocados quando o temporizador avisa, coloca mais duas fileiras e leva os hambúrgueres que ficaram prontos até as fatias de pão.

Ela pode fazer isso o dia inteiro, debruçada na chapa, rendendo-se ao automatismo do corpo em sincronia com o restante do finamente sintonizado equipamento da atarefada cozinha. É um trabalho pesado; no fim do turno, os músculos do seu antebraço estão inchados e doloridos.

O que Ellie menos gosta de fazer é trabalhar no caixa, especialmente à noite, quando grupos de homens que vagueiam de pub em pub passam na lanchonete para forrar o estômago e se aglomeram no balcão fazendo gestos obscenos e perguntando o tamanho da sua bunda. Os empregados têm instruções para não reagir às provocações dos fregueses e, à noite, um segurança fica de plantão na lanchonete para evitar que o excesso de álcool leve a algum incidente mais sério, mas em geral ele ignora o que evidentemente considera brincadeiras inocentes.

Entre os dois extremos está o que é chamado pomposamente de "recepcionista" na escala de serviço, e é o que Ellie vê que sobrou para ela ao chegar para o turno da noite. O nome sempre a faz pensar em homens bem-vestidos com bigodes de Poirot recebendo hóspedes no saguão de um hotel de luxo, mas não é nada parecido com isso. Em geral, envolve esvaziar as mesas, recolhendo copos com restos de bebida e caixas de papelão amassadas, limpar manchas de molho e picles abandonados nos tampos de fórmica das mesas. Às vezes ela se esconde no banheiro, com o pretexto de repor o papel-toalha ou o sabonete líquido, ou faz uma ida ao depósito para pegar sacos de lixo ou canudinhos que dura mais de meia hora.

O problema do serviço de recepcionista é a mesma constante ansiedade que sente ao trabalhar no caixa: a possibilidade de ser vista por algum conhecido; mais especificamente, por um colega de escola. Como na Polski Sklep, Ellie mentiu a idade para poder trabalhar na lanchonete, usando o mesmo conjunto de documentos falsos que James fez para ela. No terceiro emprego — soldar cestas de arame em uma fábrica onde é paga com dinheiro vivo juntamente com uma dezena de pessoas que aparecem todo domingo para um turno de dez horas — nunca lhe pediram comprovação de idade nem ela apresentou uma voluntariamente. Ela duvida até que aqueles trabalhadores heterogêneos estejam nos livros oficiais do homem com a barba por fazer que tem sempre um cigarro enrolado à mão pendurado na boca. Ele parece que só tem uma camisa de malha, que usa em qualquer época do ano, com um desenho tosco de uma mulher nua e a palavra HOOTERS. Mas Ellie morre de medo de que alguém da escola, especialmente um professor, a surpreenda trabalhando na lanchonete. Ela não pode perder o emprego, ainda mais agora.

Ellie está esfregando uma mancha resistente de ketchup seco em uma mesa do segundo andar e pensando no Major Tom. Se tivesse tempo de parar e examinar a questão direito, provavelmente chegaria à conclusão de que todo o episódio parece mais fantasia do que realidade. Mas ela não tem tempo de parar. Com três empregos, tentando se manter acordada na escola, cuidando de James e da avó... como ela teria tempo para qualquer coisa, senão continuar seguindo em frente? Como no programa na TV sobre tubarões em que alguém dizia que se eles parassem de nadar morreriam afogados. É assim que Ellie se sente. Se parar, vai morrer. Eles todos vão morrer. Ela tem um sobressalto quando sente um tapinha de leve no ombro.

— Oi. Sabia que era você.

É o Delil. Está com um suéter vinho de gola em V por cima de uma camisa amarrotada e calça jeans preta muito justa. Na verdade, ele quase parece descolado sem o uniforme da escola, embora ela suspeite que é mais por acidente do que por escolha. No momento em que o sorriso de Delil começa a se desfazer, ela responde com um sorriso cansado:

— Ah. Oi.

Delil está segurando uma bandeja com restos de comida. Ele vasculha o segundo andar quase deserto e diz:

— Eu não sabia que você trabalhava aqui. Não sabia que a gente tinha idade para trabalhar aqui. Você acha que eu tenho chance de conseguir isso também?

— Não — responde Ellie bruscamente, enquanto volta a atacar a mancha de ketchup.

Ele fica ali parado, esperando que ela se explique. Ellie se volta para ele e diz, em voz baixa:

— Eu não devia estar aqui. Por favor, não conta pra ninguém.

Delil faz que sim com a cabeça e encosta um dedo comprido na lateral do nariz.

— Tá safo. — Ele olha em torno de novo, mas não faz menção de se afastar. — O que você leu de *Ana Karenina* até agora?

Ellie estreita os olhos.

— A professora Barber mandou você me vigiar?

Mal as palavras deixam sua boca, ela percebe que a acusação é absurda.

Os olhos de Delil piscam por trás dos óculos.

— O quê? Por que ela faria isso? Eu só queria saber se você leu. Eu tô gostando muito. Você gosta de ler?

— Eu... é... eu amo ler — diz Ellie, sentindo-se desarmada e acuada. — Só que não tenho tanto tempo quanto gostaria. Então você tá gostando? De *Ana Karenina*?

— É muito bom. Eu também amo ler. — Ele inclina a cabeça e fica olhando para Ellie por um instante. — Você parece surpresa.

— É que... é que a maioria das pessoas não presta muita atenção naquela aula. E você raramente fala com alguém.

Delil dá de ombros.

— Quando eu abro a boca, quase sempre alguém pula no meu pescoço. Alguém com a minha aparência precisa ser discreto. Isso é algo que eu aprendi na escola. A gente não é exatamente o que se poderia chamar de coração palpitante da multicultural cidade de Wigan, né?

Ellie não consegue deixar de rir.

— De onde você tirou isso?

— Do *Guardian*. Eu leio todo dia. Pretendo ser jornalista depois que me formar. Ou talvez escrever um livro.

— Ah. Você é bem criativo, né? — diz Ellie, tirando a bandeja da mão de Delil e colocando-a em cima da mesa.

— Obrigado. É um dom da minha família. Meu irmão Ferdi faz parte de um grupo de *grime*. Ele é MC. Eles vão dar uma grande festa no próximo fim de semana.

— Tô impressionada.

Delil consulta o relógio.

— Tenho que ir. Toma.

Ele rasga um pedaço de uma das caixas de papelão e escreve alguma coisa com um lápis que tira do bolso da camisa, escondido pelo suéter.

Ellie pega o papel.

— O que é?

— Meu número, sua boba. Eu não espero que você fale comigo na escola, mas me liga.

— Pra quê?

— Bem, pra começar, a gente ainda tem um trabalho para fazer em dupla. Na verdade, já está quase pronto, mas eu achei que você gostaria de pelo menos dar uma olhada. Em segundo lugar, eu queria te contar os detalhes da festa em que meu irmão vai tocar — diz Delil, como se estivesse falando com uma criança. — Até mais.

Ellie o observa enquanto ele desce a escada e depois olha para o número e balança a cabeça. O que acabou de acontecer? Ela amassa o pedaço de papelão, joga-o na bandeja e se dirige para a lata de lixo mais próxima.

✳ 27 ✳

NÃO HÁ MAIS NINGUÉM AQUI

— É o Major Tom? — pergunta James.

— Não tem nenhuma outra pessoa aqui, né? E não precisa ficar me chamando de Major Tom o tempo todo. Na verdade, eu prefiro que não me chame desse jeito. Eu não sou major e meu nome é Thomas.

— Ah. — A avó está dormindo na poltrona e James gravou o número do telefone do Major Tom no seu celular pré-pago, um velho Nokia herdado da irmã. Mais um motivo para servir de chacota na escola. — Mas eu gosto de chamar o senhor de Major Tom.

— Você sabe que o nome foi tirado de uma música?

— Sei — responde James. — Daquele cara que morreu no ano passado.

— *Aquele cara?* — diz Thomas, com um tom que James interpreta como sendo de desdém. — Aquele cara? Você está falando do David Bowie, um dos maiores gênios da música que o Reino Unido já produziu?

— Isso. Ele mesmo. Não era ele que cantava "Major Tom"?

O suspiro de Thomas ecoa na chamada.

— O nome da música não é "Major Tom", é "Space Oddity". Guarde isso na memória.

— Tá bem! — grita James. A avó resmunga alguma coisa dormindo e começa a babar. — Tá bem. Eu só liguei para agradecer por você ter se oferecido para me ajudar no experimento de ciências. Eu não sei por que o senhor é tão rabugento.

Há um silêncio tão longo que James pensa que a ligação foi interrompida, mas, por fim, Thomas diz:

— Tá certo. Obrigado pelo telefonema. É muito educado da sua parte. Nem todos os meninos da sua idade são bem-educados. Na verdade, por experiência própria, a maioria é um bando de pestinhas.

— O senhor tem muita experiência com meninos de dez anos?

— Não muitos, desde... desde o meu irmão. Pensando bem, nenhum. Não recentemente.

James respira fundo.

— É, o senhor provavelmente está certo. Quase todos são mesmo pestinhas. Principalmente os da minha escola.

— Eles implicam com você? — pergunta Thomas. — Você sofre algum tipo de bullying?

— Eu não tenho nenhum problema na escola! — grita James. — Se o senhor vai ficar com essa lenga-lenga como se fosse um adulto qualquer, eu vou desligar!

— Eu sou um adulto qualquer! — grita Thomas de volta. — E veja como fala!

— O senhor não é um adulto qualquer! É um astronauta! — protesta James. — Os adultos fazem coisas chatas como ir pra porra de um trabalho e não têm tempo pra ficar com a gente e depois vão parar na porra da cadeia! O senhor tá indo pra essa porra de Marte!

— Pare de dizer *porra* ou eu não ajudo você, seu peste de boca suja! — grita Thomas.

— Tá! — James respira fundo. — Então como é que o senhor vai me ajudar a ganhar o concurso?

— Bem, eu não posso exatamente *ajudar* você a ganhar, né? Não posso fazer o trabalho por você. Você tem que fazer sozinho senão seria trapaça.

— Então de que adianta? — pergunta James, em tom choroso. — Eu não consigo bolar sozinho um experimento que vai impressionar os jurados. Eu não sou ninguém.

— Com certeza eles não convidariam você para participar do concurso se não achassem que é capaz — argumenta Thomas.

— É porque a gente é pobre. Foi por isso que eu fui direto pra final. Fica bem pra escola. É isso que todo mundo pensa.

— Hum.

— O que você quer dizer com *hum*?

— Quero dizer *hum* — responde Thomas. — Quero dizer que não sei como vamos fazer isso a não ser que *você* faça a sua parte. Que tipo de experimento você tem em mente?

— Eu não sei! Não tenho ideia! Só sei que quero fazer alguma coisa grande! Espetacular!

— Tá. Tudo bem. Qual é o número da sua casa?

— O quê? Por quê?

— Porque eu estou pensando em ir jantar aí! Diga logo qual é o número!

— Dezenove.

— Tá bem. Qual é o elemento cujo número atômico é dezenove?

— O quê? Ai, meu Deus... argônio?

— Bom chute. Chegou perto — diz Thomas. — O número atômico do argônio é dezoito. O elemento cujo número atômico é dezenove, o número da sua casa, é o potássio.

— Que ótimo — suspira James. — Já posso me ver tirando o primeiro lugar no concurso. Obrigado.

— Para de reclamar. Agora me diz o que acontece quando se coloca potássio na água.

— Como é que eu vou saber essa porra?

— Eles não te ensinam nada na escola? — pergunta Thomas.

— E chega desse negócio de porra! Fala sério!

— Eu tô falando sério! Não sei! Mesmo que soubesse, isso faria alguma diferença?

— Eu só estou tentando descobrir o que você já sabe para termos um ponto de partida — explica Thomas. — O que você sabe a respeito do potássio?

James limpa o nariz com o dorso da mão. Ele se lembra de uma coisa a respeito do potássio.

— É um metal alcalino? — arrisca ele.

— Um metal alcalino. Muito bem. O que mais?

— Ele tem um elétron que... que pode perder com facilidade, agora eu me lembro. Isso é chamado de oxidação.

— Tá vendo? Você sabe. Muito bem. Aqui termina a aula de hoje.

James franze o cenho.

— É só isso? Mais nada?

— É só isso por enquanto — diz Thomas. — Estou tentando fazer você pensar. Pensar em *reações*. Por que é disso que se trata a ciência: reações. Como uma coisa e outra coisa se combinam para fazer uma coisa diferente das duas, de um jeito ou de outro. O que você precisa descobrir agora é que reação você quer que aconteça, por que você quer que aconteça e como você vai fazer com que aconteça.

— Você não pode simplesmente me dizer o que fazer? — suplica James.

— Não, não posso — responde Thomas. — E agora vou ter que desligar. Me liga amanhã depois de pensar um pouco sobre o assunto. Aliás, você já não devia estar na cama? Onde estão os outros?

— Ellie está trabalhando e a vovó, dormindo. Então eu posso te ligar amanhã?

— Pode. Se tiver alguma coisa a dizer. Agora vá dormir. Câmbio e desligo.

— Câmbio e desligo, porra — diz James, apertando o botão para desligar o telefone o mais rápido possível.

✳ 28 ✳

NÃO CONSIGO DORMIR À NOITE

Gladys não deveria ter dormido de dia, porque agora está sem sono, sentada na poltrona e com dois suéteres porque a Ellie diz que eles precisam economizar e não devem ligar o aquecimento nem acender a lareira se puderem, mesmo que esteja fazendo muito frio. Gladys considera colocar apenas uma lenha na lareira, mas ela faz muito barulho quando está começando a queimar e Ellie foi para a cama há apenas meia hora, embora parecesse exausta depois do trabalho. Passa da meia-noite e Gladys se pergunta o que o astronauta estaria fazendo. Ela sabe que ele precisa dormir, como qualquer pessoa, mas se está sozinho lá em cima, quem vai pilotar a espaçonave? Talvez ele simplesmente estacione um pouquinho enquanto tira uma soneca. Em um daqueles asteroides ou coisa parecida.

Ela começa a passear pelos canais da TV à procura de algo que a ajude a dormir quando ouve o som de passos na escada.

— Eu não acendi a lareira — diz ela, bem alto. — Apesar de estar fazendo um frio capaz de congelar as bolas de um macaco de bronze aqui dentro, por Deus.

Mas não é a Ellie que aparece na sala, é o James, com o cabelo arrepiado e os olhos pesados, arrastando um cobertor de lá.

— Não consigo dormir — diz ele, abafando um bocejo.

— Vem aqui. Eu me afasto um pouco — diz Gladys, batendo com a mão no assento da poltrona. James senta a seu lado e estende o cobertor fino sobre os dois. — Agora me fala, qual é o problema?

James boceja de novo.

— Eu só não consigo dormir.

— Você não me engana. Eu sei que está preocupado com alguma coisa. Normalmente, você pega no sono até se estiver pendurado no varal. Qual é o problema? Aqueles meninos maus mexeram com você de novo?

James faz que sim com a cabeça e olha com olhos tristes para a televisão.

— Que filme está passando?

Gladys olha para a tela.

— Ah, *Taxi driver*. Não vejo esse filme há anos. A primeira vez que eu vi foi no cinema, com o seu avô Bill. Seu pai ainda era um bebezinho. A irmã do Bill tomou conta dele para podermos ir ao cinema. Foi a primeira vez que saímos depois que ele nasceu. Ele chorou a noite toda. Cólica.

James observa o carro partir na cena de abertura, deixando um rastro de fumaça e o título do filme.

— Quem é ele? — pergunta, ao ver o homem de cabelo castanho e narigudo. — É o motorista de táxi?

— É o Robert de Niro. Ele *foi* um homem bonito.

— Ele parece o pai de *Entrando numa fria maior ainda* — diz James. — Só que mais novo.

— Eu acho que você não deveria ver filmes como esse no inverno — diz Gladys, escandalizada. — Você viu isso na internet?

Por que você quer dirigir um táxi, Bickle?, pergunta um homem de óculos e bigode.

Porque não consigo dormir à noite, responde Robert de Niro.

— Como você! — exclama Gladys, abraçando o neto.

— O filme é só sobre um cara que dirige um táxi? Não parece muito emocionante.

— Ah, emoção é que não falta — protesta Gladys. — Mas não é filme para crianças. Ele não gosta do que vê nas ruas e, por isso, começa a matar assaltantes e coisa parecida. Ele é, como se diz, um justiceiro.

— Como o Batman? Ele usa máscara?

Gladys pensa.

— Não. Não, acho que ele não usa máscara. Mas ele corta o cabelo.

— Todo justiceiro deveria usar máscara — afirma James. — Como ele se chama? Ele tem um nome legal?

— Acho que não. O nome dele é Travis Bickle.

James boceja.

— Que nome engraçado! Mas eu gostaria de ter um Travis Bickle pra cuidar daqueles idiotas da escola. Hoje eles ficaram sabendo que eu fui convidado para o concurso de ciências. Eles disseram que eu tô no concurso só porque sou um lixo.

— Lixo são eles — diz Gladys. — Um dia vai cair uma chuva de verdade e arrastar todo esse lixo para fora das ruas. — Ela fecha um olho e aponta os dedos para a televisão. — Vushh! Vushh!

James vê um pouco do filme, mas as pálpebras começam a pesar.

— Vá dormir — diz Gladys. — Para ganhar o concurso, você precisa estar descansado.

James dá um beijo sonolento na bochecha da avó e sobe a escada arrastando o cobertor. Gladys assiste ao filme por mais algum tempo, até Travis Bickle dizer *estou com algumas ideias ruins na cabeça*, e depois se encaminha pensativamente para o quarto.

✳ 29 ✳

SLOUGH, ESTAMOS COM UM PROBLEMA

Thomas está tentando resolver as palavras cruzadas. *Se for protelada, pode causar angina, proverbialmente.* Estava indo bem até chegar a esta palavra, mas agora empacou, e ele vai ficar incomodado se não a resolver. Pensa, pensa. Nove malditas letras. Não deve ser difícil. Nove letras. Pode causar angina. Proverbialmente. Ele faz uma careta. Nove. Letras.

O computador produz um som diferente, e quando ele mexe no mouse uma imagem granulada, trêmula, aparece na tela. Controle da Missão. Baumann e Claudia, com as filas de técnicos atrás deles. Há um viva meio forçado que Thomas suspeita que só acontece porque as pessoas acham que é isso que se espera do Controle da Missão sempre que alguma coisa dá mais ou menos certo. Devem ter visto filmes demais.

Uma massa de pixels se transforma no rosto de Baumann. Thomas esconde o livro de palavras cruzadas na bolsa com velcro e diz:

— Ah, então vocês conseguiram consertar a antena por controle remoto, não é? Não precisei sair da nave. Finalmente uma boa notícia.

— Não, não conseguimos — diz Baumann, irritado, a boca fora de sincronia com as palavras, como em um filme estrangeiro mal dublado. — Estamos nos comunicando via Skype.

Thomas faz que sim com a cabeça.

— Fiquei me perguntando quando vocês teriam essa ideia.

Baumann olha para Claudia e depois para a câmera.

— O quê? Você sabia que poderíamos usar o Skype e não disse nada?

Thomas dá de ombros.

— É uma coisa óbvia. Eu ainda tenho conexão de internet, provavelmente a mesma que o telefone Iridium está usando. Eu pensei nisso, mas não me dei ao trabalho de comentar porque vocês têm as mentes mais brilhantes da BriSpA trabalhando no caso, então achei que alguém já teria pensado nessa possibilidade e ela não fosse viável por alguma razão. Além disso, prefiro falar por telefone porque assim eu não preciso olhar para a cara de vocês.

Baumann ajeita a gravata.

— Hum. Bem. Essa ideia nos ocorreu agora. Mas é uma medida temporária, porque você vai estar fora de alcance daqui a… — ele consulta a prancheta — daqui a umas duas semanas, talvez menos. De modo que você vai ter, sim, que fazer a AEV. Thomas, não dá para expressar o quanto isso é importante. Isso é uma ordem. Você vai perder contato conosco… com a Terra. Se alguma coisa acontecer aí, não vamos poder fazer nada. Existe uma rede de satélites em torno de Marte e você poderia tentar se conectar quando estivesse em órbita, mas isso ainda te deixaria seis meses sem nenhuma comunicação. Não podemos permitir que isso aconteça. Você vai ter que consertar a antena.

— Não.

— Sim.

— Esquece — diz Thomas. — Eu não vou lá fora.

Com uma cotovelada, Claudia empurra Baumann para longe da câmera.

— Pelo amor de Deus, vocês parecem duas crianças brigando no parquinho!

Thomas aproxima o rosto da tela para ver melhor. Alguma coisa mudou na aparência de Claudia desde a última vez que fizeram uma chamada de vídeo.

— Você fez alguma coisa com o seu cabelo? — pergunta ele.

Ela para e leva a mão à cabeça instintivamente.

— Hum, sim, na verdade, eu cortei o cabelo ontem. Não pensei que você fosse... Você gostou?

Agora é a vez de Baumann empurrar Claudia para longe. Suas sobrancelhas estão fazendo hora extra.

— O que é isso? Um maldito anúncio de café *espresso*?

Claudia arqueia uma sobrancelha e Thomas não pode evitar um sorriso. Será que o diretor Baumann está com um pouquinho de ciúme? Interessante. Então ele está caidinho pela Claudia. Apenas para provocar, ele diz:

— Gostei muito. Combina com você. Aproveitou para mudar também a cor?

— Pelo amor de Deus. — As sobrancelhas de Baumann se remexem mais um pouco. — Claudia, conte a novidade para ele.

— Que novidade? — pergunta Thomas, estreitando os olhos.

Claudia olha para o seu iPad.

— Estamos espalhando a notícia de que você vai fazer uma caminhada espacial na semana que vem. Dissemos que a nave está com um problema. Exageramos um pouquinho, pelo drama. O clima de suspense vai servir para divulgar o nosso programa.

— Pois tratem de desmentir essa merda. Eu não vou sair daqui.

Baumann mexe de novo na gravata.

— Thomas... você quer que o mundo inteiro pense que você é um... *covarde*?

Thomas quase acha graça.

— Não estamos em *De volta para o futuro* e eu não sou o Marty McFly. Sua estratégia não vai funcionar. Porque, na verdade, eu sou. Um covarde. É por isso que estou aqui agora.

Thomas tem tempo apenas de ver Baumann olhar inquisitivamente para Claudia e dizer "*De volta para o futuro*"? antes de fechar a janela e cortar a ligação.

— Olá, Major Tom.

— Olá, Gladys — diz Thomas, encaixando o telefone entre a orelha e o ombro. — Você não está perdida de novo, está?

— Não mais do que o normal. Mas estive pensando. Quando você vai dormir, onde estaciona a espaçonave?

— Estaciono? — diz Thomas. — Isso aqui não é um maldito trailer, sabia? Não tem acostamento no espaço, ela só segue navegando. A nave vai continuar seguindo em frente até entrar na órbita de Marte daqui a duzentos dias.

— Certo — diz Gladys. — Eu só estava pensando. Você já jantou?

— Eu espremi um pouco da pasta de um dos tubos na minha boca há pouco tempo, então, sim, acho que sim. — Ele conclui que deve retribuir. — E você?

— Não me lembro! Mas estou com vontade de comer batata frita, pea wet e scratchings.

— A única coisa que eu entendi nessa frase foi batata frita. Que diabo é *pea wet*?

— Pea wet é caldo de ervilha — explica Gladys, como se ele fosse burro. — E scratchings são sobras de peixe empanado. A melhor parte é que você paga pelas batatas e o pea wet e os scratchings são de graça. É muito bom. Você deveria experimentar.

— Isso vai ser difícil, a menos que uma das pessoas que prepararam minhas refeições fosse de Wigan.

— Tá, até a próxima — diz Gladys.

— Espera... você costuma fazer palavras cruzadas?

— Palavras cruzadas... eu sempre gostei de fazer palavras cruzadas. Todo ano eu comprava um livro de palavras cruzadas para fazer nas férias. Uma vez fiquei sentada na praia em Southport. Não conseguia ver o mar, porque a maré estava baixa. Começou a chover. Meu livro ficou todo molhado.

— Muito bem — diz Thomas. — Aqui vai. Nove letras. *Se for protelada, pode causar angina, proverbialmente*. Não que eu tenha muita esperança, mas talvez sua mente funcione de forma diferente da minha...

— Isso me faz lembrar da catequese. A gente costumava participar da procissão no dia de Pentecostes. Minha mãe costurava um vestido novo para mim e um saquinho para as pessoas colocarem moedinhas quando passávamos. Você sabe que o meu Bill morreu de um ataque do coração?

— Certo — diz Thomas. — Espero que não me considere mal-educado se eu disser que me arrependo de ter perguntado.

— Você *é* mal-educado. Muito mal-educado. Mas você está ajudando o James, o que é uma coisa boa. O que lembra. Eu sei que ele só tem dez anos, mas ele deveria estar pensando no futuro. Acho que ele seria um bom astronauta, como você. Será que você poderia indicá-lo?

— Na verdade, não. As coisas não funcionam dessa forma. Não é como indicar alguém para trabalhar numa fábrica perto de casa ou coisa parecida.

— Ah, que pena — diz Gladys. — Acho que isso daria a ele um objetivo na vida. Mas ele é bom nessas coisas de ciências. Será que ele pode conseguir um emprego se ganhar o concurso?

— Talvez, quando ele for mais velho.

— Como você virou astronauta?

— O homem que estava escalado para ir a Marte teve um infarto.

— Ora veja! Então você herdou a posição. Assim como acontece nas fábricas. Você disse que era diferente. Mas deve ter havido algo mais. Eles não deixariam qualquer Tom, Dick ou Harry viajar para o espaço. Deve ter havido outro motivo.

— Curiosamente, você tem razão — diz Thomas.

✳ 30 ✳
OBJETIVO PRINCIPAL

Antes de Thomas ser apresentado oficialmente à imprensa depois da desastrosa entrevista coletiva (bem, desastrosa pelo menos para Terence Bradley), houve mais reuniões do SOMBRERO em um curto espaço de tempo do que qualquer funcionário da BriSpA se lembrava de ter ocorrido antes.

— A questão é — disse o diretor Baumann em uma dessas reuniões — que ainda precisamos justificar a escolha do Thomas, não só para a imprensa, mas também para os nossos acionistas e financiadores. E a Cidade das Estrelas, na Rússia, está querendo saber qual é a experiência dele antes de começarem o treinamento. Ele tem alguma experiência de voo?

A Gerente de Qualificação dos Funcionários consulta suas anotações e responde:

— Para ser sincera, apenas na Ryanair.

Baumann se anima.

— Ele foi piloto comercial?

— Não — responde ela. — Viajou de férias, como passageiro, uma vez. E disse que detestou.

Baumann massageia as têmporas. Ele tem feito isso com frequência nos últimos tempos. Ele se pergunta se está a ponto de ter um AVC. Pelo menos isso o tiraria desta confusão.

— Deve haver alguma coisa — diz Claudia. — Alguma coisa que se encaixe na narrativa criada pela RP que combine com os objetivos da missão.

Há um breve silêncio e então a Gerente de Qualificação diz:

— Talvez tenha outra coisa. Qual é o objetivo principal dele em Marte?

— Além de se tornar estranhamente sexy? — diz Baumann, sentindo as têmporas latejarem de novo.

Ele está começando a odiar Thomas Major. Odiar de verdade. Ele pensa em como seria bom se a *Ares-I* se chocasse com um asteroide ou simplesmente explodisse. Será que o Controle da Missão tem algum mecanismo para destruir a nave? Um botão vermelho? Será que ele conseguiria apertar o botão sem ninguém perceber?

Claudia diz:

— Calma, Bob. Acho que você está precisando muito de um descanso. Está começando a parecer um pouco obsessivo. Tem certeza de que não possui sentimentos reprimidos que precisa colocar para fora...?

Baumann tem uma súbita visão de Claudia de meias de seda e corpete, atraindo-o para a cama em um quarto escuro que ele tem quase certeza de que fica num hotel Travelodge. Ele afasta o pensamento, talvez para analisá-lo com mais detalhes quando estiver sozinho, e diz:

— Está bem. O objetivo principal do Major Thomas em Marte é preparar o local de pouso das missões tripuladas que eventualmente serão enviadas ao planeta na próxima década.

Claudia tamborila com as unhas na mesa.

— Bem, isso é uma coisa que vai soar muito bem para o público. Thomas Major é o grande pioneiro, o primeiro explorador. Ele está sendo enviado a esse ambiente hostil, onde nenhum ser humano pôs os pés antes, com a missão de abrir caminho para a eventual colonização de Marte pela Terra. Há algo de... Velho-Oeste nessa história, né?

— Agora ele virou um maldito Clint Eastwood? — resmunga Baumann.

A Gerente de Qualificação balança a cabeça.

— Tá, tá, mas ele não tem a mesma bagagem, tem? Não é nenhum Bear Grylls, mas havia alguma coisa na ficha dele que me chamou atenção... Diretor, o que ele vai fazer quando chegar a Marte?

— Montar uma série de módulos habitacionais interligados, plantar e cultivar várias espécies de vegetais comestíveis, conduzir alguns experimentos, monitorar e registrar os padrões climáticos e instalar um sistema hidráulico para bombear água doce para os módulos habitacionais e descartar os dejetos. — Baumann faz uma careta. — Ele vai ser mais o Bob, o Construtor, do que o Clint Eastwood.

— É isso! — exclama a Gerente de Qualificação. — A última coisa que o senhor disse. Uma feliz coincidência.

— O sistema hidráulico? — pergunta Baumann. Suas têmporas param de latejar. — É mesmo? Ele tem experiência?

— Ele passou um verão cavando valas para o departamento de águas — diz a Gerente de Qualificação, consultando suas anotações. Ela ergue os olhos. — Honestamente, acho que chegou perto o suficiente, pelo menos na minha opinião.

✳ 31 ✳

VERÃO DE 1988

Um dia depois do enterro de Peter, Thomas se encontra com Laura no pub Dreadnought, à beira do Tâmisa. É um dia surpreendentemente ensolarado, seco o bastante para que os estudantes, ciclistas e turistas que frequentam o pub se sentem do lado de fora, com casacos de couro abertos sobre a grama úmida servindo de toalha improvisada. Thomas e Laura preferem ficar a uma mesa, bebendo drinques como snakebite e black. Ela está de botas Dr. Marten pretas, meia-calça listrada de preto e branco, um colete estampado e um sutiã roxo. Thomas fica olhando para ela por um bom tempo.

— Você pintou o cabelo.

Ela mexe na franja.

— É só um tom mais escuro de rosa. Como foi?

Thomas dá de ombros.

— Nada fora do normal. Você poderia ter ido.

A frase permanece no ar entre os dois. Thomas diz *você poderia ter ido*, mas o que ele quer dizer, e o que Laura ouve, é você *deveria* ter ido.

Ela desvia o olhar para as pessoas no gramado.

— Era uma cerimônia para a família. Você precisava dar atenção para sua mãe, não para mim.

Nos alto-falantes instalados fora do pub, uma guitarra estridente começa a tocar, acompanhada por uma batida pesada. Laura se põe a balançar o corpo de um lado para o outro.

— Eu adoro essa música.

Thomas franze o cenho. Ele nunca ouviu aquela música. Como ela conhece?

— Quem está tocando?

— Nirvana — responde Laura, fechando os olhos. — A música se chama "Love Buzz". Eles são de Seattle. O vocalista é gato.

Eles têm ingressos para o Reading Festival, que vai acontecer no fim de agosto, com participação de Iggy Pop e dos Ramones. Thomas e Laura têm ouvido os LPs dele no quarto dele, enquanto se beijam sofregamente, as mãos de Thomas se enfiando por entre as camadas de coletes e camisetas que Laura sempre usa, até que ela as afasta delicadamente.

— Aqui, não — diz ela. — Não na casa da sua mãe.

Sempre haverá a Leeds, surgindo no horizonte para eles no outono. Leeds, onde estarão juntos. Leeds, onde as mãos exploradoras de Thomas não serão contidas pela presença da mãe na sala de estar. Ou melhor, *haveria* a Leeds. Ele está prestes a dizer alguma coisa quando dois estudantes se aproximam sacudindo um balde.

— A gente está recolhendo dinheiro para as famílias das vítimas do desastre da Piper Alpha.

Thomas pega no bolso uma moeda de vinte centavos e a joga no balde.

— Minha mãe quer que eu fique mais um ano em casa — diz Thomas de uma vez só, porque não há outra forma de abordar isso. — Ela está sozinha agora. Como meu pai morreu e o Peter...

— Eu entendo — diz Laura, mantendo os olhos fechados, como se a música fosse tão importante quanto o que Thomas está dizendo, como se a música fosse mais importante.

— Eu liguei para a Leeds — diz Thomas. — Eles disseram que eu posso adiar a matrícula por um ano. Começar o curso em setembro do ano que vem. — Ele faz uma pausa e morde o lábio. — Eles disseram que você também pode. Adiar.

Laura agora olha para ele, seus olhos brilhando momentaneamente.

— O quê? Você perguntou a eles se eu podia adiar minha matrícula por um ano?

Thomas faz que sim com a cabeça.

— Eu achei... bem, a gente pretendia estudar juntos... é só um ano. A gente podia aproveitar o tempo, sabe? Talvez arranjar um emprego.

— Eu amo você, Thomas — diz Laura.

— Sinto um *mas* chegando.

— Eu preciso urgentemente sair de Reading. Pensei que você precisasse também. Pensei que nossa ida para a Leeds seria perfeita, só nós dois, juntos, sem família. Um lugar totalmente novo. Uma aventura.

— Ainda pode ser uma aventura — insiste Thomas. — Só que daqui a um ano...

Laura desvia o olhar novamente e bebe um gole do snakebite.

— Eu não quero adiar minha ida para a Leeds, Thomas. E eu sei que você está vivendo um inferno, então não vou brigar com você, mas você não tinha o menor direito de telefonar para a Leeds e falar com eles a meu respeito. Isso não tem nada a ver com você.

— Você conheceu alguém?

Ela franze o cenho, depois sorri e encosta a palma da mão no rosto dele.

— Não. Claro que não, seu bobo! Mas eu quero encontrar alguém. Eu quero *me* encontrar. E não acho que vou conseguir fazer isso em Reading. Preciso sair daqui. O mais rápido possível.

— Então você vai para a Leeds? Esse ano? — diz Thomas, desconsolado.

Laura encolhe levemente os ombros.

— Vou.

Ele olha para o copo.

— Mas a gente ainda pode se ver? Você vai vir para casa nos fins de semana? Posso ir de trem te visitar?

— Óbvio — responde Laura, soando a Thomas como se ela estivesse concordando com algo vago, que jamais iria acontecer. Ela bebe o último gole. — Certo. Agora preciso ir. Eu ligo para você, tá?

Thomas sente como se o chão estivesse tremendo e rachando, fendas se abrindo e engolindo tudo, as mesas, os casacos de couro, os estudantes e os copos. Ele tenta se segurar em alguma coisa, mas não consegue. Apenas Laura parece incólume, inabalável. Ele diz, com uma voz que soa fina e distante:

— Aonde você precisa ir?

Ela se inclina, lhe dá um beijinho na bochecha e joga por cima do ombro a bolsa preta incrustada com uma centena de cacos de espelho do Rajastão.

— É você que precisa ir cuidar da sua mãe, esqueceu? Eu te ligo.

Thomas fica olhando enquanto Laura se afasta antes de se deixar cair no buraco negro que se abriu sob seus pés.

✳ 32 ✳

AUDACIOSAMENTE FICANDO

Em agosto, há vários buracos negros sob os pés de Thomas quando ele consegue um emprego no departamento de águas. Só no próximo ano Margaret Thatcher irá privatizar as empresas públicas regionais de águas e transformá-las em uma miríade de pequenas empresas privadas fornecendo a mesma água e usando os mesmos canos. Por enquanto, Thomas é funcionário público, embora no nível mais baixo possível, o de operário temporário. Ele faz parte de uma turma de homens que cavam valas na margem das estradas, consertam vazamentos, soldam canos e depois tornam a fechar as valas. O trabalho de Thomas envolve principalmente empurrar carrinhos de mão cheios de brita e terra para lá e para cá. Às vezes ele é encarregado de operar o sinal de pare e siga em vias movimentadas, o que lhe dá uma sensação de poder que ainda não havia experimentado na vida. O resto da turma, uma mistura de veteranos, temporários como ele e um supervisor ocasional de prancheta na mão, o apelidou de Spock assim que teve uma amostra da sua inteligência e ficou sabendo que pretendia fazer um curso superior.

Durante o verão e o início do outono, Thomas percebe que seu corpo está mudando, ficando mais forte, mais musculoso, mais esbelto e mais queimado, depois de trabalhar no sol e na chuva e aprender a usar uma picareta para cavar no asfalto e na terra dura.

— Quem você acha que vai ganhar o campeonato, Spock? — pergunta um homem magro, de pele curtida, que Thomas conhece apenas como St. Ivel, porque depois de beber cinco canecas de cerveja ele sempre arranja ou uma briga ou uma mulher.

Thomas não faz ideia de a que campeonato St. Ivel está se referindo, mas decide arriscar.

— Hum. Os Spurs?

St. Ivel faz que sim com a cabeça, como se considerasse a opção seriamente, o que deixa Thomas aliviado. Ele bebe um gole de chá no copo de plástico da garrafa térmica.

— É o que se espera que aconteça depois do que pagaram para contratar o Stewart do Man City, mas eu sou mais o Arsenal no fim de semana.

Thomas dá de ombros, sem se comprometer.

— Bem, o campeonato está só começando — comenta, torcendo para seja a coisa certa a dizer.

— Pois é — concorda St. Ivel, jogando na sarjeta a borra do chá e atarraxando de novo a tampa da garrafa térmica. — Estou até pensando em apostar uma nota de cinco na volta do Chelsea para a Primeira Divisão esse ano. O que você acha?

Thomas responde cautelosamente:

— Acho que talvez seja uma boa aposta.

St Ivel semicerra os olhos.

— Certo. Bem, vou apostar. Mas se eles não subirem, você vai ficar me devendo cinco libras. — Ele sacode a garrafa térmica. — Meu chá acabou. Spock, vai buscar mais chá para mim naquele café do outro lado da rua. Você pode ser o Dr. Sabe Tudo lá de onde veio, mas aqui é o cocô do cavalo do bandido, filho.

Em maio do ano seguinte, Thomas não está mais trabalhando no departamento de águas porque todos os temporários foram demitidos em preparação para a privatização iminente. Sua mãe aceitou relutantemente que Thomas irá para a faculdade em setembro. Entretanto, ele decide não ir para a Leeds e desiste da matrícula. Thomas fica satisfeito ao saber que o Chelsea foi promovido para a Primeira Divisão.

Ele não teve notícias de Laura desde que ela partiu. Na noite anterior à sua partida, eles fizeram um sexo morno, trivial, na sua cama. Trata-se, ele sabe no momento em que ofega, goza e desaba sobre ela, de uma transa de despedida. Na manhã seguinte, quando entra no carro para o pai levá-la a Yorkshire, Laura diz que vai escrever assim que se instalar.

Ela nunca escreveu.

Como levou muito tempo para se decidir, Thomas tem poucas opções de universidades. Ele quer ir a um lugar onde possa se esconder, estudar química e não pensar em Laura. Na verdade, gostaria de estar o mais longe possível de Leeds e de Laura. Um dia, ele volta do trabalho e encontra a mãe à sua espera na cozinha com folhetos na mão. Da Universidade de Reading.

— Eu sei que você quer ir para outra cidade — diz ela. — Mas estive pensando... se você fosse estudar em Reading, poderia continuar morando aqui. Ou, se quiser ficar num alojamento, você poderia vir para casa nos fins de semana. Ou até uma noite ou outra.

Thomas olha sem interesse para os folhetos.

— Eu nem sei se eles têm curso de engenharia química.

— Pois eles têm. Eu liguei para lá de manhã.

Thomas solta o ar de um jeito que parece ser uma risada. Ah, que ironia. Este é o castigo por ter ligado para a Leeds e perguntado se Laura podia adiar a matrícula? Ela tinha razão. Não é nada legal quando alguém quer controlar o seu destino por você.

Ao contrário de Laura, porém, Thomas se limita a fazer que sim com a cabeça.

— Tá bem, vou ligar para eles.

Uma semana depois, Thomas está matriculado.

Antes que ele deixe o departamento de águas, a turma convida Thomas e os outros ex-operários temporários para uma cerveja. Em um mundo imprevisível, é um conforto para Thomas que algumas pessoas ajam sempre da mesma forma, e St. Ivel é o melhor exemplo disso.

Thomas, com a língua destravada e a cabeça anuviada pela bebida, nem mesmo sabe o que falou para ofendê-lo, mas evidentemente disse alguma coisa que não deveria, porque assim que termina de beber o último gole da quinta caneca de cerveja, St. Ivel lhe dá um soco na cara com toda força.

— Não leve a mal, Spock — diz St. Ivel quando Thomas cai sentado no chão, com sangue escorrendo pela camisa. — E, se não me engano, a próxima rodada é por sua conta.

✳ 33 ✳

A CAMPAINHA DA PORTA

Ellie não tem trabalho hoje à noite, o que é ao mesmo tempo preocupante, já que, no momento, cada centavo é importante, e uma oportunidade para fazer algo que lhe dá prazer. Ela está exausta e não vê a hora de se sentar no sofá e não fazer nada, ou talvez pegar *Ana Karenina* e fazer o que devia estar fazendo, ou seja, o trabalho da escola. Na verdade, o que ela queria estar fazendo é o que todas as suas amigas estarão fazendo: ignorando as obrigações escolares, vegetando na frente da televisão vendo *Coronation Street* e depois comentando a respeito nas redes sociais. Ela queria estar pensando em roupas, em meninos, em maquiagem, em Netflix e em amigos; o que ela não queria era estar pensando no iminente despejo da família Ormerod. Ela precisa de um plano, mas não consegue formular um, pelo menos não no momento. Dá para esperar um pouco. Talvez James seja bem-sucedido no concurso de ciências. Talvez eles ganhem na loteria. Talvez a avó tenha um período de lucidez e entre em contato com o banco para tentar recuperar o dinheiro que transferiu para aqueles vigaristas. Mas Ellie investigou o assunto e chegou à conclusão de que isso será quase impossível sem a ajuda da polícia, e se recorrerem à polícia, isso servirá apenas para acelerar o processo de dissolução da família. A primeira coisa que a polícia irá fazer é chamar os bisbilhoteiros do Serviço Social.

— Ellie — diz James, descendo a escada de dois em dois degraus. — Eu preciso de potássio.

— Coma uma banana.

Ellie está enroscada no sofá, o livro aberto no colo, com as páginas viradas para baixo. A avó está assistindo a uma série de comédia qualquer, mas, em vez de rir, observa atentamente, como se fosse algum tipo de documentário antropológico que ela precisasse estudar. Ellie cedeu e permitiu que o aquecimento fosse ligado durante uma hora, para deixar a casa mais aconchegante.

— Não é esse tipo de potássio — diz James, que depois faz uma pausa, com as mãos apoiadas nas costas do sofá. — Pensando bem, eu acho que é, sim, esse tipo de potássio. Mas não em uma banana. Pode me arranjar potássio puro?

— Onde vou conseguir isso? No supermercado?

— Claro que não, Ellie. Na escola. Não tem potássio na minha escola. Eu perguntei. Mas é quase certo que tenha na sua, que é maior. Você pode roubar um pouquinho do laboratório de química.

— Nem o devedor ou o credor — intervém a avó, sem tirar os olhos da tela.

— Olha quem fala — murmura James.

— Eu não vou roubar nada da escola — afirma Ellie, colocando o livro na posição correta.

Todas as famílias felizes são parecidas, mas cada família insanamente disfuncional tem uma forma diferente de ser insanamente disfuncional.

— Então você não vai arranjar potássio para mim? — diz James. — É para o meu experimento. Você não quer que eu ganhe o concurso para tirar a gente dessa merda?

— Olha a língua, James — adverte a avó.

— Merda, merda, merda.

— Dá um tempo — suspira Ellie.

James se debruça nas costas do sofá e arranca o livro das mãos de Ellie, que rosna e corre atrás dele. James sai correndo, às gargalhadas, dando a volta no sofá, e mergulha na cozinha, onde Ellie o encurrala perto da geladeira.

A campainha toca. James e Ellie se entreolham por um momento e a avó diz:

— Eu atendo!

— Merda — murmura Ellie,

James joga o livro na direção dela e os dois voltam correndo para a sala de estar. Cada vez que a campainha toca, o coração de Ellie parece parar de bater e ela sente um frio na espinha.

É alguém do Serviço Social.

É uma professora que quer saber por que ela faltou à aula.

É alguém que viu a avó vagando pelas ruas.

É uma das várias pessoas que podem virar a vida da sua família de cabeça para baixo.

Depois de abrir a porta, a avó torna a fechá-la e se volta para eles com uma expressão preocupada.

— É para você, Ellie.

— Ai, meu Deus.

Será que a avó vai conseguir agir de maneira normal o suficiente para os Ormerods passarem a impressão de que vivem como dizem viver?

— É um rapaz — informa a avó. — E...

— E o quê? — pergunta James.

A avó faz um esforço exagerado para enunciar as palavras sem emitir nenhum som, contorcendo os lábios e a língua até ter certeza de que a mensagem foi compreendida através de uma mistura de mímica e leitura labial.

ELE. É. PRETO.

O QUÊ?, pergunta James, também sem emitir som.

A avó esfrega as mãos nas bochechas, como se estivesse passando um creme hidratante.

PRETO. ELE. É. PRETO.

— Acho que ela está dizendo que é o Pedro — diz James para Ellie. — Você conhece algum Pedro?

Ellie contorna o sofá, vai até a porta e afasta a avó delicadamente para o lado. A avó dá de ombros e diz em voz alta:

— Pelo amor de Deus, o que tem de errado com vocês? Eu estou tentando dizer que tem um rapaz na porta querendo falar com a Ellie...

Ellie abre a porta e vê Delil na soleira, com o uniforme da escola, apoiado numa bicicleta, um velho modelo de corrida com guidões baixos e curvos e rodas finas.

— Oi! — diz ele, com um largo sorriso.

— ... e ele é preto — completa a avó, em voz alta. — Retinto.

* 34 *

O DESTINO DE JULIE ORMEROD

— Eu sinto muito, muito mesmo — diz Ellie pela décima vez.

Ela, Delil e James estão sentados à pequena mesa da cozinha, bebendo um refrigerante de marca de supermercado. Gladys foi expulsa para a sala de estar com rigorosas instruções para permanecer sentada, vendo televisão, e não os interromper em nenhuma hipótese.

— Tá safo — diz Delil, olhando ao redor. — Já ouvi coisas piores.

— Ela tá velha — diz James. — E um pouco... — Faz um movimento com o dedo em círculos no lado da cabeça.

Ellie olha de cara feia para o irmão.

— James. Não diga isso.

— É verdade — protesta James, e depois exclama: —Ai! — quando Ellie lhe dá um chute por baixo da mesa.

— Ela é fruto da geração dela — diz Delil, encolhendo os ombros. — Não havia muitas minorias étnicas em Wigan quando ela era jovem. É o que dizem os dados populacionais. Mesmo na década de oitenta, havia poucos negros em Wigan. A maioria era feirante.

— Então você se interessa por dados populacionais? — pergunta James.

Delil dá de ombros e olha para Ellie.

— A gente estudou isso em geografia, antes do Natal. Você não se lembra?

— Hum... o que, exatamente, você veio fazer aqui? — pergunta Ellie.

Delil coloca na mesa um pedaço de papel e o arrasta na direção de Ellie.

— Te passar o número do meu telefone. Para que você possa me ligar pra gente falar da festa da semana que vem. Eu reparei que você amassou, sem querer, o papel que eu te dei na lanchonete e jogou na lata de lixo.

Ellie enrubesce e James olha para ela, surpreso.

— Você vai para uma festa?

— Meu irmão Ferdi vai ser o MC — explica Delil. — Ele é muito bom. Mas eu acho que você ainda não tem idade para ir.

— Eu não vou para festa nenhuma. Mas como você descobriu onde eu moro? — Ela faz uma careta. — Você não me seguiu até em casa, seguiu?

Delil começa a rir, uma gargalhada sonora.

— Ah, não, nada disso. Eu peguei seu endereço nos arquivos da escola.

Ellie pisca.

— O quê? Você invadiu a secretaria da escola só para conseguir o meu endereço?

— Não — responde Delil, bebendo um gole de refrigerante. Ele arrota e pisca para James. — Eu trabalho na secretaria na hora do almoço às vezes. Arquivando papéis e coisas do tipo.

Ellie faz uma careta.

— Você trabalha na hora do almoço?

Delil assente entusiasticamente.

— Se você tivesse prestado atenção em mim na escola, o que obviamente não fez, ia perceber que eu nunca sou visto nos corredores nos intervalos. É porque eu tô sempre fazendo alguma coisa. Eu quase não tenho amigos na escola. Bem, na real, eu não tenho amigo nenhum. Por isso, me ofereci pra trabalhar como voluntário. Na secretaria, no departamento de arte, no departamento de línguas, nos laboratórios de ciências... eu ajudo a arrumar as coisas, a organizar os papéis, e tô sempre à disposição pra pequenas tarefas. Aí eu fico sabendo de muita coisa. Eu posso consultar o que eu quiser nos arquivos e ninguém nem repara. Na verdade, a maioria dos professores esquece que eu tô ali. Se você soubesse as conversas que eu escutei...

Ellie levanta a mão.

— Peraí. Você pegou meu endereço na secretaria da escola. Isso é coisa de gente obcecada? Afinal de contas, qual é a sua?

Delil dá de ombros.

— Eu mesmo não sei. Só queria te ver de novo. Você não reparou como eu te olhava hoje de manhã, na aula de inglês?

Ellie se remexe na cadeira, pouco à vontade.

— Hum. O que você está tentando me dizer, Delil?

— Eu não sei! — Ele sorri. — Acho que são meus hormônios. Eles estão a mil. Eu custei para amadurecer. Por um tempo achei que era gay, até me dar conta de que eu não sinto atração por homens. Mas não consigo parar de pensar em você. — Ele mostra as palmas das mãos. — É isso aí.

— Peraí — intervém James. — Você está dizendo que tem acesso aos laboratórios de ciências?

— Isso. Eu vou estar lá amanhã, na hora do almoço.

— Você pode me arranjar um pouco de potássio?

— James! — exclama Ellie, chocada. — Você não pode pedir para o Delil roubar coisas pra você!

— Não tem o menor problema — responde Delil, com toda a calma. — Eu te arranjo potássio. Eles nem vão dar falta. O laboratório de química é uma bagunça. Pra que você precisa disso?

— É pro meu experimento. Eu vou entrar no Concurso Nacional para Jovens Cientistas. Fui selecionado para participar da final.

Delil dá um tapa na mesa.

— É um bom motivo. Conta comigo. Vou trazer amanhã.

— Peraí — diz Ellie. — Eu não disse que você podia vir aqui depois da aula. Na verdade, eu ainda estou zangada por você ter pegado meu endereço na secretaria. Eu poderia te dedurar.

Delil se recosta na cadeira.

— Poderia, mas não vai.

Ellie o encara.

— Como você pode estar tão certo disso, Sr. Hormônios?

Delil acaba de beber o refrigerante.

— Não tenho certeza. Mas acho que tem algo... algo estranho aqui. Tão estranho que você prefere não chamar atenção.

Ellie faz uma bola com o pedaço de papel que Delil lhe passou e joga em seu rosto. Ela ricocheteia nos óculos dele e Ellie diz:

— Fora.

Levantando as mãos em sinal de rendição, Delil arrasta a cadeira para trás e se levanta.

— E o meu potássio? — pergunta James.

Delil abre a porta e Gladys quase cai dentro da cozinha, curvada. Ela olha para ele e anuncia:

— Eu não estava escutando atrás da porta.

Delil arqueia uma sobrancelha para Ellie, que esconde o rosto entre as mãos e murmura:

— Ai, meu Deus.

James puxa Ellie pela manga.

— Ele ainda vai pegar o meu potássio?

Gladys endireita o corpo e olha Delil de cima a baixo.

— DE ONDE VOCÊ É? — grita ela.

— DE GIDLOW LANE — grita Delil também.

— QUE COINCIDÊNCIA! — grita Gladys, devagar. — TEMOS UMA GIDLOW LANE EM NOSSO PAÍS. FICA AQUI PERTO!

— EU SEI — diz Delil. — É DE LÁ QUE EU SOU.

— Vovó, por que você tá gritando? — pergunta James.

— Porque ele é estrangeiro. É assim que se fala com eles.

— Vovó, ele nasceu em Wigan. Ele é colega de turma da Ellie. Ele entende a senhora perfeitamente, não é, Delil?

— Ah — diz Gladys, baixando o tom de voz. — Delil. Que nome estranho!

— Meus avós vieram de Barbados na década de cinquenta. Como eles queriam se integrar, batizaram minha mãe e os irmãos dela com nomes ingleses. Mas eles todos escolheram nomes tradicionais de Barbados para os filhos. Acho que era para resgatar as origens ou algo do tipo. Eu pretendo chamar meus filhos de Alf e Mabel.

Gladys começa a rir e se volta para Ellie.

— Oh, ele é engraçado. — E olha para Delil. — Você vai voltar?

Delil coloca o dorso da mão ao lado da boca e finge sussurrar com um falso sotaque americano:

— Tenho um carregamento de potássio para entregar amanhã, mas vocês não sabem de nada, tá?

A avó dá uma gargalhada e Delil se dirige para a porta. Quando passa pelo aparador, ele para e pega a fotografia de Darren e Julie.

— São os seus pais? — pergunta a Ellie.

Ela desvia os olhos.

— São.

— Onde eles estão?

Ellie não responde. James diz:

— Papai está na prisão.

— Certo — diz Delil, colocando cuidadosamente o porta-retratos no lugar. — Deve ser difícil para vocês. E a sua mãe?

Ellie carrega o recorte de jornal consigo o tempo todo. Já está amarelado e amassado, e toda vez que ela compra uma carteira nova, o que não acontece com frequência, é a primeira coisa que transfere da velha. Ela tira o recorte da carteira e o passa para Delil.

Mãe de dois filhos morre atingida
por um motorista bêbado
Wigan Evening Post, 13 de julho de 2013

Uma mãe de dois filhos não resistiu aos ferimentos sofridos quando seu carro foi atingido por outro motorista que avançou um sinal depois de beber quatro copos de cerveja, como foi apurado durante o inquérito.

Julie Ormerod, 41 anos, de Worsley Mesnes, Wigan, estava voltando para casa do seu trabalho como gerente de uma revendedora de automóveis quando o acidente ocorreu em junho.

Trevor Blackman, 52 anos, um contador, tinha saído cedo do trabalho e ido para um pub com amigos antes de voltar para casa. Ele contou à polícia no interrogatório após o acidente que não percebeu que o sinal da Poolstock Road estava fechado e avançou no cruzamento.

O BMW que ele dirigia estava a 70 km/h em uma zona em que o limite de velocidade é 50 km/h e o teor de álcool em seu sangue era quase três vezes maior que a quantidade permitida.

O Vauxhall Corsa da Sra. Ormerod foi seriamente danificado pelo choque e ela foi declarada morta no local por paramédicos depois que os bombeiros trabalharam durante meia hora para retirá-la das ferragens.

Ela deixa um marido, o empreiteiro Darren Ormerod, e dois filhos, Ellie, de 11 anos, e James, de 6 anos.

O delegado de Wigan, Howard Smith, declarou no inquérito que a Sra. Ormerod tinha uma vida inteira pela frente e naquele dia, na hora do almoço, havia feito a reserva de uma viagem para a família à Disneylândia de Paris.

Blackman foi acusado de homicídio doloso e deverá comparecer ao tribunal no próximo mês.

Ellie não diz nada enquanto Delil está lendo. Ele faz que sim com a cabeça pensativamente e devolve o recorte. É a primeira vez que Ellie o vê sem saber o que dizer. Por fim, Delil murmura:

— Não tá safo.

— Não mesmo — concorda Ellie, acompanhando-o até a porta.

— Não tá nada safo.

✳ 35 ✳

EM BUSCA DO ANJO AZUL

— Por que você tratou ele tão mal? — pergunta James, depois que Ellie supervisiona a sua escovação de dentes.

Ele sente que precisa ir ao banheiro, porque passou o dia inteiro se segurando. A barriga está doendo um pouco. Ele sente que precisa soltar um grande peido. O que é ótimo.

— Ele descobriu nosso endereço nos arquivos da secretaria da escola e veio até aqui sem ser convidado, dá — diz Ellie, encostada na moldura da porta do banheiro. — A gente não precisa desse tipo de atenção.

— Ele parece legal.

— Só porque ele disse que ia arranjar potássio pra você. Pra que você precisa disso mesmo?

— Pra fazer um experimento. Ele é seu namorado?

— Não, não é! Mesmo que eu quisesse um namorado, se eu tivesse tempo para ter um namorado, eu não escolheria o Delil. Ele é um esquisitão. Um esquisitão intrometido.

James lava o rosto com a toalha de mão e o seca na toalha de banho que está pendurada no radiador do aquecimento.

— Eu gosto dele.

— Porque ele vai roubar coisas pra você — repete Ellie, cansada.

— Agora vai dormir.

Depois que Ellie lhe dá um beijo na testa e ele ouve a cama da irmã estalar quando ela se deita, ele afasta as cobertas e tira de baixo do colchão o isqueiro descartável que escondeu ali, entre as páginas de um pequeno bloco. Sua barriga agora está doendo de verdade e ele estica as pernas no ar e o máximo possível para trás. James vinha economizando dinheiro a semana toda para poder pagar um almoço na escola. Ele poderia almoçar de graça, mas Ellie é orgulhosa demais para fazer essa requisição à escola. Ela acha que as pessoas fariam muitas perguntas. Por isso, ele mostrou seu punhado de moedas na cantina e pediu o maior prato de repolho que seu dinheiro pudesse pagar, o que eles deram de bom grado, surpresos com a novidade de um menino de dez anos pedindo repolho.

Naturalmente, James tem um motivo secreto. Metano. Ele passou o dia todo fermentando o repolho na barriga, rezando para ter gerado metano suficiente para o que há de melhor em *ignição do flato*: o anjo azul.

Ele consulta o bloco de notas enquanto espera o peido se encaminhar para o seu cólon. Sua última anotação foi feita na semana anterior, quando conseguiu produzir uma chama de sete centímetros, aproximadamente, mas não da cor azul que estava buscando. Provavelmente, não havia comido uma quantidade suficiente de alimentos ricos em enxofre para gerar metano. Agora, porém, ele se encheu de repolho, que vem guardando no intestino desde a hora do almoço. Sua barriga está um tumulto só. É como se tivesse o Grande Colisor de Hádrons nas entranhas.

— Preparar para o lançamento — diz James baixinho para si mesmo.

Ele posiciona o braço sob a coxa levantada, acende o isqueiro e o aproxima o máximo que ousa da costura do pijama do Capitão América.

Reações. Ele se lembra das palavras do Major Tom. A ciência se baseia em reações. A química trata de reações, como a do potássio com a água. A física trata de outro tipo de reações, como acender a luz quando você aciona um interruptor. Até a biologia envolve reações, como o fato de que Ellie disse uma coisa com a boca quando ele perguntou se Delil era seu namorado, mas mudanças fisiológicas sutis, como o rubor da face e a dilatação das pupilas, disseram outra. Reações.

James sente o polegar queimando e, com um arquejo, libera o suprimento de gás. Inclinando-se para a frente, ele vê a chama do isqueiro tremular por um momento, e depois a cor amarela dá lugar a cores mais frias do espectro, sem chegar exatamente ao azul, mas indo mais longe que nas tentativas anteriores.

James desaba no travesseiro, exausto. Ele chegou perto. Esteve prestes a conseguir o mítico anjo azul. É um bom presságio. Ele vai conseguir, vai vencer esse concurso. Ganhar cinco mil libras e salvar a casa. Ele vai impedir que a família se desintegre.

Ele sorri e anota o resultado do experimento no bloco. Depois, guarda o bloco e o isqueiro embaixo do colchão. Cheira o ar.

— Eca — murmura ele. — Tá realmente fedido.

James tem um sobressalto quando Ellie diz:

— Você não está errado, seu maluquinho asqueroso.

James liga o abajur da mesa de cabeceira e vê a irmã encostada na parede, perto da porta do quarto.

— Há quanto tempo você está aí?

— Tempo suficiente. — Ela se senta na ponta da cama. — Por favor, me diz que isso é ciência e não algum tipo de perversão esquisita.

— É ciência. Você sabia que cada pessoa produz uma mistura de gases diferente? Dependendo da flora intestinal, entre outros fatores? E que se você botar fogo em seus peidos, eles provavelmente vão produzir uma cor diferente dos meus?

Ellie passa a mão no cabelo do irmão e, surpreendentemente, James não se encolhe nem a empurra para longe. Ela diz:

— Você pode mesmo? De verdade? Vencer o concurso?

— Eu acho que sim.

— Porque eu estive pensando a respeito. Não consigo pensar em outra coisa. E não vejo outra solução. Você vencer o concurso é a única coisa que pode salvar a gente. E isso me assusta, James, porque eu não estou acostumada a depender de outras pessoas. Desde que papai foi pra cadeia, eu tenho feito tudo sozinha. Eu cuido de você. Cuido da vovó. Trabalho. Vou pra escola. E não posso fazer mais do que o que estou fazendo, James. Não posso fazer mais nada além de torcer para você ganhar o concurso. E isso me deixa zangada, triste e assustada, tudo ao mesmo tempo.

James começa a roncar baixinho. Ellie passa a mão de leve na cabeça do irmão, mais uma vez, depois se levanta silenciosamente, alisa as cobertas nas quais estava sentada e sai do quarto. James estava dormindo o tempo todo. Ela falava consigo mesma. Ela está fazendo tudo sozinha. Como de costume.

Para um estrangeiro, aquele tal de Delil até que era simpático, pensa Gladys, enquanto observa o próprio reflexo no espelho de corpo inteiro que fica do lado de dentro da porta do armário. Ela está com um casaco preto, uma calça de moletom do James e suas botas de zíper com pelos na parte de cima. Os pelos não são de verdade; são imitação de pele de animal. Ela enrolou o cachecol que Ellie comprou para ela no Natal em volta da boca e do nariz, e os cabelos estão presos com uma rede preta.

— Com quem você está tagarelando? — pergunta ela para o reflexo. Faz uma pausa e olha em torno. — Não tem mais ninguém aqui. Você está tagarelando comigo?

O braço esquerdo do casaco está com um volume alarmante e ela encosta no peito o dedo indicador da mão direita.

— Tá falando comigo? — Ela olha em volta de novo. — Tá falando comigo? Bem, com quem mais você poderia estar falando?

Gladys está usando o cachecol e a rede de cabelo porque James insistiu que os justiceiros sempre usam máscaras, mas ela não conseguiu encontrar em casa nada parecido com uma máscara. Isto deve servir; nem mesmo Bill a reconheceria.

Ela sorri, mas o sorriso é difícil de ver por causa do cachecol. Depois, balança o braço esquerdo e, de dentro do casaco, surge um rolo de pastel, que ela segura com firmeza.

Escutem, seus merdas, seus desgraçados, diz Robert de Niro em sua cabeça. *Aqui está uma vovó que não aguenta mais.*

Gladys esconde novamente o rolo de pastel na manga do casaco e ensaia a manobra mais duas vezes até se dar por satisfeita de que ele vai sair com facilidade da manga para a sua mão. Depois, tira a roupa, dobra-a com cuidado, coloca a rede de cabelo e o rolo de pastel por cima, arrasta tudo para baixo da cama, veste a camisola Winceyette que comprou em 1973, deita-se na cama e se cobre com o lençol.

✳ 36 ✳

NO FUNDO UM BOM HOMEM

Quando Ellie volta da escola, fica apenas ligeiramente surpresa ao ver Delil sentado na poltrona da avó. James está no sofá, com vários recipientes brancos de plástico no colo.

Ela diz:

— Então você voltou.

— E com presentes — diz Delil.

— Ele trouxe muita coisa! — diz James. — Potássio, peróxido de hidrogênio, lítio…

Ellie faz um som de desaprovação.

— Espero que isso não nos traga problemas, Delil.

— Eles nem vão dar falta.

— Posso ir para o meu quarto e fazer alguns experimentos? — pede James. — Por favor?

— Só se você tomar muito cuidado. — Ellie olha para Delil. — Essas coisas são perigosas?

— Como é que eu vou saber? — retruca Delil. — Mas com certeza eles não teriam isso na escola se fosse perigoso.

— Cadê a vovó? — pergunta Ellie, enquanto James reúne os recipientes.

— Tá dormindo. Dei uma olhada no quarto dela, mas ela tá apagada.

Quando James sobe em disparada a escada, Ellie joga a mochila em um canto e Delil diz:

— Quer uma xícara de chá?

— Você já pode ir agora — diz ela, sem olhar para Delil. E acrescenta: — Obrigada por trazer aquelas coisas para o James. Mas eu não quero que ninguém se meta em encrencas.

Delil olha para ela por um momento.

— Vocês já estão encrencados?

— O que o James andou te contando?

— Nada. Ou melhor, nada que faça sentido pra mim. Ele disse que anda conversando com o homem que está indo pra Marte. — Delil balança a cabeça. — As crianças às vezes têm uma imaginação...

— A gente está muito bem. Mas como foi que você chegou aqui? Aquela bicicleta que está lá fora é sua?

— É. É mais rápido que andar de ônibus. — Ele passa a mão pelo cabelo. — Mas por que você trabalha tanto na lanchonete?

— Não é só na lanchonete. Eu também trabalho numa loja de produtos poloneses. É para lá que eu vou hoje à noite. E amanhã. Nos domingos, eu trabalho com soldagem.

— Parece que você está cuidando de todo mundo — diz Delil. — A sua avó... ela é um pouco... ela está ficando gagá, não tá?

— Isso não é nem um pouco da sua conta.

— Por que o seu pai está na cadeia?

James desce correndo a escada e vai para a cozinha, de onde surge segundos depois com uma tigela com água até a metade. Ellie diz a ele:

— Você precisa aprender a manter a boca fechada.

James olha para Delil.

— Você pode me emprestar os seus óculos?

— Ele já está de saída — diz Ellie.

— Posso — diz Delil, tirando os óculos e entregando-os a James. — Para quê?

— Proteção — explica James, desaparecendo escada acima.

Delil olha para Ellie com os olhos semicerrados.

— Você é muito bonita quando eu não tô de óculos.

— Vai se ferrar. — Ellie se senta no sofá. — Minha mãe morreu num acidente de carro. Meu pai está na prisão. Isso é tudo que você precisa saber.

— Mas *por que* ele está preso?

Ellie fez James ir para a escola, mas pede à avó para ligar para lá dizendo que ela está doente. O pai está sendo sentenciado pelo tribunal de Liverpool por participar do assalto a um armazém perto de Skelmersdale. Eles não foram levados a júri porque os cinco confessaram ter participado do crime quando foram presos no dia seguinte. Aquela foi a manhã em que Darren Ormerod se reuniu com Ellie e a avó na sala de estar.

— Aconteceu um imprevisto — diz ele. — Não quero entrar em detalhes, mas transferi todo o dinheiro da minha conta para o seu banco, mamãe, e coloquei o aluguel e algumas outras contas em débito automático. Não precisam mexer em nada. Tem dinheiro suficiente para cobrir todas as despesas durante... bem, durante muito tempo. Se contarmos com o dinheiro do seguro.

— Do que você está falando? — pergunta Ellie. — O que aconteceu?

— Eu te conto mais tarde. Vá para a escola. Pode não ser nada.

— Você vai trabalhar hoje? — pergunta Ellie. A van de Darren está parada em frente à casa. As ferramentas estão na cozinha. O trabalho tem sido esporádico nos últimos tempos.

— Eu vou conversar com vocês à noite.

Quando Ellie volta da escola, a avó está sentada na poltrona, chorando.

— A polícia veio buscar seu pai — diz ela, com os olhos vermelhos. — Levaram ele. O seu pai.

O juiz do tribunal de Liverpool coloca os óculos e examina os autos do processo. Ellie está na plateia e olha para o pai, que foi mantido em custódia desde o dia em que foi preso, há quatro semanas. Estão em julho, quase no fim do ano letivo. Darren Ormerod parece pálido e assustado, de pé no tablado com outros quatro homens que Ellie não conhece.

O juiz pigarreia.

— As evidências colhidas e as audiências anteriores deixam claro que essa foi uma ação que deu errado do começo ao fim. Vocês cinco pretendiam arrombar um depósito e roubar uma quantidade considerável de bebidas, que planejavam vender e assim obter uma soma considerável de dinheiro. Se tivessem investigado previamente o local do crime, saberiam que o armazém era vigiado durante a noite por um segurança. É evidente, porém, que a presença do vigia foi uma surpresa e vocês tinham apenas começado a transportar as garrafas de bebida para uma van quando ele apareceu. Se tivessem desistido do roubo nesse momento, não estariam aqui hoje. Entretanto, ao serem interpelados pelo vigia, o Sr. Stephenson, um de vocês, o réu Gary Wilkins, o atacou com um martelo, causando-lhe sérios ferimentos. Vocês entraram em pânico, como costuma acontecer em casos semelhantes, e decidiram fugir da cena do crime com as poucas garrafas que já estavam na van. Vocês tinham instalado placas falsas no veículo, mas uma delas tinha sido mal colocada e saiu do lugar, permitindo que o Sr. Stephenson, mesmo gravemente ferido, anotasse a placa verdadeira da van.

O juiz olha por cima dos óculos para cada um dos cinco homens e depois diz:

— Vocês, cavalheiros, em suma, são uns trapalhões, mas por causa da violenta agressão ao Sr. Stephenson, isso se tornou um crime muito mais grave que um simples roubo. Por outro lado, todos se declararam culpados na primeira oportunidade e este tribunal considera isso um atenuante.

O juiz pigarreia e consulta os autos por um tempo que parece interminável. Ellie sente que vai desmaiar ou explodir. A avó segura sua mão com força. O juiz diz:

— Primeiro, vou tratar do caso de Darren Ormerod. O Sr. Ormerod pode ser considerado um participante menor do crime. Foi procurado pelos outros, que conhecia apenas superficialmente, porque era dono de uma van, que usava em sua profissão como empreiteiro, e porque eles sabiam que estava em dificuldades financeiras e com pouco serviço para fazer.

O juiz tira os óculos, olha diretamente para Ellie e Gladys e depois olha de volta para Darren.

— Sei que sua esposa faleceu faz algum tempo e que o senhor tem de cuidar sozinho dos seus dois filhos. Compreendo que está passando por momentos difíceis, Sr. Ormerod, mas isso não é desculpa para recorrer a atividades criminosas, mesmo que seja para melhorar a situação dos seus dependentes.

Ellie nunca foi religiosa, mas se surpreende rezando para um deus informe, uma vaga lembrança da infância. *Por favor, por favor, por favor. Não deixe que mandem o papai para a prisão.*

— O senhor fez uma confissão franca e completa à polícia, e estou convencido de que sofreu uma forte coerção por parte dos outros réus — diz o juiz. — Entretanto, isto é apenas meu instinto e minha opinião; o senhor não forneceu provas contra os outros acusados, mostrando que pode existir lealdade entre ladrões, não importando o quão mal empregada. Mas embora este tribunal tenha de se basear em fatos e provas, não posso deixar de considerar meus instintos e minhas opiniões. Darren Ormerod, o senhor foi pressionado a participar desta infeliz empreitada. Os outros réus sabiam que o senhor estava tendo dificuldades para conseguir trabalho e precisava de dinheiro para sustentar dois filhos e sua mãe, que o ajudava a cuidar das crianças enquanto o senhor trabalhava por muitas horas. Eles tiraram proveito da sua situação aflitiva e lhe fizeram uma oferta que, para eles, era irrecusável. O senhor deveria ter recusado, porque é, no fundo, um bom homem. Mas não recusou. E assim ingressou no mundo do crime, e mesmo que tenha feito isso como último recurso e pensando no bem da sua família, cometeu um erro imperdoável.

Por favor, por favor, por favor, pensa Ellie. Vou começar a ir à igreja todos os domingos.

O juiz arruma e alisa os papéis.

— Pelas razões expostas, estou inclinado a ser leniente.

Ellie se dá conta de que parou de respirar e se permite exalar lentamente.

— Mas isso não quer dizer que a lei deixe de agir como um instrumento para proteger a população e desencorajar a prática de atos ilícitos. Darren Ormerod, eu o sentencio a dois anos de reclusão.

Ellie começa a chorar convulsivamente.

— Quando foi que isso aconteceu? — pergunta Delil. — Com certeza ele vai cumprir só metade da pena.

— No verão passado — responde Ellie. — O que quer dizer que ele vai passar mais uns seis meses na cadeia.

Delil sorri. Os olhos dele parecem menores quando está sem óculos.

— Tá safo. Então não falta muito tempo.

— Falta, sim. E que história é essa de safo? Você usa essa palavra o tempo todo.

Delil dá de ombros.

— É uma gíria dos *bajans*. E bajan é uma gíria pra barbadiano. Que é o nome que se dá para quem vem de Barbados. Meu vô dizia isso o tempo todo. Safo. Isso quer dizer legal ou bom. Eu gosto. Passa uma sensação de... segurança. Inclusão. Safo. A gente pode aprender muita coisa com as pessoas mais velhas.

— Não com a minha vó — comenta Ellie.

Delil olha para ela com um ar pensativo.

— Ela está em condições de cuidar de vocês?

— A gente não tem escolha — diz Ellie, levantando-se. — Ela só começou a ficar assim depois que o papai foi preso. Não conta pra ninguém, tá? Você não vai falar sobre ela pra ninguém... — Ela olha em volta e franze o cenho. — Ela não deveria estar dormindo a essa hora.

Ellie se dirige para a escada e Delil a segue. Ela chega ao quarto da avó e abre a porta. Delil fica parado atrás dela. Ellie pode sentir a respiração do rapaz no seu pescoço. As cortinas do quarto estão fechadas e ela pode ver a forma do corpo da avó sob as cobertas.

— Vovó — sussurra. A forma não se move. Ela repete mais alto. — Vovó.

— Você acha que...? — pergunta Delil, baixinho.

Ellie entra em pânico. Ela sentiu a mesma coisa quando o pai foi preso. Calor e frio ao mesmo tempo, como se fosse perder os sentidos, a cabeça latejando.

— Vovó? — grita ela.

E então ela entra correndo no quarto, puxando as cobertas, e nesse momento sente a casa tremer; ouve o som de uma explosão e Ellie pensa que chegou a hora, que o seu mundo finalmente desabou. Está tudo acabado.

Mas Delil segura sua mão; ele também ouviu a explosão, também sentiu os tremores. Ellie olha para a cama. Dois travesseiros foram colocados ao comprido na cama, embaixo das cobertas. O truque mais antigo do mundo. Em seguida James sai do seu quarto, do outro lado do corredor, e Ellie e Delil se viram para ele, que está envolto em uma nuvem branca e com o cabelo sujo de reboco, os óculos de Delil cobertos por um pó branco.

— Isso. Foi. IRADO! — exclama ele, com um sorriso.

A porta da casa se abre e a avó grita alegremente do andar de baixo:

— Olá! Alguém em casa?

✴ 37 ✴

QUEDA LIVRE

— Eu fiz merda — diz James ao telefone.

Ele está deitado na cama, olhando para o buraco no teto.

— Olha a boca suja — diz Thomas. — E o que você fez?

James conta que colocou uma tigela com água no chão do quarto e jogou nela uma colher de sopa de potássio.

— O quê?! — exclama Thomas. — Minha nossa! Você podia ter ficado sem metade do rosto! Por que raios você foi fazer uma coisa dessas?

— A ideia foi sua! — acusa James.

— Não foi, não! — protesta Thomas. — Eu perguntei se você sabia o que acontece quando se coloca potássio na água! Eu não disse para você fazer isso. Meu Deus. Você podia ter mandado a casa pelos ares.

— Eu quase fiz isso. Mas como eu vou saber o que acontece se eu não experimentar?

— Você nunca ouviu falar em teoria? — pergunta Thomas. Ele canta em *staccato*: — *Albert said that E equals MC square*.

— Que diabo é isso?

— Isso é a Teoria da Relatividade de Einstein — suspira Thomas. — Caramba, você não aprendeu nada na escola?

— Eu sei o que quer dizer $E = mc^2$ — diz James. — Eu perguntei dessa música idiota que você cantou.

— Ah. O nome da música é "Einstein a go-go". Um sucesso do Landscape. Eu não esperava que você conhecesse.

— Eu já ouvi Maj... quero dizer, "Space Oddity". Do David Bowie. No YouTube — diz James. — Eu gostei bastante. Mas é um pouco triste. Gostei também daquela outra, "Starman". E "Life on Mars". Ele só cantava músicas espaciais?

— Foi só uma fase. Você já ouviu *Diamond Dogs*?

— Uma fase? Como a puberdade? A Ellie disse que eu tô chegando cedo à puberdade e é por isso que sou tão esquisito. Eu disse que ela devia conversar mais vezes com você se ela quiser saber como é ser esquisito de verdade.

James ouve Thomas respirar fundo. Ele fica um pouco emocionado ao pensar no Major Tom lá em cima, dentro daquela lata de sardinha, longe do mundo, como na música. Antes que Thomas diga mais alguma coisa, James pergunta:

— Como alguém treina para ser astronauta?

Thomas faz uma pausa, depois responde:

— Eu fui pra Rússia. Fiquei num lugar chamado Cidade das Estrelas.

— Você viajou no Cometa do Vômito?

— Eu sabia que você ia perguntar isso — diz Thomas, com um ar de desaprovação. — Por que os meninos se interessam tanto por funções corporais?

— Alguém sabe como se diz "nem que a vaca tussa" em russo? — pergunta Thomas.

— Não precisa falar russo — diz o homem corpulento de cabeça raspada, farto bigode e olhos risonhos. — Eu falar inglês sem problema. E você não poder recusar se quer viajar pro Marte.

O nome do homem é Sergei, mas ele prefere ser chamado de O Suricato desde que um ex-*trainee* de astronauta o achou parecido com o personagem de uma série de anúncios de comparação de preços de seguros na TV britânica, cuja popularidade Thomas considera um dos fatores responsáveis pela decadência da civilização ocidental. O Suricato descreveu em detalhes o treinamento em gravidade zero que vai acontecer naquela manhã na Cidade das Estrelas, perto de Moscou. Thomas vai passar os próximos seis meses ali, preparando-se para a histórica viagem a Marte. Contanto que sobreviva a esse treinamento.

Faz um frio de rachar e um vento gelado sopra na pista de pouso, no meio da antiga Vila Militar Nº 1. À frente deles está a forma gigantesca e deselegante de um avião *Ilyushin Il-76*, abastecido e pronto para decolar. O Suricato anuncia, orgulhosamente:

— O Cometa do Vômito. Vamos lá.

O interior do antigo avião de carga comercial está completamente vazio e lembra um corredor saído de um filme de ficção científica da década de 1970. Corrimões foram instalados no nível da cintura e acima da cabeça. Thomas está com um traje de voo verde e O Suricato o instrui a colocar o capacete enquanto as turbinas zumbem e depois começam a roncar ganhando vida. Thomas tem que gritar para se fazer ouvir:

— Por que o seu capacete tem uma viseira e o meu não?

O Suricato ri enquanto o avião acelera e Thomas se segura no corrimão.

— Você já vai descobrir — responde ele, baixando a viseira.

— O avião vai descrever grande parábola de ângulo de 45 graus. Chegando no alto, nós ficar sem peso. Apenas por poucos segundos, mas é como estar no espaço.

Enquanto o avião sobe, com Thomas agarrado ao corrimão para não cair de costas, O Suricato aperta o botão de um velho CD player acorrentado à parede. "Dancing On The Ceiling", de Lionel Ritchie, emerge metalicamente dos pequenos alto-falantes no momento em que a aeronave chega ao ponto mais alto da trajetória. Thomas sente seu corpo pairar e girar no ar. Ele se segura no corrimão enquanto O Suricato ri às gargalhadas.

— O espaço! Sem peso!

O avião começa a descer e o estômago de Thomas se embrulha e ele lança um jorro de vômito que acerta O Suricato bem no meio do capacete.

— Agora você saber por que viseira! — diz ele, alegremente, limpando-a com a manga do uniforme.

— Minha nossa! Quantas vezes eu vou ter que fazer isso?

O avião começa de novo a subir.

— Até parar de vomitar! — grita O Suricato.

Thomas acha a música seguinte do CD, "Free Fallin", de Tom Petty, um pouco mais palatável que Lionel Ritchie, mas isso não impede seu estômago de protestar novamente quando começam a descer pela segunda vez.

É apenas na sétima sessão de falta de peso, que Thomas está aprendendo a apreciar e, naturalmente, é ao som de "Space Oddity" de David Bowie, que Thomas consegue reter o que resta do café da manhã na sua barriga. O Suricato o aperta em um grande abraço de urso e berra:

— Vês? É fácil!

* * *

— Isso é irado — comenta James. — Nossa, como eu gostaria de fazer isso.

— Se inscreva no programa de astronautas da BriSpA e pode ser que te chamem.

— É mesmo? Você acha possível?

— Qualquer coisa é possível. Principalmente se você ganhar o concurso. Agora me fala: quais são suas ideias?

James pensa por um instante.

— Além de explodir o potássio, não muitas. Você não pode só me dizer o que fazer?

— Não. Porque aí eu vou ter vencido o concurso, e não você.

James olha para o buraco no teto.

— Eu não consigo. Eu não consigo ter uma ideia que ninguém nunca teve. Isso é impossível.

— Então você não é um cientista — afirma Thomas. — Desculpe, mas é verdade. Se você está desistindo, me avisa, porque eu tenho palavras cruzadas para fazer.

— Você não se importa! — grita James. — A gente não é nada para você! A gente é só uma família pobre de Wigan! Você deve estar rindo da nossa cara aí do espaço!

Há uma longa pausa e depois Thomas diz:

— Eu não estou rindo de você.

— Mas você não se importa.

— O que você quer que eu diga? — grita Thomas. — Não é nada pessoal. Eu não me importo com ninguém. Se importar não te leva a lugar nenhum. A ciência não se *importa*. Ela simplesmente faz. Ela resolve problemas. Agora pense nisso. A ciência resolve problemas. Que problema a ciência pode resolver para você? Que coisa poderia fazer sua vida melhor, nesse momento? Pense num problema e depois resolva-o de um jeito que ninguém pensou em resolver. O que tornaria sua vida melhor?

James continua a olhar para o buraco no teto. Depois diz, baixinho:

— O papai voltar para casa.

✷ 38 ✷
TALVEZ VOCÊ SEJA O PRIMEIRO HOMEM A PISAR EM MARTE

Quando Thomas tem certeza de que o pai não vai mais voltar para casa, resolve visitá-lo no hospital. Frank Major está na cama, magro e abatido. O câncer começou nos pulmões, fruto de trinta Woodbines por dia, amadureceu com o passar dos anos e colonizou o resto do corpo até ele ser mais câncer que homem.

O que é algo em que Thomas vem pensando há algum tempo, do jeito soturno, amargo e poeticamente triste que apenas os jovens de dezesseis anos são capazes de pensar. Thomas não levou flores nem chocolates. Ele levou apenas a si próprio, armado com jeans rasgado e um casaco camuflado, sentado com as costas encurvadas na cadeira de plástico ao lado da cama, observando o pai com um olhar neutro. O hospital cheira a desinfetante e vasos sanitários, morte e falta de esperança.

— Tô acabado — suspira Frank, cada respiração um tormento, cada palavra um Everest a galgar. — É o fim.

— É — concorda Thomas.

— Só isso? — diz Frank. — Isso é tudo?

A mãe levou Peter para se despedir naquela manhã e os dois voltaram para casa com olhos avermelhados e chorando aos soluços. Ela implorou a Thomas que fosse. Era a última chance de vê-lo. "Para acertar as coisas", disse ela, embora não tivesse ideia do que havia para acertar. Exceto que na primeira metade da vida, Thomas idolatrava o pai, amava-o como se fosse o único menino do mundo com um pai. E depois, na segunda metade, parecia odiá-lo,

Thomas aperta o lábio inferior com o indicador e o polegar e olha para o cobertor verde que cobre o corpo esquelético do pai. Ele preferiria estar em qualquer outro lugar. Preferiria que fosse o dia seguinte, a semana seguinte, o ano seguinte. Preferiria que tudo já tivesse acabado.

— A gente... costumava ser tão... grudado.

— É mesmo? — diz Thomas, displicentemente. — Eu não me lembro.

A dor amortece por um instante a fraca luz nos olhos de Frank. Ele estende a mão para a máscara pousada em seu peito e a coloca no rosto, inalando sofregamente o oxigênio que lhe falta. Thomas percorre com o olhar o pequeno quarto e nota pela primeira vez a falta da sonda que constantemente injetava no sangue do pai um coquetel de medicamentos.

Seguindo os olhos do filho, Frank tira do rosto a máscara de oxigênio e diz:

— Eu pedi para eles suspenderem os medicamentos.

Thomas o encara pela primeira vez.

— Por quê?

O pai dá de ombros de leve.

— Eles me deixavam muito mal.

— Mas estavam prolongando sua vida.

Frank respira de novo com o auxílio da máscara.

— Retardando... o inevitável. De que adianta viver mais alguns dias?

Thomas pensa no que a mãe disse quando chegou do hospital com Peter. *Ele está morrendo, Thomas. Rápido demais. Se a gente tivesse só mais alguns dias com ele. Era tudo o que eu queria.*

Ele diz ao pai:

— A decisão é sua.

Frank pousa a mão ossuda na manga do casaco de Thomas, e Thomas se encolhe. Frank diz:

— Você tem que me contar... enquanto eu ainda tenho algum tempo. O que aconteceu entre a gente?

Thomas sorri sarcasticamente.

— Você realmente quer que eu acredite que você não sabe?

— Me conta — diz Frank, apertando de leve o braço de Thomas. — Por favor.

Thomas fecha os olhos.

— *Star Wars*.

Frank recolhe a mão e a usa para se servir de um pouco mais de oxigênio.

— Ah. Aquilo. Eu não... não achei que você se lembrasse daquilo.

Thomas arregala os olhos.

— Você achou que eu tivesse esquecido? De que você me deixou sozinho no cinema? De que eu saí no escuro para procurar você? De que eu vi você com... com as mãos naquela mulher?

Frank não diz nada. Fica apenas olhando para o filho, enquanto inala mais oxigênio da máscara. Thomas diz:

— No caminho para casa, você disse que ela era apenas uma amiga e que você estava praticando golpes de luta livre com ela no carro. Porque é isso que os amigos fazem. Luta livre. De brincadeira. Você acha que eu acreditei? Pensou que eu era um retardado ou coisa parecida?

— Você era pequeno... — diz Frank. — Eu pensei...

— Você pensou que podia me enganar? "Não conta pra sua mãe", você disse. "É uma surpresa. Ela não sabe que eu estou treinando sem ela." Francamente, pai. Sério?

— Mas você... não contou para ela — diz Frank. — Por quê?

Thomas levanta as mãos.

— Porque mesmo quando eu tinha oito anos eu sabia que você estava errado e que você era um desgraçado traidor e mentiroso. E eu sabia que ela ficaria arrasada se soubesse. Então, eu fiquei de boca fechada e... o quê? Você achou que eu tinha acreditado naquela baboseira? Praticando luta livre! Pelo amor de Deus!

Frank não diz nada. Thomas estende as mãos.

— Sua vez. Por quê? Por que você fez isso?

Frank balança a cabeça, tristemente.

— Eu não sei. Não posso explicar. Sua mãe... ela estava grávida de Peter. As coisas não estavam... Bem, eu não... espero que você entenda agora. Talvez quando for... mais velho. Talvez você me entenda melhor quando tiver... filhos.

Thomas ri, um som seco, áspero, sem humor.

— Ter filhos? Eu? Acho que não.

— Você só tem dezesseis anos. Quem sabe mais tarde...

Thomas se inclina até quase encostar o seu rosto no do pai e diz, entre os dentes:

— Você acha que eu vou sequer pensar em ter filhos e correr o risco de me tornar o tipo de pai que você foi?

— Thomas... — diz Frank, mas Thomas já se levantou.

— Já vou indo, pai.

— Thomas — diz Frank, quase sem fôlego. — Você precisa... você precisa cuidar da sua mãe. Me promete?

Thomas dá de ombros.

— Promessas valem alguma coisa para você? Além disso, quem é você para me dizer o que fazer?

— Continue a estudar ciências — diz Frank. Ele tenta sorrir. — Talvez um dia você descubra a cura do câncer.

— Talvez — concorda Thomas, com um sorriso irônico. — Ou talvez eu seja o primeiro homem a pisar em Marte. Milagres acontecem, eu acho.

— Sua mãe... ela quer que eu volte a tomar os medicamentos — diz Frank.

— Faça o que quiser, como você sempre fez.

— Vou fazer a vontade da sua mãe se você concordar — murmura Frank. — Se você disser que me perdoa, ou pelo menos conversar comigo mais um pouco. Se você... me escutar. Se me deixar... explicar.

Thomas se dirige para a porta.

— Acho que já dissemos tudo que havia para ser dito.

Quando está passando pela sala de espera, Thomas vê a mãe. Ela se levanta e segura os seus braços.

— Como ele está? Você falou com ele?

Thomas olha ao redor.

— Cadê o Peter?

— A Sra. Jenkins, do número doze, está tomando conta dele. Eu disse que você o pegaria quando voltasse do hospital. Seu pai... seu pai contou que parou de tomar os medicamentos?

Thomas faz que sim com a cabeça e a mãe diz:

— Eu implorei para ele continuar. Só para a gente ter mais alguns dias com ele. Eu sei que os remédios o deixam muito mal, mas... ele comentou alguma coisa com você?

— A decisão é dele — diz Thomas, secamente.

Ele não consegue suportar o olhar de desespero da mãe. Ele sabe que tudo o que precisa fazer é voltar lá e dizer ao pai que vai ouvir suas explicações, e Frank Major vai voltar a tomar os remédios, embora eles o façam passar muito mal, e a mãe vai ter o que deseja. Em vez disso, ele diz:

— É melhor eu ir buscar o Peter.

A mãe faz que sim com a cabeça e leva a mão à boca. Thomas caminha rapidamente até a saída do hospital e quando chega ao saguão começa a correr, passando direto pelo estacionamento, pelo portão, pela rua. Ele nunca correu antes, não daquela forma. Mas não consegue parar. Ele sente a culpa e a tristeza se desprenderem, como se não pudessem acompanhá-lo. E ele sabe que se parar de correr vai voltar ao hospital e dizer ao pai para continuar a tomar os remédios, para fazer a vontade da mãe. Mas Thomas não quer que isso aconteça. Ele quer ver Frank Major morto e esquecido. Por isso continua a correr, deixando tudo para trás, sentindo o prazer nunca antes experimentado da endorfina inundando seu corpo, que o faz esquecer a dor no baço e a ardência nos pulmões. Ele poderia correr para sempre, se é isto o que a corrida faz: livrá-lo de todo o sofrimento. Assim, ele decide, é o que vai fazer. Correr para sempre. De todo mundo.

— Ele cometeu um erro — diz James. — Mas não deveria passar o resto da vida pagando por ele, né? Nem a gente, né?

— Concordo. — Thomas leva algum tempo para se dar conta de que James está falando de Darren Ormerod, e não de Frank Major. Ele balança a cabeça para afrouxar as memórias, para descartá-las, e diz: — Tudo bem. Vamos trabalhar com isso. Você quer que seu pai volte para casa, mas ele está na prisão. O que você pode fazer?

Há uma pausa, e depois James diz:

— Eu posso arranjar um helicóptero, ir até a prisão e fazer um buraco no muro com as armas dele. Aí, ele sai e eu solto uma escada de corda...

— Isso é um filme de ação, não um experimento científico!

— Tá bem! — exclama James. — Você tem alguma ideia brilhante?

— Não — diz Thomas, mais calmo. — Mas você tem. Você teve uma boa ideia. Agora só precisa desenvolvê-la. Vamos lá, pense. Vamos discutir o assunto. Seu pai está na prisão, mas ele é basicamente um bom homem, é isso que você está dizendo?

— Ele é um homem fantástico! — exclama James. — É o melhor pai do mundo. Deixando de lado que ele foi burro e eu o odeio.

— Entendi. Então ele está na cadeia. Mas... e aí? Você não acha que ele deveria ser punido pelo que fez?

— Não — responde James, baixinho. — Quer dizer, não, eu acho que ele deveria ser punido, mas talvez não precisasse estar na prisão. Não o tempo todo.

— Como assim? — diz Thomas. — Explique melhor.

— Porque como ele vai poder mostrar que é um bom homem ficando na prisão? Ele está no meio de todo tipo de ladrões, assassinos e gente assim. Ninguém se importa se ele é um bom homem ou não. Eles só querem que ele coma pão e beba água e veja o sol nascer quadrado.

— Então, se as autoridades pudessem saber que seu pai é um bom homem, talvez... o quê?

— Talvez eles diminuíssem a pena.

— E como seu pai poderia mostrar que é um bom homem?

— Fazendo todas as coisas que ele faz para ser um bom pai! — diz James, com um tom de impaciência na voz. — A gente tá só andando em círculos aqui.

— Não, não tá. A gente tá andando em linha reta de um problema para uma solução.

— Ele não devia estar na prisão — afirma James, de novo. — Eles deviam... como se diz quando você tá preso, mas pode ficar em casa?

— Prisão domiciliar, talvez?

— Isso mesmo. Ele deveria ser colocado em prisão domiciliar. Assim ele poderia continuar a ser um pai e eles poderiam ver que ele é um bom homem. Ele podia...

Há uma pausa e Thomas sorri. James, ele sabe, está no caminho certo. Thomas sente um leve arrepio na nuca. James diz, devagar:

— Ai, meu...

✳ 39 ✳

DUAS VEZES OU MAIS

No dia do enterro de Julie Ormerod, está fazendo um calor de rachar. James tem apenas seis anos de idade. As pessoas continuam conversando, em voz baixa, acima da sua cabeça. Amigos pesarosos e parentes distantes o abraçam, passam a mão na sua cabeça e dizem que é uma tragédia, e que ele não entende.

James entende perfeitamente. Um homem mau bateu no carro da mamãe e ela morreu.

— Ela agora está no céu — diz uma mulher de casaco de pele apesar do calor, ao lado de James na terra seca na qual cavaram um buraco retangular para o caixão de Julie. — Ela é um anjo.

James olha para ela, interrogativamente.

— Eu não acredito em Deus — diz ele.

A mulher leva a mão à boca e faz que sim com a cabeça.

— Eu entendo isso. Entendo que você esteja com raiva.

James dá de ombros.

— Eu não tô com raiva. A Terra foi criada há quatro bilhões de anos e meio, não em seis dias por Deus, como diz a Bíblia. Eu acredito na ciência. — Ele se adianta para pegar um punhado de terra (tão seca que é apenas poeira, literalmente) e a joga no caixão. Ele olha de novo para a mulher, cujo nome desconhece. — Eu não tô com raiva. Eu só tô triste.

Ellie chora sem parar desde que a mãe morreu. Ela está de pé ao lado do pai quando a procissão de amigos e parentes passa por eles em fila única, dando tapinhas no ombro de Darren e beijando Ellie no topo da cabeça. Todos vão voltar para a Santus Street, onde a vovó fez sanduíches e todos irão beber cerveja morna, contar histórias sobre Julie e rir e chorar até de madrugada. James se aproxima de Ellie e do pai, e Darren abraça os dois.

— Eu quero a mamãe de volta — diz Ellie.

Os braços fortes de Darren apertam os dois com força.

— Eu também quero a mãe de vocês de volta. Mas enquanto nos lembrarmos dela, ela estará conosco.

James esfrega as mãos sujas de terra.

— Mas não vai ser a mesma coisa.

— Não — concorda Darren. — Não vai. Mas a gente tem que superar isso e tem que fazer isso juntos. Agora somos só nós três. Eu, você e Ellie.

James pensa a respeito.

— Quem vai fazer a comida quando a gente voltar da escola? Você vai parar de trabalhar?

— Seria bom se eu pudesse. Vou ter que trabalhar ainda mais. Eu estava pensando... o que acham de chamar a vovó para morar com a gente?

— Ela vai fazer a gente beber Coca-Cola sem gás igual quando a gente vai visitar ela no dia de Santo Estêvão? — pergunta James.

Darren sorri.

— Não. Nada de Coca-Cola sem gás. Eu prometo.

Ellie levanta os olhos para o pai e pergunta:

— Por que você está dizendo que vai ter que trabalhar mais?

Darren beija a filha no topo da cabeça.

— Nossa única fonte de renda agora é a minha. Vou ter que trabalhar duas vezes mais. Mas não se preocupe com isso. Tudo vai dar certo.

Os últimos parentes e amigos caminham entre as lápides em direção à rua. James diz:

— Se você vai ter que trabalhar duas vezes mais porque a mamãe não está mais aqui, isso significa que você também vai ter que amar a gente duas vezes mais?

Darren Ormerod cambaleia, se apoia nas crianças e diz, com voz embargada:

— Sim, é exatamente isso. Duas vezes mais. No mínimo.

— Preciso de umas coisas — diz James a Ellie quando ela desce a escada com o uniforme da loja. Ela tem que trabalhar de manhã e não gosta de ver James pulando no sofá.

— Eu consegui — afirma James. — Já sei qual vai ser meu experimento. É irado. Mas vou precisar de umas coisas.

— Eu espero que você não exploda a casa de novo — comenta a avó da poltrona.

Ellie olha para ela de cara feia. Gladys não deu uma explicação satisfatória para sua ausência na tarde anterior; disse apenas que tinha "saído para dar um passeio". Ellie ficou bastante desconfiada, mas nada de ruim parece ter acontecido e a avó voltou para casa aparentemente inteira. O disfarce dos travesseiros na cama é um motivo para preocupação, mas ela argumentou que precisava de ar e não queria que as crianças se preocupassem.

— Ela está certa — diz Ellie a James. — Nada de explosões.

— Eu só preciso de um pouco de massa de modelar — diz James. — E algumas caixas de papelão. E lâmpadas de LED. Acho que Delil pode conseguir as lâmpadas no laboratório de ciências.

— Eu posso conseguir as caixas na loja — diz Ellie. — E posso comprar massa de modelar no setor de brinquedos. O que você tem em mente?

James descreve o seu plano e a avó diz:

— Isso parece completamente maravilhoso.

— Na verdade, isso realmente parece uma boa ideia — concorda Ellie. Ela andou lendo o site do concurso na internet, que sugere que o experimento vencedor deve ter "aplicações práticas e sociais". O experimento que James propõe parece corresponder a essa descrição. — Foi o Major Tom que sugeriu isso?

— Não! — exclama James. — A ideia foi minha! Ele só me colocou no caminho certo.

Ellie pensa por um instante.

— É genial, mesmo. Parabéns, James. — Ela morde o lábio. — Caraca, pode ser que você ganhe o concurso, no fim das contas!

— Ainda temos que avisar pra escola que eu vou participar — lembra James. — Eles vão querer falar com meu responsável--barra-tutor.

Ellie faz que sim com a cabeça.

— Vou falar com eles segunda-feira de manhã. A vovó pode escrever uma carta dando a permissão dela e eu direi a eles que ela está ocupada fazendo… fazendo caridade ou coisa parecida e não tem tempo de ir até a escola.

A avó bate palmas e começa a cantar:

— *We are the champions, my friends! And we'll keep on fighting till the end!*

Ellie ri e se junta a avó, dando um tapinha em James:

— *We are the champions, we are the champions!*

— *No time for losers!* — grita James, dando um soco no ar. — *Cause we are the champions of the world!* — Os três terminam, a avó sustentando um melodioso vibrato na nota final que é interrompido quando alguém bate à porta.

Ellie e James se entreolham. A avó diz:

— Quem será?

James abre um pouco a cortina e olha cautelosamente pela janela. Primeiro vê o carro estacionado na rua, atrás da van do pai, e depois vê um homem parado diante da porta. Ele olha para Ellie, que engole em seco.

— É a polícia.

✳ 40 ✳
UMA PESSOA DESCONHECIDA

O policial é alto e de meia-idade, e quando ele tira o quepe e o coloca embaixo do braço, Ellie vê que seu cabelo é ralo e grisalho. Ela o conhece, pelo menos de vista. Ele domina a pequena sala de estar quando entra e olha sucessivamente para Ellie, James e Gladys.

— Vocês se importam se eu me sentar? — pergunta ele, indicando com a cabeça o sofá.

Gladys faz uma careta.

— Eu te conheço. Foi o senhor que prendeu o nosso Darren.

Então é por isso que Ellie o conhece. Ele depôs no julgamento, apenas brevemente, para dizer que Darren Ormerod tinha admitido imediatamente sua participação no roubo e havia colaborado com a polícia desde o início. Mas o que ele está fazendo aqui agora?

De repente, ela empalidece.

— Ai meu Deus. Alguma coisa aconteceu com o papai?

Visões de brigas, de facas improvisadas sendo enterradas em barrigas, de espancamentos nos chuveiros e de Darren caído na cela, roxo e ensanguentado, surgiram em sua mente. Ela apoia a mão no aparador para não cair.

O que vai acontecer se o pai estiver morto? O que vai acontecer com eles? Ela e James não vão ficar no orfanato até o pai voltar para casa, vão passar o resto da vida nele. As ideias competem pela sua atenção. Eles vão receber algum tipo de seguro? A avó vai resistir ao choque? E, meu Deus, o papai estará morto. Terá que haver um funeral. Vão enterrá-lo na prisão? Vão enterrá-lo junto com a mamãe? *Quem* vai cuidar do enterro? Isso vai ficar por conta dela também? Ellie não aguenta mais a pressão. Talvez ela apenas desmaie ali mesmo, no tapete, e desista de tudo.

— Posso me sentar? — pergunta de novo o policial. Ellie se lembra do nome dele. Policial Calderbank. Ele não deveria estar pedindo que *eu* me sentasse?, pensa Ellie. Não é assim que fazem na televisão antes de dar a má notícia? O policial Calderbank sorri para Gladys. — Uma xícara de chá também seria ótimo.

Gladys se ajeita na poltrona.

— James, vá colocar a chaleira no fogo.

O policial Calderbank olha para James.

— Isso, menino, ponha a água para ferver. Mas depois vamos ter uma conversa também.

— O que aconteceu? — pergunta Ellie. — Tem a ver com o meu pai ou não?

O policial Calderbank pigarreia e tira do bolso uma pequena caderneta preta.

— Temos uma queixa. Uma queixa muito séria. Vim apurar os fatos.

Ai, meu Deus, pensa Ellie. Os produtos químicos que Delil roubou da escola. Ele foi preso e os dedurou. O policial Calderbank olha para Gladys e depois para Ellie.

— É uma queixa de agressão.

— O quê? — diz Ellie, surpresa. — Agressão? De quem é a queixa?

Ele folheia a caderneta.

— O denunciante é o Sr. Neil Sherrington. A vítima é o filho dele, Oscar.

— Ai, meu Deus — diz James, da porta da cozinha.

Ellie olha para ele acusadoramente.

— James — diz ela, tentando falar o mais baixo que consegue. — O que foi que você fez?

— Nada! Eu juro! Mas o Oscar Sherrington... — Ele morde o lábio e olha para Gladys. — É ele que... ele é o chefe deles.

O policial Calderbank semicerra os olhos.

— Chefe de quem?

— Do grupo que faz bullying comigo — murmura James.

A chaleira começa a chiar e ele corre de volta para a cozinha.

— O que o James fez? — pergunta Ellie.

Ela tem a impressão de que as tábuas do chão estão estalando, como se fossem se separar e engolir todos eles. Como ele pôde fazer uma coisa dessas? Como ele pôde ser tão burro? Logo quando estavam começando a ver uma luz no fim do túnel, logo quando parecia haver uma chance de se salvarem.

— Bem... — O policial Calderbank deixa o restante da frase no ar enquanto examina suas anotações. Ele enche as bochechas e exala lentamente. — Bem, a queixa não é exatamente contra James. Na verdade... seu nome é Ellie, não é?

Ellie faz que sim com a cabeça e James entra na sala com xícaras em uma bandeja.

— Eu não sabia se o senhor queria açúcar então coloquei três cubos — diz ele, deixando a bandeja na mesinha em frente à lareira.

— Está ótimo — diz o policial Calderbank, pegando a xícara indicada por James. Ele bebe um gole do chá e diz a Ellie:

— Na verdade, Ellie, pode ser que a queixa seja contra você.

Ellie arregala os olhos.

— Contra mim? *Pode ser* contra mim? Como assim? *Pode ser*? Eu não fiz nada! Nem conheço esse tal de...

— Oscar — diz o policial. — Oscar Sherrington. Ele estuda na Escola de Ensino Fundamental St. Matthew's, a mesma do James.

— Ellie — diz James, olhando para ela com uma expressão que poderia ser interpretada como sendo de admiração ou fúria. — Ellie, o que foi que você fez?

— Nada!

O policial Calderbank faz que sim com a cabeça e diz:

— A natureza da queixa é de que, por volta das três e quinze da tarde de ontem, Oscar Sherrington e três amigos foram abordados em frente ao portão da escola por uma pessoa desconhecida, que o denunciante tem razões para acreditar que pertence a esta família. Essa pessoa desconhecida...

— Como uma pessoa pode ser... *desconhecida*? — pergunta Ellie, desesperada.

— A pessoa desconhecida — prossegue o homem — estava com o rosto coberto e uma roupa toda preta. Era evidentemente uma mulher, mas como nesta época do ano escurece cedo e o tempo estava encoberto, Oscar Sherrington disse não ter conseguido identificar a agressora, que disfarçou a voz imitando um... — o policial Calderbank consulta novamente as anotações e levanta uma sobrancelha —... um sotaque americano, possivelmente de Nova York.

Ellie balança a cabeça, atônita, e olha para James. James olha perplexo para Gladys. O policial diz:

— De acordo com a queixa prestada pelo Sr. Neil Sherrington, a agressora mascarada golpeou Oscar com um objeto pontudo.

— Ai, que mentira! — exclama Gladys, cruzando os braços e projetando o lábio inferior para fora da boca. — Não foi um objeto pontudo. Foi o meu rolo de pastel. E foi só uma batidinha.

Todos olham para Gladys. Desta vez, o policial Calderbank arqueia as sobrancelhas. James faz uma cara de quem vai comer moscas, com a boca bem aberta, e Ellie aperta a ponte do nariz.

— Vovó — diz ela. — O que diabo você fez?

✳ 41 ✳

A CHUVA É BOA

O que Gladys fez, depois de colocar os travesseiros ao comprido na cama e cobri-los, foi fechar as cortinas e vestir silenciosamente as roupas que escondeu debaixo da cama. Ela se olha no espelho criticamente e depois coloca o lenço e a rede de cabelo preta em uma sacola de plástico, junto com o rolo de pastel, pega o casaco e o guarda-chuva e sai de casa para enfrentar uma tarde sombria de janeiro. O céu já está escurecendo e parece que vai chover.

Depois de uma caminhada de dez minutos, uma viagem de ônibus e outra caminhada de dez minutos, ela chega ao St. Matthew's. Gladys não sabe por que o neto não pode estudar na escola que fica a um quarteirão de casa, a escola onde Ellie estudou, mas era um grande plano de Darren. Ele queria matricular James em uma escola melhor para que seus talentos fossem desenvolvidos. Na opinião de Gladys, Ellie é tão inteligente quanto James, talvez até mais, e não teve a mesma chance. James herdou a inteligência de Julie. Ela sempre foi brilhante e, embora Gladys não tivesse coragem de dizer isso a ninguém, ela nunca entendeu o que Julie viu em Darren. Ellie é mais parecida com Darren: uma realizadora. Trabalhadora. Faz o que for preciso para conseguir o que quer. Um pouco impetuosa, às vezes. Ela é boa com palavras e sentimentos, não com ciências e matemática como James. Darren também sempre foi assim. Como é que diziam nos boletins da escola? Nunca se dedicava aos estudos, mas costumava escrever as redações mais interessantes. Poderia ter sido escritor, imagina Gladys, mas ela não sabe se isso é de fato uma profissão, se alguém consegue ganhar dinheiro escrevendo livros. Aquela mulher do Harry Potter, que apareceu outro dia na televisão, parece estar muito bem de vida, mas Gladys supõe que isso é porque seus livros foram transformados em filmes.

O motorista do ônibus espera pacientemente no ponto enquanto Gladys desce devagar na calçada, que agora está molhada de chuva. Ainda é o meio da tarde, mas os postes da rua começam a acender e ela gosta do modo como o azulado inicial se transforma em laranja, como brasas de uma fogueira. Ela sente falta de uma fogueira de verdade. Os aquecedores elétricos não são a mesma coisa. Se bem que ela não sente falta de limpar a lareira toda manhã. Essa era uma das suas responsabilidades quando pequena, e a mãe não servia o café da manhã enquanto ela não cumprisse sua obrigação.

Na rua onde fica a escola de James já se formou uma fila de carros, quase todos de luxo, esperando as crianças saírem. Em cada carro existe um retângulo de luz branca iluminando o rosto dos ocupantes, atentos ao celular, provavelmente atualizando seus status, ela imagina. Hoje em dia, status é o que mais importa. Se não fosse por isso, por que iriam pegar as crianças na escola naqueles carros vistosos? O que há de errado em tomar um ônibus, como James, ou mesmo andar a pé? Gladys costumava andar muito a pé quando era moça. Era por isso que tinha pernas bonitas, por isso que ficava bem de minissaia, a ponto de atrair a atenção de Bill.

Os carros, porém, só chegam até certo ponto da rua. A partir dali, há uma fila de cones ao longo do meio-fio, presumivelmente para impedir que os carros estacionem muito perto do colégio. Provavelmente fazem isso para evitar que as crianças corram entre os carros estacionados e sejam atropeladas, como o coelho ou esquilo que costumava aparecer nos anúncios quando Darren era pequeno. Taffy? Toffee? Tufty, esse era o nome. Ela se lembra de um em que a bola com a qual Tufty estava brincando foi parar na rua e foi esmagada por um carro.

Há um poste de luz perto do portão principal, mas a lâmpada está queimada. Está ficando bem escuro, por causa das nuvens que esconderam o sol. O clima perfeito para uma vingança. Ela tira o cachecol do saco plástico e o enrola no rosto. Puxa a rede de cabelo até a altura dos olhos. Faz o rolo de pastel escorregar até a ponta da manga do casaco.

Há um ônibus fazendo o retorno no fim da rua sem saída e ela vê um grupo de meninos de casaco impermeável com enchimento espreitando atrás das cercas de metal. É exatamente o que estão fazendo. Espreitando. Ela sabe instintivamente que são eles. James disse que os meninos sempre esperam por ele no ponto de ônibus antes de irem ao encontro dos pais e das mães nos carros de luxo, com ar de inocentes. Gladys se empertiga o máximo que pode e se aproxima deles.

São quatro, e um deles é maior que os outros. Uma cabeça mais alto que Gladys. Ele se vira e olha para ela por baixo do capuz, levantando uma sobrancelha.

— Tudo bem? — diz ele.

— Tá falando comigo? — diz ela, com voz sussurrada, tentando imitar Robert de Niro. Ela olha em torno. Os outros meninos estão rindo e se cutucando com os cotovelos. — Não tô vendo mais ninguém. Tá falando comigo?

— Não sei com quem eu tô falando — diz o menino. — Não colocam crachás em mendigos.

Os meninos dão gargalhadas e um deles diz:

— Deixa pra lá, cara. É alguma maluca.

Gladys olha para cima quando há um troar de trovão e uma pancada de chuva repentina.

— Uma chuva de verdade — diz ela com o canto da boca, em sua voz de De Niro. — Veio para limpar o lixo das ruas.

— Quem você tá chamando de lixo? — diz o menino, com os olhos soltando faíscas.

— Cara, vamos chamar um professor, ela é maluca — diz um deles.

O menino maior se apoia na cerca de metal.

— Nada disso. A gente ainda não se divertiu com o camponês.

— Deixem ele em paz! — diz Gladys com voz estridente. — Vocês são meninos maus e deviam deixar ele em paz!

O menino maior dá uma gargalhada, um som desagradável, bem perto de Gladys.

— Ou você vai fazer o quê?

Gladys balança o braço duas vezes e o rolo de pastel aparece. O menino arregala os olhos e não tem tempo de sair do lugar antes que ela bata com o rolo na sua testa.

— Ai! — grita o menino. — Isso doeu!

Nesse momento, Gladys ouve um grito, olha para trás e vê um bando de crianças saindo da escola. Ela dá meia-volta e se afasta o mais rápido que consegue, enquanto tira o cachecol do rosto e a rede da cabeça. Ela vai chegar em casa depois de James e Ellie; precisa arranjar uma desculpa. Pode dizer que foi visitar o túmulo de Bill. Uma mulher de colete laranja está no meio da rua, ajudando as crianças a atravessar para o ponto de ônibus. Ela olha para Gladys, curiosa.

— Tá tudo bem, senhora? — Ela olha na direção dos quatro meninos. — Aqueles meninos estavam importunando a senhora...?

— Nem um pouco, meu bem — responde Gladys, com voz doce.

Enquanto acena para as crianças passarem, a chuva fazendo o seu cabelo grudar na testa, a mulher olha de novo para Gladys.

— Que tempo horroroso!

Gladys faz que sim com a cabeça, aproxima-se da mulher e diz, no seu melhor sotaque de De Niro:

— Agradeça a Deus pela chuva que limpa o lixo das ruas.

* * *

O policial diz:

— Sra. Ormerod... a senhora está admitindo que bateu na cabeça de Oscar Sherrington com um rolo de pastel?

Gladys dá de ombros e estende as mãos na direção do policial Calderbank.

— Confesso. Pode me prender. — Ela olha para Ellie. — Tomara que me coloquem na cela ao lado da do seu pai. Isso seria ótimo, não acha?

O policial Calderbank faz uma anotação na caderneta e diz:

— Sra. Ormerod, a senhora se importa de me dizer a sua idade?

— Vou fazer setenta e um.

Ele faz que sim com a cabeça, bate com o lápis pensativamente no queixo e fecha a caderneta. Ellie o segura pela manga da farda.

— O senhor vai prender a minha avó? Por danos corporais?

— O que eu vou fazer — diz o oficial — é voltar a falar com o Sr. Sherrington na casa dele. Não sei se você sabe alguma coisa a respeito da família de Oscar, James, mas o pai dele é um tenente--coronel reformado do exército.

— Ai, não. — Ellie leva as mãos à cabeça. — Eles vão processar minha avó, não vão?

— Ele é um homem muito rigoroso — concorda o policial Calderbank. — A queixa surgiu quando um dos outros meninos do grupo contou ao pai o que havia acontecido, e o pai contou ao Sr. Sherrington, provavelmente em um clube de golfe ou coisa parecida. Ele interrogou o filho e depois apresentou a queixa. O caso é que... bem, vamos dizer que, de acordo com o relato de Oscar, a agressora era muito maior, muito mais jovem e muito mais violenta que a sua avó.

Ellie olha para ele por entre os dedos.

— E por isso...?

— Por isso eu vou dizer ao tenente-coronel Sherrington que a pessoa que parece ter agredido o filho dele é uma vovó de setenta e um anos que tem um metro e trinta de altura e pesa quarenta quilos. Além disso, se ele insistir em manter a queixa, teremos de discutir seriamente certas acusações de bullying que pesam contra Oscar e seus amigos. — O policial sorri. — Não sei por que, mas acho que a queixa vai ser retirada.

Ele acaba de beber o chá e se levanta. Ellie se surpreende abraçando-o.

— Ai, obrigada! Obrigada!

O policial Calderbank faz uma cara séria.

— Sra. Ormerod, não preciso lhe dizer que essa não é a forma correta de lidar com o problema. Se James está sofrendo bullying, a escola tem meios de evitar que isso volte a ocorrer. A senhora é a responsável por James enquanto o pai está preso, não é?

Gladys sorri beatificamente.

— Sou.

— Nesse caso, sugiro que vá até a escola e tenha uma conversa com o diretor. Ele pode tomar providências. Não é como nos velhos tempos. Hoje em dia as escolas são muito mais rígidas em relação ao bullying. — Ele coloca o quepe na cabeça. — Se bem que, depois que eu tiver uma conversa com o Sr. Sherrington, tenho a impressão de que seu neto não será mais incomodado.

O policial Calderbank cumprimenta James e Ellie com a cabeça.

— Não precisam me acompanhar até a porta. — Antes de sair, ele se vira para Gladys e diz: — E não se esqueça, Sra. Ormerod, não volte a bancar a justiceira, tá bem? Nada dessa história de a chuva limpar o lixo das ruas. Nós dois sabemos como aquele filme termina.

Gladys faz que sim com a cabeça, muito séria, e, quando ele sai e fecha a porta, Ellie desaba no sofá, olhando para o teto.

— Ai. Meu. Deus.

Gladys se inclina para a frente na poltrona.

— Sinto muito. Eu não devia ter feito isso. Mas fiquei tão brava quando James me contou o que aqueles meninos estavam fazendo com ele, e eu estava vendo *Taxi driver*, e... ai, Ellie, desculpe.

Ellie olha para ela.

— Você bateu mesmo na cabeça do menino com um rolo de pastel?

Gladys faz que sim com a cabeça, com um sorriso no olhar.

— Você precisava ver a cara dele.

Ellie começa a rir e se sente aliviada, depois de tanta tensão. Ela ri até chorar, mas desta vez não são lágrimas de tristeza, o que parece estranho e novo. É como se ela tivesse se esquecido de como se ri, e agora que se lembrou não consegue mais parar.

Até que James, de pé na porta da cozinha, grita:

— Vocês ficaram malucas?

Ellie respira fundo e pergunta:

— O quê?

— Eu disse — grita James — DO QUE VOCÊS ESTÃO RINDO?

Gladys diz:

— James, querido, está tudo bem, eles não vão me prender.

— Vocês acham que isso acabou? — diz James, aos prantos. — Vocês acham que eles vão parar agora, como aquele policial disse? Você não sabe como eles são, Ellie. Eles nunca vão parar. E se Oscar Sherrington levar uma surra do pai, adivinhe em quem ele vai se vingar?

James corre para a escada. Ellie o chama pelo nome. Ele para, com um pé no primeiro degrau, e encara Gladys.

— Você só piorou as coisas, vovó. Muito obrigado. De agora em diante, as coisas vão ser um milhão de vezes piores!

Parte Três

✳ 42 ✳

THOMAS MAJOR É UM FOFO

Quando o Chefe da Salvaguarda Multiplataforma da BriSpA, Craig, estava na Marinha Real, era conhecido como Cabeça de Martelo por causa do seu hábito de bater com a cabeça em portas, paredes e outras cabeças quando bebia em excesso. Aqueles dias ficaram para trás e com eles o apelido, embora Craig às vezes use uma variação dele quando frequenta fóruns on-line que exigem certo grau de anonimato. Pelo menos até que seja marcado um encontro em uma boate ou, às vezes, em um local ao ar livre sob o luar, onde, para fins de identificação, leva uma coleira, embora, naturalmente, ele não tenha cachorro. Craig tem dois gatos, chamados Ethel e Frank. Ele saberá que encontrou o verdadeiro amor quando conhecer alguém que saiba que esses são os nomes dos pais de Judy Garland. Ele ainda está esperando.

Mesmo que seus dias de dar cabeçadas sejam coisa do passado, Craig tem pensado em revivê-los por causa de Bob Baumann. Craig sempre foi um grande adepto da disciplina, e em todos os seus dias de Cabeça de Martelo jamais deu uma cabeçada em uma parede, uma porta ou um homem que não merecesse. Além disso, por ser militar, sempre respeitou hierarquia. Entretanto, ficou tão chocado quando Bob Baumann e suas sobrancelhas ridículas mudaram o nome do seu cargo de Chefe da Segurança para Chefe da Salvaguarda Multiplataforma que, por um breve e glorioso instante, quase voltou a ser o velho Cabeça de Martelo. Todo mundo sabe o que um chefe da segurança faz. Chefe da Salvaguarda Multiplataforma soa como se ele fosse encarregado das redes de segurança de um circo. O que, pensa Craig, pode não ser uma descrição tão ruim do seu trabalho na BriSpA às vezes.

Tudo isso explica por que Craig não contou a novidade ao diretor Baumann, e sim a Claudia, a chefe de Relações Públicas.

Claudia nunca esteve na sala da segurança até receber um e-mail enigmático de Craig dizendo que havia algo que ela precisava ver. Craig sempre usa um traje vagamente militar e seu queixo quadrado e cabelo cortado rente dão a impressão de um homem que possui tanta testosterona que tem de drenar o excesso e guardá-lo em barris no porão de casa. Na visão de Claudia, estimulada por revistas pornográficas e sites repulsivos que a BriSpA nunca recomendaria, a sala da segurança seria um quartinho de vassouras que cheira a meias e cuecas sujas, no qual acontecem atos inenarráveis de masturbação.

— Uau — diz ela ao entrar em uma sala ampla e arejada, na qual alguns homens, quase todos jovens e de boa aparência, estão sentados diante de computadores, executando uma variedade de tarefas. Há um ambiente separado, com paredes de vidro, no fundo da sala, de onde o chefe da segurança, de pé à porta, a cumprimenta com um gesto de cabeça. Uma música suave está tocando; Claudia franze o cenho e escuta. Erasure?

— Isso não é o que eu esperava — diz Claudia, quando Craig fecha a porta depois de ela entrar e aponta para uma cadeira em frente à sua mesa de trabalho. Há um vaso de flores em uma mesinha onde o café borbulha em uma cafeteira, soltando uma pequena nuvem de vapor. Craig resmunga alguma coisa enquanto, de costas para ela, pendura apressadamente um calendário da BriSpA na parede perto da porta. Por cima do ombro largo dele, ela entrevê o que parece ser um calendário do fotógrafo Herb Ritts com fotos em preto e branco de homens musculosos que está sendo escondido pelo muito mais prosaico da BriSpA.

— Eu sei quatorze formas diferentes de matar um homem — diz Craig, indo até a mesinha e mexendo em uma das flores. — Só para você saber. Aceita um café?

Claudia aponta para as fileiras de mesas da sala principal.

— Por que eu nunca vejo esses homens lindos em outras partes do complexo?

— Porque eles são agentes de segurança. — Craig serve duas xícaras de café. — Eles não são... não são *objetos de desejo*. Afinal de contas, estamos na British Space Agency. Somos um *alvo*, você sabe. Potencialmente.

— Você é surpreendente, isso sim. — Ela se senta e bebe um gole de café. — Então, o que foi que aconteceu de tão importante e secreto?

— É... uma possível violação de segurança. E envolve o Thomas.

Claudia levanta uma sobrancelha.

— E o diretor Baumann pediu que você me colocasse a par da situação?

— Eu ainda não contei para o Baumann.

Claudia se recosta na cadeira.

— Mas eu sou só a chefe de RP. Eu acho que...

— Eu não vou falar com ele sobre isso, vou falar com você. Eu não confio nele. Ele me faz ter vontade de reviver os tempos de Cabeça de Martelo.

— O quê?

— Deixa pra lá. O que importa é que eu estou com essa batata quente nas mãos e não sei o que fazer. Mas eu confio em você e acho que devia ser a primeira a saber.

— Saber? O quê?

Craig faz um gesto para que ela se levante e vá para o outro lado da mesa de trabalho e lhe oferece o assento dele. Ele conecta fones de ouvido ao monitor e os entrega a Claudia.

— Dê play quando estiver pronta — diz, apontando para o ícone de áudio na tela. — Vou buscar outro café pra você. Você vai precisar.

Duas horas depois, Claudia tira os fones.

— Gente! Você poderia me enviar cópias desses arquivos por e-mail?

Craig faz que sim com a cabeça.

— O que você acha que nós deveríamos fazer?

— Não tenho a menor ideia. Você sabe quem é?

— Sei. Um conhecido me devia um favor e rastreou o número para mim. — Ele se estica por trás dela para abrir uma gaveta da mesa de trabalho, pega uma folha de papel e entrega a Claudia. — Aqui está o endereço. Você vai mostrar ao Baumann?

— Eu acho — diz Claudia, olhando para o papel — que não é necessário incomodar o diretor Baumann com isso neste momento. Isso é ouro puro. Uma mina de ouro, em termos de Relações Públicas. Ele não saberia o que fazer. — Ela olha de novo para Craig. — O que você acha que está acontecendo?

Craig dá de ombros.

— Eu acho que ele está tentando pagar os seus pecados de alguma forma. Acertar as contas.

— Com quem? Por que razão?

— Você leu a ficha dele? — Claudia faz que sim com a cabeça. Ele prossegue: — Com o irmão. Com a mãe. Com o pai. Com a garota que foi para a faculdade. Com a mulher. Principalmente com a mulher. E com o filho.

Os dois se entreolham por um instante e depois franzem simultaneamente o cenho, mordem os lábios e dizem "Awnnnn", como se tivessem acabado de descobrir que Thomas Major é, na verdade, um fofo.

✳ 43 ✳

O PRIMEIRO DIA DO ANO 2000

Thomas acorda sem ressaca no primeiro dia do ano, porque não saiu de casa na noite de réveillon. Por isso, ele faz o de sempre: sai para correr.

Ele vai fazer trinta anos esse ano; está mais magro e apto fisicamente que a maioria dos colegas de trabalho na empresa de pesquisa bioquímica que fica à margem da autoestrada M25. Os colegas da mesma faixa etária ou estão engordando e ficando carecas ou são figuras pálidas e debilitadas por falta de sol e nutrição adequada. Thomas está trabalhando com uma grande equipe em um vasto experimento para introduzir enzimas e proteínas no código genético do mamão-papaya do Havaí (que, segundo Thomas, podia muito bem ser uma música em um musical do Busby Berkeley), com o objetivo de tornar a fruta mais durável, suculenta e consistente. De vez em quando, pessoas com camisetas tie dye e casacos largos, feitos de algo que Thomas suspeita que seja, pela textura e pelo cheiro, pelo de iaque, se reúnem em frente à cerca com cartazes escritos de qualquer jeito com palavras como "Frankenfruta" e "não aos transgênicos", mas Thomas acha que elas são minoria, que logo vão perder o interesse e desaparecer. Depois de anos enfiando goela abaixo alimentos processados e hambúrgueres de frango feitos de restos encontrados no chão de lanchonetes fast-food, ele tem certeza de que os britânicos não vão torcer o nariz para alimentos que receberam um pouco de ajuda científica para serem maiores, mais gostosos e mais duráveis.

Um dia, quando chega ao trabalho com o velho e surrado Mini Cooper, que só se mantém inteiro por causa das tramas de ferrugem, e solta nuvens de fumaça preta pelo cano de descarga, ele tem a impressão de ter visto Laura entre os manifestantes, mas quando olha de novo ela não está mais lá e ele chega à conclusão de que não deveria ser ela, no fim das contas. Ou melhor, ele prefere que não tenha sido ela. Ele não suporta a ideia de vê-la de novo.

A empresa fechou durante as semanas do Natal e do Ano-Novo, por causa da virada do milênio e coisa e tal. Thomas está farto de explicar a todo mundo que a década de 1990 só vai terminar no fim do ano 2000, mas ninguém lhe dá ouvidos. Eles querem, na verdade, festejar como se o século acabasse no fim de 1999. Thomas fica em casa, ouvindo David Bowie em um disco de vinil, e vai para a cama às dez da noite, escondendo a cabeça embaixo do travesseiro e rezando fervorosamente para que o profético bug do milênio faça o que todos temem e desligue todos os computadores, levando o mundo de volta à idade da pedra, o que significa que Thomas poderá, final e definitivamente, desaparecer em um local remoto e encontrar uma caverna para viver e nunca mais ter de ver outro ser humano pelo resto da vida. Infelizmente, quando ele acorda no primeiro dia do novo ano, a civilização se recusou perversamente a desaparecer. Assim, Thomas decide passar a semana seguinte correndo, lendo, ouvindo música e evitando as pessoas.

Quando está correndo na calçada de uma longa avenida de casas geminadas, Thomas se sente motivado a apertar o passo. Seu walkman está preso na cintura do short e ele sabe que esta é a última música deste lado da fita; se conseguir manter o ritmo até o fim da música, ele consegue chegar em casa apenas ligeiramente ofegante e pronto para um banho. Depois pretende almoçar e passar o restante do dia lendo e vendo o que os restos da programação de fim de ano da TV reservam para os espectadores em termos de filmes.

Thomas já está com um pé fora da calçada para atravessar uma rua secundária quando vê com o canto do olho um Fiat Punto preto que se aproxima; no instante seguinte, há um chiado de freios e ele sente o beijo frio do para-choque de vinil na perna, logo abaixo do joelho. Thomas cambaleia, os fones saindo dos seus ouvidos, e ele olha feio pelo para-brisa para a mulher que está curvada ao volante, imóvel, olhando para ele com olhos arregalados.

— Sua... sua idiota! — grita Thomas, sua voz ecoando nas paredes das casas.

A mulher desliga o motor e baixa a janela.

— Idiota é *você*! — rebate ela.

Thomas se dirige, mancando, até a janela do motorista, tira o fone por completo e diz:

— Você quase me atropelou.

A mulher empina o nariz e franze o cenho.

— Você se jogou na frente do meu carro!

Thomas coloca as mãos nos quadris, só então percebendo que está quase sem fôlego.

— Olha — diz ele.

— E lá vamos nós — diz a mulher, revirando os olhos. — Toda vez que um homem começa uma frase com "olha", é porque uma mulher está prestes a ouvi-lo explicar algo que ela já sabe.

Thomas a ignora. Ela está tentando desencorajá-lo.

— Olha — repete ele. — Não sei quando você tirou sua carteira de motorista...

— Como eu previa — ela puxa o freio de mão e cruza os braços —, um babaca metido a besta.

— *Mas* — continua Thomas, tentando ignorá-la — talvez você tenha ouvido falar de uma regra que diz que um carro que dobra à direita numa rua secundária deve dar a vez a um pedestre que começou a atravessar, como...

— A-há! — exclama a mulher, com ar triunfante.

Thomas interrompe o que estava dizendo para protestar.

— O que você quer dizer com a-há? Parece que você não entendeu o que eu disse e acha que está, de fato, certa e não errada.

— Eu *estou* certa. Quando comecei a fazer a curva você ainda estava na calçada. *Você* é que deveria ter *me* dado a vez!

Thomas dá uma risadinha. Há um outro carro tentando entrar na rua e o motorista buzina. Thomas gesticula para ele e grita:

— Estamos tentando resolver uma questão de legislação de trânsito. Pode ser caso de processo isso aqui.

A mulher olha para Thomas com um brilho zombeteiro nos olhos verdes, o que o desarma ainda mais.

— Caso de processo, é? — diz ela. Thomas vê a perna esquerda dela, magra, muito branca, envolta em uma saia preta, pisar na embreagem e engrenar a primeira. Ele fica momentaneamente desconcertado pelo rosto pálido com uma constelação de sardas no nariz e nas bochechas, o cabelo cor de cobre caindo nos ombros de um blazer preto. — Nesse caso, você vai precisar de um advogado.

Ela mete a mão no bolso do blazer, tira um cartão de visita e o passa a Thomas pela janela.

— Ligue para mim amanhã à tarde.

Ela faz o motor roncar. O homem do outro carro buzina de novo. Thomas olha para o cartão. Janet Eason. Sócia minoritária. Kirby

Chambers. Um número de telefone fixo. Um número de celular. Um número de fax. Ele olha de novo para Janet Eason.

— Pra quê?

— Pra você me dizer aonde vai me levar para jantar amanhã à noite — diz ela, e Thomas quase se esquece de recuar quando o carro de Janet avança pela rua, seguido de perto pelo carro do homem que estava buzinando, que olha para Thomas de cara feia ao passar por ele.

Mas Thomas nem repara. Ele fica parado no meio da rua, o vapor da respiração formando uma nuvem no ar frio de janeiro, e olha de novo para o cartão. Janet Eason. Jantar. Amanhã à noite. O primeiro impulso é dizer a si mesmo que é óbvio que não vai, ele nunca vai a encontros desse tipo. Não sabe o que dizer, o que vestir, se deve pagar a conta ou dividir a despesa, se deve tentar alguma coisa enquanto estão esperando o táxi.

Então ele decide que é melhor se arrepender de algo que você fez do que de algo que não fez, e, pela primeira vez no novo milênio, Thomas pensa que talvez não tenha sido ruim o mundo não ter acabado como estava previsto.

✳ 44 ✳

LOUCAS PARA SEREM SALVAS

Ellie está sentada em um banco em frente à paróquia, com o cachecol que a avó tricotou para ela e o casaco que comprou há dois anos, apertado nas costas e com as mangas no meio dos antebraços. Mais tarde, talvez vá olhar nas vitrines das lojas os casacos novos que nunca terá dinheiro para comprar. Ela abraça a mochila e traça uma mira imaginária em um casal de trinta e poucos anos que atravessa o jardim a passos rápidos, à sombra da torre do relógio, de mãos dadas como fossem sobreviventes de um naufrágio flutuando no mar, com medo de serem separados pela correnteza.

Bang! *Ele* fica até tarde bebendo e vendo filmes antigos porque não aguenta mais ir para a cama com ela.

Bang! *Ela*, duas vezes no último mês, quase comprou uma passagem só de ida para um lugar quente e distante e desistiu só no último instante, guardando o cartão de crédito e saindo da página da internet. Mas ela vai fazer isso. Vai deixá-lo. Vai fugir.

O dia está frio e o céu está escuro e ameaçando nevar, ou estaria, se a temperatura estivesse um ou dois graus mais baixa. Ellie está com o cachecol levantado para proteger as orelhas e por isso não ouve a aproximação de Delil, que a faz dar um pulo quando ele se senta ao seu lado com seu casaco acolchoado.

— Você sempre faz isso? — pergunta ele, enquanto examina o enroladinho de salsicha que tirou de um saco de papel da padaria Greggs. — Fingir estar atirando nas pessoas, digo. Isso não é exatamente normal. Você quer dar uma mordida antes que eu comece a comer?

Ellie pega o enroladinho e dá uma boa dentada. Ela explica, com a boca cheia de carne embutida e massa folhada:

— Eu não estou fingindo atirar nas pessoas. Estou usando meu Rifle da Verdade. Ele revela que as pessoas que pensam que são felizes, na verdade estão fingindo. Elas vivem uma mentira. Ninguém é feliz de verdade.

— Eu sou feliz — declara Delil, franzindo o cenho. — Ou pelo menos era até você comer metade do meu enroladinho de salsicha.

— Não, você não é — afirma Ellie. — Ninguém é feliz.

Delil pensa um pouco.

— Não, eu tenho certeza de que você tá errada. Eu sou feliz.

— Você *pensa* que é feliz — insiste Ellie.

— Mas se eu *penso* que sou feliz, logo eu *sou* feliz — diz Delil, dando uma dentada no rolinho de salsicha. — Descartes, certo?

— Você não pode ser feliz. — Ellie aperta a mochila contra o peito. — Porque isso não seria justo. O Rifle da Verdade é tudo que eu tenho. A única coisa que me impede de ficar maluca. Eu tenho que acreditar que ninguém é feliz de verdade, porque se isso não for verdade, eu vou ficar ainda mais infeliz. — Ela olha para Delil com olhos suplicantes. — Não tire isso de mim.

Ele dá de ombros, coloca na boca o último pedaço do enroladinho e amassa o saco de papel.

— Você tem razão — diz ele, enquanto mastiga. — Eu tô extremamente infeliz. Principalmente porque você não vai à festa na sexta.

— Eu não posso — ela suspira. — Você sabe que eu não posso. James vai viajar pra Londres de manhã bem cedo no sábado. Eu tenho que trabalhar na sexta à noite na loja polonesa e isso agora é ainda mais importante. — Ellie olha para Delil. — Perdi meu emprego na indústria de soldagem.

— Tô com um probleminha — diz Hooters, com um cigarro enrolado à mão pendurado na boca seca enquanto limpa na camiseta a mão cheia de gordura do que comeu no café da manhã, o desenho da mulher nua sorrindo em agradecimento pela atenção que estava recebendo. Ele mandou todos os operários das manhãs de domingo se reunirem no galpão da fábrica, em volta do aquecedor elétrico, que é a única concessão de Hooters para tornar o local um pouco mais confortável durante os piores dias de inverno. É uma grande construção ressonante de concreto e aço corrugado, com bancos ao longo das paredes. O trabalho de Ellie consiste em montar gaiolas de arame, introduzi-las em uma máquina de solda de ponto, apertar um pedal para soldar as junções e fazer peças para carrinhos de supermercado. É um trabalho sujo, cansativo, e seus braços estão sempre cheios de queimaduras, o rosto sujo de óleo, os dedos espetados com farpas da madeira áspera dos paletes empilhados ao lado do seu posto de trabalho, onde ficam os pedaços de arame a serem soldados. Ela trabalha o domingo inteiro e no fim do dia recebe um envelope pardo com notas de vinte libras. Ela tem um pressentimento de que seus dias de dinheiro vivo em mãos estão para acabar.

Há um rádio tocando *Steve Wright's Sunday Love Songs* nos fundos do galpão. Hooters coça o nariz e grita:

— Desliga essa porcaria um minutinho.

Ellie olha para os companheiros de trabalho, um bando heterogêneo formado por uns poucos homens de meia-idade de macacão surrado que conversam sobre futebol, cerveja e suas esposas; uns poucos estudantes, cujo número diminuiu ainda mais depois das férias de fim de ano, e várias facções de imigrantes que se separam por nacionalidade, além de um australiano loiro e alto, que fala com todo mundo que esteja perto dele, mas se recusa totalmente a retribuir o olhar de admiração de Ellie.

— O pessoal do maldito DTP tá fechando o cerco — diz Hooters. No fundo do galpão, "Lady in Red" começa a tocar. Hooters grita: — Eu já disse pra desligar essa porcaria! Principalmente com essa droga de música! — Ele se volta para um pequeno grupo de letões, todos com casaco de couro. — Dê-Tê-Pê — recita ele. — Departamento de Trabalho e Pensões. Malditos xeretas. Tentando impedir que homens de negócios honestos e decentes ganhem uns trocados!

Hooters apalpa os bolsos à procura de um isqueiro para reviver seu cigarro enrolado. Ele tosse secamente duas vezes e diz:

— Então é isso. Vou ter que mandar alguns de vocês embora. Os estrangeiros, principalmente. — Hooters olha para os letões e agita os braços. — Mandar. Vocês. Embora. Sem documentos, entendem? Sem Seguro Social. A gente não amigos Europa mais. Dinheiro vivo. — Ele faz uma careta. — Muito, muito perverso da minha parte. Aparentemente.

O australiano levanta a mão.

— É melhor a gente não aparecer mais aqui? Eles estão espionando a gente?

— Você não, rapaz — diz Hooters. — Acho que só os estrangeiros precisam passar um tempo sem dar as caras.

— Eu sou australiano.

Hooters franze o cenho.

— Isso não é estrangeiro *estrangeiro*, né? Não estrangeiro do jeito que esses aqui são.

— Mas eu não tenho visto de trabalho — diz o australiano, alegremente.

— Puta que pariu. — Hooters balança a cabeça. Ele olha para Ellie. — E você? Nunca escutei sua voz. Não me diga que é da droga do Uzbequistão ou coisa parecida.

Ellie balança a cabeça. Hooters diz:

— Ótimo. Então tá tudo bem, queridinha. Só preciso do número do seu Seguro Social. Você tem um, não tem?

Ellie balança de novo a cabeça. Hooters semicerra os olhos.

— Carteira de motorista? Você tem dezessete anos, não tem, querida? Tenho certeza de que coloquei no anúncio. Dezessete anos ou mais.

Ellie balança de novo a cabeça.

— Droga. Pelo menos me diz que você tem dezesseis.

Ellie balança a cabeça, mais uma vez.

Hooters bate com a palma da mão na testa.

— Vão embora. Letões. Australianos. Maldita chave de cadeia. Inúteis, todos vocês. Caiam fora antes que eu me ferre!

— Dureza — diz Delil. — Mas parece que esse emprego não era nenhuma maravilha.

— Isso não vem ao caso — diz Ellie, abraçando a mochila. — Eu preciso do dinheiro. Minha família precisa do dinheiro.

— Por que você tá sempre tão preocupada com dinheiro? — pergunta Delil. — Ih, olha, ali tem um.

— Um o quê?

— Um casal feliz. Ali na frente. Atira neles com seu rifle imaginário.

Ellie observa o homem corpulento, de casaco acolchoado e um gorro de lã que cobre as orelhas, caminhando na frente de uma mulher que segura com as duas mãos uma sacola de papel pardo da Primark.

Ellie desvia os olhos.

— Eles não estão nem se dando ao trabalho de fingir que são felizes.

— Como você acha que eu tô? Fingindo que sou feliz, digo?

— Só tem um jeito de descobrir.

Ellie levanta o Rifle da Verdade entre eles no banco. Olha para o Delil com um olho usando a mira invisível.

— E aí? — pergunta Delil de olhos fechados, preparando-se para o *bang*.

Ellie baixa o rifle.

— Não vai funcionar com você. Porque você é doido.

— As únicas pessoas que importam para mim são as doidas — diz Delil, levantando-se bruscamente.

— Senta aí, idiota.

Delil começa a bater os braços como se estivesse tentando voar.

— As que estão doidas pra viver, doidas pra falar, doidas pra serem salvas, as que desejam tudo ao mesmo tempo.

— Delil — reclama Ellie. — Você está atraindo atenção pra gente.

— Aquelas que nunca bocejam nem dizem coisas banais — diz ele, jogando a cabeça para trás.

— A gente deveria estar na escola — diz Ellie, entre os dentes.

— Mas queimam, queimam, queimam como fabulosos fogos de artifício, explodindo como constelações — grita Delil, girando os braços.

Uma velhinha empurrando um carrinho de compras se detém e olha para ele, surpresa.

Delil faz uma mesura exagerada, ao mesmo tempo que tira da cabeça um chapéu imaginário.

Ellie se limita a balançar a cabeça.

— Que diabos foi isso?

— Jack Kerouac. *On The Road: pé na estrada*. Você leu?

— Não, não li. Afinal de contas, o que você está fazendo? Além de me deixar sem graça?

Ele enfia a mão no bolso do casaco e entrega a Ellie um envelope dobrado.

— Eu consegui as lâmpadas de LED pro James.

Ellie guarda o envelope na mochila.

— Como você sabia que eu estaria aqui?

— Eu segui você, né? — explica Delil. — Eu te vi pegar o casaco no intervalo. Você nunca pega o casaco no intervalo. Você nunca sai se não for necessário. Fica sempre sentada na cantina ou na biblioteca. Por isso, eu sabia que você estava planejando alguma coisa diferente.

— Você está se revelando um mini Sherlock, sabia?

— Eu observo as pessoas. É por isso que eu pretendo ser escritor. Mas também posso ser detetive, agora que você falou nisso. Ia ser safo. Ei, a gente podia combater o crime juntos. Tipo *Casal 20*. Eu vi a série no UK Gold. É genial. Você já assistiu?

— Eu não tenho tempo para ver televisão.

Delil consulta o relógio.

— Não é melhor a gente voltar? Tem aula de educação física depois do almoço.

— Eu, não. Estou menstruada. Trouxe um bilhete da vovó.

Delil faz que sim com a cabeça.

— Nesse caso, eu vou matar aula também. Tô fazendo isso em consideração a você, que é a minha melhor amiga. Vou dizer que tô com dor de barriga, dor de cabeça, essas coisas. Eu tô bem mal-humorado também, que nem você.

Ellie mira um pontapé em Delil, mas ele se desvia agilmente.

— Se os homens menstruassem, já teria cura para isso há muito tempo.

Ela se levanta. Delil se levanta também.

— Aonde a gente vai?

— Eu vou até a escola do meu irmão. Você vai voltar para a nossa escola. — Ela olha para ele por um instante, com a cabeça inclinada. — Você é inteligente, Delil. Inteligente o bastante para fazer coisas boas. Você pode ser alguém na vida. Não deixe que eu te atrapalhe. Volta para a escola.

Ele dá de ombros.

— Eles não têm mais nada pra me ensinar. Nada que me interesse. Aposto que a senhorita Barber nunca nem leu um livro do Jack Kerouac. O que a gente vai fazer na escola do James?

Ellie suspira.

— Você é que nem um carrapato. Não consigo me livrar de você. Então, vamos. A gente tem que se preparar.

✳ 45 ✳

ENGANANDO OS MAIS VELHOS

Meia hora depois, Ellie e Delil estão sentados na recepção da Escola de Ensino Fundamental St. Matthew's. Na parede estão pendurados avisos de que é proibido tirar fotos das crianças e de que os responsáveis devem se identificar, além de pinturas decorativas e desenhos anunciando eventos que vão desde a comemoração do aniversário da Rainha até torneios de futebol, incluindo um que mostra crianças de todas as raças e religiões de mãos dadas em volta do globo terrestre.

— Olha — diz Delil, apontando para uma menina branca, de cabelo preto, ao lado de um menino preto sorridente no último desenho. — É a gente.

— Shh — diz Ellie.

Antes de pegarem o ônibus para a escola do James, ela foi ao banheiro no terminal de ônibus e saiu de lá com uma calça preta, uma blusa azul e o cabelo preso num coque. Ela também se maquiou, passando batom vermelho na boca e kohl nos olhos. Ellie instruiu Delil a tirar a gravata e o paletó da escola, que guardou na mochila, junto com o uniforme dela. Ela olha para ele criticamente.

— Quem a gente vai ser? — perguntou ele.

— Eu sou a irmã do James, só que mais velha — respondeu Ellie.

— E eu?

— Eu acho que você vai ter que ser meu namorado ou coisa parecida.

Na recepção, Delil olha por entre as folhas de samambaia na mesinha entre as cadeiras.

— Safo. A gente tá bem disfarçado — diz ele, alegremente.

— Para com isso — adverte Ellie.

Uma mulher bem-vestida, de cabelo levemente grisalho e curto, se aproxima. Ellie ergue o olhar e sorri.

— Senhora Britton?

A mulher faz que sim com a cabeça.

— Senhorita Ormerod? E...?

— Delil Alleyne — diz Delil, levantando-se e apertando a mão da senhora Britton. — Eu sou noivo da Eleanor. Vamos nos casar no verão.

— Meus parabéns — diz a senhora Britton.

Ellie também se levanta e dá um chute no tornozelo de Delil, mas ele nem pisca.

— Por favor, acompanhem-me até a minha sala.

A sala é clara e arejada, com uma mesa imponente e mais desenhos de crianças nas paredes, junto com diplomas emoldurados das extensas qualificações da senhora Britton. Ellie e Delil são convidados a se sentar em duas cadeiras confortáveis diante da diretora, que se inclina para a frente e une as pontas dos dedos.

— Então — diz ela. — Estamos muito animados com o convite para o James participar do Concurso Nacional para Jovens Cientistas. *Muito* animados. Ele comentou conosco a respeito do experimento que pretende fazer. Eu preciso dizer que parece que ele dedicou muito tempo e esforço à tarefa. Acreditamos que está totalmente de acordo com os propósitos sociais dessa competição.

— Sim, bem. — Ellie força uma risada. — James tem muita consciência social.

A senhora Britton assume uma expressão séria.

— É verdade. Sabemos que a família tem passado por algumas... dificuldades.

— Sim, a senhora tem razão.

— Primeiro foi a... perda da mãe. Depois o pai... o pai de vocês...

— Foi preso? — completa Ellie, prestativamente.

— Isso. En... encarcerado — concorda a senhora Britton. — Embora, devo reconhecer, isso não tenha afetado o desempenho escolar de James.

— Não. — Ellie sorri. — Apesar dos esforços de alguns colegas de turma.

O sorriso da senhora Britton se desfaz.

— Tem havido certos... desentendimentos, sim. Na verdade, eu pretendia discutir o assunto com você hoje. Mas parece que a questão foi resolvida hoje de manhã.

— Está querendo dizer que o pai do Oscar Sherrington retirou a queixa de que o filho foi agredido por uma espécie de... por uma espécie de ninja na saída da escola?

— Bem, sim. Isso mesmo, exatamente. Falei com a polícia pela manhã. Certamente você entende que nós tínhamos a obrigação de investigar, mas parece que o menino em questão confessou ter inventado a história. Eu não imagino de onde ele possa ter tirado isso. Mais ninguém viu essa pessoa mascarada. Peço desculpas se sua família foi envolvida no caso. Não sei por que isso aconteceu...

— Provavelmente porque Oscar Sherrington e seus amigos têm praticado bullying contra James.

— Bem, vamos ficar de olho daqui em diante — diz a senhora Britton. — Mas isso é algo que eu deveria discutir com a responsável legal do seu irmão. — Ela olha para a tela do computador. — A senhora Gladys Ormerod? Eu pensei que ela viria aqui hoje.

— Minha avó está... incapacitada no momento — diz Ellie, sorrindo. — Foi por isso que ela me pediu para vir aqui tratar da questão do concurso.

— Incapacitada? — diz a senhora Britton, franzindo o cenho.

— Nada de sério. Ela só torceu o tornozelo. Quando estava fazendo um trabalho voluntário. Ela... faz sopa. Para os sem-teto.

— Ela escorregou numa casca de batata — diz Delil.

Ellie o chuta por baixo da cadeira de novo.

— Ah — faz a senhora Britton.

Ellie mete a mão na mochila, com cuidado para não deixar à mostra o uniforme da escola.

— Eu tive de me ausentar do meu trabalho de gerente de contas de uma empresa de seguros para vir aqui. Mas trouxe uma carta da minha avó.

Ela entrega o envelope à senhora Britton. Delil ajeita os óculos.

— Eu sou jornalista. Trabalho no *Guardian*. A senhora pode pesquisar o meu nome no site do jornal, se quiser.

A senhora Britton sorri, abre o envelope e lê a carta manuscrita que Ellie ditou para Gladys.

— Bem, tudo parece estar em ordem. Mas acho que precisaremos falar pessoalmente com a Sra. Ormerod, que é a responsável legal por James. Se ela está temporariamente impedida de sair, talvez eu possa passar na sua casa. O que me diz de hoje à tarde, quando eu sair da escola?

— Não acho que seja uma boa ideia — diz Ellie, rapidamente.

Há um curto silêncio, quebrado por Delil.

— Na verdade, a senhora poderia me dizer mais alguma coisa a respeito desse bandido mascarado que está atacando as crianças na saída da escola?

A senhora Britton pisca os olhos.

— Me desculpe, o que disse?

— Sim. Acho que daria uma boa reportagem — afirma Delil. — "Ninja Mascarado Ataca Crianças na Saída da Escola".

— Mas já foi esclarecido que isso não passa de uma história inventada por um menino...

Delil sorri.

— Onde há fumaça, há fogo. Que tipo de máscara o homem estava usando?

A senhora Britton franze o cenho.

— Eu não acho que o *Guardian* estaria interessado em algo como...

— Eu também escrevo pro *Daily Mail* — diz Delil, sorrindo. — E pro *Sun*. Tenho certeza de que alguém ficaria interessado...

— Você trabalha mesmo para o *Guardian*? Parece tão jovem...

Delil coloca o rosto entre as mãos.

— Eu tenho uma doença congênita. É uma deficiência hormonal de crescimento. Estou tentando conviver com ela, mas agora que a senhora reparou, acho que vou ter de marcar uma consulta com meu psicólogo.

A senhora Britton parece chocada.

— Ah, eu não queria...

— Tudo bem — diz Delil, muito sério. — Mas a senhora pode imaginar o que é ser um homem de trinta e quatro anos no corpo de um menino de quinze? É um inferno. É uma maldição.

A senhora Britton olha de Delil para Ellie e, de novo, para Delil.

— O senhor me desculpe. Eu não fazia ideia...

Delil a interrompe com um gesto e respira fundo, de forma dramática.

— Eu já disse que está tudo bem. Por favor, vamos mudar de assunto. Prefiro falar sobre o Ninja da Escola. É assim que vamos chamá-lo?

Ellie se inclina para a frente.

— Tenho certeza de que nada disso será necessário. — Ela aponta para a carta que está nas mãos trêmulas da senhora Britton. — Então essa carta da minha avó é suficiente...?

A senhora Britton olha para Delil e depois olha de novo para a carta.

— Hum... Sim, sim, acredito que sim.

Delil se recosta na cadeira.

— Acho que você tem razão. Vamos esquecer a história do ninja.

A senhora Britton dobra a carta e a coloca de volta no envelope.

— Está certo. Certo. Ótimo. Pretendemos viajar para o concurso no sábado de manhã. Eu e o vice-diretor, o senhor Waddington. Já compramos as passagens de trem. Podemos pegar James em casa...?

— Vamos trazê-lo à escola — diz Ellie. — Acho que assim será melhor. Obrigada.

— Ele pode trazer o experimento na sexta-feira? — A senhora Britton parece um pouco confusa, como se tivesse acontecido alguma coisa que fugisse à sua compreensão. — Se ele precisar de mais tempo para finalizá-lo, podemos dispensá-lo de algumas aulas.

— Isso seria ótimo — diz Ellie. — Bem, acho que isso é tudo. Obrigada pela atenção.

A senhora Britton entrega um envelope a Ellie.

— Aqui estão todos os detalhes do evento. A categoria do James vai começar às onze da manhã. — Os três se levantam e se cumprimentam com um aperto de mãos. A senhora Britton olha para Delil, um pouco desconfiada. — E o senhor tem certeza de que não vai...?

Delil lhe dirige um largo sorriso.

— Voltarei a entrar em contato com a senhora, se for necessário. Mas espero que o assunto esteja encerrado.

— Aquilo foi genial — diz Ellie, sentando na cerca em frente à escola. — Eu achei que ela ia insistir em passar na nossa casa. Teria sido um desastre. Mas você exagerou um pouco com aquela história de hormônio.

— Você vai ou não me dizer o que tá acontecendo? — diz Delil. — Que história é essa de agressor mascarado? E por que você tá tão desesperada pra conseguir dinheiro? Por que esse concurso significa tanto pra você? Não é só por causa do James, é?

Ellie olha para ele.

— Eu não posso contar. Ainda não. Mas obrigada por tudo que você fez hoje.

— Você vai voltar pra escola? Eu adoro enganar os mais velhos.

Ellie olha para o céu, cada vez mais encoberto.

— Não. Não estou a fim.

— Então o que você vai fazer? A gente pode ir até a biblioteca.

— Você sabe mesmo se aventurar com uma garota — diz Ellie, enfiando a mão na mochila. — Peraí. Meu telefone está tocando.

— A biblioteca é um lugar para aventuras — diz Delil. Ele agita as mãos na frente do corpo, como se fosse um mágico fazendo um truque. — É a porta para um milhão de mundos diferentes. É...

— Não me diga que é safo. Olha, eu tenho que ir para casa — diz Ellie, olhando para o telefone.

— Eu vou com você.

Ellie se levanta e coloca a mão no peito dele.

— Não. Não, Delil. De jeito nenhum.

— Eu vou.

— Você. Não. Vai — diz Ellie, e sai correndo em direção ao ponto de ônibus.

Ela olha para trás apenas uma vez, para ter certeza de que Delil não a está seguindo, e depois olha de novo para a mensagem de Gladys. Ela respira com esforço enquanto olha desesperadamente em volta, à procura de um ônibus. Será que tem dinheiro suficiente para um táxi? Ela procura por trocados na carteira. Apenas moedas. Por favor, não deixe que eles entrem, pensa ela. Por favor, não diga nada. Ela vai ter de ligar para Gladys, explicar a ela o que fazer, dizer para ela fingir que não está em casa. Ellie começa a relembrar as respostas planejadas para a inevitável visita da polícia, do Serviço Social ou de outra autoridade que esteja disposta a separá-los. Finalmente, o ônibus chega e Ellie embarca, olhando de novo para o telefone, as mãos tremendo enquanto lê a mensagem mais uma vez.

MULHER DESCONHECIDA NA PORTA O QUE DEVO FAZER?

✳ 46 ✳

EU ESTIVE EM WIGAN

18 Vertical: Se for protelada, pode causar angina, proverbialmente (9)

A solução das palavras cruzadas está adiantada, mas aqueles nove quadrados em branco bem no meio estão tirando onda com a cara dele e as letras em volta não oferecem nenhuma pista. Thomas está sentado de pernas cruzadas, pairando no espaço bem iluminado da cabine principal, como um iogue levitando, o livro em uma das mãos e o lápis entre os dentes. Por mais que queime os miolos pensando, ele não consegue encontrar a palavra. Aquilo está se tornando uma obsessão. Ele fecha os olhos e tenta esvaziar a mente, transformá-la em um lago infinito, na esperança de que se jogar um anzol no lago conseguirá pescar a palavra errante na memória.

Entretanto, tudo que pesca é o som insistente e irritante de uma chamada do Skype no monitor. Thomas olha para o relógio digital da estação de trabalho. São 10 horas da noite, GMT. Muito tarde até mesmo para a ladainha do Baumann sobre o quanto a situação do AEV é desesperadora. Isso significa que deve ter havido uma nova emergência. O que será que deu errado dessa vez? Ele navega em direção à estação de trabalho e se ancora firmemente na cadeira. O zumbido delicado dos motores parece o mesmo de sempre e nenhum dos instrumentos indica níveis perigosamente baixos ou altos de alguma coisa. Para um pedaço de ferro-velho soviético, o *Cabananik-1* está se comportando muito bem.

Thomas aceita a chamada e fica surpreso ao ver o rosto da Claudia na tela. Ainda mais estranho é o fato de que ela não parece estar no Controle da Missão, a menos que o cérebro do Baumann tenha parado de funcionar e permitido que ela redecorasse o ambiente com móveis estilosos, pufes no chão, uma estante da IKEA e... sim, o que parece ser o pôster de um filme dominando a parede na penumbra atrás dela.

— Claudia. — Thomas se ajeita na cadeira para aparecer na tela menor, no canto do monitor, que mostra o que ela está vendo. Por um breve instante, ele pensa que deveria ter penteado o cabelo, mas depois se pergunta por que estaria pensando isso. — Já é tarde. Posso concluir que houve alguma crise de Relações Públicas? A imprensa descobriu que tem um cadáver enterrado no jardim?

Claudia começa a rir, e depois joga para trás os cabelos escuros com a mão perfeitamente manicurada, enquanto franze os lábios vermelhos e carnudos.

— Hum. Tem um cadáver enterrado no jardim?

— Provavelmente — diz Thomas. — Mas nenhum com o qual eu tenha qualquer envolvimento.

Ela suspira e relaxa visivelmente.

— Mesmo que tivesse, não é como se alguém pudesse fazer algo a respeito no momento.

— Você está certíssima. Alguém tentou entrar no meu apartamento no ano passado. A polícia levou uma semana para chegar.

Duvido que fossem capazes de me seguir até Marte se eu tivesse enterrado um corpo no jardim.

— O que você não fez, obviamente.

— Eu gosto de como você não tem certeza disso. — Thomas olha por cima do ombro da mulher, embora a imagem esteja indistinta e comece a se desfazer em uma constelação de quadrados coloridos.

— Aquele pôster...é de *A felicidade não se compra*?

Claudia olha para trás.

— Hã? Ah, aquilo. É sim.

— É o meu filme favorito. — Ele não faz ideia de por que estão tendo essa conversa. Se ele não se conhecesse, até poderia pensar que estava *flertando* com Claudia. Ele olha de novo para o painel de instrumentos; talvez a composição do ar não esteja correta. Talvez não haja oxigênio suficiente na mistura, ou um excesso de óxido nitroso.

A imagem se estabiliza e Claudia semicerra os olhos.

— Seu filme favorito? Pensei que caras que curtem ciências só gostassem de filmes como *Independence Day* ou *Guerra dos mundos*. Ele não é sentimental demais para alguém como você? É melhor tomar cuidado, Major Tom. As pessoas podem achar que você tem coração.

Há um silêncio breve (mas não desconfortável, pensa Thomas, surpreso) enquanto ele e Claudia olham um para o outro.

— Você está me ligando de casa? Da sua casa?

— Do meu apartamento. Ou melhor, do quarto de um apartamento que foi dividido para acomodar seis pessoas. Você sabe como é. É difícil encontrar um lugar decente em Londres.

Thomas abre a boca e fecha de novo quando se dá conta de que ia perguntar se ela tem namorado ou um marido. O que isso tem a ver com ele? Por que a ideia lhe ocorreu? Em vez disso, ele pergunta:

— Por que você ligou pra mim, Claudia?

Claudia fica olhando para Thomas por um bom tempo.

— Claudia? O que você fez?

— Eu estive em Wigan — responde ela, afinal.

* * *

Craig estaciona o Audi atrás de uma velha van branca em uma rua estreita de casas geminadas de tijolos vermelhos escurecidos por décadas de poluição, as portas da frente dando diretamente para a calçada.

— Aqui estamos — diz ele, puxando o freio de mão. — Número dezenove, Santus Street. Quer que eu entre com você?

Claudia limpa a janela embaçada do carro e olha para a casa. As cortinas estão abertas e há uma luz fraca no interior. Ela diz:

— Acho que posso ir sozinha. Se tiver algum problema, eu grito. Mas, pelo que eu sei, vou estar lidando com uma mulher de setenta anos, uma adolescente e um menino de dez, certo?

— Mas eles são do Norte — observa Craig, sabiamente. — Uma vez servi com um oficial de logística de Lancashire. Preston. O apelido dele era Gary Guild Hall. Um sujeito imprevisível. Bebeu uma garrafa de vinagre quando estávamos a caminho de Belize. Sem nenhum motivo.

— Certo — diz Claudia. — Vou prestar atenção na hora em que pegarem o vinagre.

Depois de saltar do carro, Claudia alisa a saia e arrisca um olhar pela janela da casa. Ela vê uma mulher sentada em uma poltrona, com o rosto iluminado pela televisão. Ela percebe que Claudia está olhando e olha de volta. Claudia sorri, acena para ela e aponta para a porta. A mulher parece assustada e pega um telefone em uma mesinha ao lado da poltrona.

Claudia vai até a porta e consulta o iPad enquanto espera. Aquela deve ser Gladys Ormerod, a mulher para quem Thomas Major ligou sem querer. Parece que o número dela pertencia anteriormente à ex-mulher de Thomas. Claudia gostaria de saber por que ela trocou de número. Será que foi para evitar os telefonemas de Thomas?

Como não há movimento atrás da porta de madeira pintada de verde, Claudia bate duas vezes. Ela dá um passo para trás para olhar pela janela, a tempo de ver Gladys se esconder atrás da cortina. Claudia olha na direção do carro, mas Craig está distraído lendo uma revista. Ela bate de novo e pouco depois ouve o barulho de uma chave na fechadura. A porta é aberta alguns centímetros e Gladys Ormerod espia para ela por trás de uma grossa corrente de segurança.

— Não queremos nada — diz Gladys, fechando a porta.

Claudia empurra a porta com a palma da mão gentilmente, impedindo que se feche.

— Sra. Ormerod?

— Não. Eles se mudaram. Eles foram pra... — Ela parece pensar por um momento. — Bolton. Isso mesmo, eles foram pra Bolton. Procure por eles lá.

— Sra. Ormerod — repete Claudia, sorrindo. Ela olha para a van estacionada em frente à casa. Na lateral suja de poeira está escrito *Darren Ormerod, Empreiteiro.* — Não tenha medo. Não vou causar problemas.

— Você é da associação? O cheque está no correio.

Ela tenta fechar a porta de novo, mas Claudia coloca a ponta do pé na fresta, franzindo os olhos quando a madeira arranha o seu sapato. Ela sabia que não devia ter usado Blahniks para ir a Wigan.

— Eu não sou da associação. Só quero conversar com a senhora. Meu nome é Claudia Tallerman. Trabalho na BriSpA.

Gladys olha para ela com ar de quem não entendeu nada.

— Você está vendendo alguma coisa? Não temos dinheiro.

— Não, não — diz Claudia, e logo se arrepende. — Bem, estou sempre vendendo alguma coisa, esse é o meu trabalho, mas estou aqui representando a British Space Association. A senhora sabe. Thomas Major? O Major Tom?

Os lábios de Gladys se abrem em um largo sorriso.

— Major Tom! Por que não disse logo? Você é amiga dele?

— Sou! — exclama Claudia, aliviada. — Sim, sou sim! Sou muito amiga do Major Tom! Agora posso entrar?

— Não — diz Gladys, chutando o sapato de Claudia para trás com a ponta da pantufa. — Você vai ter que esperar Ellie voltar.

Com isso, ela bate a porta na cara de Claudia.

— Foi mal — comenta Craig, quando Claudia volta para o carro. — Eu podia colocar você lá dentro em cinco minutos, você sabe. E fazer o passarinho cantar em três.

— Acho que isso não vai ser necessário, Comandante Bond. Estamos só esperando a Ellie chegar. — Ela consulta o iPad. — É a adolescente de quinze anos, mas é obviamente quem manda na casa.

Claudia cutuca Craig e ele olha pelo para-brisa. Uma mocinha esbelta, de rabo de cavalo, com uma mochila pendurada no ombro, corre pela rua. Craig observa:

— Ela não parece ter apenas quinze anos. Não está de uniforme escolar. E olhe para a maquiagem.

— Aquela maquiagem é *exatamente* o que uma menina de quinze anos que perdeu a mãe usaria. — Claudia pega de novo a bolsa. — Acho que a chefe chegou.

Quando a jovem enfia a mão no bolso para pegar a chave, Claudia sai do carro e diz:

— Ellie? Ellie Ormerod?

A jovem se vira, assustada e desconfiada. Ela poderia ser muito bonita, se tivesse alguém para aconselhá-la. Ellie pergunta:

— Quem é você? O que você quer? A ordem de despejo é só pra...

Claudia levanta as mãos.

— Não estou aqui para despejar vocês. Eu só quero conversar.

A porta se abre enquanto Ellie procura a chave de casa. Gladys aparece na soleira.

— O nome dela é Claudia. Ela é amiga do Major Tom.

Ellie olha para Claudia de cima a baixo. Olha para o Audi e para Craig, que acena para ela.

— Você é da BriSpA?

Claudia faz que sim com a cabeça.

— Meu crachá está na bolsa, se quiser ver.

Ellie suspira.

— É melhor você entrar. — Ela aponta com a cabeça para o carro. — Ele não vem?

— Ele vai ficar no carro — diz Claudia, entrando com a velha e a jovem na casa número 19 da Santus Street. — Cá entre nós, ele tem medo de nortistas.

✳ 47 ✳

CONTROLE DE DANOS

Claudia se acomoda no sofá enquanto Gladys prepara um bule de chá e olha pela sala, para o aparador, a mesa do lado da janela, com fotografias que devem ser dos pais de Ellie, a televisão, a poltrona de Gladys. Claudia percebe que Ellie está olhando para ela, e a jovem diz:

— Você provavelmente pensa que somos nortistas e antiquados.

— É uma casa muito bonita. E duas vezes maior que o lugar onde eu moro em Londres.

— Eu gostaria de morar em Londres — diz Ellie, sentando-se ao lado de Claudia. — No meu próprio apartamento.

Gladys sai da cozinha com uma bandeja na qual estão um bule coberto com um paninho marrom de crochê e três xícaras. Claudia diz:

— Mas eu não moro num apartamento; moro num quarto. E às vezes me sinto solitária. Além disso, você só tem quinze anos. Ainda é muito nova para morar sozinha.

Ellie estreita os olhos.

— Você parece saber muita coisa sobre mim.

Claudia assente com a cabeça enquanto olha novamente para as fotografias. Elas são um detalhe interessante. Não deve se esquecer. Ela era boa no que os editores chamavam de *feature* quando trabalhava como jornalista em revistas, antes de passar para o que os ex-colegas de trabalho chamavam de "lado sombrio" das Relações Públicas. Enquanto escreve mentalmente o parágrafo de abertura de um artigo, ela diz:

— É verdade. Seu nome é Ellie e você tem quinze anos. Seu irmão James tem dez anos e é um jovem cientista. Nossa amiga Gladys vai fazer setenta e um. E vocês estão todos passando por algumas dificuldades.

Gladys sorri enquanto serve o chá. Ellie diz:

— Parece que o Major Tom andou falando a nosso respeito. Ele prometeu que não faria isso.

— Ah, ele não falou, mas nós temos acesso às gravações de todas as conversas que ele teve com vocês. Eu fico surpresa como nem ele nem vocês pensaram nisso. Afinal de contas, nós somos da British Space Agency.

— Você está aqui para nos ajudar, querida? — pergunta Gladys, sentando-se na sua poltrona.

— Acredito que sim.

— A gente precisa de cinco mil — apressa-se a dizer Ellie. — Se vai ser um cheque, faça em nome de Gladys Ormerod.

Claudia dá uma risadinha e bebe um gole de chá. Gladys colocou açúcar. Ela vai ter de fazer uma sessão extra na academia quando voltar à civilização.

— Ah, quem me dera ter cinco mil libras para dar a vocês. Infelizmente, sinto dizer que não ganho tanto assim como chefe de Relações Públicas.

— Tenho certeza de que isso não é nada pra BriSpA.

— Provavelmente — concorda Claudia. — Mas não sei se eles estariam dispostos a pagar.

Ela percebe que Ellie e Gladys se entreolham, e então a jovem diz:

— Então o que você veio fazer aqui?

Claudia pousa a xícara na mesa de centro.

— Bem, parece que o Major Tom está fazendo uma coisa maravilhosa, ajudando o James a preparar um experimento para o concurso. É uma atitude maravilhosa, estupenda, altruísta. O tipo de notícia positiva de que estamos precisando.

Ellie balança a cabeça; ela não entende uma palavra do que Claudia está dizendo.

— Notícia positiva?

— Bem, cá entre nós, o Major Tom não se saiu tão bem quanto imaginávamos quando o apresentamos como o primeiro astronauta a ir para Marte. Ele é... bem, ele é meio *ranzinza*. A imprensa não simpatizou com ele como esperávamos. Principalmente depois daquele incidente com a menina...

— Ele fez a menina chorar — concorda Gladys. — Eu dei uma bronca nele por isso.

— Exatamente. Ele fez a menina chorar. Um desastre, em termos de RP. Precisamos controlar os danos. Aumentar a popularidade dele. Virar o jogo.

Ellie levanta as sobrancelhas. A ficha finalmente está caindo.

— E você acha que a gente é um meio de... aumentar a popularidade dele?

Claudia sorri.

— Eu fico feliz de ver que estamos em sintonia. Já consigo imaginar as manchetes. — Ela passa uma mão pelo ar, como quem revela uma manchete imaginária. — Major Tom ajuda família com dificuldades ameaçada de despejo. O *Daily Mail* vai adorar. E eu estou pensando que, para o *Guardian,* nós poderíamos fazer um artigo sobre as dificuldades que uma família pode enfrentar no Reino Unido quando os filhos são órfãos de mãe ou pai e o outro está preso. Eu acho que a BBC provavelmente também se interessaria pelo assunto. Ou poderíamos arranjar uma entrevista exclusiva para uma revista feminina. — Ela levanta a voz, dirigindo-se a Gladys. — A senhora gostaria disso, não é, Sra. Ormerod? A sua adorável família em uma dessas revistas chiques?

Ellie olha para ela, muito séria.

— Mas se você ouviu as gravações, sabe que... que ninguém pode descobrir o que está acontecendo. Se descobrirem eles vão proibir que a vovó cuide da gente, vão mandá-la para um asilo e eu e o James vamos parar num orfanato. Nossa família vai ser destruída.

— Tenho certeza de que as coisas não vão chegar a esse ponto. E assim que os fatos se tornarem públicos, vão chover doações de todos os lugares. Além disso, podemos conseguir uma boa quantia de quem ficar com a reportagem exclusiva.

Ellie se levanta.

— Não vai fazer diferença! — exclama ela. — O dinheiro não vai fazer diferença! O Serviço Social vai ter que se meter e eles vão separar a gente.

Claudia pensa no assunto.

— Bem, pode ser que sim. Mas só até seu pai sair da cadeia. Faltam apenas alguns meses, não é?

Ellie cerra os punhos, furiosa. Claudia se lembra do que Craig disse a respeito da imprevisibilidade dos nortistas. Ela se pergunta se deveria chamá-lo. Ellie diz:

— Não. Sem chance. A gente não é um bando de animal de zoológico para ser exposto enquanto todo mundo aponta e cutuca e diz que é uma pena! Você não tem esse direito! Você não manda na gente!

— Mas mandamos no Major Tom. E, por extensão, sinto dizer que mandamos também em vocês. Ou, pelo menos, na interação de vocês com o Major Tom. Temos gravações para provar isso. — Ela se levanta. — Não vou fazer vocês concordarem com nada agora. Pensem no assunto. Vou entrar em contato com vocês antes do fim de semana. Mas vocês sabem que não têm outra saída.

— Sua vaca! — grita Ellie. — Vai embora!

— Estou indo. — Claudia sorri para Gladys. — Obrigada pelo chá.

Thomas fica sentado em silêncio por um instante, encarando a imagem granulada de Claudia no monitor.

— Ela está certa, sabe. Você é uma vaca.

Claudia dá de ombros.

— Estou apenas fazendo o meu trabalho.

Thomas resiste à tentação de fazer para ela uma saudação nazista.

— Os Ormerod não me ligam desde ontem à noite. Você teve alguma coisa a ver com isso?

— Eu disse a eles que não seria uma boa ideia entrar em contato com você antes de isso estar resolvido. Eu disse que, se eles fizessem isso, eu iria direto para os jornais.

Thomas coloca a cabeça entre as mãos.

— Por quê? Por que você faria algo tão terrível? Justo quando eu estava começando a achar que você não era tão impiedosa como parecia.

— Não sou paga para gostarem de mim — afirma Claudia, num tom desafiador.

— Eu não ia chegar tão longe a ponto de "gostar" de você — murmura Thomas. Ele olha de novo para Claudia. — Então... e agora? Você obviamente está disposta a levar seu plano adiante. Mesmo sabendo o que isso vai fazer com a família. Eu não vou dar nenhuma entrevista, você sabe.

— Não será necessário. Temos as gravações completas de todas as suas conversas. Podemos editá-las e obter um material incrível. Mas... — Ela morde o lábio. — Existe uma outra possibilidade.

Thomas franze o cenho.

— Como assim?

— Talvez você tenha uma história melhor — explica Claudia. — Se você me der algo mais interessante, eu posso esquecer a família Ormerod. Todo mundo adora uma tragédia, Thomas. Eles caem como patinhos. Posso ver a manchete em uma revista feminina, talvez, ou numa reportagem num jornal nacional: o coração partido do astronauta mais solitário do Reino Unido.

— Você é realmente uma pessoa difícil de se lidar.

— Não tanto quanto você, Thomas. De acordo com os seus arquivos, sua vida é um vale de lágrimas. Eu quero saber mais detalhes. Podemos começar agora mesmo.

Thomas suspira.

— Uma história por noite, para salvar a vida dos Ormerod? Você é um verdadeiro Shariar, sabia?

Claudia faz ar de inocente.

— Ele joga no Chelsea?

Thomas pensa um pouco e depois resmunga.

— Tá. O que você quer saber?

Claudia se ajeita na cadeira.

— Vejamos... por que não começamos com algo fácil? Por que você se separou da Janet?

Thomas coça o queixo e depois responde.

— Certo.

Claudia sorri.

— Pode pensar à vontade, Sherazade.

Impressionado, ainda que contrariado, com o fato de Claudia ter entendido sua referência às *Mil e uma noites*, Thomas reúne suas memórias por um tempo e depois começa.

✳ 48 ✳
AS CARTAS DE LAURA

Antes de falar do fim, Thomas tem de falar do começo, do modo como ele se surpreendeu ligando para o número do cartão que Janet Eason lhe passou e convidando-a para jantar em um restaurante italiano não muito caro. Lá ele fica sabendo que ela é três anos mais nova que ele, nasceu perto de York, gosta de ioga, adoraria ter um gato, mas o proprietário do apartamento onde mora não permite, é fã das irmãs Brontë, odeia as pessoas que fazem barulho ao beber chá e é fã da gravadora Motown.

Janet Eason, por sua vez, o surpreende insistindo em pagar a conta do restaurante, no qual Thomas teve o cuidado de não fazer barulho ao beber qualquer coisa, e depois dizendo ao motorista do táxi para deixar os dois na casa dela.

A maior surpresa de todas é que quando ela leva Thomas para a cama, pedindo a ele para tirar primeiro a roupa dela e depois a dele, ele descobre que não é tão incompetente em matéria de sexo como pensava e que Janet Eason parece ter ficado muito satisfeita.

Assim, parece apenas natural que, depois de um ano de jantares não muito dispendiosos, de sexo competente e de um prazer inesperado com a companhia de outra pessoa, Janet pergunte a Thomas quando ele vai pedi-la em casamento, porque ela tem quase trinta anos e não vai ficar mais jovem e, se ele pedir, ela quase certamente dirá que sim. Diante das circunstâncias, ele pede. E ela aceita.

O casamento é planejado para acontecer um ano depois do pedido, mas, três meses antes da data marcada, a mãe de Thomas tem um derrame cerebral. Quando ele recebe a notícia, suspeita que seja uma tentativa desesperada de mantê-lo por perto, de não o perder depois que perdeu o marido e o filho mais novo. Thomas está preparando mentalmente o que vai dizer enquanto pega o táxi para o hospital. Ele vai se casar, e não morrer, e vai continuar em contato com ela, vai visitá-la com a frequência que ela quiser. Ele sabe que Janet jamais aceitaria que sua mãe morasse com eles, mesmo que pudessem comprar uma casa maior, de modo que não se dará ao trabalho de propor essa ideia. Ele pretende dizer à mãe que nada vai mudar, que ele ainda vai vê-la tanto quanto antes.

Mas quando chega ao hospital ele esquece o discurso. Isso não é um pedido de ajuda desesperado de uma mãe. Ela está inerte na cama, murcha, o olhar morto, metade do rosto paralisada, a mão em forma de garra sobre o peito magro. Thomas está trazendo flores e uvas. Sua mãe olha para elas, com o olhar vazio, e ele se inclina, beija a testa dela, seca como papel, e vai procurar um médico, que lhe dá a notícia: é pouco provável que sua mãe se recupere.

Thomas fica sentado ao lado da cama, sem saber o que fazer. A mãe faz um gesto para que ele se aproxime, um fio de saliva escorrendo do canto da boca paralisada. Ele gostaria que Janet estivesse ali, mas ela teve de comparecer a um julgamento importante. Ele diz isso à mãe e explica que Janet gostaria de estar ali, mas simplesmente não pôde. Theresa não esboça nenhuma reação; ela nunca gostou de Janet.

— Casa — murmura ela.

— Isso! — diz Thomas, com falso otimismo. — Você vai voltar para casa logo, logo!

Ela balança a cabeça.

— Casa.

Thomas tenta manter o sorriso. Não é hora de dizer a ela que nunca mais vai voltar para casa.

— Você precisa ficar boa para o casamento.

Só dizer a palavra *casamento* já faz Thomas sentir um frio na espinha. Não é só a perspectiva de ser o centro das atenções; é a perspectiva de estar casado. Embora esteja completamente apaixonado por Janet, ele não sabe como chegou a esse ponto. Ele se sente como uma peça de xadrez que foi manipulada por um grande mestre.

A mãe de Thomas aponta com a garra para a bolsa que está na mesa de cabeceira. Thomas pega a bolsa para ela e a mãe, com muita dificuldade, pega uma chave no interior.

— Casa — sussurra ela. — Gaveta.

Thomas vai à casa da mãe buscar uma camisola limpa e, quando entra no quarto, para diante de uma cômoda. Ele pega calcinhas e um pijama, embora saiba que é improvável que ela sobreviva até o fim da semana. Uma pequena gaveta no alto da velha cômoda está trancada, e ele pega no bolso a chave que a mãe lhe deu. A chave, naturalmente, serve, e ele abre a gaveta, onde encontra um pequeno maço de envelopes presos com elástico.

As cartas estão todas endereçadas a Thomas. Ele retira o elástico. Todas já tinham sido abertas anteriormente. Ele pega a primeira e reconhece imediatamente a letra.

As cartas são de Laura.

São nove cartas, e Thomas se senta na cama da mãe e lê todas. A primeira é datada de apenas uma semana depois que Laura partiu para Manchester. *Oi, Tom*, começa. *Eu só queria avisar que já estou instalada; o endereço está no alto desta carta. Estou morando com quatro colegas e todas parecem muito simpáticas. Como não temos telefone e o orelhão mais próximo está sempre enguiçado, achei que seria melhor te escrever. Gostaria que você tivesse começado este ano, mas sempre há o próximo ano... até lá já saberei quais são os melhores pubs das redondezas! Eu estava me perguntando se daria para você me visitar, quem sabe, daqui a dois fins de semana? Eu poderia te mostrar as atrações turísticas de Leeds... mas traga um guarda-chuva, rá, rá. Me escreva também, tá? Sinto que nos despedimos de uma forma esquisita e isso me deixou bem triste. Me desculpa se eu fui ríspida por você ter perguntado para a faculdade se eu poderia esperar um ano... eu sei que você não fez por mal. Fiquei surpresa, só isso. Estou com muita saudade de você. Com amor, L.*

Thomas coloca a carta aberta em cima da cama e lê a carta seguinte, datada de uma semana depois.

Oi, Tom! Não sei se você recebeu minha carta... talvez tenha recebido e esteja muito ocupado se divertindo aos montes sem mim, rá, rá. É mais provável que ela tenha se extraviado no correio. Enfim, eu só queria informar que já estou me sentindo em casa em Leeds. É realmente um lugar movimentado, eu acho que você vai amar. Está cheio de pubs e casas noturnas. Meu endereço está aí em cima. Não é exatamente um palácio, e Soozi (uma das minhas colegas de apartamento, ela é gente boa!) viu uma barata na cozinha outro dia. Ela gritou tanto que tive medo de que o teto viesse abaixo! Beth (que é lésbica) usou minha bota para esmagá-la (eca, obrigada, Beth!). Mas a casa é bem aconchegante e fica perto do centro da cidade. Eu estou torcendo para que você venha me visitar em um fim de semana (e nos ajudar a matar as baratas, rá, rá), talvez não neste, porque prometi às meninas que iríamos a um show do Happy Mondays, mas que tal o seguinte? Mesmo que você não possa, escreva para contar como vão as coisas por aí. Espero que sua mãe esteja bem. Com amor, L.

Na terceira carta, Laura se pergunta se Thomas viajou de férias.

Na quarta, ela diz que se ele não quer mais falar com ela, devia pelo menos ter a decência de mandar uma mensagem curta dizendo isso.

Na quinta, ela diz que telefonou duas vezes para a casa dele de um orelhão cheirando a urina e falou com a mãe dele, que foi muito simpática, perguntou como ela estava e prometeu que diria a Thomas para escrever.

Na sexta, ela diz para ele se foder.

Na sétima, Laura diz que entende que Thomas esteja magoado, mas que ela precisa de algum tipo de término formal, e talvez eles pudessem se encontrar, mesmo que fosse apenas para um café?

Na oitava, que tem quatro páginas, Laura descreve nos mínimos detalhes o sexo que teve com um estudante de medicina que também é jogador de rúgbi. As palavras queimam os olhos de Thomas, principalmente a linha na qual ela afirma que as atividades atléticas com o bem-dotado parceiro a deixaram "andando como o John Wayne".

A nona e última carta, datada de dois meses após o início do período na faculdade, diz o seguinte:

Thomas. Em primeiro lugar, quero pedir desculpas pela minha última carta. Eu estava bêbada quando a escrevi e bêbada quando a coloquei no correio. E com raiva. Com muita raiva de você. Mas não estou mais com raiva. Eu escrevi, eu telefonei, eu fiz tudo que podia, menos pegar um trem para visitar você. Mas sabe de uma coisa? Não vou fazer isso. Você obviamente seguiu em frente, e vou fazer a mesma coisa. A vida é curta demais para não seguir em frente e preciso aproveitá-la aqui em Leeds. Tinha esperança de que pudéssemos reatar o namoro e, se isso não fosse possível, pelo menos seríamos amigos, mas parece que isso não vai acontecer. É óbvio que não posso impedir que você venha para Leeds no ano que vem, já que sua matrícula foi apenas adiada, mas acho que não seria bom nos encontrarmos. Ainda não. Não por um bom tempo. Isso é realmente triste de dizer e meu coração está partido, mas é assim que tem que ser. Eu te amava de verdade, sabia? Eu só queria que você tivesse me mostrado um pouquinho do Thomas Major por quem eu me apaixonei. Então acho que isso é um adeus. Tenha uma boa vida, Thomas. Laura.

Cada uma das cartas é uma punhalada no coração de Thomas, cada palavra é um chute no saco, o ponto final da última carta é um véu puxado sobre os seus olhos. Ele se sente prestes a perder os sentidos, mas, em vez disso, fica apenas sentado na cama, olhando para as cartas. O casamento iminente parece ainda mais indefinido e estranho depois daquilo. É como se ele fosse o personagem de um conto fantástico, visitado pelo fantasma há muito esquecido de uma história que ficou pendente. Ele junta as cartas, coloca o elástico, guarda no bolso do casaco e enche uma bolsa de roupas que a mãe não vai usar antes de morrer.

✳ 49 ✳

VIDA LONGA E PRÓSPERA

Theresa Major está ainda mais murcha e encolhida que da última vez que Thomas esteve com ela. Ele quer odiá-la da mesma forma como odiou o pai, mas tudo o que faz é pegar um pano na mesa de cabeceira e enxugar gentilmente a teia de baba pendendo do queixo da mãe. Ela olha para o filho com olhos que ele nem mesmo sabe se o veem propriamente.

— Eu encontrei as cartas — afirma ele, secamente.

A mãe parece aliviada, como se o peso da sua mentira fosse algo que vinha carregando dentro de si como um gás tóxico durante quatorze anos. Ela abre a boca e Thomas aproxima o ouvido dela.

— Desculpe. — Sua voz é tão frágil e insubstancial quanto dentes-de-leão.

— Por que você fez isso?

— Eu... não... queria... te perder.

E ela perdeu tanta coisa, Thomas sabe disso. Ele quer gritar até ficar rouco, jogar as cartas na mãe como as pétalas que ela não vai poder jogar no seu casamento, mas, em vez disso, ele se senta ao seu lado em uma cadeira de plástico duro, segura a mão que não está retorcida pelo derrame e lê as cartas para si mesmo mais uma vez. Por que ela lhe revelou isso? Por que agora? Isso é algum tipo de golpe final para atrapalhar seu casamento com a Janet? A certa altura ele cochila e é acordado por uma enfermeira. Está escuro lá fora e a mãe está dormindo.

Não, não está dormindo.

— Ela se foi — diz a enfermeira, baixinho. — Sinto muito.

— Sim, ela se foi.

Mas Thomas está olhando para as cartas, não para a mãe.

— Eu também sinto muito.

Passam-se quase dois meses, mas depois de consultar o Yahoo, o AltaVista, o MySpace e o Friends Reunited, Thomas finalmente descobre o paradeiro de Laura. Ela está morando na zona nordeste de Londres, onde trabalha como pesquisadora na sede do Partido Trabalhista. Consequentemente, Thomas marca para Newcastle o fim de semana de despedida de solteiro que, contra sua vontade, se considera obrigado a organizar. Os únicos convidados são três funcionários do laboratório de pesquisa de alimentos geneticamente modificados (o mais próximo do que ele pode considerar como amigos, com base no fato de que trocou mais de duas palavras com eles) e o irmão da Janet, Robert, que obviamente recebeu ordens de comparecer e não faz nenhuma questão de esconder que preferiria estar em qualquer outro lugar do mundo quando fica evidente que ninguém vai conversar sobre futebol.

O que torna as coisas piores é que Kevin, que vai ser o padrinho de Thomas porque trocaram um pouco mais do que algumas frases completas, decidiu que a festa de despedida de solteiro deve ter um tema.

Robert mostra a blusa vermelha de manga comprida com uma gola V preta que Kevin tirou da mala e lhe entregou em um dos dois quartos do Travelodge que os cinco estão compartilhando e diz:

— *Star Wars*? Tá zoando com a minha cara?

— *Star Trek* — corrige Kevin. — E é muito apropriada. — Ele é magro e tem cabelo com entradas bem aparentes, olhos ligeiramente esbugalhados e uma risada fina como a que solta no momento. — Thomas me disse uma vez que quando trabalhava cavando valas todos o chamavam de Spock.

— Além disso — diz Rajdeep, olhando por cima dos óculos de lentes grossas —, Spock diz *Vida longa e próspera*, o que também é muito apropriado para um casamento.

Kevin entrega uma blusa azul a Thomas e uma blusa cinza, tão grande quanto uma tenda, a Jeremy.

— Academia da Frota Estelar. Foi a única que eu consegui no tamanho XXG. `

Jeremy faz que sim com a cabeça e continua a comer o seu *döner kebab*.

— Peraí um minuto — diz Robert, franzindo a testa. — O cara de vermelho não é aquele que sempre morre nas mãos do monstro com olhos de inseto? Qual é a cor da sua blusa?

— Dourada.

— Essa é a cor do Capitão Kirk, né? Vamos trocar.

— Não! — exclama Kevin, horrorizado.

— Eu concordaria, se fosse você — murmura Rajdeep.

Robert arranca a blusa dourada das mãos de Kevin e lhe entrega a blusa vermelha.

— O Capitão Kirk é o que está sempre transando, né? Seria um desperdício em você, mano. — Ele se vira para Thomas. — Certo, Doutor Spock, vamos trocar de roupa. Os Três Mosqueteiros podem ficar com esse quarto, a gente fica com o outro. Tenho que ficar de olho em você. Nada de dar uma escapadinha antes de se casar com a minha irmã mais velha, rá, rá.

Thomas suspira, pega a sua mala e sai do quarto com Robert, enquanto Kevin protesta:

— Não é Doutor, é *Senhor* Spock.

Thomas imaginou que a despedida de solteiro seria ficar até tarde em um pub tranquilo e torcer para a conversa ser menos forçada do que no trabalho, mas Robert tinha outros planos. Como cresceu em York, ele estava bem familiarizado com Newcastle e montou para eles um roteiro pelos pubs e bares do Bigg Market que terminava em uma balada dentro de um navio antigo ancorado no rio Tyne. A noite passa em um instante entre cervejas e doses de uísque, com Robert mostrando um talento incrível para descobrir grupos de mulheres de minissaia e segui-las de bar em bar.

— Alterem os phasers para o modo *estonteante*! — Ele ri. — Oi, meninas, querem ver minha chave de fenda sônica?

— Vocês ouviram isso? — diz Kevin, sem esconder a irritação. — Ele misturou referências de *Star Trek* e *Doctor Who*! Esse cara não sabe de *nada*!

Rajdeep bebe tanto que fica praticamente em coma, depois de passar uma hora chorando mágoas por uma moça que conheceu em Delhi, Jeremy está sempre com comida em mãos em todos os bares e não fala nada; Robert e Kevin conseguem brigar entre si no final da noite. Thomas está tão bêbado que não se importa, mas a briga parece envolver uma exigência de Robert para que Thomas tire a roupa e seja amarrado a um poste de luz, como dita a tradição das despedidas de solteiro, enquanto Kevin discorda da ideia.

A briga em si consiste em Kevin dar uns tapas no peito largo de Robert e Robert derrubá-lo em uma poça.

— Vocês são um bando de babacas — diz Robert. — Me deixa pelo menos desenhar as sobrancelhas do Doutor Spock nele.

A última coisa de que Thomas se lembra é do Robert se aproximando dele com uma caneta pilot preta e Kevin protestando aos gritos que é *Senhor* Spock e não Doutor Spock, até que Rajdeep vomita no colo de Kevin.

Thomas acorda cedo na manhã seguinte e mal consegue abrir os olhos por causa do coquetel de álcool que ainda circula no seu sangue e da britadeira que martela sua cabeça. Depois de tomar um banho rápido, ele pega um bonde, um trem e um ônibus para chegar a uma pequena cidade a 25 quilômetros de distância de Newcastle. É um lugar bonito, com um parque central, um lago de patos e casas com grandes jardins na entrada. Não é o tipo de lugar onde imaginaria Laura vivendo, com suas meias-calças listradas, coturnos Dr. Martens e cabelo cor-de-rosa. Ele traz um pedaço de papel com o endereço e dá três voltas em torno do lago de patos, decide que simplesmente deveria voltar a Newcastle para um drinque e o inevitável conflito com o irmão de Janet, quando cria coragem e encontra a casa. A entrada possui um arco coberto de flores de ervilha-de-cheiro brancas e azuis acima do pequeno portão do jardim. Com o coração acelerado, Thomas destranca o portão e percorre o caminho de pedra até a porta, embutida em uma varanda de tijolos com um pequeno teto de ardósia. Mesmo ao bater à porta, ele ainda acredita que está no endereço errado.

Até que ela abre a porta. O cabelo é loiro, em vez de cor-de-rosa, e ela está usando legging preta, blusa branca e sandálias Birkenstock. Ele mal pode acreditar no que vê. É ela.

— Laura.

Ela olha para ele confusa por um breve instante, e depois diz:

— Thomas.

Então ele se dá conta de que não tem a menor ideia do que dizer. Laura diz:

— Hum. O que você está fazendo aqui?

Ele enfia a mão no bolso e tira o maço de envelopes.

— Eu recebi as suas cartas.

Laura ergue uma sobrancelha.

— É, eu já sabia disso. Eu mandei várias.

— Não — diz ele —, eu quis dizer que eu acabei de receber suas cartas. Há menos de dois meses. Minha mãe... bem, minha mãe as escondeu durante esse tempo todo.

Laura ergue a outra sobrancelha.

— Ah. Como ela está?

— Morta.

Laura faz que sim com a cabeça.

— Certo. — Ela faz uma pausa. — Olha, eu sinto muito. — Então ela semicerra os olhos. — Hum. Thomas. Seu rosto...

— Ah, sim. — Ele se lembra de Robert com a caneta pilot preta. Ele lambe um dedo e esfrega a sobrancelha. — As coisas saíram do controle na noite passada. O tema era *Star Trek*.

Laura sorri e Thomas sente uma alegria tão grande que parece que vai explodir. Ele abre a boca para falar e percebe sua voz falha.

— Eu devia ter ido com você. Pra Leeds.

O sorriso de Laura desaparece.

— Thomas. Isso foi há muito tempo.

243

Ele faz que sim com a cabeça. Sua boca treme. Ele não confia em si mesmo para dizer nada. Laura olha para ele, curiosa.

— Você veio até aqui só para me dizer isso?

Thomas faz novamente que sim com a cabeça.

— Bem, eu estava aqui perto, em Newcastle. Para minha despedida de solteiro. Mas eu só vim até Newcastle porque descobri que você mora aqui.

Laura pisca os olhos.

— Sua despedida de solteiro? Você vai se casar?

— Daqui a três semanas — diz Thomas. — Mas...

Esse *mas* fica pairando no ar entre eles, sustentado pelo perfume inebriante das flores do jardim de Laura, enredado no voo preguiçoso das abelhas, suspenso por frágeis teias de aranha.

A porta atrás de Laura é aberta e um homem de cabelo curto, com um uniforme de futebol, se aproxima enxugando as mãos em um pano de prato. Ele olha para Thomas, franze o cenho e diz:

— Está tudo bem, amor?

Ele é galês e, por um segundo, Thomas se pergunta se é o mesmo estudante de medicina e jogador de rúgbi cujo membro prodigioso serviu de inspiração para a ode poética de Laura no passado remoto. Pela primeira vez ele nota o anel de noivado e a aliança no dedo de Laura.

— Tudo bem — diz Laura. — Este senhor é corretor de seguros. Eu disse a ele que temos tudo de que precisamos.

— Tudo de que precisamos — repete o homem, marido de Laura, colocando a mão no ombro dela. Ele olha para Thomas curiosamente. — Mesmo assim, obrigado por ter vindo.

— Sim — diz Thomas, enquanto o marido de Laura a guia para dentro de casa. — Posso ver que vocês têm tudo de que precisam.

Antes que a porta se feche, Laura olha para Thomas mais uma vez e diz:

— Você sabe que alguém desenhou um pênis na sua testa com uma caneta pilot, não sabe?

* * *

— Que merda! — exclama Claudia. — E o que você teria feito se ela ainda estivesse solteira? E o seu compromisso com a Janet? Foi por isso que vocês se separaram? Você se encontrou de novo com a Laura? Vocês tiveram um caso?

— Acho que por hoje chega. — Thomas reprime um bocejo. — O resto fica para outro dia. Você promete que não vai fazer nada com os Ormerod?

— Eu prometo — diz Claudia pelo telefone sibilante. — Quero saber como isso termina. Te ligo amanhã, Sherazade.

— Eu ainda acho que você é uma vaca, Claudia.

Há uma pausa cheia de estática.

— Thomas? *A felicidade não se compra* é o meu filme favorito também.

Ele fica escutando o telefone mudo por um tempo, sem saber como interpretar essa última fala, e depois sai pairando em direção ao saco de dormir, parando por um bom tempo na janela para ver a Terra, distante, já reduzida ao tamanho de uma bola de futebol.

✱ 50 ✱

LUZ VERDE

Ellie convoca uma reunião familiar e coloca os outros a par da situação atual. James parece estar prestes a explodir em lágrimas. Gladys parece feliz em cantar baixinho "Jesus Wants Me For a Sunbeam" o tempo todo.

— Mas por que a gente não pode ligar para o Major Tom? — indaga James, com o lábio inferior trêmulo.

— Porque — explica Ellie pacientemente — se a gente ligar para ele, essa tal de Claudia vai ouvir as nossas conversas. Ela quer nos transformar numa espécie de circo de horrores para a imprensa. Se isso acontecer...

Os dois olham para Gladys.

— Vovó, você pode parar de cantar um instante? Isso é muito sério — diz Ellie.

Gladys dirige aos dois um largo sorriso.

— Desculpe, querida. Eu não consigo parar de pensar na escola de catecismo desde que o Major Tom me pediu para ajudá-lo a resolver um problema de palavras cruzadas. Acho que vou ter que ligar para ele para perguntar qual era a pista.

— Não. — Ellie aperta a ponte do nariz. — Não. A gente não pode ligar para o Major Tom. Pelo menos não por enquanto.

— Mas e o experimento? — pergunta James. — Eu não consigo fazer o experimento sem ele.

Ellie gira o corpo no sofá para encarar o irmão e coloca uma mão em cada um dos seus ombros magros.

— Consegue, sim. Você pode fazer o experimento sem ele. A ideia foi sua. Você só precisa fazê-la funcionar, certo? Eu fui falar com a diretora da sua escola. A gente precisa chegar muito cedo à escola no sábado. Eles vão te levar para Londres de trem. Vai ser emocionante, não acha? Vou preparar um almoço para você levar.

— Por que você não vai também?

— Porque não fui convidada. Além disso, eu não posso deixar a vovó sozinha...

— Nós costumávamos nos sentar no chão de pernas cruzadas, fazendo um grande círculo — diz Gladys. — O Sr. Trimble lia alguma coisa da Bíblia. Provérbios. Eu lembro que era esse o nome do livro. — Ela interrompe o que dizia para assoviar um pouco mais de "Jesus Wants Me For a Sunbeam". — Foi isso que me fez pensar na escola de catecismo. Não sei o quê não sei o quê angina não sei o quê proverbialmente. Essa era a pista. Proverbialmente. Provérbios.

Ellie balança a cabeça e pergunta a James:

— Por falar nisso, como vai o experimento?

— Tá quase pronto. — James limpa o nariz com a manga da camisa da escola. — Você quer ver?

Quando chegam ao quarto do James, Ellie vê que ele colocou no chão tudo que estava na escrivaninha para abrir espaço para uma grande caixa de papelão que Ellie pegou no setor de verduras. Em vez de repolhos, ela agora contém paredes de papelão que a dividem para replicar a planta da casa deles, o andar de baixo do lado esquerdo e o andar de cima do lado direito. Ellie tem de admitir que ele fez um excelente trabalho, pintando a parte externa da caixa para simular tijolos e o interior para reproduzir razoavelmente bem a cor de cada cômodo. Ele até fez móveis com pedaços de papelão, coloridos para ficarem parecidos com o sofá e com as camas dos três, além dos elementos principais da pequena cozinha.

Ellie entrega a ele a caixa de lâmpadas de LED que Delil lhe deu e pega um boneco esculpido em massa de modelar, um homem de calça jeans e uma camisa de malha. Ela olha para James.

— Papai?

Ele faz que sim com a cabeça e coloca em pé outros três bonecos.

— Você. Eu. A vovó.

Ellie examina um de cada vez.

— Eles estão... uau, James, você fez um ótimo trabalho.

— Vou te mostrar como funciona — diz James, pegando os bonecos. Ele coloca a avó deitada na cama, Ellie sentada no sofá e James no quarto dele.

— Você vai ter que imaginar que as lâmpadas de LED estão montadas em frente à casa, perto da porta. Elas não estariam ali, obviamente, e, sim, numa delegacia ou algo parecido, mas é só para mostrar minha ideia para os juízes do concurso.

— Pode continuar, então.

— Tá bem. Imagina que o papai está usando um rastreador ou, como é que eles chamam? Uma tornozeleira. Uma tornozeleira eletrônica. Ela analisa se o papai está fazendo uma coisa boa ou uma coisa ruim. Se ele está fazendo uma coisa ruim, então ele não ganha uma redução na pena ou pode até ter a pena aumentada. Mas se ele está fazendo uma coisa boa, ele vai ser solto mais rápido. Só que desse jeito ele vai poder cumprir a pena em casa.

— Isso é possível?

James faz que sim com a cabeça.

— Eu estudei sobre isso. O nome é Prisão Domiciliar. Eles podem te soltar depois que você cumpre um quarto da pena, desde que use uma tornozeleira eletrônica.

Ellie faz que sim com a cabeça.

— Me mostra. Faz de conta que as lâmpadas estão ligadas.

James coloca o boneco de Darren Ormerod na poltrona da avó.

— Então, vamos dizer que você tem um dever de casa pra fazer e pediu ajuda pro papai, mas, em vez de te ajudar, ele fica vendo futebol na televisão ou algo assim. A lâmpada vermelha acende. Porque isso é errado. — Ele coloca o boneco de Darren na cama. — Ou então é sábado de manhã e ele prometeu fazer o café pra gente, mas em vez disso fica o dia inteiro na cama.

— Luz vermelha. Mas você se lembra de como o café do papai era uma droga?

James pega Darren e Gladys e os coloca na cozinha.

— Aqui tá o papai conversando com a vovó sobre os velhos tempos, fazendo ela se sentir bem. Luz verde.

— Ele é bom nisso. Ele sempre fazia a vovó rir.

Ellie sente os olhos ficarem marejados de lágrimas.

— E aqui está ele sentado no sofá com você, vendo seu dever de casa e dizendo que você é milhões de vezes mais inteligente que ele e que deve ter herdado isso da mamãe. E ele está nos dizendo o quanto sente falta da mamãe, mas que tudo vai dar certo.

James funga e limpa de novo o nariz com a manga da camisa. Ellie sente as lágrimas rolando pelo rosto.

— É, ele também era muito bom nisso. Em nos dizer que tudo ia dar certo.

James coloca Darren ao lado da sua cama e coloca o seu boneco deitado na cama.

— E aqui — James prende o choro — é o papai lendo uma história pra mim na hora de dormir. — Ele respira fundo, um respiro descompassado. — Ele tá lendo pra mim na cama e é a história daquele coelho que ama o pai dele até o infinito e o pai coelho diz que ama o coelhinho até o infinito e além, e você sabe que o pai coelho nunca vai abandonar o coelhinho nem vai embora e vai sempre estar ali para ler uma história para o coelhinho antes de dormir.

James faz cara de choro.

— Luz verde.

— Luz verde vezes mil — diz Ellie, enquanto se aproxima e dá um abraço no irmão.

Os dois ficam ali sentados juntos, balançando levemente o corpo.

✳ 51 ✳

DE UM JEITO APOTEÓTICO

À medida que a sexta-feira se aproxima, Ellie vai ficando cada vez mais nervosa, apesar de tentar não demonstrar isso na frente de James. E se ele não ganhar? O que eles vão fazer? E se ele foi convidado para participar do concurso apenas por um gesto de compaixão, para preencher a cota de crianças carentes? Depois da competição, vai restar apenas uma semana para pagarem o que devem ou serão despejados. Ellie se dá conta de que ficaram tão empolgados com a ideia de James ganhar o concurso que não pensaram em um plano B. Foram as conversas com o Major Tom; elas deram um toque surreal à vida da família. Mas desde que Claudia apareceu na casa, parece que a realidade tem pesado cada vez mais. Sem os telefonemas do Major Tom, parece que tudo não passou de um sonho bobo, do qual apenas Ellie está acordando.

O pai tem telefonado toda semana, como de costume, só para ouvir a voz deles, e Ellie instruiu a todos que não dissessem nada do que aconteceu a ele.

— Deve ter *alguma coisa* acontecendo que você possa me contar — diz ele, a voz ecoando nos vazios metálicos da prisão.

— Só o de sempre — diz Ellie. — Mal posso esperar para te ver. Te amo.

James, naturalmente, quer saber por que não podem contar nada ao pai.

— Porque ele vai ficar preocupado, e não há nada que ele possa fazer lá — explica Ellie. — A última coisa que a gente quer é que ele faça alguma bobagem enquanto está na cadeia. A gente vai resolver isso. Tenho certeza.

Apenas por precaução, ela trabalha ainda mais do que de costume, tentando juntar o máximo de dinheiro que consegue. Ela está na loja polonesa, arrumando latas de feijão em uma prateleira que tira de um grande engradado de arame, quando escuta um pigarro. Deve ser alguém querendo saber onde estão as fraldas, ou o açúcar ou o papel higiênico. No entanto, ninguém parece precisar de ajuda para saber onde ficam as bebidas. Ellie se vira e dá de cara com o Delil, com um sorriso no rosto.

— Não posso falar com você agora — murmura ela, continuando a tirar as latas do engradado. — Não quero me arriscar e perder esse emprego também.

— Tudo bem — sussurra ele. — Vou fingir que sou um cliente. — Então diz, em voz alta: — Por favor, a senhorita poderia confirmar para mim a veracidade das propriedades de melhoria de performance sexual atribuídas a esses feijões-pretos? Li um artigo muito interessante na internet e fiquei curioso.

— Cala a boca — diz ela, em voz baixa, mas não consegue deixar de rir. — O que você quer?

— Na verdade, eu tô aqui pra comprar uma coisa. Minha mãe vai fazer uma torta de macarrão e me pediu macarrão cotovelo. Você sabe onde fica?

Ellie semicerra os olhos.

— A gente tá a quilômetros da sua casa. Tem um bando de lojas mais próximas.

Delil dá de ombros.

— Eu sabia que você tava trabalhando aqui. Resolvi vir dar um alô. Aquelas lâmpadas que eu arranjei na escola funcionaram?

Ellie faz que sim com a cabeça.

— O James fez um trabalho muito bom. Ontem à noite ele estava instalando as lâmpadas. Ele tem que levar para a escola amanhã e depois vai embarcar para Londres no sábado de manhã.

Delil cruza os dedos das mãos.

— Ele vai ganhar, eu tenho certeza.

— Espero que sim. — Um supervisor passa na extremidade do corredor e Ellie volta a mexer nas latas, enquanto Delil finge estar lendo o rótulo de um pacote de cuscuz. Quando o homem se afasta, ela diz: — É nossa última chance.

Delil coloca o cuscuz de volta na prateleira.

— Você pode me contar por que é tão importante ganhar o concurso?

Ela balança a cabeça de forma resoluta e sente as lágrimas brotarem do canto dos olhos. Idiotas, lágrimas idiotas. Ela tem chorado o tempo todo ultimamente.

— Ei — diz ele, colocando a mão no ombro de Ellie.

— Vamos ser despejados — diz Ellie. — Se ele não ganhar, vamos ser despejados semana que vem.

Delil tapa a boca com a mão.

— Merda.

Ellie faz que sim com a cabeça.

— É.

— Mas por quê?

— É uma longa história — diz Ellie. — Olha, é melhor você ir embora antes que eu me dê mal.

— Escuta, por que você não vai à festa amanhã à noite? Você não precisa ficar muito tempo. Acho que te faria bem.

Ellie balança a cabeça.

— Não posso. Mesmo que eu pudesse deixar o James e a vovó sozinhos, tenho que levantar de madrugada para levar o James até a escola no sábado. Eu simplesmente não posso.

— Tudo bem. Então a gente se vê amanhã na escola.

Ellie faz que sim com a cabeça e continua a arrumar as latas. Dois minutos depois, alguém bate em seu ombro. É o Delil.

— Hum... você sabe onde fica o macarrão cotovelo?

* * *

— Tem certeza de que seu experimento vai chegar inteiro na escola? — pergunta Ellie, hesitante, na manhã de sexta-feira. A maquete da casa está em cima do aparador, dentro de um saco de lixo preto. — Você não vai deixar cair no ônibus?

— Vai dar tudo certo — diz James da cozinha, onde está pegando seus sanduíches na geladeira.

— Talvez fosse melhor você ir de táxi.

— Vai dar tudo certo — repete James. — A gente já vai pegar um táxi amanhã de manhã. Não temos dinheiro para dois táxis.

James sai da cozinha e olha em torno, à procura da mochila. Ellie diz:

— Vovó? A senhora vai ficar bem hoje?

Gladys está sentada na sua poltrona, assistindo passivamente ao noticiário da manhã. James sabe por que Ellie está preocupada: a avó está quieta demais.

— Não se preocupe comigo — suspira Gladys. — Está tudo bem. Estou só com uma dor de barriga. Eu não devia ter comido aquele sanduíche de peixe ontem à noite. Mas o Bill insistiu. Ele sempre traz um sanduíche de peixe quando volta do pub.

James e Ellie se entreolham.

— Acho que vou passar em casa na hora do almoço para ver se a senhora está bem.

— Tá na hora — diz James, pendurando a mochila no ombro e segurando a maquete com as duas mãos. — Abre a porta pra gente, Ellie.

— Toma cuidado! — grita ela da soleira.

— Vou tomar.

James consegue um lugar sentado no ônibus e coloca a maquete no colo. As lâmpadas de LED funcionaram perfeitamente, uma vermelha e a outra verde. Ele se sente ao mesmo tempo nervoso e animado com o que vai acontecer no dia seguinte, nessa mesma hora. Ele nunca foi a Londres. O texto impresso da apresentação, que ele vai fazer para os juízes sobre o experimento e a razão pela qual ele é importante, está na escola. A Sra. Britton disse que ele vai ter a tarde inteira para treinar e que ela vai reunir alguns professores para que ele se acostume a falar para uma plateia. James imagina como vai ser. Imagina um palco e uma fileira de pessoas, todas muito sérias. Ele espera não ficar muito nervoso. As palmas das mãos já estão molhadas de suor e ele respira fundo, tentando se acalmar. Ainda tem um dia inteiro pela frente, uma noite e uma viagem de trem até Londres.

Quando o ônibus para na rotatória da escola, James espera até todos saltarem e depois carrega cuidadosamente a maquete até a porta e desce os degraus lentamente. A Sra. Britton disse que ele podia deixar o experimento na sala dela, pois seria trancada na hora da saída. Não que ele esperasse que alguém tentaria invadir a escola de noite para roubá-lo.

E então ele vê Oscar Sherrington.

Ele está encostado na cerca de metal do ponto do ônibus, com o restante da sua gangue. James baixa a cabeça e começa a atravessar a rua na direção do portão da escola, mas eles aceleram o passo para interceptá-lo. James conseguiu evitá-los a semana inteira. Por que eles decidiram incomodá-lo justamente hoje, quando suas mãos estão ocupadas?

— Quero falar com você, camponês — diz Oscar.

— Tô ocupado — diz James. Ele não consegue evitar que sua voz fique trêmula com o leve pânico que começa a sentir.

— O que é isso que você está carregando?

— Talvez ele tenha feito um bolo pra Britton — diz um dos amigos de Oscar. — Ele não é o queridinho da professora?

Oscar impede que ele continue, e James olha em torno à procura de alguma professora. Há uma perto do portão, usando um colete laranja, mas ela parece estar cuidando de uma criança do jardim de infância que caiu e ralou o joelho. James leva um susto quando Oscar arranca o saco de lixo das suas mãos e o sacode com força.

— Não parece um bolo. Vamos ver o que é.

Os amigos rasgam o saco de lixo e expõem a maquete.

— Awnn — diz Oscar. — É uma casa de boneca.

— É o meu experimento — diz James.

— Vejam só, é a família dele — diz um dos meninos, pegando os bonecos de massa de modelar. — Esse deve ser o pai que está preso.

— E essa é a irmã — diz outro menino. — Eu ouvi dizer que ela é piranha.

— E essa deve ser a Super Avó — diz Oscar, equilibrando a caixa em uma das mãos e pegando o boneco de Gladys. Ele aproxima o seu rosto do de James. — Essa velha maluca me fez passar por idiota na frente do meu pai. Ninguém faz isso comigo, entendeu?

James faz que sim com a cabeça.

— Eu só quero a caixa de volta, Oscar.

— O quê? Essa caixa?

Ele deixa cair a caixa no chão.

— Ops.

James olha para o chão, preocupado. Ela está inteira.

— Ops — diz Oscar de novo, pisando com força na maquete.

Os amigos se juntam a ele, freneticamente chutando e pisando a caixa até reduzi-la a uma pilha de papelão rasgado e amassado. Oscar segura o boneco da avó perto do rosto de James e o espreme lentamente até reduzi-lo a uma bola multicolorida. Depois, ele a joga no meio dos destroços do experimento.

— A boa notícia é que isso nos deixa quites, camponês — diz Oscar, com um sorriso cruel. — Agora sai da nossa frente.

Eles andam, às gargalhadas, até o portão da escola, deixando James olhando, anestesiado, para os restos mortais da única coisa que poderia salvar sua família.

— Eles fizeram o quê? — diz Ellie com uma calma que não combina com a sua fúria.

— Jogaram meu experimento no chão. Depois pularam em cima dele até ficar todo destruído.

Ellie fecha os olhos e conta mentalmente até dez. Quando volta a abri-los, James ainda está ali sentado, o rosto coberto de lágrimas. Ainda está tudo perdido.

— Você contou para alguma professora? Para a Sra. Britton?

James balança a cabeça.

— Ela não perguntou onde o seu experimento estava?

— Eu disse que ia levar amanhã. Disse que tinha esquecido em casa. Ela pareceu desapontada.

Ellie deixa escapar o ar.

— E... agora? Você pode refazer tudo hoje à noite?

James faz uma careta e balança a cabeça.

— Não vai dar tempo. Eu não quero mais. Eu só quero esquecer tudo isso.

— James — diz Ellie, quase histérica, elevando o tom de voz. — James. Você tem noção de que essa é a nossa única chance?

Ele faz que sim com a cabeça, tristemente. Gladys pigarreia. Os dois olham para ela, que diz:

— A luz dos justos brilha intensamente, mas a lâmpada dos perversos apagar-se-á.

— O quê? — pergunta Ellie, franzindo a testa. — Do que você está falando, vovó? — Ela se vira para James. — Você tem que fazer. Você tem que tentar. Eu posso te ajudar...

— Da soberba só provém a contenda — diz Gladys. — Mas com os que se aconselham se acha a sabedoria.

— Eu não consigo! — grita James. — Não tenho tinta, nem massa de modelar, nem lâmpadas de LED! Não tenho nem uma caixa de papelão! E a gente não pode comprar nada, porque estamos sempre duros! Eu simplesmente não consigo!

— Os bens que facilmente se ganham, esses diminuem, mas o que ajunta à força do trabalho terá aumento.

— Cala a boca! — grita Ellie, levantando do sofá. — Cala a boca cala a boca cala a boca!

— Não grita com ela! — protesta James. — Ela não tem culpa!

Ellie leva as mãos à cabeça.

E grita.

Os outros fazem silêncio.

— Eu já estou por aqui! — grita Ellie, batendo na testa com o lado da mão. — Eu estou por aqui com vocês dois! Eu faço o melhor que eu posso tentando evitar que essa família idiota afunde de vez e vocês não fazem merda nenhuma para ajudar. *Você* deixa que façam bullying com você e *ela* ficou totalmente gagá. Eu. Não. Aguento. Mais.

— Ellie — diz James, de olhos arregalados —, você tá me assustando.

— Você *tem razão* de estar assustado! — berra ela. — A gente vai perder a casa e ser separado, e a vovó vai para um asilo ou um hospital e a gente vai acabar num orfanato horrível e decrépito, e se você acha que aqueles meninos mimados da sua escola são malvados, você ainda não viu nada, James. Estamos ferrados. Totalmente ferrados.

Ellie olha em torno à procura da sua mochila, enfia a mãe nela e pega o celular.

— O que você vai fazer? Ligar pro Major Tom?

— Não, não vou. — Ellie digita no teclado. — Foi ele que colocou a gente nessa confusão, para início de conversa. A gente nunca deveria ter dado ouvidos a ele. A gente deveria ter resolvido tudo do jeito certo.

— Então pra quem você tá ligando?

— Eu estava quase lá — diz Gladys. — *Provérbios.* Tenho certeza.

— Ellie, pra quem você tá ligando?

Ellie o ignora e quando a chamada é atendida ela diz:

— Delil? Sou eu. Quero me encontrar com você. Diga onde. Por volta das oito. Eu vou pra sua festa.

Ela escuta sem tirar os olhos de James e diz:

— O que mudou? Tudo. E nada, ao mesmo tempo. Eu só decidi que se o que eu temia vai acontecer, então que as coisas não terminem de qualquer maneira, e sim de um jeito apoteótico.

✳ 52 ✳

O TIPO PARA CASAR

— Devo dizer, é difícil te imaginar casado. Você não parece esse tipo de pessoa.

Claudia e Thomas estão conversando pelo telefone Iridium, mas a ligação está meio falhada e com chiados, com ecos distantes do que Thomas por um momento fantasia serem os fantasmas do espaço. Naquela manhã, o diretor Baumann ligou para dizer que era improvável que a conexão entre o terminal de computador dele e o Controle da Missão fosse restabelecida. Não haveria mais Skype nem internet. Era extremamente importante que Thomas executasse uma AEV para alinhar a antena de comunicação.

— Ainda temos o telefone Iridium — argumentou Thomas.

— Não por muito tempo — disse o diretor Baumann. — Você vai ter que fazer essa caminhada espacial. E logo. Não podemos perder contato com você. Seria um desastre para a missão. Seria um desastre para a BriSpA. E poderia ser um desastre para você. No fundo, você sabe disso. Você precisa aceitar o fato de que vai ter que ir lá fora e consertar a antena.

— Vou pensar no assunto.

Baumann junta as sobrancelhas, que ficam parecendo duas toupeiras fazendo amor.

— O assunto não está em discussão, Major. Você não tem alternativa. Ponto final.

Para Claudia, mais tarde, Thomas diz:

— Você não faz ideia do tipo de pessoa que eu sou.

— Ah, acho que a essa altura eu já te conheço o suficiente para ter uma ideia.

Há uma pausa e um distinto barulho de líquido.

— Você está bebendo vinho? — pergunta Thomas.

— Claro que sim. São dez da noite.

— Então, o que você quer saber hoje?

Durante a semana, Thomas contou tudo para ela: a morte de Peter, a morte do pai, o incidente no cinema. Ele descobre ser estranhamente catártico pensar na sua vida como se os eventos fossem histórias com começo, meio e fim, e não uma série de episódios traumáticos sem nenhuma conexão.

— Comece de onde parou na primeira noite, Sherazade. Não pense que eu não notei que você evitou tocar no assunto. Me conte por que seu casamento fracassou.

Para ser bem sincero, Thomas não consegue se imaginar casado, até acontecer. Tudo parece estar fora do seu controle, desde o momento em que Janet decidiu que estava na hora até a organização da cerimônia e as reservas da lua de mel. Tudo que Thomas precisa fazer é se vestir a caráter e comparecer ao evento, o que ele é capaz de fazer. Eles se casam na Catedral de York, o que é um pouco intimidante para Thomas. A família de Janet também o intimida. O pai tem influência em diversas partes de York, o que garante a cerimônia na catedral. A mãe olha para Thomas com a expressão evidente de uma pessoa resignada a aceitar que a filha esteja se casando com alguém de uma classe inferior à sua. Robert, o irmão que estava na despedida de solteiro, olha para ele com desprezo. De pé no altar, ele se sente pequeno diante das vigas abobadadas e dos arcobotantes da maior catedral gótica da Europa, a respiração oprimida por séculos de tradição descendo dos tetos incrivelmente altos e pela perspectiva do que está por vir. Os bancos de um lado da igreja estão ocupados pela família e pelos amigos de Janet, os colegas do clube de golfe e sócios do pai e as mulheres que almoçam com a mãe e fazem parte do mesmo clube de leitura. Thomas não tem família nem amigos de verdade, apenas um punhado de colegas de trabalho que ele mal conhece e que estão sentados juntos, como gárgulas, no primeiro banco. Kevin, ainda cheio de culpa pelo que aconteceu na despedida de solteiro com a caneta pilot, está a seu lado como padrinho.

O casamento acontece como esperado, e, depois de uma lua de mel no Extremo Oriente, em um lugar quente, movimentado e desagradável, eles começam a vida de casados, mudando-se para o apartamento de Janet, que é maior, mais apresentável e também mais aconchegante. Thomas aparece com os seus pertences. Janet arqueia uma sobrancelha ao ver pilhas e pilhas de discos de vinil e faz a horripilante sugestão de guardá-los em um depósito se ele não quiser se dar ao trabalho de vendê-los.

Espera-se que eles passem as datas importantes (Natal, Páscoa, aniversários) na casa da família Eason, uma extensa mansão de tijolos aparentes em um vilarejo pitoresco nos arredores de York. Depois do primeiro almoço de Natal, Thomas está examinando a coleção de discos dos pais de Janet (Daniel O'Donnell e uma série interminável de CDs de bandas marciais) quando o pai da moça o convida a ir ao pub do vilarejo enquanto as "meninas" terminam de arrumar a bagunça do almoço. Enquanto bebem uma cerveja encorpada, o pai de Janet pergunta o que ele pretende fazer da vida.

— Posso mexer meus pauzinhos — propõe ele. — Seria ótimo ter você e a Janet aqui em York. Existem muitas oportunidades na sua área… o que é mesmo que você faz?

— Ele é um nerd de ciências — diz o irmão de Janet, dando um soco forte no braço de Thomas para mostrar que está só brincando.

— Ciências — repete o pai de Janet. — Bem, todo mundo precisa de cientistas, não é mesmo? Não vai ser difícil arranjar um emprego aqui.

— Nós gostamos bastante de morar em Londres — afirma Thomas.

O pai de Janet pigarreia.

— Bem, deve ser bom para quando se é jovem, eu imagino. Mas não é o lugar ideal para criar os filhos.

No ano seguinte, Thomas faz trinta e três. Janet atinge o marco dos trinta, o que, naturalmente, é comemorado na casa dos Eason. Durante um jantar suntuoso na sala de jantar que dá para o vasto gramado em volta da casa, a mãe de Janet diz:

— Todo mundo está perguntando quando vamos ser avós…

— Depois de ver Robert em ação na minha despedida de solteiro, tenho certeza de que ele tem alguns pequenos Eason espalhados por aí — brinca Thomas.

Ninguém acha graça, como ele teria previsto se tivesse pensado um pouco mais antes de abrir a boca afrouxada pelo vinho.

— Mamãe — protesta Janet. — No momento, estamos nos divertindo em Londres. — Ela olha para Thomas do outro lado da mesa. — Mas tenho certeza de que a hora vai chegar.

Thomas está feliz com o fato de a mesa de jantar ser iluminada por velas, porque assim os outros não vão perceber que ele ficou tão pálido quanto os pedaços de frango que remexe no prato. Ele e Janet jamais conversaram sobre filhos. O assunto nunca lhe ocorreu.

✳ 53 ✳

OS ANOS CASADOS (2003-2011)

No fim de 2003, Janet recebe uma grande promoção no escritório de advocacia, enquanto Thomas é demitido. O experimento com o papaya do Havaí foi um grande sucesso, mas a empresa, ao descobrir que não existe um grande mercado para papayas geneticamente modificados, decide fechar o departamento de pesquisa.

— Eu podia tentar escrever um romance — diz Thomas, pensando na liberdade recém-descoberta. — Ou, quem sabe, aprender a tocar violão.

Janet ri e lhe entrega a seção de empregos do *Evening Standard*.

Dois meses depois, ele está trabalhando longe de casa, em um prédio de um andar, na margem do Newbury Bypass, cujo objetivo principal parece ser criar galinhas com quatro patas. Agora Janet está passando cada vez mais tempo representando clientes no tribunal, e tem de trabalhar até tarde estudando os processos. Thomas começa a contrabandear de volta sua coleção de discos de vinil, de dois em dois e de três em três, do depósito onde Janet insistiu para que fossem guardados.

— Rá, rá — faz Claudia.

— Rá, rá, o quê?

— Ela teve um caso, não teve? Foi isso que aconteceu. Ela conheceu um jovem advogado bonitão e conquistador, que a roubou de você.

— Claro que não! — exclama Thomas, escandalizado. — Janet jamais faria uma coisa dessas. Ela podia ter muitos defeitos, mas era fiel. Nesse quesito, ela sempre teve um comportamento impecável.

— Defeitos? — diz Claudia. — Quais eram os defeitos dela?

Thomas fica em silêncio por um minuto.

— Bem, na verdade Janet tinha só um defeito. Uma expectativa pouco realista de que eu chegasse perto de me tornar o marido que ela merecia.

No ano seguinte, Thomas faz aproximadamente três vezes mais sexo que em toda a sua vida. Janet o solicita constantemente, insistindo em ir cedo para a cama, acordando-o com beijos, arrastando-o para a cama assim que ele chega do trabalho. Ele está exausto e dorme no trem na ida para o trabalho e na volta também. Não consegue nem pensar em ter energia para correr. Uma noite, ele chega em casa com uma história que não consegue decidir se é cômica ou trágica, a de uma galinha de três pernas que só consegue correr em círculos, e Janet está à sua espera na porta do apartamento, segurando um bastãozinho branco. Ela fica ali parada e morde o lábio enquanto ele olha para o objeto sem entender nada, e depois dá um grito e o abraça com força.

Parece que eles vão ter um bebê.

Eles param de transar quase que instantaneamente. Para Thomas, é quase um alívio. Ele agora encontra tempo e energia para voltar a correr, pisando com força no chão e pensando enlouquecidamente no que isso significa. Um bebê. Um pequeno ser humano. O pequeno ser humano *deles*. Sua experiência com bebês é, ele tem de admitir, muito pequena, quase inexistente. Na verdade, o único bebê com quem teve alguma convivência foi Peter, que nasceu quando ele tinha quase nove anos de idade.

Pensar no assunto torna seus pensamentos sombrios e nebulosos. Ele percebe, chocado, que ter um filho significa, por consequência, que ele será um *pai*.

Os Eason, naturalmente, ficam radiantes. Em algum momento desse percurso eles acham que é a oportunidade perfeita para Janet e Thomas se mudarem para York. O pai de Janet consegue uma entrevista para Thomas em uma empresa multinacional de produtos médicos, Smith and Nephew, que tem um centro de pesquisa perto da cidade. Na verdade, ela faz parte de um grande Parque Tecnológico. Thomas, comenta o pai de Janet, rindo, teria de ser um completo imbecil para não conseguir um emprego lá.

Eles passam quase todos os fins de semana em York. Thomas é arrastado para lojas de roupas e carrinhos de bebê absurdamente caros, que parecem ter sido projetados pelas mesmas pessoas que fazem os carros da Fórmula 1. Robert, o irmão de Janet, lhe dá um soco no ombro e diz:

— Nunca imaginei que você dava para isso, Spock. — E todo mundo ri.

Toda vez que chegam a York, a mãe de Janet dá um tapinha na barriga dela e diz:

— Como vai o meu netinho?

— Mamãe — diz Janet, de forma bondosa —, eu quase não tenho barriga ainda. Ele está do tamanho de uma noz.

Naquela noite, entre as cobertas limpas e macias do quarto de hóspedes, Thomas sonha com um apocalipse zumbi no qual todos os mortos-vivos têm rostos enrugados como nozes e o perseguem até a filial de York da Mothercare, de onde ele assiste ao fim do mundo.

Também à espera deles na casa dos Eason todo fim de semana está uma pilha de ofertas dos corretores de imóveis locais.

— Vocês vão morar perto da gente, é lógico — diz a mãe de Janet. — Assim poderemos visitá-los a qualquer hora.

— Alguém para tomar conta do bebê seria bom — acrescenta Janet, olhando para Thomas.

O pai de Janet pigarreia.

— Você não está pensando em voltar a trabalhar, está?

— Eu tenho uma carreira — protesta Janet. — Estava pensando em entrar de sócia em um escritório de advocacia em York.

— Absurdo — diz o pai. — Você agora é esposa e mãe. Sua mãe nunca se arrependeu da vida que leva, não é mesmo?

Thomas olha para a mãe de Janet, que naquele dia recebeu uma remessa da Amazon, doze exemplares de *O código Da Vinci*, e os está amarrando, o que não tem nada a ver, com fitas azuis e cor-de-rosa antes de entregá-los às integrantes do seu clube de leitura, parando apenas para beber mais uma taça de conhaque.

Janet sorri.

— O senhor tem razão. Seguir o exemplo da mamãe não seria tão ruim.

Thomas pede licença para ir ao banheiro para hiperventilar e pensar no que aconteceu com a mulher que quase o atropelou no primeiro dia do novo milênio. Ele começa a desconfiar de que teria sido melhor o atropelamento.

No Dia dos Namorados, Thomas teve dispensa do trabalho e está preparando uma refeição congelada que comprou no supermercado para quando Janet voltar para casa. No fim da tarde, ele recebe um telefonema da mulher. Ela está no hospital. Ele pega um táxi e a encontra na Unidade Pré-Natal, sentada em uma cama, com o cobertor puxado até o queixo e o rosto manchado de rímel.

— Thomas — diz ela, em tom monótono —, eu perdi o bebê.

Thomas diz e faz o que acha que sejam as coisas certas. Quando Janet volta para casa, passa uma semana deitada na cama. Thomas leva comida para ela, a abraça e chora com ela. Ele leva discretamente as roupas, os livros e os cobertores de bebê para um brechó, tirando da casa tudo que possa fazer Janet se lembrar do que ela perdeu... do que *eles* perderam. No dia em que Janet acha que está em condições de voltar ao trabalho, Thomas decide ficar em casa para qualquer eventualidade. Mas ela se sai admiravelmente bem. Thomas está lavando os pratos na pia da cozinha quando vê um homem andando com uma criança pequena, de menos de dois anos. Ele segura a mão do menino, que caminha com passos hesitantes, balançando o corpo. De repente, Thomas começa a chorar aos soluços amarguradamente.

Mas o ano seguinte, contra todas as expectativas de Thomas, é maravilhoso. Janet parece decidida a deixar para trás a gravidez e quase fingir que ela nunca existiu, dedicando-se de corpo e alma ao trabalho e ao lazer. Ela e Thomas saem duas vezes de férias, ele recusa a proposta de emprego da Smith and Nephew, e a ideia de comprar uma casa em York é abandonada. Eles investem na decoração do apartamento, e Thomas é convidado para fazer parte da comissão de condôminos do edifício em que moram. Ele leva a sério o novo encargo, colocando bilhetes no para-brisa dos moradores que estacionam os carros nos poucos espaços disponíveis sem respeitar as linhas tracejadas no chão e batendo à porta dos apartamentos para lembrar que os sacos de lixo deixados fora da lixeira não devem conter restos de alimentos para não atrair insetos. Ele está na vanguarda da campanha para que seja criado um ponto de ônibus mais próximo do edifício. Ele e Janet passam mais tempo juntos, vão ao teatro uma vez por mês, passam as noites de verão bebendo à margem do rio e ela até chega a permitir que Thomas a inicie no mundo da boa música. Para sua não tão surpreendente decepção, ela parece incapaz de gostar de David Bowie, mas isso é algo com que ele pode conviver. Eles voltam a transar, mas não do jeito frenético de antes. Thomas sai para correr toda manhã e está mais magro e forte, usufruindo com prazer de sua única responsabilidade na vida, que é fazer Janet feliz.

Se Thomas não estivesse tão tranquilo com o fato de as coisas estarem seguindo o rumo que ele considerava ideal, talvez percebesse que Janet estava, na verdade, em uma fase de negação do que acontecera antes.

No réveillon daquele ano, eles estão, como de costume, na casa dos Eason para as festas de fim de ano. Uma pequena festa foi organizada, com alguns poucos amigos e vizinhos dos pais dela. O assunto do aborto está notavelmente ausente das conversas, como se tivesse sido apagado da história recente. Quando as batidas do Big Ben começam a soar na televisão, Janet abraça Thomas e lhe dá um longo beijo, com gosto de álcool.

— Para ser sincera, não estou triste de deixar esse ano para trás.

— Ele teve... bem, ele teve seus momentos — diz Thomas. — Mas tirando o... você sabe... nós tivemos... bem, não foi de todo ruim...

Janet mordisca sua orelha, produzindo uma sensação muito agradável. Então ela sussurra:

— Estou pronta para tentar de novo.

Por um instante de desvario, Thomas acha que Janet está se referindo ao David Bowie, mas logo ela acrescenta:

— Ter um bebê. Estou pronta para tentar de novo.

— Querida, isso é algo para se pensar com calma — argumenta Thomas.

— Eu quero fazer um bebê — diz Janet, encostando seu corpo no de Thomas.

Thomas ri nervosamente.

— O quê? Aqui mesmo, na sala de estar dos seus pais?

Janet recua um passo, segurando-o e buscando os seus olhos.

— Você quer tentar de novo, não quer?

Ele não sabe o que dizer, e quando encontra as palavras certas, não tem chance de usá-las. Janet começa a gritar com ele, jogando sua taça contra a parede, todos que estão na sala param para olhar para ela. Thomas não entende metade do que ela está gritando, nem um terço, mas o sentido é claro. Ele nunca quis ter filhos. Ele nem ficou triste quando ela perdeu o bebê. Ele é um homem imaturo e emocionalmente atrofiado que pensa que pode passar a vida num trabalho idiota de Frankenstein, sem o menor sentido, ouvindo músicas idiotas, sem o menor sentido, fazendo corridas idiotas, sem o menor sentido, e passando o tempo em uma comissão idiota, também sem o menor sentido.

Sua vida idiota, sem o menor sentido, afirma Janet, é totalmente, totalmente inútil.

Aos prantos, ela é levada para a cozinha pela mãe e um grupo de amigos. O pai de Janet recolhe os cacos de vidro e olha para Thomas furiosamente.

— Um Ano-Novo estragado — diz ele, e Thomas é deixado de pé no meio da sala, com os outros fingindo que não estão falando a seu respeito, imaginando se deveria tomar uma atitude e quebrar o CD player e o irritantemente angelical álbum natalino do Daniel O'Donnell que está martelando seu cérebro como uma britadeira.

Thomas não faz ideia de como eles conseguem continuar juntos durante alguns anos, e não está disposto a fornecer a Claudia os detalhes sórdidos da deterioração progressiva do casamento, até que eles se tornam duas pessoas que vivem no mesmo apartamento mas mal se falam, passando um pelo outro sem se tocarem, como se fossem estranhos, ele dormindo no quarto de hóspedes durante tanto tempo que simplesmente passa a ser seu quarto, onde instala um toca-discos e pilhas de discos de vinil que vão até o teto. Um dia, Janet suspira e diz o que eles já sabiam fazia muito tempo. O casamento acabou.

— Você conheceu alguém? — pergunta ele, porque parece a coisa certa a dizer naquela situação.

— Não — responde ela. — E não vou ter ninguém enquanto estivermos juntos. Mas no futuro, quem sabe? Tenho apenas trinta e oito anos. Ainda não dobrei o cabo da boa esperança. Ainda posso ser feliz. Você também.

— Eu sou feliz — diz Thomas, com os olhos cheios de lágrimas.

— Se você é feliz, é apesar de mim, e não por minha causa — diz Janet. — Tirei uma semana de folga no trabalho. Vou ficar com os meus pais. Eu gostaria que você se mudasse antes do meu retorno.

— Podemos continuar amigos? — pergunta Thomas, embora ele saiba que soa meio como uma fala de novela.

Janet olha para ele, e Thomas se pergunta o que aconteceu com aquele brilho nos olhos verdes que tanto o cativou quando se conheceram, se pergunta quando foi que ela o perdeu, se pergunta por que não havia notado antes que ele não estava mais lá.

— Será que um dia fomos amigos?

✳ 54 ✳

TUDO COM MODERAÇÃO

Ellie se encontra com Delil na lanchonete onde ela trabalha. O rapaz está à sua espera a uma mesa perto da porta, com a comida já na mesa de tampo de fórmica.

— Pedi pra você um hambúrguer de frango, batata frita e um milkshake de chocolate — diz ele, levantando-se quando ela entra e apontando para a cadeira de plástico à sua frente, como se tivessem marcado um encontro para jantar em um restaurante chique. Depois, ao ver sua expressão, ele pergunta: — Você não gosta de hambúrguer de frango?

— Não é isso — responde ela, sentando-se na cadeira. — Eu só não gosto de pessoas fazendo escolhas por mim.

Delil se senta e a observa criticamente.

— Você tá bonita — diz ele.

— Eu não sabia o que vestir — diz Ellie, instintivamente alisando a calça jeans e a blusa preta por baixo do casaco com capuz.

— Tá ótimo. Perfeito. — Ele inclina a cabeça. — Você fica diferente quando prende o cabelo. E sabe se maquiar. A maioria das meninas da escola parece que tá se preparando pra trabalhar no circo. Ou em *IT: A Coisa* do Stephen King. Ou talvez pra substituir o palhaço daquele pôster ali na parede.

— Onde vai ser a festa, afinal?

— Eles têm um espaço no polo industrial, você sabe, na margem da rodovia. Vamos ter que pegar um ônibus. Quer que eu compre outra coisa pra você comer?

— Não, não precisa — suspira Ellie, olhando em torno, mas tomando cuidado para evitar os espelhos, que sempre a fazem parecer pálida e cansada sob a luz fria e estéril da lanchonete.

Ela vê um conhecido esvaziando a lixeira e o cumprimenta com a cabeça. Não que ela tenha o que se poderia chamar de amigos nos lugares onde trabalha. Nem na escola. Ela olha para Delil, que está com uma camisa branca de gola larga de estampa ondulada marrom, que poderia ter pegado emprestado no guarda-roupa do pai. Por alguma razão, ela cai bem nele. Delil está limpando os óculos e piscando para ela. Ellie se dá conta, chocada, de que ele pode muito bem ser seu único amigo no mundo.

— Afinal, você gosta de *grime*? — pergunta Delil, colocando os óculos de volta. — Pra ser sincero, não é meu gênero favorito. Mas eu gosto das mais políticas. Gosto de Skepta. "Shutdown". Você se lembra dessa música, de uns anos atrás? *Me and my Gs ain't scared of police, we don't listen to no politician*. Mas eu não gosto tanto quanto meu irmão Ferdi. Ele é fanático por *grime*. Você sabe do que eu gosto? De vários outros estilos. The Carpenters. "Calling Occupants of Interplanetary Craft". Eu amo essa música. Ah, isso me faz lembrar. Seu irmãozinho me disse que tinha conversado com o Major Tom pelo telefone. Isso sempre me faz rir. Ele apareceu nos jornais, sabia? Ou melhor, não foi ele, foi uma notícia sobre ele. Disseram que ele vai ter que fazer uma caminhada espacial pra consertar uma antena quebrada ou coisa parecida.

Ellie come enquanto Delil fala e sente inveja da forma descontraída, quase improvisada, como ele fala a respeito de tudo e qualquer coisa, passando de um assunto a outro como uma abelha em busca de pólen. Ela se pergunta como seria sua vida se ela fosse tão relaxada assim, se não tivesse que se preocupar com coisas de adulto o tempo todo.

Ellie percebe que Delil parou de falar e está olhando para ela interrogativamente.

— Eu já tô te entediando?

— Foi mal. — Ela bebe um gole de milkshake. — Você disse alguma coisa?

— Eu perguntei de que tipo de música você gosta.

Ellie dá de ombros.

— Eu acho que qualquer coisa que estiver tocando na Radio One.

— A Radio One é coisa do demônio. Ela é tão... anódina...

— O que isso significa? — pergunta Ellie, reunindo as últimas batatas e colocando-as na boca, lambendo os dedos salgados em seguida.

— Não sei. Eu li essa palavra no *Guardian*. Não acho que signifique uma coisa boa. Deve ser algo como monótono ou coisa parecida. Mas eu gosto do som dela. É minha nova palavra favorita. Você tem uma palavra favorita?

Quando entram no ônibus, Delil paga as duas passagens e para no meio do corredor, indicando com a mão um assento para Ellie à janela. Ela começa a rir.

— Minha carruagem me espera.

— Você é a Cinderela e eu sou o Príncipe Encantado — diz Delil.

Ellie limpa a janela com a manga do casaco e olha para a luz laranja dos postes de rua.

— Acho que minha fada madrinha morreu em combate — murmura ela.

— Você quer me contar qual é o problema da sua família? — pergunta Delil, com toda a delicadeza.

Ellie decide contar, e o relato leva o mesmo tempo da viagem. Delil aperta a campainha e se levanta. Quando saltam do ônibus, em uma rodovia de pista dupla margeada por fábricas fechadas e prédios comerciais, o asfalto molhado brilhando à luz dos altos postes de iluminação, ele diz:

— Isso seria engraçado, se não fosse tão sério. Vocês deveriam procurar a polícia. Isso é fraude. Eles poderiam rastrear esse príncipe de mentirinha e pegar o dinheiro de volta.

— Não ia dar tempo. E se a gente procurasse a polícia, todos iam ficar sabendo que a vovó não está em condições de cuidar da gente direito.

Ela está cansada de explicar a mesma coisa para todo mundo.

— Mas o que vocês vão fazer? — pergunta Delil. — Vocês só têm uma semana. Eu sei que seu irmão é um gênio e coisa e tal, mas o que vai acontecer se ele não ganhar o concurso?

— Ele não vai ganhar o concurso porque ele não vai participar. — Ellie sente um pingo de chuva no nariz. — Sabe aqueles meninos que estavam fazendo bullying com ele? Eles destruíram o experimento. Ele tinha razão quando disse que a vovó estava piorando as coisas quando resolveu enfrentá-los.

Delil estala os dedos.

— Peraí. Você tá dizendo que aquele ninja mascarado realmente existiu e era sua *avó*? — Ele dá um assovio. — Achei safo.

— Para ser sincera, eu não quero mais pensar no assunto. Eu não quero pensar em nada, só por uma noite — suspira Ellie. — Onde fica esse lugar, afinal? Parece que vai cair um toró.

— É logo ali — responde Delil, apontando para uma estradinha lateral que dá acesso a uma série de prédios baixos, ocultados pela escuridão. — Não tá escutando?

Quando a chuva começa a cair, eles correm em direção ao tum--tum-tum do baixo.

— Este lugar tem autorização para funcionar? — grita Ellie, quando são envolvidos pelo calor do interior de uma construção enfiada no meio do polo industrial, depois que três homens corpulentos usando jaquetas aviador pretas os deixam passar ao reconhecerem Delil. Está tão escuro que Ellie não consegue avaliar o tamanho do recinto, com luzes estroboscópicas pintando o corpo das pessoas que dançam concentradas diante de um palco no qual três homens de calça jeans preta, camisa de malha branca e boné de beisebol batalham com rimas a todo volume.

— Duvido muito! — grita Delil, alegremente. — Eu acho que os hômi vão chegar aqui antes do sol nascer pra acabar com a festa.

— Os hômi? — Ellie sorri. — Do nada você começou a usar gíria de rua?

— Dando rolê com os manos, sacou? — diz Delil.

— Aquele é o seu irmão? — pergunta Ellie, apontando para o palco. Faz muito calor e Ellie tira o casaco e o amarra na cintura.

— Não. O Ferdi só vai tocar depois da meia-noite, no mínimo. Vem comigo, vou te mostrar onde ficam os banheiros.

— Aqui tem banheiro? Tô impressionada.

— Meu primo Rodge é dono daqui — grita Delil. Ele a pega pela mão para ajudá-la a passar pelo povo na pista, e Ellie não reclama.

— O lugar funciona como uma oficina na maior parte do tempo, você sabe, pra carros, mas eles dão umas festas de vez em quando.

Perto dos banheiros existem duas mesas de cavalete com grandes baldes de plástico de cores vivas cheios de gelo, que já está derretendo por causa do calor, e repletos de latas e garrafas de cerveja e refrigerantes.

— Pega o que quiser aí — grita Delil. — As bebidas tão incluídas no preço do ingresso. Já que a gente entrou de graça, a bebida tá liberada.

Delil e Ellie se dirigem para o mesmo balde. Ele pega uma lata de Coca-Cola; ela pega uma garrafa de cerveja Red Stripe. Os dois se entreolham.

— Você não bebe?

— Você bebe?

— Vez ou outra — responde Delil. — Talvez eu beba uma cerveja mais tarde. Faça tudo com moderação, é o que dizem. Você sabia que na França não tem idade mínima pra beber? Lá eles bebem à vontade, mas não têm o problema de alcoolismo que temos aqui. Bebedeiras e tudo mais. Vomitar por aí. Eca. Não é pra mim.

Ellie olha para a cerveja. Delil pega um abridor de garrafas amarrado à mesa por um barbante e remove a tampa.

— Tem certeza de que é isso que você quer?

Ellie nunca provou uma bebida alcoólica. Ela leva a garrafa aos lábios e a princípio fica chocada com o quão fria está, e depois com quão amarga é.

— Delícia — ela diz, limpando a boca com as costas da mão para esconder a careta involuntária. — Provavelmente vou beber só uma ou duas. Sou que nem você. Bebo de vez em quando. Faça tudo com moderação.

Delil faz que sim com a cabeça e abre a lata de Coca-Cola.

— Safo. Vamos dançar?

✳ 55 ✳
CHAMANDO OS OCUPANTES DA NAVE INTERPLANETÁRIA

Delil dança exatamente como Ellie esperava, agitando os braços como uma galinha, lançando joelhos e tornozelos em direções aleatórias, irradiando o sorriso como um farol. Mas ele faz isso com a confiança dos que são naturalmente descolados. Ele é tão nerd que ultrapassa todos os limites e surge do outro lado do espectro como uma pessoa cheia de estilo. Mais importante, porém, é o fato de que parece estar se divertindo muito.

— Vem cá! — grita ele. — Você quer fama? A fama tem seu preço. E é aqui que você começa a pagar... em suor!

Ellie dá um gritinho quando Delil a segura pelo braço e a puxa para o meio da massa de corpos em movimento.

— De onde é essa fala? — grita ela.

Delil joga a cabeça para trás e balança os braços no ar.

— *Fame! I'm gonna live for ever! I'm gonna learn how to fly!*

Quando Ellie inclina a garrafa de cerveja e descobre que está vazia, ela pensa que pode ser mesmo que ele aprenda a voar.

Depois da segunda cerveja, Ellie sente uma necessidade urgente de fazer xixi, e, quando sai do banheiro, Delil não está à vista. Por isso, ela vai até as mesas de cavalete e pega outra cerveja. O gosto não é tão ruim, depois que a pessoa se acostuma. Enquanto olha para as pessoas dançando, ela se dá conta de que os adultos também podem se divertir. Envelhecer também tem seu lado positivo. O problema é que as coisas que ela tem feito (tomar conta do irmão e da avó, preparar as refeições da família, garantir que cada um chegue na hora certa e ao lugar certo) são a parte chata. Ellie tem feito toda a parte chata sem aproveitar nada da parte divertida. Ela fica surpresa ao perceber que precisa ir ao banheiro de novo, e se pergunta se é possível que esteja com uma infecção ou coisa parecida. Ela se desfaz da garrafa vazia e caminha com passos cambaleantes na direção do banheiro.

Quando sai do banheiro, Delil está à sua espera, abrindo outra lata de Coca-Cola. Ela o segura pelo braço e grita:

— Para de ser careta! Beba uma cerveja!

Ele arqueia uma sobrancelha.

— Mais tarde, depois dessa. Quer dançar de novo?

Na pista de dança, Ellie brande a garrafa, que está pela metade. É a segunda? A terceira? A quarta?

— Quem está contando?

— O quê? — grita Delil, tentando se fazer ouvir apesar do barulho que fazem o baixo e os MC.

— Quem está contando? — repete ela gritando.

— Quem tá contando o quê? — grita ele.

— Cervejas!

Delil olha para a lata vazia de Coca-Cola e a amassa.

— Tá bem. Vou tomar uma com você. Vamos. Meus óculos tão embaçando.

— São todas essas garotas na pista de dança — diz Ellie, pendurando-se no braço de Delil enquanto ele tenta abrir duas garrafas. — É isso que está embaçando seus óculos. Algumas delas são *lindas*. Parecem modelos.

Delil dá de ombros.

— Você é mais bonita.

Ellie dá uma gargalhada. Delil lhe passa uma garrafa, suando de condensação. Os seus dedos se tocam e ela o olha nos olhos, ou pelo menos nos óculos embaçados. O coração de Ellie está batendo mais depressa que nunca. Ela não sabe como nem por que, mas seu corpo está colado ao dele, moldado ao corpo dele.

— Quero um beijo — diz ela.

Delil coloca sua garrafa na mesa e segura Ellie pelos cotovelos, depois ri e a empurra suavemente alguns centímetros, quebrando o contato quente dos seus corpos.

Ela sente um ardor nos olhos.

— Você não me quer?

— Eu tenho uma política de não ficar com garotas quando tão bêbadas — grita ele.

Ellie ergue as sobrancelhas. Ela conta nos dedos.

— Em primeiro lugar, Delil Alleyne, eu não estou bêbada. Só bebi duas cervejas. Ou três. Em segundo lugar... você pega tantas garotas que precisa ter uma *política*?

— Todo cavalheiro deve ter uma política — afirma Delil. — Mas, pra ser sincero, essa é a primeira vez que eu tenho a chance de colocar em prática.

No que parece muito tempo depois, Ellie está sentada no piso de concreto, com as costas apoiadas na parede. Ela está chorando e não sabe por quê.

— Você pode me emprestar cinco mil libras? — pergunta ela.

— Eu emprestaria se pudesse. Te daria se tivesse.

— E seus pais? Eles podem me emprestar?

Delil ri.

— Meu pai é motorista de ônibus e minha mãe é faxineira. A gente sobrevive, mas só. Sinto muito, Ellie.

— Se o seu pai é motorista de ônibus e sua mãe é faxineira, como você pode ser esse gênio esquisito?

Ele dá de ombros.

— Aqueles que não aprendem com a história, estão condenados a repeti-la. Eu li isso...

— No *Guardian*. Eu sei.

— Mas é verdade. Não que eu ache que meus pais cometeram erros. Eles são brilhantes. E todos na família são esquisitos, à nossa maneira. É como tá escrito no começo de *Ana Karenina*. Mas isso não se aplica só a famílias infelizes. Não dá pra julgar ninguém. O lance do meu irmão é ser MC; meu pai pinta paisagens incríveis de Barbados, e ele nunca visitou a ilha. Ele usa fotos. Minha mãe canta como um anjo. Cada um tem o seu lance. Como qualquer família. Como a sua família.

— Os Ormerod não têm nada de especial. A gente só vive metendo os pés pelas mãos.

— Não é verdade — diz Delil, carinhosamente. — E mesmo que fosse, vocês não têm que continuar metendo os pés pelas mãos pra sempre. Uma vez eu li algo que o Einstein disse: *aprenda com o passado, viva para o presente, espere pelo futuro. O importante é não parar de questionar.* Esse sou eu. Espere pelo futuro. É por isso que eu vou ser escritor, ou jornalista, ou detetive. Ou os três. A gente não pode deixar de esperar pelo futuro; seria a mesma coisa que morrer.

— É no "viver para o presente" que está o problema — diz Ellie.

— Eu não queria ter que me preocupar com isso. Eu só queria ser criança.

Delil tira a garrafa vazia da mão de Ellie.

— Crianças não enchem a cara de cerveja.

— Na França, elas enchem. — Alguma coisa está vibrando no seu bolso. — Vou me mudar pra França e ser adotada por uma família francesa. Vamos nos sentar na nossa varanda em Paris, beber vinho e ler *Ana Karenina.*

Ela tenta tirar o celular do bolso da calça jeans, mas não consegue.

— Você sabe que horas são?

Delil consulta o relógio de pulso, que, naturalmente, é um velho relógio digital.

— É quase uma da manhã. — A multidão se agita e ele olha na direção do palco. — Ah, o Ferdi chegou.

Alguma coisa muda dentro de Ellie. Ela solta um arroto líquido e olha para Delil com olhos arregalados e lacrimejantes.

— Acho que eu vou vomitar.

No interior do pequeno banheiro de aço corrugado, Ellie está de joelhos, com as mãos segurando a privada, vomitando sem parar.

Alguém começa a bater à porta de madeira, gritando que também precisa usar o banheiro. Delil segura o cabelo de Ellie para tirá-lo da frente do aparentemente interminável jato de vômito.

— Me desculpa me desculpa me desculpa — balbucia Ellie entre vômitos e lágrimas.

— A culpa é minha. Eu não devia ter deixado você beber tanta cerveja — diz Delil, massageando as costas dela. Ellie não sabe se acha isso agradável ou irritante.

— É, a culpa é sua — diz ela. — Você não devia ter me deixado beber tanta cerveja. Por que você não tem uma política para isso?

Ela está suando e tremendo de frio ao mesmo tempo, e a cada respiração os músculos do estômago se contraem. A diversão acabou. Eles estavam ali para ver...

— Ai, meu Deus. — Ela começa a chorar. — A gente perdeu o show do seu irmão. Ai, meu Deus. Me desculpa me desculpa me...

— Tudo bem, tudo bem — diz Delil, gentilmente. — Eu já vi o show antes. Não é lá essas coisas.

Ellie se inclina para a frente com ânsia de vômito. Não é possível haver mais nada em seu estômago, mas isso, aparentemente, não o impede de querer se esvaziar. Ela se dobra para aliviar a agonia dos músculos, e sente alguma coisa se soltar e cair no chão. É o celular.

Delil o apanha.

— Hum. Ellie, você tem treze chamadas perdidas.

Ela limpa as gotas de suor da testa. Finalmente, parece que acabou de vomitar.

— De quem?

— Doze da sua avó e uma...

O telefone começa a tremer na mão de Delil. Ellie olha para ele.

— De quem é a outra? E quem está ligando agora?

Delil olha para o telefone como se não conseguisse acreditar e o entrega para Ellie.

— Aqui diz que é o *Major Tom*.

Ellie se apoia na parede de aço do cubículo estreito e pega o telefone. A avó tentou ligar para ela *doze vezes*. Ai, meu Deus. O que está acontecendo? E por que...

— Alô? — diz ela.

— Ellie — diz o Major Tom.

— A gente está proibido de falar com você — murmura Ellie, limpando saliva e vômito da boca.

— Gladys está tentando falar com você há uma hora — diz ele, com uma voz cheia de estática, que parece muito distante.

Delil diz:

— Não é realmente o... é?

— O que aconteceu? — pergunta Ellie no telefone, sentindo o nevoeiro da sua mente se dissipar. — É a vovó? Ela está passando mal?

— É o James — diz o Major Tom. — Você precisa voltar para casa. Gladys ligou para mim apavorada. James fugiu de casa.

✳ 56 ✳

FICANDO JUNTOS

São quase duas horas da manhã quando Delil consegue convencer um motorista de táxi a sair do polo industrial e levá-los à Santus Street, onde Gladys está andando de um lado para outro no tapete da lareira, de roupão e pantufas.

— Até que enfim — diz Gladys, quando Ellie e Delil entram na casa. — Passei metade da noite tentando falar com vocês.

— Viemos assim que foi possível, Sra. Ormerod — diz Delil. — Ellie custou a receber suas chamadas, porque...

Ellie levanta os braços pedindo silêncio e os dois param de falar.

— O que aconteceu, vovó?

— Eu coloquei o James na cama por volta das nove e depois assisti àquele programa que tem umas pessoas falando, um pouco parecido com o programa do Parkinson, mas mais barulhento...

— Vovó — interrompe Ellie. — Depois disso. Quando foi que você descobriu que James tinha fugido?

Gladys respira fundo.

— Eu me levantei para ir ao banheiro e beber água e acho que passava um pouco da meia-noite. Vi por baixo da porta que a luz do quarto dele estava acesa e achei que James tinha dormido sem apagar. Quando entrei para apagar, vi que ele não estava no quarto e a cama não estava desfeita. Ele deixou esse bilhete.

Ellie tira o papel da mão de Gladys e o examina. Não há muito para ler. Ela entrega o bilhete a Delil, que lê em voz alta:

Queridas Ellie e Vovó:
Tudo está uma confusão por minha culpa. Eu queria ajudar
e só piorei as coisas. Estou indo pedir para eles para soltarem
o papai. Se eles não quiserem, vou tirar o papai da cela como
fazem nos filmes. Não se preocupem comigo. Tenho alguns
sanduíches de queijo, umas garrafas de Lucozade e 20 libras
que peguei na sua gaveta de calcinhas, Ellie, que você não
sabia que eu sabia que você tinha. Espero que não vá fazer
falta.
James

Delil olha de Ellie para Gladys.

— Onde fica a prisão?

— Em Oxfordshire. — Ellie esfrega o rosto com as mãos. — Muito longe daqui.

— É perto de um lugar que parece que se chama Bi-ces-ter quando você lê — diz Gladys —, mas na verdade se pronuncia "Bister". Ou "Bisto". — Ela respira fundo.

Delil consulta o relógio.

— Então ele tem... pelo menos duas horas de dianteira. Mas ele é só um menino de dez anos. Não pode ter ido muito longe. Ele não tem como pegar um trem a essa hora da noite, ainda mais com apenas vinte libras.

— Mas ele pode pegar um ônibus. Ou, quem sabe, ele consiga uma carona. — As lágrimas começam a rolar e Ellie leva a mão à boca. — Ai, meu Deus, quanta coisa ruim pode acontecer com ele!

Ela pega o telefone e aponta para ele, dizendo a Gladys:

— Você tentou ligar para ele?

— Claro que tentei — diz Gladys, ofendida. — Eu não sou burra. Assim como você, ele não atendeu o telefone. Foi por isso que eu tive que ligar para o Major Tom.

Ellie escuta o telefone chamar e quando a chamada cai na caixa postal, ela grita:

— James! Atende! Me liga! A gente está morrendo de preocupação! Você não está encrencado!

Ela desliga e diz a Delil:

— Eu vou estrangular esse diabinho assim que puser as mãos nele.

— Ellie, eu sei que não é isso que você quer fazer, mas... acho que vamos ter que ligar pra polícia.

Ellie faz que sim com a cabeça, cobre o rosto com as mãos e desaba no sofá.

— Não dá para acreditar. Depois de passar todo esse tempo tentando manter a família unida, não dá para acreditar que as coisas tenham acabado dessa forma. Mesmo que a gente não ligue para a polícia, o James certamente vai ser pego pelas autoridades mais cedo ou mais tarde, de modo que, aconteça o que acontecer, a gente está ferrado. E se ele cair nas mãos de algum... — Ela tem dificuldade de terminar a frase, de segurar o choro. — E se ele cair nas mãos de algum tarado?

O telefone de Ellie toca e ela quase o deixa cair. Ela olha para a tela e diz, desanimada:

— É o Major Tom. — Ela atende. — Alô?

A ligação está muito ruidosa.

— Não consigo te ouvir direito.

— Eu sei. Eu estou... ando fora de alcance... — diz Thomas. — Você já... be onde ele está?

— Não. E você?

— ... tentando sem sucesso. Mas há dois minutos... gou para mim... gação caiu.

— O quê? — grita Ellie. — O quê? Ele ligou pra você?

— Eu acho... era ele. Mas a ligação... muito ruim e depois...
— diz o Major Tom. De repente, o som melhora. — O sinal vai e vem. Estou quase fora de alcance, mas ainda tenho algumas horas. Acho que ele está bem. Eu só preciso entrar em contato com ele de novo.

— Vou mandar uma mensagem pra ele! — grita Ellie. — Vou dizer que se ele não quiser falar comigo, que pelo menos fale com você. Ele vai fazer isso.

— Certo — diz Thomas. — Vou tentar falar com ele. Fique calma. Eu ligo de volta.

Ellie digita furiosamente e olha para Delil.

— Eu vou enlouquecer se ficar sentada aqui. Espero que o Major Tom consiga logo falar com ele.

— Eu vi no noticiário mais cedo que o sistema de comunicações da *Ares-I* tá com problemas — diz Delil. — É por isso que o sinal tá tão fraco. Eles disseram que o Major Tom vai ter que sair da nave pra consertar alguma coisa.

— Eu queria que *a gente* pudesse fazer alguma coisa. A gente precisa procurar pelo James por conta própria.

— Nós podemos — diz Gladys.

Delil está consultando o seu celular.

— Se ele pegou um ônibus ou uma carona, deve estar indo pro sul. A gente podia pegar a rodovia M6 se tivesse um carro.

— Nós temos — diz Gladys.

Ellie suspira.

— Não adianta. Nós dois somos menores. Mesmo que tivéssemos um carro, não teríamos um motorista.

— Nós temos — diz Gladys.

— Vovó! Acho melhor você ir dormir.

— Espera — diz Delil, agitando os braços. — O que foi que a senhora disse?

— Eu disse que podemos, temos e temos — diz Gladys. — Podemos sair à procura do James. Temos um carro. Temos um motorista.

Ellie olha para Delil.

— Não, não temos. Não seja ridícula.

Gladys vai até a cozinha e volta com um molho de chaves.

— A van do seu pai está parada lá fora. E eu sei dirigir.

Ellie olha para ela, surpresa.

— Não, você não sabe.

Gladys pega a carteira no braço da poltrona, remexe no interior e diz:

— Sei, sim. Veja. Aqui está minha carteira de motorista. Tirei em 1966.

Ellie fica de boca aberta por um instante.

— Mas você... você sabe que não está bem.

— Isso não vem ao caso — protesta Gladys, de cara feia. — Escute, Ellie, eu não sou nenhuma boba. Eu sei que tem algo de errado com a minha cabeça, mas tenho vocês dois para me ajudar, certo? Você e o Delil. Você pode estar bêbada, ele pode ser esquisito e eu posso estar ficando gagá, mas se ficarmos juntos tudo pode acabar bem. A união faz a força, certo? Ficar juntos. É o que sempre fizemos aqui. Eles podem usar nomes pomposos que mudam de vez em quando, como espírito comunitário, ou a grande sociedade, ou alguma coisa que pagaram uma fortuna a alguém para inventar, mas o nome não importa. É uma questão de as pessoas se importarem umas com as outras. É assim que fazemos as coisas. É assim que sempre fizemos as coisas.

— Socialismo de base em ação — diz Delil, com admiração.

Gladys aponta o dedo para ele.

— Oi. Você. Eu disse que nada de nomes pomposos, certo?

— Então o que estamos esperando? — diz Ellie. — Vamos!

Gladys olha para ela de testa franzida.

— Primeiro eu tenho que trocar de roupa. Posso estar ficando gagá, mas não vou viajar pra Bisto de camisola.

— Ela tá realmente em condições de dirigir? — sussurra Delil depois que Gladys sobe a escada.

Ellie dá de ombros.

— Tenho minhas dúvidas. Mas com nós dois no carro, agindo como seus olhos e ouvidos... — Ellie leva a mão à boca. — Ah. Mas você não precisa ir com a gente. Você deveria voltar para casa.

— Tá brincando? Eu sabia que você era uma caixinha de surpresas, Ellie Ormerod, mas uma noite com você é como cair na toca do coelho. Nem tente me impedir!

Ellie está de novo ao telefone, resmungando:

— Atende, atende, atende, atende, James. Onde diabo você se meteu?

✳ 57 ✳

VIAJANDO PARA O SUL

James tomou a decisão de ir ao encontro do pai na Penitenciária de Bullingdon uma hora depois de ir para a cama, quando estava acordado no escuro, escutando os roncos da avó no quarto ao lado. Ele não podia dizer que era uma boa ideia, mas não havia outra coisa a ser feita. Tudo tinha dado errado e eles iam perder a casa de qualquer jeito; pelo menos o pai saberia o que estava acontecendo. Assim, ele se levanta, se veste e desce silenciosamente a escada para fazer alguns sanduíches e arrumar uma mochila. Ele entra no quarto de Ellie e pega as vinte libras que ele sabe que ela guarda na gaveta de calcinhas, para emergências, depois, arranca uma folha do caderno da escola e escreve um bilhete, que deixa em cima do travesseiro. São onze e meia quando ele sai de casa e se dirige, de acordo com o aplicativo de bússola do celular, para oeste em direção, ele tem certeza, à rodovia que o levará para o sul até a prisão.

Ele leva uma hora de caminhada pela ampla Ormskirk Road, andando de cabeça baixa, mais rápido ao passar pelos pubs com grupos embriagados e barulhentos se espalhando pela calçada, até chegar à ponte sobre a rodovia M6, onde passam carros nos dois sentidos. A M58 continua a oeste, mas ele tem certeza de que não é para lá. James atravessa passarelas sobre os acessos às duas estradas para chegar ao estacionamento de um hotel barato e fica parado por um instante, tentando decidir o que fazer em seguida. Há dois caminhões no estacionamento, e James vê um homem sair do hotel e se dirigir a um caminhão com o nome de uma empresa de transporte da Escócia na lateral. Ele corre atrás do homem e o alcança no momento em que está subindo na cabine.

— Oi, moço — diz James. — O senhor é pedófilo?

O homem ergue uma sobrancelha e responde, com voz grave:

— Não, garoto, não sou. Por quê? Está procurando um?

— Não, pelo contrário. O senhor está indo para o sul?

O homem ergue a outra sobrancelha.

— Estou. Por quê?

— Pode me dar uma carona? — pergunta James.

O homem desce da cabine para olhar James de perto.

— Como você se chama?

— James Ormerod — diz James, antes de se dar conta de que provavelmente teria sido melhor usar um nome falso.

— E quantos anos você tem, James Ormerod?

— Dezoito — responde James, tentando tornar sua voz o mais grave possível.

— Claro que tem — diz o motorista. — Só é pequeno para a idade. Fugiu de casa para entrar para o circo, é?

— Vai me dar uma carona ou não vai? Eu posso pagar.

O homem coça o cavanhaque.

— Tá bem, garoto, eu posso te dar uma carona. — Ele estende a mão. — Rab Collins.

James aperta cautelosamente a mão do motorista.

— O senhor garante que não é pedófilo?

— Garanto — diz Rab. — Pode subir na cabine. Vamos para o sul.

Ellie está gritando ao telefone, tentando se fazer ouvir apesar dos chiados e da estática.

— Estamos de saída. Na van. Vamos pegar a M6 e ir para o sul. Ligue para mim assim que conseguir falar com o James.

— Ainda não acredito que vocês têm conversado com o Major Tom durante todo esse tempo — diz Delil, ajudando Ellie a entrar no banco da frente do veículo. Gladys já está no lugar do motorista, com uma calça marrom de náilon, suas botas com pelos e seu melhor cardigã. — James tentou me contar e eu não acreditei.

— Tem certeza de que consegue fazer isso, vovó? — pergunta Ellie.

Gladys fecha um olho e morde a língua enquanto tenta enfiar a chave na ignição.

— É como andar de bicicleta. A gente nunca esquece. — Ela levanta a cabeça. — Se bem que eu não sei se ainda me lembro de como se anda de bicicleta.

Delil fecha a porta e Gladys exclama:

— Aqui vamos nós!

A van cheira a mofo e cimento. Atrás das três fileiras de bancos há ferramentas e pedaços de madeira. Gladys vira a chave na ignição.

Nada acontece.

Gladys tenta de novo. O motor se limita a fazer alguns ruídos.

— Ela ficou parada muito tempo — diz Ellie. — A bateria deve ter descarregado ou coisa parecida.

Gladys aperta a embreagem com o pé.

— Mais uma vez para dar sorte!

Ela gira a chave e o motor tosse, para e começa a funcionar. Gladys pisa no acelerador até o motor começar a roncar, depois coloca a marcha em ponto morto e espera o motor esquentar, juntamente com o sistema de aquecimento interno, que começa a soprar ar quente no para-brisa.

— Safo! — exclama Delil.

Gladys coloca os óculos escuros que tirou do bolso do casaco. Ellie diz:

— Vovó, o que você está fazendo?

Gladys liga o rádio e empurra a fita que estava se projetando para fora como uma língua branca de plástico. *The sirens are screaming, and the fires are howling.* "Bat Out of Hell", do Meat Loaf. Ellie comenta:

— O papai sempre teve um gosto horroroso para música.

Gladys olha para Ellie e Delil por cima dos óculos escuros.

— São cento e seis milhas até Chicago, o tanque está cheio, temos meio maço de cigarros, está escuro... e estamos de óculos escuros.

— O quê? — pergunta Ellie, indignada.

Delil começa a rir alegremente e grita a frase seguinte no diálogo dos Blues Brothers:

— Pé na tábua!

Gladys engrena a primeira e solta a embreagem com um solavanco.

Cinco minutos depois, eles chegam ao fim da Santus Street. Delil diz:

— Hum, Sra. Ormerod? Se a senhora não se importar que eu faça uma sugestão... Talvez a gente vá mais rápido se a senhora sair da primeira marcha...

Trevor Calderbank não tem mais idade para trabalhar no turno da noite, mas é isso que acontece quando a pessoa se contenta em ser um policial a vida inteira e nunca se esforça para conseguir uma promoção. No entanto, ele gosta de ser policial, gosta de pertencer a uma comunidade. Assim ele tem chance de conhecer pessoas, reconhecer rostos, saber quem são os vilões e quem são as vítimas. Ele tem o que chamam de conhecimento da área.

Falta apenas uma hora para terminar o seu turno quando ele é avisado de que está acontecendo uma festa ilegal no polo industrial de Orwell Road. Provavelmente é o mesmo grupo que costuma fazer isso de dois em dois meses. O policial Calderbank se dirige até lá, embora saiba que outras duas viaturas estão a caminho, só para garantir. Quando chega ao destino, os outros policiais já têm a situação sob controle e os participantes estão deixando o local aos poucos. Sua presença não é necessária. Ele volta para o carro e consulta o relógio. Não vale a pena retornar para a delegacia agora. Ele decide dar apenas algumas voltas pelo bairro para ver se todos os maus elementos já estão dormindo. Ele para na entrada de acesso do polo industrial, espera uma van branca imunda passar por ele em direção à rodovia, e depois coloca o carro em movimento.

Quase imediatamente, Trevor Calderbank encosta no meio-fio. Aquela era a van do Darren Ormerod? Ele tem quase certeza de que era esse o nome que estava escrito na lateral. Darren Ormerod, que está na prisão por causa daquele assalto. Darren Ormerod, cuja mãe Trevor Calderbank teve de interrogar no caso do menino que foi atacado com um rolo de pastel na saída da escola. Seria uma boa história para contar aos colegas da delegacia, mas, por alguma razão, ele não o fez. Nem colocou nada no relatório. Havia alguma coisa errada com Gladys Ormerod, ele reparou que um parafuso estava solto. Havia alguma coisa errada com a dinâmica familiar...

Trevor Calderbank hesita, na dúvida se deveria seguir a van ou não. E se estiver enganado? Ele a viu apenas de relance. O motorista não estava nem em alta velocidade ou dirigindo perigosamente.

No fim das contas, ele decide fazer um desvio para passar pela Santus Street. Se a van estiver estacionada em frente ao número dezenove, ele se enganou. Se não, ele vai agir.

A cabine do caminhão está quentinha e agradável e James sente suas pálpebras pesando. Rab Collins não é muito de falar e se limita a ouvir um programa de rádio no qual pessoas comuns telefonam para discutir política. James tenta se manter acordado olhando pela janela, mas a escuridão da área rural não oferece nenhum estímulo visual. Ele se sacode duas vezes para não dormir, mas da terceira vez só é acordado pelo tique-taque do pisca-alerta do caminhão.

— O que está acontecendo? — pergunta ele, com a voz sonolenta.

— Só estacionando numa parada. Tenho que comprar algumas coisas na loja de conveniência. Pro café da manhã e tal — explica Rab.

Rab conduz o veículo até o estacionamento dos caminhões e desliga o motor. Está muito escuro do lado de fora e existem apenas outros três caminhões no estacionamento. Rab se volta para James. As luzes do painel iluminam seu rosto com uma cor verde-amarelada.

— Você precisa ir ao banheiro ou qualquer outra coisa?

— Tô de boa.

James está arrependido de ter entrado no caminhão. Ninguém sabe onde ele está. Ele manteve o telefone desligado porque sabe que Ellie vai reparar em sua ausência quando voltar da festa e vai tentar entrar em contato com ele. Agora ele se sente sozinho e indefeso.

— Tudo bem. Vou até a loja e fazer xixi. Seja um bom garoto e espere aqui até eu voltar, certo? Você não vai sair daqui? Promete?

James faz que sim com a cabeça quando Rab sai do caminhão e segue por uma trilha cercada de arbustos em direção ao posto de gasolina. Antes de desaparecer de vista, ele se vira e aciona o controle remoto, trancando as portas do caminhão.

James agora está com medo, desejando que estivesse na cama. Ele liga o celular e as chamadas perdidas de Ellie e da avó fazem seu estômago revirar. Então ele vê uma chamada perdida do Major Tom. Com mãos tremendo, James retorna a chamada.

— ... ames? — diz o Major Tom. A ligação está muito ruim.

— James, é v...? Você está bem?

— Major Tom! — grita James. — Eu tô num caminhão, mas ele trancou a porta e eu tô com medo!

Mas há apenas um chiado na linha e depois a ligação cai. James está tentando ligar de novo quando levanta os olhos e vê, recortada pelas luzes do estacionamento principal do posto de gasolina, a silhueta de Rab Collins, voltando para o caminhão.

James arregala os olhos e sente um frio na espinha ao perceber que o caminhoneiro não está sozinho. Duas outras figuras o acompanham, uma de cada lado. Toda aquela história de parar para comprar comida e ir ao banheiro... era tudo um truque. Rab e os seus companheiros... eles o têm onde o querem e ele está preso e não faz ideia do que pretendem fazer com ele. Ai, meu Deus, pensa James, apertando a mochila de encontro ao peito e começando a chorar.

✳ 58 ✳
DO JEITINHO DOS ORMEROD

O policial Calderbank está parado na chuva, em frente ao número 19 da Santus Street, no espaço anteriormente ocupado durante meses pela van de Darren Ormerod. Se o veículo foi roubado, ele não consegue imaginar a razão, dado o estado lamentável em que se encontrava, a não ser pelas ferramentas na parte traseira. A casa está com as luzes apagadas, como era de esperar, pelo avançar da hora. Ele vai até a janela, olha por uma fresta na cortina e depois bate na porta pela terceira vez. Uma luz é acesa no quarto da casa ao lado, mas não na casa dos Ormerod. O que indica que eles saíram. E também, ele conclui, se eles saíram e a van desapareceu, eles devem estar na van. Mas as crianças obviamente não têm idade para dirigir e se Gladys Ormerod está ao volante... bem, ele duvida que ela esteja. Ele decide ligar para a delegacia.

— Sue — diz ele quando atendem. — Preciso que você verifique para mim o destino de uma Ford Transit. O número da placa já deve estar no sistema. O nome do proprietário é Darren Ormerod. Ele mora na Santus Street 19.

— Deixe comigo — diz Sue. — Você falou Ormerod? Engraçado.

— Por quê?

— Acabo de receber uma ligação de Cheshire. Da Polícia Rodoviária no posto de gasolina de Knutsford. A respeito de um possível fugitivo com o mesmo sobrenome.

— Qual é o nome dele? — pergunta o policial. — A Polícia Rodoviária já o pegou?

— Ele disse se chamar James. E não, ainda não o encontraram, mas acreditam que esteja nas redondezas.

Embora seu turno esteja quase acabando, o policial Calderbank decide que seria uma boa ideia voltar para a delegacia.

✳ ✳ ✳

Rab Collins consulta o relógio. Ele precisa muito continuar a viagem. Aquelas engrenagens não vão chegar sozinhas a Bristol.

— Estamos quase terminando, senhor — diz o policial, examinando suas anotações. O colega está ali perto, telefonando para a delegacia de Wigan.

— Então, para resumir... o senhor pegou o menino na Interseção 27, perto de Wigan, e ele disse apenas que queria ir para o "sul". Por causa da idade, que o senhor estima entre nove e doze anos, e pelo avançar da hora, o senhor desconfiou que ele estivesse fugindo de casa.

— Sim — concorda Rab. — Achei que se eu fizesse perguntas demais iria assustá-lo e eu não queria deixá-lo ali no meio da noite. Então parei aqui sabendo que vocês têm uma base em Knutsford. Eu disse para ele ficar no caminhão e que eu ia apenas comprar comida. Tranquei as portas, mas ele deve ter saído pela janela.

O outro policial se aproxima deles, guardando o telefone no coldre que cruza o colete laranja.

— Wigan não tem nenhuma queixa de pessoa desaparecida com esse nome, mas tem um policial lá que talvez conheça o menino. Eles vão pedir para ele me ligar.

— Posso ir agora? — pergunta Rab.

O policial rodoviário faz que sim com a cabeça.

— Sim senhor, pode ir, depois que revistarmos o caminhão.

— Eu não amarrei o garoto na parte de trás — protesta Rab. — Tá achando que eu sou um maldito Hannibal Lecter?

A busca entre as engrenagens leva uns quinze minutos, depois dos quais Rab é finalmente liberado. Ele balança a cabeça enquanto dirige o caminhão para a saída do estacionamento. Malditas crianças.

De um emaranhado de arbustos perto do acesso à rodovia M6, James observa o caminhão de Rab ganhar velocidade e desaparecer de vista. Ele olha de novo para o estacionamento, para os dois policiais. Está tudo perdido. Agora eles não vão descansar até encontrá-lo. Depois vão levá-lo para casa e o Serviço Social vai entrar em cena e descobrir a verdade e tudo vai estar acabado e terá sido tudo culpa sua. Provavelmente, no dia seguinte a essa hora ele vai estar dormindo em algum orfanato horrível.

O telefone toca na mochila e ele enxuga as lágrimas dos olhos e atende. Só pode ser a Ellie de novo. Ele vai ter de contar o que aconteceu. Ele se derrete todo por dentro.

Mas não é Ellie nem a avó.

— Major Tom! — exclama James ao telefone.

Há um ruído de estática e depois o Major Tom diz:

— Quantas vezes eu já disse para você não me chamar assim?

James começa a chorar de novo.

— Eu pensei que a gente estivesse proibido de falar com você. Aquela mulher...

— Esqueça ela. James, onde você está? Ellie e Gladys estão morrendo de preocupação.

— A ligação está ruim — diz James. — Parece que você tá muito longe.

— É porque eu estou na maldita viagem pra Marte! — exclama Thomas. — Mas onde está *você*?

— Eu tô num posto de gasolina — responde James, fungando. — Acho que o nome é Knutsford. Mas não sei onde fica.

— Que diabo você está fazendo aí? Não devia estar na cama? Minha nossa, daqui a algumas horas você devia estar indo para Londres!

— Eu não vou.

— Mas e a competição?

— Eu não vou! Aqueles idiotas destruíram meu experimento. Deu tudo errado. Depois a Ellie disse que tinha desistido e foi para uma festa e a vovó passou a noite cantando músicas da igreja e quando ela foi dormir eu decidi que ia sair e encontrar meu pai.

— Seu pai? — diz Thomas, em meio aos chiados. — Mas ele está na prisão.

James se mexe nos arbustos, sentindo o tamborilar da chuva na cabeça.

— Eu sei! Não sou burro! A única vez que eu fui burro foi quando dei ouvidos a você!

Há uma pausa, e depois Thomas pergunta:

— O que foi que eu fiz?

— Você me fez pensar que eu podia ganhar aquele concurso de ciências e eu não posso porque só sou uma criança e não sei fazer nada e todo mundo estava confiando em mim e agora a polícia vai me pegar.

— Onde você está, exatamente? — pergunta Thomas.

— Escondido no meio de uns arbustos. Perto da estrada que dá para a rodovia.

— A estrada de acesso. Certo. Espere aí. Não se mexa. Vou ligar de novo daqui a pouco.

Gladys ligou os limpadores de para-brisa e está olhando por cima do volante para a estrada à frente. Delil diz:

— Siga em frente e logo chegaremos à M6. A gente precisa ir para o sul.

— Isso é ridículo — diz Ellie, imprensada entre os dois. — Não temos a menor ideia de onde ele está. Pode ser que nem tenha saído de Wigan. Talvez seja melhor irmos até a delegacia.

— Não — diz Gladys, decidida. — Vamos resolver esse problema do jeitinho dos Ormerod.

Ellie olha para ela.

— Você está falando em seguir em frente sem nenhum plano, sem a menor ideia do que vai acontecer e sem levar em conta as consequências das nossas ações?

— Isso — concorda Gladys. — Exatamente.

O telefone de Ellie começa a tocar.

— É o Major Tom! Alô! Alô! Você conseguiu falar com ele?

Ela segura o braço de Delil com a mão livre e começa a chorar.

— Graças a Deus! Ele sabe onde o James está. Conseguiu falar com ele. — Ela escuta atentamente e faz que sim com a cabeça. — Tudo bem. Obrigada. Vou ligar quando a gente chegar lá.

— Onde ele tá? — pergunta Delil.

— No posto de gasolina de Knutsford. Parece que fica na M6.

Delil consulta o celular.

— Não é longe daqui. Talvez meia hora? Quarenta minutos? — Ele olha para Gladys e depois para o velocímetro. — Uma hora. Sra. Ormerod, desculpe a pergunta, mas essa van tem uma quarta marcha...?

✳ 59 ✳
O CREPÚSCULO MARCIANO

— James?

— Major Tom!

— Escute — diz Thomas. — Eu falei com a Ellie. Eles estão a caminho. Você só precisa ficar onde está, certo? Eles vão ligar pra mim quando chegarem a Knutsford.

— Entendi. Mas você pode continuar falando comigo? Tá escuro, eu tô com medo e não quero que a polícia me prenda.

Thomas faz uma pausa.

— Está bem. Mas escute. Está ouvindo a estática na ligação? Estou ficando fora de alcance. A ligação pode cair a qualquer momento.

— Então é a última vez que vou falar com você? — pergunta James.

— Provavelmente. — Thomas para de falar e olha pela janela para a Terra distante. — A menos que eu vá lá fora e conserte a antena, esta é a última vez que eu vou falar com alguém.

— Se eu estivesse aí, iria lá fora — diz James.

— Se você estivesse aqui, eu deixaria. — Thomas fica escutando os chiados por algum tempo. — Não consigo acreditar que você não vai participar do concurso. Depois de todo o trabalho que teve.

— Eu não ia ganhar mesmo — afirma James. — Era uma ideia idiota.

— Era uma grande ideia. Não consigo acreditar que você tenha desistido. Isso podia ser o começo de tudo para você, James. Poderia abrir portas. Você poderia ser o que quisesse na vida.

— Eu nunca vou ser nada na vida. Eu sou só o James Ormerod de Wigan. Não sou como você. Nunca vou viajar pra Marte.

Thomas não diz nada por um instante.

— Não. Você não é como eu, James. Você pode ser bem-sucedido de verdade. Ter uma vida feliz.

— Mas você vai ser o primeiro homem a pisar em Marte! Você vai ser a pessoa mais famosa do mundo! Como pode não estar feliz?

— James — diz Thomas, seriamente —, por que você acha que eu estou aqui? Vim para o espaço porque não aguentava viver mais um minuto na Terra, não podia suportar por mais um segundo a droga em que transformei a minha vida. Desde a infância, tudo deu errado comigo. Fracassei como filho, fracassei como marido, fracassei em tudo. Fracassei até em *não ser* o primeiro homem a pisar em Marte. Eu nem era a pessoa escolhida para essa missão. Estou aqui só porque alguém caiu morto na minha frente.

James começa a rir.

— É verdade! — exclama Thomas. — E não tem graça. — Ele faz uma pausa. — Bem, é um pouquinho engraçado, se você tiver um senso de humor macabro. James, o fato é que eu piorei a vida de todo mundo à minha volta. Não era o que eu queria, mas aconteceu. Seria *melhor* para todos que eu nunca tivesse existido.

O silêncio dura tanto tempo que Thomas pensa que a ligação finalmente caiu para sempre, mas então James diz:

— Não teria sido melhor pra gente que você nunca tivesse existido. Não teria sido melhor pra mim.

— Mas o que foi que eu fiz, de verdade? Tudo que eu fiz foi te dar falsas esperanças.

— É melhor que não ter nenhuma esperança — protesta James.

— Eu não acho que você é isso que tá dizendo. Acho que você pode ter feito algumas pessoas felizes.

— Duvido. Na verdade, eu posso dizer que estraguei a vida de muita gente. Meu pai morreu quando eu era jovem, James, e eu podia tê-lo tratado melhor. Eu gostei muito de uma menina, mas estraguei nosso relacionamento. E o meu irmão... eu podia ter salvado a vida dele. É isso que todo mundo pensa. Que eu podia ter salvado a vida dele. Mas não salvei. — Thomas fica em silêncio por um instante. — E eu fui casado uma vez e tudo o que eu precisava fazer para deixá-la feliz era ter filhos com ela, mas nem isso eu fiz.

Há um estalido e um zumbido e James diz:

— Aposto que você teria sido um bom pai.

Thomas mal pode acreditar que ouviu corretamente.

— Eu teria sido um pai *horrível*! — exclama. — Como eu poderia ser um bom pai com o exemplo que tive? Sabe o que o meu pai fez, James? Ele me levou para ver *Star Wars* como presente de aniversário e me deixou lá para ir se encontrar com uma amante. — Thomas faz uma pausa. — E eu juro por Deus, se você me perguntar o que é *Star Wars*, eu vou sair da nave agora mesmo, mas sem o traje espacial.

— Pelo menos ele não foi parar na cadeia.

— Seu pai está na cadeia porque tentou fazer o que achava que era melhor para vocês, por mais que estivesse errado — diz Thomas. — O meu simplesmente não conseguiu manter as calças abotoadas. Eu não consegui evitar que meu irmão se afogasse, embora estivesse a poucos metros de distância, James. Com um passado assim, como alguém poderia esperar que eu fosse um bom pai?

— Foi por isso que você resolveu ajudar a gente?

— O quê? — diz Thomas, mesmo tendo ouvido perfeitamente bem.

— Porque seu irmão morreu. Porque você nunca teve uma família de verdade. Porque você decepcionou todo mundo. Foi por isso que decidiu ajudar a gente? Pra se sentir melhor?

Foi por isso? Thomas esfrega a mão na boca. Uma tentativa de se redimir? A esta altura da vida? Isso é tudo? Apenas algo para... o quê? Para se sentir melhor, como James colocou tão concisamente? Ele olha de novo para a Terra distante e sente um choque inesperado. James está lá embaixo, em algum lugar, no escuro. James, Ellie, Gladys, Laura, Janet e todas as pessoas cuja vida ele cruzou. Todas essas pessoas. Claudia. E ali em cima... ninguém, além de Thomas. Nenhum ser humano além dele. Sete bilhões de pessoas na Terra, e ele não conseguiu estabelecer amizade com nenhuma delas? O espaço é vazio e sem peso, mas de repente é como se o vácuo estivesse exercendo pressão sobre ele de todas as direções.

E pela primeira vez desde que se sentou no alto de um grande foguete russo e foi arremessado para o espaço, ele se sente terrivelmente só.

— Eu pensei que pudesse sobreviver no vácuo — sussurra Thomas. — Mas estava errado.

— Você tá sobrevivendo no vácuo — argumenta James.

— Estou falando metaforicamente. Não ensinam nada para vocês na escola? Estou querendo dizer que pensei que pudesse viver sem outras pessoas. Eu estava errado. Precisamos de outras pessoas. Todos nós precisamos de outras pessoas.

— Eu não queria falar isso — diz James. — Mas não acha que tá um pouco tarde pra chegar a essa conclusão?

— Para mim, talvez, mas não para você. Você precisa ter uma vida boa, James. Você precisa ser melhor do que eu fui. Melhor para as outras pessoas, melhor para você mesmo.

O menino não diz nada.

— James. Vou contar para você uma coisa que eu não contei para ninguém, uma coisa que eu pretendia não contar para ninguém. Sabe essa nave, a *Ares-1*? Ela transporta uma carga de módulos habitacionais e máquinas leves. Eu tenho um trabalho a fazer em Marte.

— Eu sei. Você tem que preparar o local de pouso dos primeiros colonizadores.

— Isso mesmo — concorda Thomas. — Eu também tenho que me manter vivo até eles chegarem. Esse foi o grande atrativo para mim. O que me animou a viajar para Marte foi a ideia de ficar sozinho.

— Então qual é o grande segredo?

Thomas faz uma pausa.

— Eu não pretendia cumprir a segunda parte da missão. A de sobreviver em Marte. Eu estava disposto a montar os módulos, cavar as valas de irrigação, preparar o lugar de pouso, tudo isso. E depois...

— Depois o quê? O que você tá querendo dizer?

— Eu não sei. Ainda não tinha planejado. Tudo que posso dizer é que não me dei ao trabalho de ler os três grossos manuais a respeito do cultivo de batatas e da manutenção do sistema para fazer o ar permanecer respirável. Tenho uma vaga ideia de sair andando em direção ao crepúsculo marciano, mas é só.

— Ai, meu Deus — diz James, chocado. — Você tá indo pra Marte pra *morrer*?

— Só porque não tenho nenhuma razão para viver — diz Thomas.
— Ao contrário de você. Você entende? — O telefone chia e crepita.
Thomas diz: — Espere, o telefone está tocando. Acho que é a Ellie.
— Não vá embora! — exclama James, mas a linha fica muda.

Ele coloca o telefone no bolso, levanta o capuz do casaco para se proteger do frio e fica observando os carros que ocasionalmente passam na estrada de acesso. Cinco minutos depois, o telefone toca de novo.

— Major Tom!

— Pare... mar assim — diz Thomas. —... e Ellie... comigo. Eu disse a eles onde... está. Estou perdendo a lig... Escute com atenção. É a última vez que vamos nos falar.

— Major Tom! — exclama James, aflito. — Não vá embora! Espere!

— ... possível. Estou... do alcance. Agora cale a... e escute.

James faz que sim com a cabeça, sente as lágrimas no rosto se misturarem com a chuva e escuta com muita atenção o que Thomas está dizendo, sem fazer as perguntas que gostaria porque não há tempo. Ele não tem certeza de que Thomas parou de falar quando a linha chia por um bom tempo e depois fica muda, mas sabe que a chamada terminou. Ele se levanta nos arbustos quando um par de faróis o ilumina, e semicerra os olhos ao ver o vulto escuro da van. Ele acha que entendeu tudo que o Major Tom disse, mas em um ponto tem certeza de que ele está errado. Diga o que disser o rabugento filho da mãe, James sabe que ele seria um *excelente* pai.

✳ 60 ✳

O MAJOR TOM TEM UM PLANO

Ellie tem uma vaga noção de que é um clichê, repetido em milhares de filmes e programas de TV, mas assim que salta da van, ela abraça

James, que está de pé, como um pequeno terrier encharcado, ao lado da estrada de acesso à rodovia, e o sacode pelos ombros.

— Seu pestinha levado! — grita ela. — O que achou que estava fazendo? Quase nos matou de preocupação!

James balbucia um pedido de desculpas e olha para a van. Ele arregala os olhos ao ver a avó ao volante e Delil acena para ele. Ele esfrega o rosto e diz:

— Eu só queria ver o papai.

Ellie suspira e o abraça novamente.

— Papai não pode nos ajudar. Ninguém pode.

— Você tá errada! — exclama James, muito animado, enquanto Ellie o ajuda a entrar na van. — O Major Tom pode nos ajudar! Eu conversei com ele. Ele disse que a gente tem que participar do concurso.

Ellie olha para o celular.

— Mas já passa de três da manhã. Teríamos que chegar a Londres. — Ela entra por último, espremendo James e Delil contra Gladys. — A vovó nem devia estar dirigindo. É melhor voltarmos para Wigan e explicar aos professores de James o que aconteceu.

— Não quero ir com a Sra. Britton — diz James. — A gente não pode ir por conta própria? E se ela tiver cancelado as passagens de trem?

— Posso dirigir até Londres — diz Gladys. — Tirei uma sesta à tarde, estou me sentindo bem. A que distância nós estamos de Londres?

Delil consulta os mapas do Google no celular.

— Uns trezentos quilômetros. Dá pra chegar lá em três ou quatro horas, dependendo do tráfego que encontrarmos na M40 e nos arredores de Londres.

— Tempo de sobra — diz Gladys. Ela engrena a primeira. — Todos prontos? Podemos cantar para nos manter acordados.

— Mas eu não entendi — diz Ellie. — Você não tem um experimento. De que adianta ir até lá?

— Eu não sei, mas o Major Tom tem um plano. Não sei qual é porque a ligação caiu. Ele disse que a gente só precisa chegar a

Londres que tudo vai se resolver. Ah, e vamos precisar de uma televisão. Isso é muito importante. Vamos precisar de uma televisão ligada no noticiário da BBC.

— Talvez ele tenha feito uma cópia do seu experimento na espaçonave — especula Delil. — Isso seria muito safo.

James olha para Ellie.

— Ele é uma pessoa muito triste, sabia? É por isso que é tão rabugento. Aconteceu muita coisa ruim na vida dele. Ele tá indo pra Marte pra deixar tudo pra trás. Tá indo pra Marte pra... bem, pra morrer. Mas acho que se arrependeu. Ele agora percebeu que nem todo mundo é mau e nem todo mundo o odeia.

Ellie morde o lábio. A coisa mais sensata a fazer é voltar para casa. Mas pode haver uma chance de se salvarem... Ela conseguiria se perdoar se desperdiçasse essa chance?

— Você aguenta, vovó? É uma viagem longa.

— Eu tomei minhas vitaminas.

— Olha — diz Delil. — A gente tá na estrada há apenas uma hora. Se a Sra. Ormerod aguentar mais meia hora, depois eu posso revezar com ela.

— Você só tem quinze anos — diz Ellie.

— Mas eu sei dirigir. É um dos meus muitos talentos. Ferdi me ensinou. E acho que já passamos do ponto de nos preocupar se o que estamos fazendo é legal ou ilegal.

— Você também aprendeu a dirigir na praia de Southport como eu? — pergunta Gladys.

— Aprendi! — responde Delil, com um sorriso.

Ellie continua pensando. O que foi o que disse para si mesma? Ela prefere que tudo acabe de um jeito apoteótico.

— Vá em frente — diz ela a Gladys.

Gladys coloca a van na estrada de acesso. O motor ronca e protesta quando ela acelera e entra na rodovia.

— Passe a segunda — murmura Delil.

Gladys faz a mudança e começa a cantar a música da torcida organizada do rúgbi:

— She wore! She wore! She wore a cherry ribbon! She wore a cherry ribbon in the merry month of May! And when! I asked! Her why she wore that ribbon! She said it is for Wigan and we're going to Wembley!

Se tem uma coisa que os dois agentes da Polícia Rodoviária de Cheshire não precisam às três da manhã de um sábado é de um menino de dez anos que fugiu de casa. Eles fizeram uma busca nos prédios em torno e estão, no momento, iluminados pela luz fraca de um posto de gasolina perto da estrada de acesso à rodovia M6.

— Vamos ter que pedir ajuda, Gary. Ligue para a delegacia.

Gary faz que sim com a cabeça.

— Alguma notícia de Wigan?

O outro policial, cujo nome é Adam, consulta o livro de notas.

— Não houve nenhuma queixa, mas existe uma família Ormerod com um menino chamado James que corresponde à descrição. Esse tal policial Calderbank foi à casa deles, não havia ninguém em casa e a van do pai desapareceu. Por falar nisso, ele está preso em Bullingdon.

Gary concorda de novo com a cabeça, como se o filho de um presidiário fosse exatamente o tipo capaz de pegar uma carona no meio da noite e desaparecer. Adam continua:

— Calderbank acha que a família pode ter saído à procura dele. Ele também desconfia que o veículo está sendo dirigido por uma senhora idosa que pode não estar batendo bem, se você me entende.

Um motorista com aspecto cansado para na bomba de gasolina perto deles e salta do carro. Gary, mais para seguir o regulamento do que por esperança de uma resposta positiva, diz:

— Com licença, senhor, mas por acaso viu uma van branca com...

Ele olha para Adam.

— Darren Ormerod, Empreiteiro, escrito na lateral. É um Ford Transit, placa 99 — diz Adam.

— Possivelmente dirigido por uma mulher idosa — acrescenta Gary.

O motorista, desatarraxando a tampa do tanque de gasolina, aponta a cabeça para a estrada de acesso.

— Você quer dizer aquela ali?

Gary olha na mesma direção para além da chuva e vê uma van branca entrando na M6. Ele se vira para Adam.

— Eu dirijo — diz Adam. — Vamos.

Eles estão a apenas cinco minutos de Knutsford quando o desastre acontece. Gladys já cantou várias estrofes da música, o que a faz se sentir como se Bill estivesse com ela, apoiando-a. Ele gostava de cantar aquela música quando ia aos jogos de rúgbi, aquele Bill. Alguns versos eram um pouco picantes também. Ela não sabe se deve cantá-los na presença das crianças.

— Sra. Ormerod — diz Delil.

— Ah, não se preocupe — diz Gladys. — Eu sei que eles não jogam mais rúgbi em Wembley no mês de maio. Mas agosto não combina com o resto da letra tão bem...

— Sra. Ormerod — diz Delil, aflito, olhando para as luzes azuis piscantes preenchendo o espelho lateral do lado do motorista. — Não tô falando da música. Tô falando da *polícia*.

✳ 61 ✳

MAIS UMA CHAMADA

Thomas passou os últimos vinte minutos fazendo um inventário dos alimentos desidratados embrulhados em papel de alumínio de sua despensa. Ele guarda algumas das refeições em um saco que mantém fechado enquanto continua a busca, para evitar que flutuem para fora. Ele está interessado nas que contêm leguminosas, feijões, vegetais como couve-flor e repolho, laticínios e cereais. Ele guarda os outros pacotes de novo e navega até a mesa de trabalho, prendendo o saco na parede e abrindo um dos pacotes. O alimento deve ser misturado com água e cozido no micro-ondas, mas ele começa a comer, esguichando água na boca para combater a secura. Depois, pega o telefone e fecha os olhos. Ele não está exatamente rezando, porque nunca foi religioso, mas certamente está tentando acessar algum fluxo de boa sorte que atravesse o universo, algo que jamais conseguiu acessar antes.

— Por favor — murmura ele. — Mais uma chamada. É tudo que eu preciso. Só mais uma.

Ele disca o número e espera enquanto o telefone chama uma, duas, três vezes. Ele toca mais uma vez. Thomas olha para o relógio na parede; está tarde. Ou cedo, dependendo do ponto de vista. O telefone chama. E chama. Então ela atende.

— Alô. O quê? Alô? — diz Claudia, com voz de sono.

— Sou eu. Thomas — diz ele. Há uma descarga de estática e ele não consegue ouvir a resposta. Ele prossegue: — Não tenho muito tempo. Segundos.

— Você... que horas são? — diz Claudia.

— Escute bem. Preciso que você faça uma coisa para mim. Ligue para o Baumann. Agora. Diga a ele que vou fazer a AEV. A caminhada espacial. Daqui a meia hora. Garanta que tenha uma equipe no Controle da Missão.

Claudia está totalmente acordada agora.

— O quê? Você vai fazer a caminhada espacial agora? Mas tem que haver uma... uma preparação...

— Não dá tempo — diz Thomas. — E eu preciso que você faça outra coisa por mim. Preciso estar ao vivo na BBC News às onze horas.

— Amanhã? — pergunta Claudia. — Quer dizer, hoje? Às onze da manhã? Por quê?

— Faça o que estou pedindo, por favor — insiste Thomas. — Mal consigo te ouvir.

— Eu não posso simplesmente... é a... BBC — diz Claudia.

— Pode, sim. Eu sei que pode. Tenho toda fé em você. Onze da manhã. Em ponto.

Há um longo chiado. A ligação cai. Mas depois a voz de Claudia volta, apenas por um momento.

— Toma cuidado — diz ela, antes que a linha fique muda.

Thomas larga o papel de alumínio, que fica flutuando atrás da sua cabeça, e enfia a mão no saco para pegar outro pacote. Depois, pega os manuais com capas pesadas na prateleira onde estão perfeitamente encaixados e começa a folheá-los à procura dos procedimentos de Atividade Extraveicular. Quando encontra o que estava procurando, pega um pacote de queijo desidratado e se prepara para ler. Ele pausa por apenas um instante, pensando no que James disse.

Aposto que você teria sido um bom pai.

Três semanas antes de voltar à Cidade das Estrelas pela última vez, Thomas vai visitar Janet. Ele cancelou o aluguel do apartamento e se despediu das raras pessoas que considera pouco mais do que estranhos. Ele vai passar algum tempo no treinamento final na Cidade das Estrelas e depois será transferido para o cosmódromo de Baikonur, no Cazaquistão, que é considerado o lugar ideal para lançamentos de naves espaciais, por duas razões. Em primeiro lugar, o clima é extremamente moderado e a temperatura varia muito pouco, o que garante que não haja atrasos. Em segundo lugar, a região é tão pouco habitada que se a velha tecnologia soviética a partir da qual o *Ares-I* foi improvisado resolver explodir e cair na Terra em uma bola de fogo, ninguém vai morrer. Exceto Thomas.

Naturalmente, ele não vai contar isso a Janet. Ficou surpreso ao receber uma carta, há duas semanas, dizendo que ela, é claro, tinha visto Thomas em todos os canais de notícias e se perguntou se ele gostaria de visitá-la antes de partir, para explicar que diabo ele achava que estava fazendo.

Ela ainda mora em Londres, em uma bela casa com uma área na frente. Os paralelos com sua visita a Laura, no passado remoto, são óbvios, até mesmo o frio na barriga que sente ao atravessar a área em frente à casa, mas, naturalmente, ele também não vai contar isso a Janet. Na verdade, não faz ideia do que vai dizer, até o momento que ela abre a porta.

— Uau — diz Thomas. — Você está grávida.

— Estou. — Ela não mudou muito desde a última vez que a viu. Ainda é magra, pálida e ruiva e está segurando um pano de prato com a palavra Scarborough escrita nela. — O que é uma sorte, porque não se diz isso a uma mulher, Thomas. Não até você ter certeza. Eu podia ter simplesmente engordado. E aí você teria começado com o pé esquerdo.

Ela o convida a entrar no hall, que tem um pé-direito alto e uma escada de madeira, de onde passam por uma porta branca para chegar a uma sala de estar.

Há um homem nela.

Ele está sentado em uma poltrona lendo o *Telegraph*. É alto e tem cabelos pretos. Bem-apessoado, pensa Thomas. Está usando calça jeans de uma forma que Thomas jamais conseguiu, e uma camisa polo que mostra braços musculosos. Ele dobra o jornal e se levanta.

— Oi. Você deve ser Thomas.

Eles trocam um aperto de mão e Thomas se senta na ponta de um sofá. Janet diz:

— Esse é o Ned.

— É o pai da criança? — pergunta Thomas, sem pensar.

— Espero que sim — diz Ned, rindo.

Janet revira os olhos e joga o pano de prato nele.

— Vá fazer um pouco de chá.

Ned vai para a cozinha. Thomas olha para as próprias mãos e diz:

— Fiquei surpreso de você escrever pra mim.

— Eu também — diz Janet. — A ideia foi do Ned. Ele disse que talvez tivéssemos algumas coisas para discutir antes que... antes que você fosse embora. — Ela balança a cabeça. — Marte. Ainda não acredito que você esteja indo para Marte.

— Você sempre disse que eu devia ser, você sabe, mais dinâmico. Fazer mais coisas.

Ela ri.

— Eu estava me referindo a colocar suas meias no cesto de roupa suja e talvez arrumar as gavetas. Não ir para Marte.

Thomas aponta para a barriga de Janet.

— E você também andou... fazendo coisas.

Janet coloca as mãos na barriga.

— É verdade. Faz quatro meses.

— Estou... — Thomas procura as palavras certas. — Hum. Parabéns.

— Obrigada — diz ela. — A gravidez ainda não chegou à metade, e tenho mais de quarenta anos, então nada é certo. Sabemos que há riscos e talvez eu... você sabe. Dado o que aconteceu da outra vez e tal.

— Sinto muito.

— Não, você não sente.

Ele quase perde o controle.

— Não vim aqui para discutir. — Thomas não sabe dizer ao certo se ela está sendo deliberadamente passivo-agressiva, mas resolve não retaliar. Em vez disso, diz: — Eu teria sido um péssimo pai.

Janet dá de ombros.

— Por que está dizendo isso?

— Porque meu pai era um merda — diz Thomas. — Porque eu não fui capaz de cuidar de ninguém. Nem da minha mãe, nem do meu irmão. Eu nunca penso nos outros. Você mesma me disse em várias ocasiões que eu era como uma criança grande. Eu jamais seria um bom pai.

Janet fica olhando para ele por um longo tempo.

— Eu acho que você está errado.

Thomas arqueia as sobrancelhas.

— O quê?

— Eu acho que você está errado — repete ela. — Todas as coisas que você citou são motivos para que você *fosse* um bom pai. Não estamos presos aos erros, Thomas, sejam os nossos ou os de outras pessoas. Aprendemos com eles. O que não mata nos fortalece, e assim por diante.

Thomas não sabe muito bem o que dizer, e talvez pegando o gancho do silêncio na sala de estar, Ned aparece com uma bandeja de chá. Ele coloca a bandeja na mesa de centro e diz:

— Vou voltar para a cozinha...

— Pode ficar — diz Janet. — Acho que já dissemos tudo que precisava ser dito em segredo. Ufa! Se me derem licença, agora preciso ir ao banheiro.

304

Janet sobe a escada e Thomas e Ned ficam olhando um para o outro por um momento. Depois, Ned serve o chá e diz:

— Obrigado por não criar problemas no processo do divórcio.

Thomas dá de ombros.

— Eu não tinha nenhum motivo para agir de outra forma. Para ser honesto, se os papéis não tivessem chegado naquele dia, eu não estaria indo para Marte agora. Então deu tudo certo no final.

Ned olha para ele com curiosidade.

— E você está bem com tudo isso? Tudo isso de viajar sozinho para Marte, possivelmente para passar uns vinte anos sem ver outro ser humano?

Thomas sorri.

— É exatamente o que eu queria. Estou farto da Terra. Estou farto das pessoas. Não consigo pensar em nada melhor.

Ned faz uma careta.

— Eu não embarcaria nessa.

— Claro que não, especialmente com um bebê a caminho. Parabéns.

— Obrigado — diz Ned. — Se bem que seria até bom não ver certas pessoas, nunca mais...

Ele ergue uma sobrancelha com ar de cumplicidade.

Thomas aproveita a deixa.

— E o que está achando de passar o Natal e os aniversários em York?

— Um verdadeiro pesadelo — diz Ned, e os dois começam a rir. Ouvindo os passos de Janet na escada, Ned muda rapidamente de assunto. — Então, você acha que o Chelsea tem chance esse ano...?

Na saída, Janet lhe dá um beijinho na bochecha.

— Fico feliz que tivemos uma chance de conversar. Para desanuviar. Ainda não acredito que você vá fazer isso.

— Nem eu, às vezes — diz Thomas.

Os dois olham para o céu, imaginando a vida além do azul. Janet balança a cabeça.

— Meu Deus. Quem iria pensar nisso. Marte.

Ele procura a coisa certa a dizer. No final, acaba falando:

— Que bom que você está feliz.

Ela sorri.

— Estou muito feliz, Thomas. Mais feliz do que já estive na minha vida. Espero que isso não pareça cruel.

— Um pouquinho — admite ele. — Mas é justo.

— Acredito que as coisas acontecem por uma razão. De alguma forma, foi bom eu ter perdido aquele bebê e não ter tentado de novo. Teríamos sido infelizes.

— Também teríamos a infelicidade de... minha nossa! Ele já seria um adolescente! — Ele faz uma pausa. — Podemos nos encontrar de novo? Antes da viagem?

Janet balança a cabeça de leve.

— Acho que não seria uma boa ideia. — Ele não está esperando que os olhos dela se encham de lágrimas. Ela lhe dá outro beijo rápido. — Faça uma boa viagem, se puder. E se mudar de ideia antes de partir... bem, o mundo não é tão ruim como você pensa. Você também poderia ser feliz, se se permitisse.

Thomas sorri amarelo.

— Acho que eu não saberia fazer isso — diz ele, e se afasta sem olhar para trás.

Depois de se servir de mais uma refeição desidratada, Thomas se dá conta de que esteve pensando no último encontro com Janet em vez de estudar os procedimentos de AEV. Ele ainda não sabe por que discou o número que pensou que ainda fosse o da ex-mulher, aquele que o colocou em contato com Gladys Ormerod. Ele havia se despedido de Janet. Havia fechado esse capítulo. Ele pensa a respeito e chega à conclusão de que o que queria dizer a ela era que estava errada, que ele sabia como ser feliz e tinha conseguido isso deixando a Terra, largando todos para trás, que era isso que o fazia feliz.

E agora ele percebe que está satisfeito por nunca ter conseguido falar com Janet, alegre por, em vez disso, ter falado com os Ormerod. Porque, se não fosse assim, como poderia saber? Como poderia saber que estava errado? Porque, de repente e com todo o seu ser, ele deseja de todo coração jamais ter partido.

✳ 62 ✳

IRMÃOS

O Controle da Missão nunca fica vazio, é lógico, mas o pessoal do turno da noite, especialmente depois que as comunicações com a *Ares-I* foram comprometidas, ficou bastante reduzido. Menos de meia hora depois da ligação de Thomas para Claudia, porém, o lugar está cheio de técnicos e funcionários da BriSpA. Baumann grita para que alguém lhe traga outro bule de café e encara as telas. Sem poder mostrar a espaçonave, elas exibem diagramas de diagnóstico, imagens borradas de satélites na órbita da Terra e de Marte e apenas um chuvisco na tela que deveria colocá-los em contato direto com a *Ares-I* e que, se o Major Thomas cumprir o que prometeu, em breve deverá estar ocupada pelo rosto do astronauta.

— O que foi que ele disse, exatamente? — pergunta Baumann, irritado. — Tem certeza de que você não estava sonhando com ele?

Claudia ignora a última frase e repete o que Thomas lhe disse. Baumann coça o queixo com a barba por fazer.

— Ele não pode simplesmente vestir o traje espacial e sair da nave — diz ele. — Não é como... como vestir um maldito macacão e sair para regar as plantas.

— Como é, então? — pergunta Claudia.

Baumann olha para ela.

— Ele precisa adaptar o corpo durante, bem, durante *horas*. Ficar um bom tempo com o traje espacial, respirando oxigênio puro. Se ele não fizer isso, não se livrará de todo o nitrogênio do corpo.

— E o que acontece se ele não se livrar de todo o nitrogênio do corpo? — pergunta Claudia.

Ela já está se arrependendo de não ter convencido Thomas a desistir da ideia.

— Ele pode ter problemas de descompressão quando vestir o traje.

— Como acontece com os mergulhadores?

— Exatamente. Bolhas de ar presas no corpo. A dor é quase insuportável.

— Isso pode... isso pode matar?

Ah, seria uma sorte, pensa Baumann. Ele sabe que não é o pensamento de um homem racional, mas tem de admitir que se sente atraído pela ideia. É óbvio que bilhões de libras em equipamentos e planos de voo seriam perdidos, mas... ele fantasia por um momento Thomas Major contorcendo-se em agonia, morrendo lentamente na tela grande. Claudia verteria uma lágrima e se aninharia nos braços de Baumann, murmurando: "Eu pensei que estava apaixonada por Major, mas, na verdade, estava apenas projetando nele meus sentimentos reprimidos por você." Baumann franze o cenho; será que Claudia diria uma coisa assim? Bem, mais tarde vai pensar melhor no que ela diria.

Baumann se vira para pegar o bule de café que o técnico está trazendo.

— Eu gostaria de saber o que o levou a fazer a AEV no meio da droga da noite.

Claudia sabe que Craig está em pé ao seu lado, a única pessoa no Controle da Missão que não parece ter acabado de sair da cama. Ele sussurra para ela:

— Acho que eu tenho uma explicação. Venha cá.

Eles se afastam até que Baumann não possa ouvi-los e Craig diz:

— Estive ouvindo as gravações das chamadas que ele fez. O menino que ele estava ajudando... aquele concurso de ciências está marcado para hoje. No Olympia, em Londres.

Claudia olha para ele.

— Você acha que tudo isso está relacionado? Por isso ele quer aparecer ao vivo na BBC às onze horas?

Craig dá de ombros.

— Você já cuidou do assunto?

— Ainda estou vendo o que posso fazer — responde Claudia.

Ela pigarreia e diz a Baumann:

— Vou para a minha sala preparar um pronunciamento. Ligue para o meu celular se houver novidades.

Baumann faz que sim com a cabeça sem olhar para ela.

— Vamos torcer para que você não tenha que fazer um pronunciamento dizendo que o pobre coitado está pairando no espaço, a meio caminho de Vênus, sem uma espaçonave. — Ele balança a cabeça. — Eu sabia que Thomas Major ia ser uma dor de cabeça para nós. Eu sabia. Mas alguém quis me ouvir?

Thomas, naturalmente, sabe muito bem que deveria passar no mínimo quatro horas respirando nada além de oxigênio puro antes de fazer uma caminhada espacial. O ar no interior da *Ares-I* tem vinte por cento de oxigênio e oitenta por cento de nitrogênio, e uma pressão próxima da do nível do mar na Terra. Se ele entrasse na Unidade de Mobilidade Extraveicular, ou "traje espacial", como gosta de chamar, com a mesma pressão, ficaria parecendo o boneco da Michelin. Então, a pressão precisa ser reduzida drasticamente, o que é compensado aumentando a concentração de oxigênio para quase cem por cento.

É o que diz o manual, que também sugere as quatro horas de preparação respirando oxigênio puro. Thomas acha que se se exercitar constantemente na esteira poderá reduzir esse tempo pela metade. Eventualmente, ele decide fazer a preparação por uma hora, e mesmo assim, isso será forçar a barra, considerando que precisa ir lá fora, consertar a antena, voltar para a nave, repressurizar o corpo e pôr em funcionamento o sistema de comunicações a tempo para a transmissão das onze horas.

Trata-se, ele admite, de uma tarefa muito difícil.

E também, quando ele pensa que vai sair da nave, muito arriscada.

Assim, ele começa a correr na esteira, respirando fundo pela máscara ligada aos tanques de oxigênio nas suas costas, e se lembra.

O Laboratório Aquático, na Cidade das Estrelas, é um enorme tanque de água circular com dez metros de profundidade. Durante as últimas cinco horas, Thomas esteve dentro de um traje espacial Orlan, cuja cor é um belo tom de bege soviético, enquanto seus batimentos cardíacos e sinais vitais são monitorados por uma trinca de médicos de jaleco branco por meio de uma série de sensores grudados na sua pele. Isolado pelo traje e o capacete, ele só pode conversar com os médicos e o velho amigo Suricato pelo rádio de ondas curtas.

O Suricato, sem camisa, exibindo orgulhosamente o peito largo e cabeludo, sorri para Thomas.

— Mais uns vinte minutos e você vai entrar.

No tanque está submerso um módulo orbital Soyuz TM, que é a coisa mais próxima da híbrida *Ares-I* de que a Cidade das Estrelas dispõe. O Laboratório Aquático foi projetado para emular os efeitos da perda de peso e treinar cosmonautas para uma Atividade Extraveicular.

Thomas faz que sim com a cabeça. Ele não sabe se é por causa do constante fluxo de oxigênio puro correndo pelo seu corpo, mas se sente um pouco estranho. Um dos médicos fala alguma coisa para O Suricato, que liga o transmissor portátil e diz:

— Seu coração estar batendo como um porta de banheiro siberiano no meio de uma tempestade. Qual ser o seu problema?

— Não vejo a utilidade desse exercício — diz Thomas, com uma voz metálica, que ecoa no capacete. — Eu achei que fosse *Jornada no espaço* e não *Viagem ao fundo do mar*.

— Lixo do imperialismo americano! — protesta O Suricato. Thomas decide não argumentar que *Jornada no espaço* é um programa de rádio da BBC. — Nós ser *Encouraçado Potemkin*! Bravos marinheiros russos lutando pela revolução!

— Não entendi a analogia.

Um dos médicos faz que sim com a cabeça para O Suricato, que diz pelo rádio:

— Batimentos agora normais. Vamos em frente.

Thomas olha para o guincho que O Suricato prepara para prender em seu traje espacial.

— Não sei se estou preparado.

— Bobagem! — diz O Suricato, dando um tapa no ombro de Thomas, que dói, apesar do traje robusto. — Suricato uma vez atravessar o Lago Topozero inteiro... em janeiro! Qual é o problema, Thomas? Não saber nadar?

Então o guincho começa a levantá-lo e a mantê-lo por um segundo balançando acima da água azul do tanque, para depois começar a baixá-lo em direção ao vulto faiscante do Soyuz.

— Imagine que você está saindo para o nada! — diz O Suricato no seu ouvido. — A vastidão do infinito!

Pete não voltou!

A água agora está na cintura de Thomas.

— A infinita beleza do espaço! — grita O Suricato.

Pete está no Lago!

— O nada! Em todas as direções! Para todo o sempre!

Ele se afogou! Ele se afogou!

A água lambe o visor do capacete. Thomas fecha os olhos com força.

Ele tem que ir buscá-lo!

— Peter! — chama Thomas, com a voz embargada.

— O quê? — pergunta O Suricato. — Quem é esse Peter?

Thomas sente que está totalmente submerso e o Soyuz está cada vez mais próximo. Ele sente que vai desmaiar.

Por que ele não está fazendo nada?

Ele podia ter entrado na água. Esperou tempo demais. Poderia ter entrado, mas hesitou. Estava com medo. Com medo de entrar no Lago. Com tanto medo que deixou o irmão morrer. O medo o venceu e matou Peter.

Ele tem que entrar no Lago.

O medo custou a vida do seu irmão. O medo tirou Peter do alcance de Thomas, e deixou para a mãe um corpo inanimado.

Thomas flutua no azul profundo, a pesada mancha na sua alma ficando sem peso por alguns segundos. Uma pedra muito pesada não o puxa mais para baixo. Ele fica provisoriamente sem o seu fardo.

— Peter — sussurra ele. — Me perdoa, me perdoa.

Então ele ouve bipes e zumbidos no rádio, o instante perfeito fica para trás e ele é içado para fora do tanque. As luzes intensas do Laboratório Aquático ofuscando sua visão. O Suricato está no rádio, ajoelhado ao lado do tanque, dizendo:

— Thomas, Thomas, estamos trazendo você de volta.

Mais tarde, O Suricato paga para ele várias doses de vodca no bar da Cidade das Estrelas.

— Sem treinar uma semana — diz ele, encaminhando Thomas para um canto escuro com um sofá curvo de couro e uma mesa redonda. — Só beber. Thomas, o que acontecer lá embaixo?

— Eu vi fantasmas — responde Thomas.

O Suricato faz que sim com a cabeça.

— Muitos fantasmas na Rússia. A maioria querer pensões de divórcio. — Ele dá uma sonora gargalhada e bate no ombro de Thomas.

— Meu irmão morreu — explica Thomas, sério. — Ele se afogou. Eu podia ter salvado ele. Não agi a tempo. Foi culpa minha.

O Suricato coloca a garrafa de vodca com força sobre a mesa, passa para o lado de Thomas, segura sua cabeça nas mãos enormes e carnudas, e planta um beijo na testa de Thomas.

— Eu também perder meu irmão — diz O Suricato. — Ele morrer de envenenamento alcoólico. Também ser culpa minha. Eu fazer ele beber até ele não aguentar mais.

O Suricato pega a garrafa e enche os dois copos.

— Thomas, isso fazer nós irmãos. Você saber o que irmãos fazer?

— Bebem até cair? — arrisca Thomas.

O rosto do Suricato se abre em um largo sorriso.

— Simples! — exclama ele, bebendo o conteúdo do copo de um só gole.

✳ 63 ✳

MEDO DE VOAR

Thomas entrou na Unidade de Mobilidade Extraveicular, a UME, e completou todos os testes, testou tudo de novo, depois testou pela terceira vez por garantia. Depois testou mais uma vez. O traje está perfeito. Tudo que tem a fazer é ir até a comporta na parte dianteira do *Cabananik-1* e sair para o espaço.

Simples.

Ele caminha lentamente em direção à câmara de vácuo. Ainda não está convencido de que é capaz de fazer isso. Ele para ao chegar à porta, no centro da qual existe uma roda de segurança. Thomas gira a roda, destrancando a porta, e entra em uma cabine do tamanho de um armário largo. Depois, vira o corpo, fecha a porta e a tranca pelo lado de dentro. Ele a empurra para ter certeza de que está bem fechada. A porta não se mexe.

Agora Thomas se vira para a porta externa. Ela é tudo que existe entre ele e a vastidão infinita do espaço. Ele verifica o medidor de oxigênio na manga do traje pela décima vez e depois aciona uma chave na parede para equalizar a pressão no interior da comporta com a pressão do lado de fora. Ele observa a luz vermelha da chave piscar algumas vezes antes de ficar verde. Na parede da câmara de vácuo, ao lado da chave que aciona a porta deslizante, existe um cabo que ele prende no cinto, juntamente a um conjunto de ferramentas para consertar a antena. O cabo está enrolado em uma coluna de aço presa ao piso, sua corda de segurança para voltar à nave.

Agora tudo que tem a fazer é acionar o controle da porta. E deixar a nave.

Thomas fecha os olhos e bebe um gole de água pelo canudo do capacete. Com os olhos ainda fechados, inclina-se para a frente e aciona a chave.

Quando abre de novo os olhos, está olhando para o infinito.

— Meu Deus — diz Thomas.

Nada poderia tê-lo preparado para isto. A princípio, é como olhar para um pedaço de veludo preto, perfeito, sem falhas, que tudo envolve. E então surgem as estrelas, tímidos pontos luminosos que aumentam de intensidade diante de seus olhos, sóis radiantes a bilhões de anos-luz de distância, alguns tão distantes que já morreram há muito tempo; sua luz um mero fantasma da vida que passou. Ele paira em direção à beira da porta e segura o casco com as mãos enluvadas. Não há, como ele temia, uma sensação de vertigem. É muito, muito pior. Não há medo de cair, porque não há para onde cair; é um medo de *voar*, de voar para sempre e nunca mais conseguir parar. É uma perplexidade diante da escala, um terror provocado pela amplitude, uma sensação angustiante de insignificância diante de todo aquele vazio.

Mas, obviamente, o espaço não está vazio. A noite escura é assombrada por fantasmas. A escuridão do espaço tremula e aí vêm eles, três deles, nadando como peixes transparentes saídos do lugar onde esperaram por Thomas durante muito tempo.

Peter, seu irmão, o menino que morreu. O filho natimorto seu e de Janet, que Thomas vê pela primeira vez que é um menino, um menino que nunca viveu. E, por fim, um menino pequeno que olha em torno no escuro, as estrelas se expandindo e se transformando nos rostos banhados de luz de uma plateia de cinema, e que não sabe para onde foi o pai. Thomas Major, o menino que não morreu, mas também não viveu de verdade.

Thomas olha para o seu eu de oito anos, com ternura.

— Não foi culpa sua — sussurra ele. — Nada disso foi sua culpa. Nada disso foi minha culpa. Eu não podia salvar nenhum de vocês. Só agora entendo isso. Mas existe um menininho que eu posso ajudar. Lá embaixo, na Terra. Um menininho e sua família. Eu posso salvá-los. Será que isso é suficiente?

Thomas fecha os olhos. Quando torna a abri-los, os fantasmas desapareceram. Sim. É suficiente.

Ele respira fundo, enchendo os pulmões de oxigênio puro, e se lança para a eternidade.

Thomas nunca tinha visto a *Ares-1* em toda a sua glória. Ele estava na cápsula principal, que, por sua vez, estava no nariz de um grande foguete que foi lançado do Cazaquistão, que quase arrancou suas entranhas com a força *g* quando se libertou da força gravitacional da Terra. Os módulos do foguete foram descartados um a um até ele entrar em órbita e depois desabrochar como uma flor. Ele se arrepende de ter apelidado a nave de *Cabananik-1*.

Ela é linda.

Parece uma libélula, os reluzentes painéis solares abertos, colhendo preguiçosamente a energia ardente de um sol que nunca se põe. Outros três módulos, contendo todas as coisas de que ele e os futuros colonos vão precisar para viver em Marte, estão atrelados ao módulo principal como um trem, terminando com o bloco de propulsão que o move incessantemente em uma longa curva na direção do Planeta Vermelho.

Thomas se lembra de outra libélula, sobrevoando lentamente a água de um lago.

Ele ouve a própria respiração no interior do capacete. A *Ares-1* está sobrevoando a superfície do universo, de tudo que existe, que existiu, que ainda vai existir. Ele se sente muito pequeno.

Um homem contra o infinito. Talvez, há um ano, isso o deixasse com medo.

Um homem contra o infinito. Agora, isso o deixa valente e orgulhoso.

Ele é esse tipo de homem. Ele é o Major Tom.

E tem um trabalho a fazer. A antena de comunicações está localizada na extremidade traseira do segundo módulo. Puxando o cabo, Thomas se aproxima novamente do módulo principal e começa a se deslocar em direção ao segundo módulo e à antena, usando como apoio um corrimão montado no casco.

Thomas está passando do primeiro para o segundo módulo quando é subitamente puxado para trás e começa a se afastar da nave, perdendo o apoio do corrimão. Ele se assusta, agita os braços e consegue segurá-lo de novo. O cabo está esticado. Ou ficou preso em uma saliência do casco ou alguém da BriSpA resolveu economizar no comprimento. Ele dá um puxão, mais um, e o cabo fica frouxo. Ele está na metade do segundo módulo quando olha para trás e vê que o cabo não está desenrolando, como deveria, mas flutuando livremente no espaço, como um cordão umbilical cortado prematuramente.

— Merda — murmura Thomas.

Ele pode voltar até a câmara de vácuo e usar o cabo reserva ou seguir em frente. Ele consulta o medidor de oxigênio e o relógio na manga do traje espacial. Não há tempo. Ele precisa fazer isso. Ele tem de seguir em frente e tomar cuidado para não se soltar.

Thomas se arrasta com cautela até a parte de cima do módulo, embora, naturalmente, saiba que no espaço não existe lado de cima nem lado de baixo. A antena de comunicações é maior do que ele esperava; tem sete ou oito metros de diâmetro. O problema é óbvio: a chuva de micrometeoroides fez um grande estrago; sua parte côncava está amassada e cheia de pequenos furos. Mais que isso, saiu do encaixe e está presa à nave apenas por um dos vários cabos que a ligam aos equipamentos eletrônicos da *Ares-1*. Ele faz mentalmente uma lista de tarefas. Primeiro, prender a antena no casco. Segundo, consertar e ligar os cabos que foram arrancados. Terceiro, voltar para o interior da nave.

Depois de se atar ao corrimão ao redor da antena, Thomas tira as ferramentas do cinto e começa a trabalhar.

Quando ele dá o serviço por encerrado, três horas se passaram. A antena está presa ao casco e com todas as ligações reconectadas. Entretanto, não há como testá-la até que ele volte ao interior do módulo. Depois de guardar as ferramentas no cinto, ele observa mais uma vez a antena para ver se está no lugar e inicia a viagem de volta para o módulo principal.

Ele não sabe explicar como, mas assim que chega ao espaço entre o segundo módulo e o módulo principal, suas mãos escapam do corrimão e ele começa a girar sem controle por causa do *momentum*, o que o deixa desorientado. Ele vê um redemoinho de estrelas, um lampejo do sol e logo está a dois metros, a quatro metros, a seis metros de distância da *Ares-1*.

Ele entra em pânico e uma luz acende na manga do traje espacial. O oxigênio está acabando. Ele precisa voltar, e com urgência. Pense. Pense. Thomas tenta se acalmar. Ele já está a dez metros de distância da *Ares-1*. Continua se afastando. Esta, naturalmente, é uma eventualidade prevista. Acoplado ao tanque de oxigênio, existe um sistema de ajuda simplificada para resgate em atividades extra-veiculares chamado SAFER. Há uma pequena aba na outra manga do traje espacial que esconde um joystick e um botão de ignição.

316

Pequenos jatos controlados podem levá-lo de volta à nave. Thomas se localiza no espaço, de frente para a *Ares-1* (que está a doze metros de distância! Quatorze!), e aperta o botão de ignição.

Nada acontece.

O sol está nascendo em Slough e o diretor Baumann está contemplando o fundo do bule de café quando os técnicos começam a bater palmas. Ele pisca e dirige o olhar para a tela principal, que mostra, com muita nitidez, o interior do módulo principal da *Ares-1*.

— Raios me partam — diz Baumann, meio azedo. — Ele conseguiu!

Um técnico se aproxima e informa:

— Todos os sistemas de comunicação voltaram a funcionar, diretor!

Baumann olha para a tela, para o interior da nave. Ele não consegue acreditar que Major teve coragem de fazer a AEV e ainda mais a competência necessária para consertar a antena. De má vontade, ele se sente forçado a admitir que subestimou o homem.

— Mas onde ele está? — pergunta Baumann, olhando para a cabine vazia.

De repente, um vulto passa pelo campo de visão da câmera. Baumann solta o ar e depois franze o cenho.

— Peraí. O que é aquilo?

O técnico acompanha com os olhos o objeto que atravessa lentamente a tela.

— É... parece ser um livro de palavras cruzadas, diretor.

✳ 64 ✳

E ENTÃO?

Delil cutuca Ellie, que acabou de cair no sono, e aponta para as luzes piscantes azuis no espelho retrovisor. Ela resmunga alguma coisa e coloca a cabeça entre as mãos. Gladys abre o vidro, deixando entrar a chuva e o barulho do vento, e grita:

— Vocês nunca me pegarão viva, policiais malditos!

— Vovó — diz Ellie, desanimada —, encoste o carro. A gente tá ferrado. Eu sabia que era uma ideia idiota.

O tique-taque do pisca-pisca acorda James, que olha em torno, com os olhos avermelhados.

— Já chegamos?

Gladys para a van no acostamento e Ellie diz:

— É a polícia, James. Eles nos pegaram. Agora não tem mais jeito.

Ele começa a bater com os punhos cerrados nas coxas.

— Não. Não não não. Não quando estamos tão perto. Não é justo.

Delil acompanha pelo espelho a aproximação dos dois policiais.

— Deixa que eu falo com eles.

— Não — diz Ellie. — Eu cuido disso.

Um dos policiais enfia a cabeça pela janela aberta e olha para os ocupantes, um por um.

— Bom dia. Estão viajando a passeio?

— Vamos pra Londres! — responde Gladys. — Para o Olympia. Conhece?

O policial consulta o bloco de notas e depois olha por cima do ombro.

— Adam? Você já conseguiu falar com Wigan? Com ele? — E diz para dentro da van: — Por acaso Gladys, James e Ellie Ormerod são vocês?

Todos se entreolham e fazem que sim com a cabeça. Gary diz:

— E você, rapaz?

Delil se inclina por cima de Gladys e estende a mão.

— Sr. Delil Alleyne. Sou o representante legal da família Ormerod. Eles não vão dizer nada até receberem uma acusação formal.

Gary arqueia uma sobrancelha e suspira.

— Temos uma queixa do desaparecimento de um certo James Ormerod. É você, filho?

James faz que sim com a cabeça, com cara de choro. Gary diz:

318

— E para onde vocês pensam que estão indo?

— Pro Concurso Nacional para Jovens Cientistas — apressa-se a responder James. — Se a gente não chegar lá antes das onze, eu não vou ganhar o concurso, e se eu não ganhar o concurso, vamos ser despejados.

— Certo — diz Gary. — Sra. Ormerod, pode me mostrar sua carteira de motorista?

— Sim, senhor — diz Gladys, enfiando a mão na bolsa. Gary examina o papel. — Sra. Ormerod, a senhora sabe que sua carteira venceu em 1996?

— É mesmo? Que pena!

— Ai, meu Deus — diz Ellie.

Adam aparece e diz alguma coïsa no ouvido do colega. Gary tira o telefone da mão dele.

— Um segundo. Preciso consultar um colega em Wigan.

— Nós estamos na lista de procurados — sussurra Gladys.

Gary volta logo depois e diz:

— Sra. Ormerod, quer me passar a chave do carro, por favor? Infelizmente, a senhora não vai poder continuar dirigindo. Meu colega aqui vai levar a van de volta para Wigan.

James bate novamente nas coxas.

— Não! Não! Não pode ser. A gente tava tão perto...

O vento está frio no acostamento da estrada, e enquanto observam Adam se afastar dirigindo a van de Darren Ormerod para pegar o retorno mais próximo, Ellie abraça James.

— A gente fez o melhor que pôde — murmura, tristemente.

— Mas não adiantou nada, né? É sempre assim. Quase conseguimos, mas no fim dá tudo errado.

Ellie coloca a mão no ombro do irmão e pergunta ao policial:

— O que vai acontecer com a gente?

— Uma coisa de cada vez. Quero que vocês todos entrem na viatura. É perigoso ficar aqui no acostamento.

Delil, Gladys e Ellie se sentam no banco de trás e Gary indica com um gesto que James deve ir na frente. James diz:

— Não pense que vou ficar feliz só porque vou andar num carro de polícia. Não sou um bebezinho.

Gary suspira.

— Falei com um policial chamado Calderbank na sua cidade. Ele me explicou rapidamente qual é a situação de vocês.

— Então o que vai acontecer agora? — pergunta Ellie. — Você vai nos levar de volta pra Wigan? Vamos ser presos? O Serviço Social está à nossa espera?

— Nenhuma dessas opções — responde Gary. — Eu não sei os detalhes, mas acho que devem agradecer ao policial Calderbank. Parece que vou passar o resto do meu turno levando vocês a Londres o mais depressa possível.

Ellie olha para Delil e James e eles dão vivas juntos. Gladys levanta os braços e canta alegremente:

— Um elefante incomoda muita gente, dois elefantes incomodam, incomodam muito mais!

— Chegamos — diz Gary, estacionando a viatura em frente ao prédio de tijolos vermelhos com uma cúpula de vidro no topo, onde funciona o Centro de Convenções Olympia. Delil, Ellie e Gladys passaram o tempo todo cochilando no banco de trás; James esteve observando pela primeira vez, de olhos arregalados, as paisagens de Londres.

Ellie pisca os olhos, boceja e diz:

— Obrigada. Muito obrigada. Que horas são?

Gary se inclina sobre o encosto do seu banco:

— Quase dez e meia. Dentro do prazo. Como vocês vão voltar para casa?

— Ainda não sabemos — diz Ellie. — A gente dá um jeito.

O policial dá de ombros.

— Eu vou ter que voltar para o norte de qualquer maneira. Pelo menos vou ver como essa história vai terminar. James me contou tudo pelo que vocês estão passando.

Ellie olha para James de cara feia. Mesmo que ganhem o concurso, não podem correr o risco de o Serviço Social descobrir qual é a verdadeira situação. Delil sopra nos óculos para limpá-los e comenta:

— Eca. Meu bafo tá horrível.

— Maravilha. — Ellie sacode Gladys. — Vovó? Vovó, chegamos. — Ela faz uma pausa. — Vovó?

James olha para trás.

— Ela tá bem? Ela parece...

— Estou só descansando os olhos — explica Gladys. — Não estava dormindo.

— Podemos deixar a viatura aqui mesmo — diz Gary, quando descem do carro e esticam as pernas. — É uma das vantagens da minha profissão.

Do lado de dentro, o Olympia é vasto e cavernoso, como um hangar de avião. No salão principal há um palco com várias plataformas menores no perímetro. Cartazes anunciando o Concurso Nacional para Jovens Cientistas estão pendurados no teto abobadado de vidro, em frente aos balcões nos quais as pessoas se debruçam. O lugar está repleto de gente.

— Minha nossa! — exclama James.

Ellie olha para ele, preocupada. A última coisa de que precisam é que ele se sinta intimidado e trave, ainda mais porque ninguém parece ter ideia do que ele vai fazer.

Há uma longa mesa de inscrição no fundo do salão e eles vão até lá para confirmar a presença de James. Ellie diz:

— James Ormerod, Escola de Ensino Fundamental St. Matthew's, Wigan.

Uma mulher consulta uma lista e emite um ruído de desaprovação.

— A professora dele avisou que ele não viria. Ela telefonou hoje de manhã dizendo que não estava conseguindo entrar em contato com a família.

— A gente decidiu vir por conta própria — explica Ellie.

A mulher os examina de cima a baixo, com um olhar crítico.

— Vocês dormiram num carro ou coisa parecida?

Gladys olha para ela de cara feia. A mulher consulta o relógio.

— Deixamos a inscrição em aberto porque seus professores nos pediram que ela não fosse cancelada oficialmente, caso você estivesse vindo para cá. Infelizmente, porém, você não vai poder participar. A inscrição deveria ter sido confirmada até as nove, e seus professores deveriam estar aqui.

James baixa a cabeça.

— Eu te disse. Cada vez que a gente dá um passo para a frente, dá dez para trás.

— Por favor — diz Ellie. — A senhora não sabe o trabalho que deu pra gente chegar até aqui.

— Deixa comigo — diz Gladys, empurrando Ellie para o lado. — Olha, querida, esse menino fez das tripas coração para estar aqui. Eu dirigi uma van na M6. Cantei dezesseis versos de "She Wore a Cherry Ribbon" e fui parada pela polícia. Vou fazer setenta e um anos e tenho certeza de que você não quer me ver zangada.

A mulher bate com a caneta na mesa.

— Bem, já que vocês estão aqui... — Ela aponta para o palco principal, diante do qual existem várias fileiras de cadeiras, todas ocupadas. — James vai ser chamado daqui a dez minutos. No palco maior. Boa sorte.

Eles andam pelo corredor entre as fileiras de cadeiras. No palco estão os quatro jurados, sentados atrás de uma mesa comprida. Ellie reconhece vagamente um deles da televisão, uma mulher que trabalha em um programa sobre ciência. Atrás dos jurados há um grande monitor, que mostra uma vista ampliada do que está acontecendo no palco. Há uma menina de pé diante dos jurados, ao lado de uma pequena mesa. Ela está de jaleco e óculos de proteção. Ela faz alguma coisa e há uma forte explosão, acompanhada por uma nuvem de fumaça verde. Todos se assustam, depois riem, então aplaudem.

— Se eu soubesse, teria trazido um pouco de potássio — murmura James.

— Fantástico! — exclama um dos jurados, um jovem de cabelo desgrenhado. — Uma salva de palmas para Kayleigh Harrison-Butler de Bristol! — Ele olha para sua prancheta. — E agora temos... James Ormerod de Wigan!

— Vá em frente — diz Ellie, empurrando o irmão. Ela encontra uma cadeira vazia na ponta de uma fileira e aponta para outras duas cadeiras na fileira de trás para Delil e Gladys.

— Boa sorte, querido — diz Gladys.

Delil pisca o olho e dá um soquinho de leve no braço do menino.

— Acabe com eles, camarada.

James perde a cor.

— Ellie, eu tô com medo.

— Eu também — diz ela. — Mas você me dá força. Você não desiste. Mesmo quando tudo parecia perdido, você foi procurar o papai. Eu acredito em você, James.

O homem do palco diz ao microfone:

— Ah, James Ormerod? James está aqui?

James levanta a mão e diz, com a voz fina:

— Presente, senhor.

Ellie o beija no topo da cabeça.

— Faça o seu melhor. É o máximo que você pode fazer.

James começa o longo caminho pelo corredor até os degraus na frente do palco.

— Aí vem ele — diz o homem. — Senhoras e senhores, James Ormerod! — Alguns espectadores aplaudem. — Qual é a sua escola, James?

— St Matthew's — murmura James no microfone.

— Excelente — diz o homem. Ele olha em torno. — E seu experimento para mostrar aos jurados…?

James engole em seco.

— Que horas são?

O homem pisca e consulta o relógio.

— Quase onze horas. Por que, você tem algum compromisso fora daqui?

A plateia ri. James aponta para a grande tela e pergunta:

— Vocês conseguem ligar aquela televisão?

O homem arqueia uma sobrancelha e olha na direção dos bastidores.

— Aparentemente, sim. Isso faz parte do experimento?

James faz que sim com a cabeça.

— Pode pedir para colocarem na BBC News, por favor?

Há uma breve pausa e Ellie leva a mão ao rosto. E se não funcionar? O que, exatamente, vai acontecer? Ela fica triste só de pensar em James ali parado, sem que nada aconteça, sem a menor ideia do que fazer.

A imagem de James e do homem desaparece e é substituída pela imagem de Clive Myrie no estúdio da BBC News. O relógio no canto mostra que são exatamente 11 horas. Ele está falando a respeito de um deslizamento de terra no Peru.

O homem se inclina e coloca o microfone sob o nariz de James.

— E então? — diz ele.

✳ 65 ✳
NOTÍCIA DE ÚLTIMA HORA

— Graças a Deus — diz o diretor Baumann, e os técnicos batem palmas novamente. Thomas acaba de aparecer no monitor. Está com uma máscara de oxigênio e alterna entre respirar o oxigênio da máscara e respirar o ar da cabine. Ele ainda não se acostumou totalmente com a atmosfera do módulo.

— *Cabananik-1* para Controle da Missão — diz Thomas. — Estão me vendo?

— É muito bom ver você, Thomas — diz Baumann. — E eu nunca pensei que diria isso.

Um técnico estende um telefone para ele.

— Claudia Tallerman — diz ele.

Baumann o dispensa com um gesto.

— Você consertou a antena de comunicações. Bom trabalho. Nenhum problema?

— Tirando o fato de o cabo ter se soltado e os propulsores do SAFER não terem sido acionados nas primeiras sete tentativas, correu tudo maravilhosamente bem — diz Thomas. — Eu pensei que iria viajar para Marte sem a nave. Estava a quase trinta malditos metros da nave quando o sistema começou a funcionar.

— Ela diz que é urgente — insiste o técnico.

Baumann olha para ele de cara feia e pega o telefone.

Na tela, Thomas está olhando para o relógio.

— Minha nossa! São onze horas! Transfira o meu sinal.

— Para onde? — pergunta Baumann.

— Para a maldita BBC. Depressa. Eu combinei com a Claudia.

Baumann olha para o telefone na sua mão e o leva ao ouvido.

— Claudia? Onde diabo você está?

— Em Oxfordshire — responde ela.

— Que diabo você está fazendo aí? Compras?

— Cale a boca, Bob. Você precisa transferir a imagem de Thomas pra BBC. O sistema já está programado para fazer isso, ao que parece. Mas você precisa autorizar. E precisa ser agora.

Baumann olha para o telefone e depois para a imagem de Thomas.

— Alguém quer me explicar o que está acontecendo?

Thomas dobra o corpo como se estivesse passando mal.

— Enjoo de descompressão! — exclama Baumann, tentando esconder seu contentamento.

Thomas balança a cabeça.

— Nada disso. É que só comi repolho nas últimas dez horas. Estou apertado para ir ao banheiro. Me conecte logo à BBC!

Um técnico acena para Baumann e grita:

— Tudo pronto. Posso estabelecer a ligação quando o senhor quiser.

Baumann balança a cabeça.

— Não.

Há um silêncio cheio de expectativa no Olympia. Todos os rostos na plateia estão virados para James. Ele olha fixamente para a tela, mordendo o lábio. Os jurados olham alternadamente para a tela e para James. Clive Myrie faz uma pausa, olha para algo fora do alcance da câmera e diz:

— Perdão, eu pensei que estivéssemos recebendo uma mensagem urgente. Mas... vamos voltar a Cúmbria para o primeiro de uma série de programas sobre os efeitos da saída do Reino Unido da União Europeia para os criadores de ovelhas.

Os jurados se entreolham quando a imagem na tela muda para mostrar um repórter no meio de um campo, com o vento agitando seu cabelo na frente do rosto. James olha para Ellie de olhos arregalados. Ela faz uma careta; também não sabe o que está acontecendo.

Além do fato de que o Major Tom não apareceu.

— O seu experimento tem algo a ver com ovelhas? — pergunta a única mulher entre os jurados, num tom encorajador.

James abre a boca para dizer alguma coisa, mas nesse momento o repórter de cabelo arrepiado desaparece e a tela volta a mostrar Clive Myrie.

— Ah, parece que vamos ter que interromper o noticiário... mais tarde voltaremos a Cúmbria... isto acaba de chegar... parece que vamos transmitir ao vivo da... — Clive franze o cenho. — Ah, pode ser que não. Vamos... vamos voltar para Cúmbria...

James olha para Ellie, que se limita a balançar a cabeça.

— Sim — diz Thomas.

— Não.

— Juro por Deus — diz Thomas. — Se você não enviar meu sinal pra BBC agora mesmo, eu vou voltar lá e destruir aquela maldita antena a golpes de martelo.

As sobrancelhas de Baumann parecem crescer e assumir dimensões assustadoras.

— Major. Você precisa colocar uma coisa na cabeça. Você pode ser o homem de quem todo mundo está falando, pode pensar que é *especial*, mas, acredite, você não é mais valioso do que as outras coisas que estão a bordo da *Ares-1*. Na verdade, é *menos* valioso. Sabia que podemos executar essa missão sem você? Que ter um ser humano a bordo não é mais que uma estratégia de Relações Públicas?

Thomas arregala os olhos.

— O que você está dizendo? Que não precisam de mim?

Baumann abre um sorriso irônico.

— Tudo podia ser automático. Temos robôs que podem fazer o que você está fazendo, que no momento parece ser desobedecer a ordens diretas e passar metade do tempo fazendo palavras cruzadas. Eu nem queria que esta fosse uma missão tripulada. Coloque humanos no projeto, eu disse, e a chance de algo dar errado aumenta muito. Mas não. Eu fui voto vencido. Grande feito para o Reino Unido, enviar o primeiro homem a Marte! Numa missão que não precisava de um homem, muito menos de um homem como *você*.

Thomas fica em silêncio por alguns instantes.

— Baumann... Diretor. Bob. Faça o que eu estou pedindo. Por favor.

Baumann franze o cenho.

— Porque eu faria isso?

— Por que se eu sou uma estratégia de Relações Públicas ambulante, esta será a maior divulgação que você vai ter!

— Tá bem — diz Baumann. — Que seja. Aqui eu sou apenas o maldito diretor. — Ele se vira para os técnicos, que estão à espera de uma decisão. — Podem fazer a conexão.

James está de pé no palco do Olympia, sentindo-se pequeno, assustado e solitário, olhando para imagens de ovelhas na tela. De repente, Clive Myrie aparece de novo.

— Ah, peço desculpas mais uma vez por interromper esta reportagem, mas... — ele sorri. — Parece que agora vamos ter uma transmissão especial ao vivo diretamente da *Ares-1*, que está transportando o astronauta inglês Thomas Major na primeira missão tripulada a Marte.

O silêncio de expectativa se transforma em um silêncio de surpresa. James abre um largo sorriso quando aparece na tela uma imagem do Major Tom, olhando diretamente para a câmera.

— Espero que vocês estejam me ouvindo aí embaixo — diz Thomas. — Aqui é o Major Tom, a bordo da *Ares-1*, falando para o Concurso Nacional para Jovens Cientistas!

Há um breve silêncio e em seguida a plateia começa a dar vivas e aplaudir.

Na parte inferior da tela aparece um letreiro: *NOTÍCIA DE ÚLTIMA HORA: O astronauta Thomas Major em uma transmissão não programada para a nação.*

Thomas diz:

— Vocês devem estar curiosos para saber por que estou fazendo esta transmissão de surpresa. Bem, eu espero que, se tudo aconteceu conforme estava planejado, diante de vocês neste momento está James Ormerod... não posso vê-los, então se ele não estiver aí vamos ter que fazer de conta que ele está. — Ele acena para a câmera. — Oi, James.

James acena de volta e grita:

— Oi, Major Tom! — Embora saiba que ele não pode ouvi-lo nem vê-lo.

— Certo — diz Thomas. — Vamos ao que interessa. Agora, imagino que vocês devem estar pensando: onde está o experimento de James Ormerod? E, afinal, o que o Thomas Major tem a ver com isso? Acontece que ontem o experimento que o James pretendia apresentar no concurso foi destruído por valentões da sua escola. — Ele espera pelo inevitável murmúrio da plateia e aproxima o rosto da câmera, com uma expressão de censura, e depois recua. — Então, o que tem isso a ver comigo? Bem, James é um jovem cientista muito promissor e nós conversamos algumas vezes nas últimas semanas. Pensando na possibilidade de que surgisse algum problema de última hora, resolvemos formular um plano B.

— É mesmo? — diz James, pensando em voz alta.

— É verdade — insiste Thomas. — James, conte a eles a respeito da *ignição do flato*.

James abre a boca e torna a fechá-la. Ele arregala os olhos. O queixo cai. Tudo que consegue pensar é *Ai, meu Deus*. Ele respira fundo e pigarreia. O homem lhe passa o microfone. James se vira metade para os jurados e metade para a plateia.

— *Ignição do flato* — explica — é o nome científico para, há, o ato de botar fogo em um peido.

A plateia começa a rir e James abre um sorriso.

— Os peidos acontecem porque muitas coisas que comemos são decompostas por bactérias que vivem no intestino. A maioria dos nossos alimentos é feita de moléculas grandes e complicadas, mas nosso corpo precisa de compostos químicos muito mais simples. Normalmente, os peidos contêm — ele conta nos dedos — seis gases principais. Dióxido de carbono, hidrogênio, sulfeto de hidrogênio, metano, nitrogênio e oxigênio. Mas vocês sabiam que os peidos variam de pessoa pra pessoa? Tudo depende da bioquímica e do tipo de alimentação. É por isso que os meus peidos fazem muito barulho, mas quase não fedem, enquanto os da vovó quase não fazem barulho, mas são muito fedorentos. Silenciosos, mas mortais, é o que sempre dizemos.

As risadas são gerais e James vê Gladys acenar para a plateia. Ele faz uma cara séria.

— Mesmo assim, eu não gostaria que minha avó fosse para um asilo. É o que vai acontecer se formos despejados. Vão nos separar. Amamos muito a vovó, mesmo que ela não esteja batendo muito bem da cabeça ultimamente. Mas desde que o papai foi para a cadeia, a Ellie cuida de tudo. Ela é minha irmã. Ela é brilhante.

Há um silêncio e James observa a expressão de surpresa no rosto de Ellie. Ele pigarreia.

— A *ignição do flato* acontece quando alguém solta um peido na direção de uma chama. O hidrogênio, o sulfeto de hidrogênio e o metano são os gases mais inflamáveis. Em geral, o gás mais abundante é o hidrogênio, que produz uma chama amarela. Quando existe muito metano, a chama é azul. Eu nunca consegui isso. É um fenômeno muito raro, conhecido como Anjo Azul.

Thomas tosse e assume a palavra.

— Como não sei por quanto tempo a BBC vai nos manter no ar, é melhor apressar as coisas. Imagino que a esta altura vocês estejam fartos de ouvir a palavra peido, mas tenham um pouco de paciência. — Ele apoia o queixo nos dedos da mão. — Olha. Eu tive um irmão que vivia tentando botar fogo nos peidos dele. Os meninos inventam cada uma, não é mesmo?

A plateia ri de novo. Thomas baixa os olhos.

— Meu irmão morreu quando tinha a idade de James. — O silêncio cai sobre o salão. — Eu sempre pensei que tinha sido minha culpa, mas recentemente mudei de ideia. Porém, se eu pudesse voltar e fazer alguma coisa, o ajudaria a botar fogo em um peido. — Thomas balança a cabeça. — Quando eu estava conversando com o James, ele me fez uma pergunta. Ele disse: o que aconteceria se você acendesse um peido a bordo de uma espaçonave? Você se lembra disso, James?

James faz que sim com a cabeça.

— Foi na primeira vez que eu falei com você. Eu achei que era uma pergunta ridícula, estúpida. Ninguém jamais havia tentado fazer isso. Ninguém jamais havia sequer pensado em fazer isso. Por que pensaria?

Ele aproxima o rosto da câmera.

— Mas é assim que a ciência funciona, não é mesmo? Perguntar coisas que ninguém pensou em perguntar, ou teve coragem de perguntar, ou, se perguntou, foi muitas vezes acusado de fazer perguntas ridículas.

Thomas se recosta na cadeira e coloca um pé, depois o outro, apoiado na mesa, as pernas bem abertas. Há uma surpresa coletiva quando percebem que, abaixo da camiseta vermelha com o logotipo da BriSpA, ele está só de cueca. É uma cueca de *Star Trek*, com as palavras *To Boldly Go* escritas na frente.

— Ah, peço desculpas por isso — diz o Major Tom. — É minha cueca da sorte, e achei que hoje iria precisar de um pouco de sorte. Foi um presente de casamento do meu padrinho. — Há uma pausa e depois Thomas diz: — Vamos em frente. O que acontece se você tentar acender um peido a bordo de uma espaçonave? — Ele estende a mão e pega um isqueiro descartável. — Vamos descobrir, em nome da ciência?

✳ 66 ✳

QUAL É A PIOR COISA QUE PODE ACONTECER?

— Meu Deus do céu! — exclama o diretor Baumann, colocando a cabeça entre as mãos. — Alguém, por favor, me diga que eu estou sonhando.

Como ninguém se manifesta, Baumann olha por entre os dedos.

— Eu não disse que isso não ia dar certo? Eu não disse *não*? Vocês vão se lembrar disso quando a merda atingir o ventilador?

Ele respira fundo e estala os dedos na direção dos técnicos.

— Alguém. Depressa. Faça uma análise dos possíveis efeitos colaterais.

Um dos técnicos pergunta:

— O senhor quer saber qual é a pior coisa que pode acontecer?

— Exatamente isso, sim — responde Baumann, com impaciência.

O técnico pensa um pouco.

— Ele queima todo o oxigênio a bordo, provoca um incêndio e a nave explode em pedacinhos.

— E a melhor coisa que pode acontecer?

O técnico dá de ombros.

— O isqueiro falhar?

Baumann sente um aperto no peito.

— Deve haver uma resposta intermediária.

Ele olha para Major na tela, com as pernas abertas, o "trem de pouso" baixado.

Outro técnico levanta timidamente a mão.

— A NASA fez experimentos controlados de incêndios a bordo de espaçonaves para ver o que aconteceria. Os experimentos transcorreram sem incidentes.

Baumann olha para ele de cara feia.

— Você chamaria o que está acontecendo agora de experimento *controlado*?

Ele volta a colocar a cabeça entre as mãos. Alguém toca no seu cotovelo.

— Diretor Baumann? Estou com o *Guardian* ao telefone. E o *Mail*. E o *Sun*. Quase toda a imprensa, na verdade. Onde está a Claudia?

— É o que eu gostaria de saber — resmunga Baumann, apertando com raiva as teclas do telefone.

— Claudia! Onde diabo você está? Ainda em Oxfordshire?

— Acabo de entrar no Olympia — responde ela.

— O que está acontecendo aí? Fala logo, mulher! Isso é uma emergência!

— Você é um brutamontes sexista, sem um pingo de imaginação! — exclama Claudia.

— Você *viu* o que o Thomas está fazendo? Você viu essa merda? Você acha que o Terence Bradley iria… iria incendiar seus peidos a meio caminho de Marte? Acha?

— Você acha que o Terence Bradley iria aparecer ao vivo em todos os canais de notícias do mundo inteiro nesse momento? — grita Claudia de volta. — Ele também era um brutamontes sexista. Agora eu entendo por que você tinha uma queda por ele!

Baumann sente que está prestes a perder os sentidos. Sua cabeça está latejando. Seu coração está disparado. Ele não consegue sentir os polegares.

— Ele vai explodir a *Ares-1*. Ao vivo, na televisão. O mundo inteiro vai ver este … — Ele faz uma pausa. Seus olhos se abrem.

— O que estou dizendo? Ninguém precisa ver! — Ele grita para os técnicos: — Parem a transmissão!

— Não! — grita Claudia. — Você não pode fazer isso!

— Parem a transmissão! — insiste Baumann. Os técnicos se entreolham, incertos. — PAREM ESSA MERDA DE TRANSMISSÃO! Ele não vai fazer isso! Não enquanto eu estiver no comando!

— Não toquem em nada — troveja uma voz.

Baumann se vira, surpreso, e se depara com Craig intimidadoramente perto dele.

— Que *merda* você está fazendo?

Craig aponta para os técnicos.

— Mantenham as coisas como estão, certo? Pensem naquele pobre menino.

— EU SOU O DIRETOR! — exclama Baumann, jogando o telefone no chão. — Você não manda em mim!

— Diretor Baumann, estou neste exato momento destituindo-o do comando — diz Craig. — O senhor não está mais em condições psicológicas de tomar decisões. Está sob extrema tensão e passou a noite inteira acordado.

Baumann abre um sorriso irônico.

— Onde você pensa que estamos, no *Good Ship Lollipop*? Você não pode me destituir do comando! — Ele aproxima seu rosto do de Craig. — Eu vou cortar suas bolas por isso, seu veado!

Craig sorri.

— Não deixe que sua boca faça promessas que a sua bunda mole não pode cumprir — diz ele, antes de dar um soco forte na barriga de Baumann.

O diretor cambaleia e cai sentado. Ele olha, sem entender, para Craig, e depois dá de ombros e cruza as pernas.

— Está bem. Está bem. Pode ficar com o seu *Apolo 13*. Eu não estou nem aí. Eu nem queria este emprego. — Ele ri. — Eu sempre quis ser... lenhador.

Craig o deixa ali sentado, assoviando para si próprio, e pega o telefone que o Baumann descartou.

— Claudia? Aqui é o Craig. Ainda estamos no ar. — Ele olha para a tela. — E parabéns pelo bom trabalho. Acho que o nosso menino vai bombar.

— Eu passei o dia inteiro comendo repolho — explica Thomas. — Acho que vocês não gostariam de estar aqui comigo. Ops. Acho que alguma coisa vai acontecer. Estão todos preparados?

Embora saiba que ele não pode ouvi-los, a plateia grita:

— Estamos!

Thomas sorri.

Sua barriga começa a roncar.

Ele segura o isqueiro perto da coxa com uma das mãos e com a outra mão faz um gesto com o polegar para cima. Ele diz:

— Que tal fazermos a tradicional contagem regressiva? Aqui vai... Dez! Nove! Oito!

— James — diz a mulher do concurso. — Você pode narrar para nós o que está acontecendo?

A plateia faz um coro.

— Sete! Seis! Cinco!

Olhando hipnotizado para a tela, James fala ao microfone.

— Quando botamos fogo num peido na Terra, como se fosse uma vela, é a gravidade que faz a chama assumir a forma de uma pera. Isso acontece porque o ar quente sobe e puxa o ar frio para trás, fazendo a chama subir e tremular.

— Quatro! Três!

— Mas na espaçonave, não é a mesma gravidade. É microgravidade, é como se o ar perdesse o peso. Por isso, a chama não sobe. Ela faz algo diferente. Logo veremos o que ela vai fazer.

— Dois! Um...

— Fogo! — exclamam, em uníssono, o Major Tom e a plateia do Olympia.

E então se ouve um ronco abafado que cresce até se transformar em um som parecido com uma trombeta, quando o Major Tom solta o peido.

A pequena chama do isqueiro ganha vida e depois se expande como um derramamento de petróleo, até se transformar no que só pode ser descrito como uma bola de fogo que, pendurada no "cano de descarga" do Major Tom, paira sob a visão exausta do homem como um pôr do sol alienígena.

Todos ficam de boca aberta quando uma esfera perfeita de fogo, do tamanho de uma bola de críquete, sobe lentamente do espaço entre as pernas do Major Tom, enquanto ele empurra o lado da mesa com os pés, afastando-se. A esfera é azul na superfície e cor de rosa no interior.

E é de uma beleza indescritível.

— Ela não tá se espalhando como aconteceria na Terra — explica James, devagar. — Ela não tá... procurando oxigênio. Ela tá... — Ele olha para a mulher, que o encoraja com um gesto de cabeça. — Ela tá sugando o oxigênio pro interior, pra manter a combustão.

Thomas está sentado, hipnotizado pela bola de fogo que paira à sua frente, iluminando seu rosto com uma luz azul. Ela paira e brilha como um objeto alienígena ou divino, uma coisa que não pertence à Terra. É da cor do mar, do céu, de horizontes distantes. James murmura:

— Ele conseguiu. O Anjo Azul. Ele conseguiu.

A plateia vai à loucura.

Thomas se inclina na direção da câmera, sem tirar os olhos da bola brilhante de fogo azul.

— Então é isso que acontece quando você bota fogo num peido a bordo de uma espaçonave — diz ele. — Agora, acho melhor apagar o fogo com um extintor antes que ele entre no sistema de ventilação e me coloque em apuros. — Ele olha para a câmera. — Agora devolvo vocês à programação normal. Boa sorte a todos, especialmente a James e, hum... — Parece que ele está procurando pensar em algum conselho útil para falar. — Tirem boas notas na escola. — Ele estende a mão para o monitor e faz uma pausa. — E não usem drogas.

A tela fica preta por um instante e depois Clive Myrie aparece, com uma expressão de perplexidade no rosto, e o letreiro na parte de baixo da tela diz: *NOTÍCIA DE ÚLTIMA HORA: Astronauta britânico é o primeiro homem a botar fogo num pum no espaço.*

A tela passa a mostrar o logotipo do Concurso Nacional para Jovens Cientistas e o homem do microfone pede silêncio com um gesto.

— Uau! Bem, este foi o nosso último candidato do dia e agora os jurados vão se retirar por alguns minutos para debater sobre as apresentações. Estaremos de volta em breve.

✳ 67 ✳

ACABOU?

James desce a escada correndo, atravessa o corredor, com as pessoas de pé aplaudindo e lhe dando tapinhas nas costas, e se joga nos braços de Ellie.

— Estou tão orgulhosa de você — diz a irmã, abraçando-o com força.

Delil dá outro soquinho em seu braço.

— Isso foi duplamente safo, carinha.

— A vovó tá bem? — pergunta James.

Gladys está sentada, muito quieta, de olhos fechados.

— Acho que ela está apenas cansada — diz Ellie. — Ela estava se queixando de uma dor de cabeça.

James olha para Ellie, intrigado.

— Ellie? Você tava chorando?

Ela enxuga o rosto com a mão.

— Não é nada, seu bobo.

— Me fala — insiste ele.

Ela respira fundo.

— É só... Você contou tudo pra eles, James. Sobre a gente. Sobre a vovó. Contou que o papai tá na prisão. Tudo. O mundo inteiro ficou sabendo.

As mãos do menino voam em direção à boca e ele começa a chorar.

— Agora eu estraguei tudo de verdade, não estraguei? Mesmo que eu ganhe o concurso, eles vão nos separar.

— Não chore — diz ela, abraçando-o de novo. — Você não teve culpa. Olhe. Os jurados estão voltando para o palco.

Os jurados entram no palco e ficam de pé na frente da mesa. O homem do microfone pergunta:

— E vocês chegaram a uma decisão?

A mulher do programa de TV pega o microfone e diz:

336

— Chegamos. Em primeiro lugar, queremos dar os parabéns a todos os finalistas. Vimos alguns experimentos maravilhosos e temos certeza de que o futuro da ciência estará em boas mãos com os jovens de hoje.

Todos aplaudem. Gladys abre os olhos e resmunga:

— Anda logo, mulher.

— Eu gostaria de dizer que a decisão foi difícil — diz a mulher. Depois de uma pausa, ela prossegue. — Eu gostaria de dizer isso, mas, para ser sincera, hoje tivemos um indiscutível vencedor. Existe um princípio chamado Navalha de Occam, que tem mais a ver com a filosofia do que com as ciências exatas, mas segundo o qual na maioria das vezes a escolha mais acertada é a mais simples. E no que diz respeito à originalidade, a um domínio sólido dos fundamentos científicos e a uma aplicação prática e original da teoria ... bem, o que mais preciso dizer? O vencedor é James Ormerod!

Há uma estrondosa salva de palmas e a mulher chama James ao palco.

— Traga sua família, também.

De mãos dadas, Ellie, James, Delil e Gladys sobem os degraus e ficam de frente para a plateia. James pisca os olhos quando um fotógrafo tira fotos. A mulher lhe entrega um troféu e um envelope. Ela diz:

— Vai haver uma contribuição para a sua escola também, mas isto é para você. Cinco mil libras! Como você vai usá-las, James? É muito dinheiro.

— Provavelmente pra pagar a nossa conta de telefone — responde James. — A essa altura, deve estar astronômica.

A plateia ri novamente, mas há uma movimentação estranha acontecendo no fundo do salão e Ellie vê um grupo de pessoas entrar no corredor. Muitas estão carregando câmeras e blocos de notas. À frente delas, ela reconhece a mulher que esteve na sua casa. Claudia. Então é isso. Ela está aproveitando para fazer propaganda da sua empresa. Agora vai pedir que eles contem a história da família para os jornais e a televisão.

Ellie grita para Claudia:

— Então é isso? Você veio aqui para tirar uma casquinha?

Gladys olha de esguelha para Claudia.

— É a mulher daquela empresa espacial. E vejam só quem está com ela.

Claudia se põe de lado e a turma da imprensa abre caminho. Há dois policiais fardados ladeando um homem de cabelo preto com uma camisa azul e uma calça preta. Ele sorri para Ellie. Ela paralisa e quase perde os sentidos.

Gladys diz:

— É o nosso Darren.

— Papai! — grita James.

Ele larga o envelope e o troféu, que Delil consegue pegar antes que caiam no chão. James desce correndo os degraus e se joga nos braços de Darren Ormerod.

Ellie fecha os olhos.

Será que acabou?

Claudia, os Ormerod, os policiais e Delil são levados a uma sala privativa no segundo andar. James não para de abraçar Darren; Ellie olha para ele um pouco ressabiada. Ela pergunta a Claudia:

— Foi você que fez isso?

Claudia sorri.

— Depois de conhecer vocês, eu entrei em contato com o Serviço de Liberdade Condicional. Expliquei a eles a situação e, como seu pai foi um presidiário exemplar, eles concordaram em deixá-lo cumprir o resto da pena em prisão domiciliar. Com vocês. Assim, se ele não fizer nenhuma bobagem, não terá que voltar para a cadeia.

Darren se desvencilha dos braços de James e olha para a filha.

— Ellie — diz ele. — Eu não ganho um abraço?

Ellie desvia os olhos.

— Eu ainda não te perdoei pelo que você fez.

— Você devia ter me contado — diz ele. — Dos problemas que vocês estavam enfrentando. Eu teria feito alguma coisa.

— Você não podia fazer nada — diz ela. — Não de dentro da prisão. A gente não podia te visitar porque a vovó estava piorando e quando você telefonou... bem, eu não queria te preocupar. Você ia reclamar com alguém e isso só ia piorar as coisas. — Ellie cruza os braços e olha para os pés. — Eu tenho dado conta de tudo. Talvez a gente não precise mais de você.

O rosto de Darren exibe uma expressão angustiada.

— Não diga isso. Eu sei que você está zangada comigo, mas não diga isso. Eu estou de volta. Podemos resolver isso, mas temos que trabalhar juntos.

Ellie sente uma lágrima rolar pelo rosto e cair no antebraço. Ela olha para o pai e depois corre na direção dele, jogando os braços em torno do seu pescoço. Ele a aperta com força e ela se sente de novo como uma criança, chora como uma criança e abraça seu pai. Pela primeira vez em muito tempo, ela se permite acreditar que tudo vai ficar bem.

Gladys se aproxima de Claudia, que também está chorando como um bebê, e diz:

— Posso falar com o Major Tom?

Claudia enxuga os olhos e diz:

— O quê, Sra. Ormerod? Agora?

Gladys faz que sim com a cabeça.

— É muito importante. Muito, eu acho. Pode telefonar para ele?

Claudia dá de ombros e digita um número no seu celular. Ela diz:

— Controle da Missão? Craig! Onde está o Baumann? O quê? Soltando fumaça? Deixa pra lá. Você pode pedir aos técnicos que entrem em contato com o Thomas? É possível? Está bem, eu espero na linha.

Gladys está com dor de cabeça e acha que devia se deitar. Enquanto espera, Claudia olha para ela e franze o cenho.

— Sra. Ormerod? A senhora está bem? Parece um pouco pálida... Ah, um momento. — Ela passa o telefone a Gladys. — Conseguimos contato com a *Ares-I.*

Thomas está sentado em frente ao monitor, para onde foi encaminhado o sinal de áudio.

— Gladys! — exclama ele. — Que bom falar com você! Como ele se saiu?

— Ele ganhou, lógico — responde Gladys. — Se bem que peidar ao vivo na televisão... não sei onde o mundo vai parar. Mas não é sobre isso que eu queria falar. Eu estava descansando os olhos antes de chegar a vez de James e sonhei com o Sr. Trimble.

— Trimble? — pergunta Thomas, sem saber de quem ela está falando.

Ele tinha quase se esquecido de como eram as conversas com a Gladys.

— Isso mesmo — diz Gladys, com impaciência. — O Sr. Trimble. Ele foi um dos meus professores de catecismo. Preste atenção. Fiquei pensando nas aulas de catecismo desde o dia em que você me falou daquela pista das palavras cruzadas. Acho que descobri a solução.

Thomas faz uma pausa e depois diz:

— Caraca! Descobriu? Ele olha em torno à procura do livro e do lápis e vê que estão pairando perto da janela. — Peraí. Aqui está. *Se for protelada, pode causar angina, proverbialmente.* Nove letras. Estou empacado.

— Preste atenção — diz Gladys. — Angina. É uma dor no coração, não é? É o que o meu Bill deve ter sentido, no dia em que morreu. E protelar é a mesma coisa que adiar, certo?

Thomas fica olhando para o livro.

— Ainda não entendi.

— A pista principal está no "proverbialmente". *Provérbios.* Um livro da Bíblia. Capítulo treze, versículo doze.

— Você vai ter que me ajudar nessa — diz Thomas. — Eu nunca fui a uma aula de catecismo.

Gladys suspira.

— *A esperança adiada faz mal ao coração* — diz ela —, *mas o desejo cumprido é uma árvore de vida.* Se você a adia, pode causar angina. Se ela é protelada, faz mal ao coração. Entendeu?

Ele entendeu. Com um floreio do lápis, Thomas preenche os nove quadrados vazios.

340

— Esperança — diz ele. — É esperança. Eu entendi.

Gladys olha para Darren, que está abraçando Ellie, enquanto James abraça os dois. Delil e Claudia choram, juntos. Gladys sorri.

— Todos nós entendemos, Major Tom — diz ela. — Finalmente, todos nós passamos a ter esperança.

✳ 68 ✳

11 DE FEVEREIRO DE 2017

— Aqui é o Controle da Missão para o Major Tom. Responda, Major Tom!

Thomas se segura na mesa e sorri para a câmera. É a Claudia, falando do Controle da Missão.

— Aqui é a *Ares-I* recebendo em alto e bom som — diz ele.

— Não é mais *Cabananik-1*? — pergunta Claudia, erguendo uma sobrancelha.

Thomas dá de ombros.

— Depois que eu vi a nave inteira pela primeira vez, achei que ela merecia um pouco mais de respeito, só isso. — Ele dá um tapinha na mesa. — Afinal, é *ela* que está me levando para Marte. — Ele faz uma pausa. — Onde está o Baumann?

— É, bem... o diretor Baumann está de licença por motivos de saúde. Ele vai passar um bom tempo afastado — diz Claudia. — Temos um diretor de operações interino.

— Você? — pergunta Thomas.

Claudia ri.

— Claro que não, Thomas. Eu não aceitaria o cargo nem que me oferecessem todos os sapatos do Jimmy Choo. — Ela olha para o lado e indica com a cabeça. — A diretoria da BriSpA achou que alguém com experiência no espaço poderia ser útil para o restante da sua viagem.

O novo diretor interino aparece diante da câmera com um largo sorriso.

— *Privyet*, Thomas — diz ele.

Thomas arregala os olhos.

— O Suricato!

— Pode me chamar só de Sergei — diz O Suricato. — Ou diretor. O que te deixar mais à vontade.

— Para mim, você vai ser sempre O Suricato.

Suricato pisca o olho.

— Simples — diz ele.

— Tem mais gente querendo falar com você — diz Claudia.

— Continuo me recusando a gravar "Space Oddity" para aquele cara — diz Thomas, mas Claudia coloca três pessoas na frente da câmera, um homem alto de cabelo preto, camisa de malha e calça jeans, uma adolescente e um menino de cabelo despenteado.

— Acho que você já conhece a Ellie e o James — diz Claudia. — E este é o pai deles, Darren.

Thomas se inclina para a frente e sorri.

— Vocês são muito diferentes do que eu imaginava.

— Como você imaginava a gente? — pergunta Ellie.

Thomas dá de ombros.

— Como os Simpsons, acho. — Ele olha para a imagem na tela. — Onde está a Gladys?

Ellie olha para um lugar fora do alcance da câmera e chama:

— Vovó!

Uma senhora baixinha, de cabelos brancos, vai se juntar a eles e olha para a tela.

— Puxa, ele é muito maior do que parece pelo tom de voz ao telefone.

— É uma tela grande — explica Claudia.

Thomas diz:

— Gladys. Finalmente nos conhecemos.

— Major Tom! Parece que você está na sala ao lado. Terminou as palavras cruzadas?

— Terminei, graças a você. Aquela dica foi brilhante!

— Não há nada pior na vida que uma página de palavras cruzadas incompleta — afirma Gladys.

Há um silêncio momentâneo, e depois James diz:

— Ellie tem um namorado.

Ela lhe dá um soco no braço.

— Mentira! Somos apenas amigos! Cruzes!

— Ai! — exclama James. — Tem, sim. O nome dele é Delil. Ele é esquisito, mas é bonzinho. E ela vai passar mais um ano na escola porque perdeu muitas aulas pra cuidar da gente.

— Ótimo — diz Thomas. — Você é uma garota muito inteligente, Ellie. Precisa aproveitar todas as chances que tiver para estudar. E você também, James. O que vai fazer para capitalizar em cima do sucesso que obteve com o concurso?

James diz:

— Sabe aquilo que você me disse no posto de gasolina? Sobre o que você ia fazer depois de montar os módulos habitacionais? Sobre o crepúsculo marciano?

— Sei — diz Thomas.

James sorri.

— Você vai ter que mudar seus planos. Porque eu vou te visitar. Vou ser astronauta. O Sr. Suricato disse que eu posso.

Claudia sorri.

— Nós prometemos pagar a faculdade do James se ele tirar boas notas nas disciplinas ligadas às ciências, e depois disso ele terá um lugar garantido na nossa academia de treinamento. Sei que ele ainda é muito jovem e pode mudar de ideia…

— Não vou! — protesta James, certo do que diz.

— … mas — continua Claudia — é muito provável que ele vá te visitar daqui a dez ou quinze anos.

Thomas esfrega alguma coisa no olho.

— Vou ficar esperando — diz ele, simplesmente.

— Você tá falando sério? — pergunta James.

— Estou — responde Thomas, e, o que não é tanta surpresa assim para ele, percebe que realmente está.

— Hum, Sr. Major? — diz Darren. — Eu só queria lhe agradecer, se não se importa. Deixei minha família desamparada e você apareceu para ajudá-los quando eu não pude fazer isso.

— Eles fizeram tudo sozinhos — diz Thomas. — A Ellie manteve a família unida e o James trabalhou duro para ganhar o concurso. E você cometeu um erro, mas todos nós cometemos erros. Eu entendo bem do assunto.

— É verdade — concorda Darren, olhando para os filhos com orgulho. — Mas se não fosse pelo senhor... bem, eu só queria dizer muito obrigado, Sr. Major.

— Não me chame de Sr. Major — diz Thomas. — Você me faz pensar que meu pai está aqui. — Ele sorri. — Prefiro que me chame de Major Tom.

Depois de jantar (evitando qualquer prato com repolho), Thomas passa uma hora correndo na esteira e então começa uma nova página de palavras cruzadas. Ainda faltam meses para chegar à órbita de Marte. Depois de um certo tempo, põe de lado as palavras cruzadas e pega os manuais. Ele vai precisar estudá-los detalhadamente para poder iniciar as culturas hidropônicas.

Para que possa sobreviver em Marte.

O que, como descobriu recentemente, está disposto a fazer.

Ele consulta o calendário e, ao olhar para os dias riscados, descobre que já chegou mais um 11 de fevereiro. De novo, 11 de fevereiro. Ele escolhe um álbum no menu e aperta play.

Thomas está perdido nas complexidades da cultura hidropônica quando o computador emite um som e o rosto de Claudia aparece no monitor. Ela está na sala dela e o chamado está sendo retransmitido para a *Ares-1* pelo sistema de comunicações.

— Trabalhando até tarde? — pergunta ele.

Ela dá de ombros.

— Só queria bater um papo com você. — Ela faz uma pausa e inclina a cabeça. — Que barulho horrível é esse?

Thomas responde:

— É a trilha sonora de *Star Wars*, tocada pela Orquestra Filarmônica de Londres.

— Pensei que você tivesse um gosto musical mais refinado — diz Claudia.

— Acontece — explica Thomas — que eu toco esse álbum todo ano na mesma data. É o dia em que meu pai me levou ao cinema e me abandonou.

Claudia faz que sim com a cabeça, pensativamente.

— Você o odeia?

— Já odiei — admite Thomas. — Durante algum tempo, eu odiei a humanidade inteira. Cada pessoa da Terra. Incluindo eu mesmo. É por isso que estou aqui.

— Não somos todos ruins — argumenta Claudia.

— Eu sei. É curioso pensar que eu tive que deixar tudo para trás para perceber isso. — Ele faz uma pausa. — O problema é que eu só me lembrava das coisas ruins. Elas ocultavam as coisas boas a tal ponto que eu nem me dava conta de que elas tinham acontecido. Existe o bem em tudo. Em todos. Eu simplesmente me recusava a enxergar isso.

— Mesmo naquele dia, no cinema? — pergunta Claudia.

Ainda é de tarde, mas o céu já adquiriu um tom azul escuro, a lua cheia surgindo no horizonte, acima das telhas pretas.

— Parece uma moeda de dez centavos — diz o pai.

Thomas fecha um olho e coloca a lua entre o polegar e o indicador.

— Peguei, papai! Peguei a lua!

— Guarde no bolso, filho — diz ele. — Você nunca sabe quando pode precisar dela. Venha, finalmente vamos entrar.

— Sim. Mesmo naquele dia no cinema — responde Thomas.

Eles ficam sentados em silêncio por um tempo, cada um desviando os olhos quando percebe que o outro está olhando. Finalmente, Thomas pergunta:

— De que tipo de música você gosta?

Claudia dá de ombros.

— Um pouco de tudo. Coisas que ouço no rádio. Não entendo muito de música. — Ela faz uma pausa. — Quer me ensinar?

Thomas faz que sim com a cabeça.

— Boa ideia. — Ele para a trilha sonora de *Star Wars* e abre de novo o menu. — Aí vamos nós. Por que não começar com um pouco de Bowie?

Quando a música começa, Thomas olha pela janela para a Terra, que a esta altura está do tamanho de uma moeda de dez centavos. Ele fecha um olho e, com o polegar e o indicador, a arranca da escuridão.

— O que você está fazendo? — pergunta Claudia, surpresa e achando graça.

— Eu peguei a Terra e todos os seus habitantes — responde Thomas, baixinho.

Ele guarda a Terra no bolso, perto do coração.

— A gente nunca sabe quando vai precisar.

— Você é engraçado, Thomas. Na verdade, eu acho que sinto a sua falta. Mas nem te conhecia de verdade até você partir.

Thomas não diz nada. Em vez disso, fecha os olhos e fica ouvindo a música. E depois começa a cantar, enquanto a *Ares-I* se desloca, devagar e sempre, como uma bela libélula em sua jornada sem volta pelo espaço.

Como dizia David Bowie, existe mesmo um homem das estrelas. E ele está esperando no céu.

FIM

Agradecimentos

Como Thomas descobre neste romance, ninguém pode sobreviver no vácuo e isso também se aplica aos escritores. Escrever livros pode parecer um trabalho solitário, introspectivo, mas uma obra como esta não viria a público se não fosse um grande esforço de um número muito grande de pessoas.

Na verdade, este livro só existe graças a Sam Eades, uma editora excepcional e defensora incansável não só deste romance, mas de todos os títulos do selo Trapeze, da qual tenho o orgulho e a honra de participar. Tenho a impressão de que Sam consegue extrair mais horas do dia do que qualquer outra pessoa; ou isso, ou ela as usa mais sabiamente que o restante de nós. Foram suas ideias, seus conselhos, estímulos e sugestões que tornaram este livro o que ele é.

Agradeço também ao meu agente John Jarrold, pelo apoio incondicional ao meu trabalho durante mais de uma década, mesmo (especialmente) quando nos levou a áreas que nenhum de nós dois estava esperando.

O homem que foi para Marte porque queria ficar sozinho é, naturalmente, uma obra de ficção, e, por razões de continuidade, inventei toda a história em vez de tentar ser totalmente fiel à realidade. Talvez eu deva pedir desculpas a cientistas e astronautas que leram o livro; espero que não os tenha deixado muito revoltados, mas tentei usar meus conhecimentos jornalísticos, em termos de pesquisa, para assegurar que os fatos não atrapalhassem uma boa história.

A British Space Association, naturalmente, é uma organização totalmente fictícia, e se chegarmos ao ponto em que a Inglaterra esteja envolvida em organizar, financiar e operar missões tripuladas a outros planetas, tenho certeza de que não agirá de forma tão caótica como a retratada neste livro. Ou melhor, tenho quase certeza. Ou seja, pelo menos é o que eu espero...

Imagino que boa parte de *O homem que foi para Marte porque queria ficar sozinho* possa ser considerada humorística. Mais de uma vez me perguntaram de onde veio a inspiração para o lado cômico dos Ormerods; tudo que posso dizer é que passei a infância em um lar da classe operária em Wigan. Como disse uma vez um homem muito sábio chamado Ted Bovis, "A primeira regra da comédia, Spike, é o realismo".

Por fim, dedico este livro a minha mulher, Claire, e nossos filhos, Charlie e Alice. Se aprendi alguma coisa a respeito da vida, provavelmente foi com eles.

E agradeço a você por ter lido até aqui (a menos que você seja o tipo de pessoa que lê os agradecimentos primeiro; nesse caso, SPOILERS. Hum, suponho que agora seja tarde demais...). Espero que você tenha gostado de *O homem que foi para Marte porque queria ficar sozinho*. Se gostou, pode me encontrar matando tempo no Twitter em @davidbarnett. Na verdade, mesmo que não tenha gostado, pode me encontrar lá. Se bem que astronautas e cientistas furiosos podem acabar bloqueados, simplesmente para me poupar alguns constrangimentos...

David Barnett
Em algum lugar da Terra

Este livro foi composto na tipologia Adobe Garamond Pro,
em corpo 12,75/15, e impresso em papel off white,
no Sistema Cameron da Divisão Gráfica
da Distribuidora Record.